中国古代名著全本译注丛书

唐诗三百首译注

[清] 蘅塘退士 编选
史良昭 曹明纲 王根林 译注

上海古籍出版社

图书在版编目（CIP）数据

唐诗三百首译注 /（清）蘅塘退士编选；史良昭，曹明纲，王根林译注．—上海：上海古籍出版社，2020.1（2024.3重印）
（中国古代名著全本译注丛书）
ISBN 978-7-5325-9371-2

Ⅰ．①唐… Ⅱ．①蘅… ②史… ③曹… ④王… Ⅲ．①唐诗－诗集②唐诗－译文③唐诗－注释 Ⅳ．①I222.742

中国版本图书馆CIP数据核字（2019）第232389号

中国古代名著全本译注丛书
唐诗三百首译注
［清］蘅塘退士　编选
史良昭　曹明纲　王根林　译注
上海古籍出版社出版发行
（上海市闵行区号景路159弄1-5号A座5F　邮政编码 201101）
（1）网址：www.guji.com.cn
（2）E-mail：guji1@guji.com.cn
（3）易文网网址：www.ewen.co
江阴市机关印刷服务有限公司印刷
开本 890×1240　1/32　印张 14.375　插页 5　字数 360,000
2020年1月第1版　2024年3月第2次印刷
印数：5,101—6,200
ISBN 978-7-5325-9371-2

I·3432　定价：58.00元

前 言

“三百篇”是《诗经》的别称，“诗三百”代表了整整一个时代的诗歌总成。蘅塘退士孙洙编选唐诗，采用三百首的成数，无疑也有总括有唐诗坛风貌的一层用意。

蘅塘退士如愿以偿。《唐诗三百首》中，除了唐代新兴的五律七律、五绝七绝外，还收有六朝演进而来的古诗、乐府，诸体兼备；感遇怀古、咏物写景、酬赠应制、叙事言情，内容上包罗万象。大家巨匠的代表作品，几无遗珠之憾；初盛中晚各期中小诗人、诸多流派，绣口锦心，互逞精彩，呈现出百花竞秀的缤纷景观。一大批脍炙人口、先得我心的名言警句，如“海内存知己，天涯若比邻”、“欲穷千里目，更上一层楼”、“夕阳无限好，只是近黄昏”、“每逢佳节倍思亲”、“同是天涯沦落人，相逢何必曾相识”之类，穿插于全书之中，把卷如晤故旧。好书不厌百回读，《唐诗三百首》确实极大地满足了读者的审美愉悦。

常读常新，我们在熟读中会被唐诗无穷的魅力所征服。比如同是以白鹭和黄鹂对举，王维的“漠漠水田飞白鹭，阴阴夏木啭黄鹂”，同杜甫的“两个黄鹂鸣翠柳，一行白鹭上青天”，在气候、地域、色彩以至情调指向上就有截然的不同。又如书中收选戴叔伦、李益、司空曙的三首五律，“还作江南会，翻疑梦里逢”，“乍见翻疑梦，相悲各问年”，“问姓惊初见，称名忆旧容”，都是抒写久别重逢，曲尽其意，却因时、地、身份对象的区别而着笔相异，各树一帜。这一切都吸引和启发读者去阅读更多的唐诗，也就是说《唐诗三百首》还有引领初学者、爱好者的入门功能。再如咏安史之乱中的“马嵬之变”，蘅塘退士选收了两首，白居易的《长恨歌》对杨贵妃“宛转蛾眉马前死”的悲惨结局表示同情，而郑畋《马嵬坡》诗却说“终是圣明天子事，景阳宫井又何人”，对唐玄宗曲加回护。这其实是因为时代和作者思想的差异而造成的：白居易生活于乱后经济初步恢复的中唐，本人又持“歌诗合为事而作”的现实主义主张，容易对历史作出较为客观的回顾；而晚唐的郑畋在镇压黄巢起义中焦头烂额，身份又是当时的宰相，自然要竭力维护和美化天子的君权。于是知人论世，了解唐诗作品和诗人的相关背景，也就成了读者在阅读《唐诗三百首》时的自发要求。

在蘅塘退士的时代，已流传着一句“熟读唐诗三百首，不会吟诗也会吟”的俗谚。谚语中的“吟”不是“吟诵”，而是“吟作”的意思。普及入门之后，便会激起不少读者追步前贤、跃跃欲试的愿望，而蘅塘退士的选本也确能助上一臂之力。例如书中“行到水穷处，坐看云起时”与“竹怜新雨后，山爱夕阳时”，“雨中黄叶树，灯下白头人”与“乱山残雪夜，孤烛异乡人”，“高风汉阳渡，初日郢门山”与“晴川历历汉阳树，芳草萋萋鹦鹉洲”等等，这些相类句式的反复出现，便不难深化读者对唐诗诗法的领悟。

这样看来，对于《唐诗三百首》，无论是出自鉴赏、入门还是习作的目的，都必须以“悟”字为前提，理解越深细越佳，信息越丰富越好。《唐诗三百首译注》，便是应这种需要而产生的。书中的“题解”，交代诗篇或诗人的创作背景，简述作品的主旨，介绍其内容、章法和风格的特色；“注释”阐明词义，传播必要的古汉语知识，使对全诗的理解不受窒碍；“译文”与注释互相映发，虽是译者个人的感觉，却或能启迪读者进一步联想，收到阐发主旨、开掘诗意、体现美感的效果。书末附录的“诗人小传”，还可藉以了解全体诗作者的生平行谊。总之，我们的宗旨是“锦上添花”，让《唐诗三百首》这一著名读本更通俗，更完美，更合于现代读者的口味。

本书卷一、三、五、七由史良昭执笔，卷二、四、六、八为曹明纲担纲。王根林除分任“注释”外，还参加了若干题解的撰写。“诗人小传”则由袁啸波制作。

史良昭

2018年10月

目 录

卷一/五言古诗

感　遇 四首

张九龄

兰叶春葳蕤[1]，桂华秋皎洁。
欣欣此生意，自尔为佳节。
谁知林栖者，闻风坐相悦。
草木有本心，何求美人折。

【题解】

感遇，意谓因所遭遇而有感。自初唐陈子昂作《感遇》三十八首，遂相沿成为五言古诗的一种体式，多以隐微的比兴寓意手法抒怀。开元二十四年（736），诗人为李林甫排挤，自丞相贬为荆州（今湖北江陵）长史，此数诗即作于任上。原作共十二首，此选其一、二、四、七四首。

第一首写春兰秋桂丰茸皎洁，但荣而不媚，不求攀折，借喻贤人君子自具亮节高风，洁身自好，而不求闻达。全诗先以四句分推、合评，凸绘出兰桂的风神。五六句复进一层，添写“林栖者”的悦赏，同气相应，自在情理之中。岂料末两句却一转，径入草木本心，揭示了兰桂禀性自适，不冀求他人荐举或进用的自在本质。起承转合，章法分明，清淡的笔致中含寓着一股劲崛之气。

【注释】

〔1〕兰：指兰草，即泽兰，属菊科，开白花，叶子也有香气。　葳蕤（wēi ruí）：草木茂盛纷披的样子。

【译文】

春天的兰草长叶纷披，秋天的桂花鲜洁明丽。大自然有这样的勃勃生机，春和秋才成了难忘的时序。有谁知高士在林下栖息，闻到香气，油然而生爱意。草木自有它们的本性和天习，又何必定要求得美人的摘取。

幽人归独卧[1]，滞虑洗孤清。
持此谢高鸟，因之传远情。
日夕怀空意，人谁感至精？
飞沉理自隔，何所慰吾诚？

【题解】

第二首写隐居者涤除了俗虑，想托飞鸟将此意传达给远人，但始终未得到对方的理解。此诗寓意与诗人当时的政治处境有关。开元间玄宗宠信奸相李林甫，张九龄因而遭排斥，而李林甫仍不放心，伺机准备着新的迫害。诗中“传远情”的对象实即玄宗皇帝，诗人想表达自己安于隐僻，心无怨意，而这一心情未能上达帝听。“飞沉理自隔”，诗人也只能无可奈何了。全篇寄托深沉，在表面的平静下寓藏着忠而见谤、无处申怀的悲愤。

【注释】

〔1〕幽人：幽居的人，指隐士。

【译文】

我独自来到幽静的山林归隐，尘俗的积虑全消，心地光明。凭着这点我向高飞的鸟儿恳请，让它为我向远方传递衷情。白天黑夜，始终怀抱着清高的意蕴，可有谁理解其中的至诚至真？青云和泥途本来就判然截分，到哪里才能告慰我的一腔赤忱。

孤鸿海上来，池潢不敢顾〔1〕。
侧见双翠鸟〔2〕，巢在三珠树〔3〕。
矫矫珍木巅，得无金丸惧？
美服患人指，高明逼神恶。
今我游冥冥，弋者何所慕〔4〕！

【题解】

第三首写孤鸿不近危地，高飞冥空，可保平安无虞；而翠鸟招摇衒露，就不免有生命危险。此诗寓意亦与政治情势有关，孤鸿为诗人自喻，“双翠鸟”影喻其政敌、不可一世的李林甫、牛仙客。全诗用对比的手法，议论、劝诫水到渠成，语重心长，颇得诗人敦厚之旨。

【注释】

〔1〕池潢：即潢池，原意是池塘，这里指天子之池。《汉书·龚遂传》：“其民困于饥寒，而吏不恤，故使陛下赤子盗弄陛下之兵于潢池中耳。”

〔2〕翠鸟：又叫翠雀，羽毛颜色艳丽。

〔3〕三珠树：传说中的宝树。据《山海经》，“其为树如柏，叶皆为珠”。

〔4〕“今我”二句：语出扬雄《法言·问明》：“治则见，乱则隐。鸿飞冥冥，弋人何篡焉？”意思是说世道太平，就在社会上现身（实则指在朝廷做官）；世道动乱，就到山林隐居。大雁高飞入高远的天空，射鸟的人哪里抓得住它呢？张九龄引用此典时，将“篡”字改为“慕”字，意思更深了一层：原来是说射手别想抓获它，现在变成射手连想抓获它的念头都别想有。冥冥，高远的苍穹。弋者，射鸟人。

【译文】

孤飞的大雁来自荒远的海面，不敢眷顾天子的池园。瞥见那里有两只翠鸟斗妍，把窠巢安筑在华美的三珠树间。珍树尽管森森，可以高踞顶尖，难道不惧遭受弹射的危险。炫丽的衣着怕人评嗤，高明出众会激起神明憎厌。如今我翔游苍穹，飞得远远，射猎者又能有什么痴心妄念。

江南有丹橘，经冬犹绿林。
岂伊地气暖〔1〕，自有岁寒心〔2〕。
可以荐嘉客，奈何阻重深。
运命惟所遇，循环不可寻。
徒言树桃李，此木岂无阴。

【题解】

第四首写江南丹橘虽然禀性美好，却因重深阻隔而为人冷落，借以影喻自己耿介被斥，怀才不遇。全诗前四句极力赞颂橘树经冬不凋的贞美，中两句感喟它的际遇，后四句议论，先谓命运难测，天意难料，随即又从桃李与丹橘的对照中谴责世间贤愚不分，表现出更为强烈的悲愤。全篇起伏顿挫，感情深沉。

综观诗人的《感遇》诗，比兴得体，寄托遥深，如盐着水，不露痕迹。在不迫不促之中，抒发出社会与人生的种种感慨，淹雅温润，可谓五言古诗的正声。

【注释】

〔1〕岂伊：岂是，哪里是。

〔2〕岁寒心：语出《论语 · 子罕》:“岁寒然后知松柏之后凋也。”

【译文】

丹橘树啊，在江南的土地上生存，经历了严冬，依然是满林青青。难道这只是地气温暖的原因？不，是丹橘自有耐寒的本性。它本可以用作珍品献给上宾，无奈山重水深，无法进呈。万物只能安于所遭的命运，天道循环，其间的因由不可探寻。别说种植桃李才有遮阳的功能，这丹橘树，不也一样夏日成荫。

下终南山过斛斯山人宿置酒

李 白

暮从碧山下，山月随人归。
却顾所来径[1]，苍苍横翠微[2]。
相携及田家，童稚开荆扉。
绿竹入幽径，青萝拂行衣[3]。
欢言得所憩[4]，美酒聊共挥。
长歌吟松风，曲尽河星稀。
我醉君复乐，陶然共忘机[5]。

【题解】

这是李白初入长安时游终南山之作。终南山，在今西安市南，一称南山，唐代士人多在此隐居。过，拜访。斛斯山人，复姓斛斯的一位隐士。诗人到一个隐居在山中的朋友家拜访，朋友留居，又设酒款待，彼此意气相投，忘却了世间的纷扰。显然诗人是将这次拜访，作为良辰美景、赏心乐事“四美并”的经历来看待的。因而诗中写景、写事、写情，无不充溢着美感。而全诗又明白如话，不加斧凿，字字从心中流出。李白诗往往以这种“清水出芙蓉，天然去雕饰”的英气取胜。

【注释】

〔1〕却顾：回头望。

〔2〕翠微：青翠的山岭。

〔3〕青萝：即女萝，一名松萝，地衣类植物。

〔4〕欢言：欢然。言为语助词，无义。　得所憩（qì）：指留宿在山人家。憩，休息。

〔5〕忘机：忘却世俗得失。机，机心，巧伪之心。

【译文】

黄昏，步下青葱的终南山，多情的山月一路上伴我回还。回头眺望刚才走过的地方，一道道青山增添了几分苍茫。山人带着我到他的田庄宿夜，天真的孩童开了柴门迎接。竹丛间穿行着一条幽深的小路，藤蔓不时轻拂着我的衣服。多么快乐啊，得到了向往的歇所，又有美酒，正好一起欢然共酌。长歌连连伴着松风的呼啸，曲尽时银河的星点已见稀少。我喝醉了，你也乐不可支，我们心心相融，忘了机诈的人世。

月下独酌

李　白

花间一壶酒，独酌无相亲。
举杯邀明月，对影成三人。
月既不解饮，影徒随我身。
暂伴月将影〔1〕，行乐须及春。
我歌月徘徊，我舞影零乱。
醒时同交欢，醉后各分散。
永结无情游〔2〕，相期邈云汉。

【题解】

原作四首，此为其一。从其三“三月咸阳道”、其四“虚名安用哉”句意看，诗应作于李白天宝元年至三载（742—744）应召入长安期间。

诗作劈头先写“独酌”，继而以主要篇幅写邀月对影，化为虚拟的“交欢”。全篇以花好月明之夜为背景，围绕着饮酒的主线，层层展开“我”、“月”、“影”三者之间眼花缭乱的关系，表面上是写“行乐”，其实是借以抒发现实生活中孤独踽凉、苦无知音的悲哀。但因李白生性疏放，酷爱自由，所以诗中又充溢着一种不甘困坐愁城、追求精神超越的豪逸之气。全篇无中幻有，淋漓尽致，千古奇趣，就地觅得，诗情波澜起伏而又纯乎天籁，所以向来为人们所喜爱。

【注释】

〔1〕将：同，和。

〔2〕无情：忘情，尽情。

【译文】

花间摆下一壶美酒，独饮独酌，苦于伴儿没有。举起酒杯向明月发出邀求，加上身影，就成了三个朋友。明月当然不懂饮酒的玩意，影子可是同我寸步不离。暂且同月亮和影子相伴一起，寻求快乐，就不能错过春天的时机。我唱起歌，月亮恋恋地不肯离开；我跳起舞，影子跟着我东倒西歪。清醒时我们一齐分享欢悦，沉醉后大家不妨各自分别。我们永远订下尽兴同游的成约，相会在那遥远的天上世界。

春　思

李　白

燕草如碧丝〔1〕，秦桑低绿枝〔2〕。
当君怀归日，是妾断肠时。
春风不相识，何事入罗帏？

【题解】

这首诗写居住在秦地的少妇对在北方燕地远戍的丈夫的思念，以表现手法的细腻入微见长。“燕草”两句，赋中有兴。尤其“秦桑”，表地、表时、表女子身份，甚至还有“秦罗敷”的联想而表女子的婵娟美好。结尾二句，以无中生有地嗔责春风表达了妻子对丈夫的忠贞之情，所谓“无理而妙”:“无理”指匪夷所思，“妙”指出人意表，故多为后代所引用。

【注释】

〔1〕燕：今河北、辽宁一带，古属燕国。

〔2〕秦：今陕西一带，古属秦国。

【译文】

你在燕北，春草刚绽出纤细的青芽；我秦中这里的桑树，早已是绿叶低亚。夫君啊，当你因春天的触动想起回家，我已在断肠的煎熬中捱过了太多的年华。我同春风从来没有过什么约会，它凭什么，竟敢侵入我的床帏？

望　岳

杜　甫

岱宗夫如何〔1〕？齐鲁青未了〔2〕。
造化钟神秀〔3〕，阴阳割昏晓〔4〕。
荡胸生层云，决眦入归鸟〔5〕。
会当凌绝顶〔6〕，一览众山小〔7〕。

【题解】

这首诗是杜甫于唐玄宗开元二十四年（736）第一次漫游齐赵，经泰山远望而写下的，为杜甫现存作品中最早的一首五言古诗。全篇紧扣“望”字，从望中之景到望中之情、望中之感，一气贯注。虽未登山，却将泰山的磅礴雄伟，从气势到神韵上都酣满推出，实可谓濡然大笔。

【注释】

〔1〕岱宗：东汉应劭《风俗通·山泽篇》："泰山，山之尊者，一曰岱宗。岱，始也；宗，长也。"泰山在古代被尊为"五岳"之长，故称岱宗。 夫（fú）如何：它怎么样呢？夫，助词，在句中有"彼"的意思，指代岱宗。

〔2〕齐鲁：齐鲁为春秋时代的两个诸侯国，均在今山东境内。齐在泰山之北，鲁在泰山之南。

〔3〕造化：指天地和自然界的创造化育。 钟：聚集，集中。

〔4〕阴阳：山北为阴，山南为阳。

〔5〕决眦（zì）：形容极力睁大眼睛向远处望去。决，睁大，裂开。眦，眼眶。

〔6〕会当：终当，定当，表将然语气。

〔7〕"一览"句：化用《孟子·尽心上》"孔子登东山而小鲁，登泰山而小天下"的语意。

【译文】

那泰山啊究竟是个什么样情形，横跨齐鲁大地，一片青翠望个不尽。大自然把神奇和秀丽集于一身，山北山南，划分出如黄昏和早晨的不同幽明。一层层云气仿佛在胸间波荡涌生，睁裂了眼眶，才望见飞鸟归山的踪影。总有一天我会登上最高的巅顶，看群山低小，俯伏在泰山的脚下称臣。

赠卫八处士

杜　甫

人生不相见，动如参与商〔1〕。
今夕复何夕，共此灯烛光〔2〕？
少壮能几时，鬓发各已苍〔3〕。
访旧半为鬼，惊呼热中肠〔4〕。
焉知二十载，重上君子堂。

昔别君未婚，儿女忽成行。
怡然敬父执[5]，问我"来何方"？
问答未及已，儿女罗酒浆。
夜雨剪春韭，新炊间黄粱[6]。
主称会面难，一举累十觞[7]。
十觞亦不醉，感子故意长。
明日隔山岳，世事两茫茫！

【题解】

《赠卫八处士》诗作于乾元二年（759）春天。处（chǔ）士，古时称有才德而隐居不仕的人，后来也泛指没有做过官的读书人。当时杜甫从洛阳返回华州任所，途中拜访了二十年不见的老友卫八（八为排行），写下了这首赠诗。诗以"人生不相见"发端，以"世事两茫茫"收结，着重抒发了乱离时代"别易会难"的沧桑之感，也暗寓了对国家命运的关注与忧虑。全诗平易真切，如诉衷肠，却又层次井然；一气流走，却又不失杜甫特有的沉郁的风概。

【注释】

〔1〕动：每每，往往。　参（shēn）与商：二星名。两星此出彼没，永不相见，因以比喻人分离而不得相见。

〔2〕"今夕"二句：暗寓《诗经·绸缪》"今夕何夕，见此良人"句意。

〔3〕"少壮"二句：暗寓《古诗》"少壮不努力，老大徒伤悲"句意。

〔4〕热中肠：形容五内悲伤，心如熬煎。

〔5〕父执：父亲的老朋友。执，执友的省称，志同道合的朋友。

〔6〕间（jiàn）黄粱：指根据民间的一般习惯，在锅中一边放白米，一边放黄粱做成的饭。两种米在锅中所占比例的多少，可随意安排。一般是先放入一种米，待开锅后再将另一种米放入锅头同煮。也称"二米饭"。

〔7〕觞（shāng）：古代盛酒的器具，即酒杯。

【译文】

命运让人们长别不见，往往像参星和商星那样无缘会面。今晚啊是怎样一个美好的夜晚，同一处灯烛下，我们促膝欢谈。青春的年华是那样地短暂，我们两人都已白发斑斑。寻问故人，一半都撒手尘寰，心生感慨，禁不住大声呼喊。谁能料到二十年流光如水，又有了登门拜访君子的机会。昔日分别你还没有婚配，如今一下子儿女已经排成了长队。他们和悦地向着父亲的老友行礼，问我这一回来自何地。一问一答还没有完毕，小儿女已把酒菜备齐。夜雨间剪一把春韭味美无比，新米饭掺着黄粱散发出香气。主人说久别重逢实在不易，把十大杯美酒连连举起。十杯酒下肚我也没有醉意，只因为感激你深长的情谊。到明天高山又将把我们隔离，国事家事，都茫茫不可预期。

佳　人

杜　甫

绝代有佳人[1]，幽居在空谷。
自云良家子[2]，零落依草木。
关中昔丧乱[3]，兄弟遭杀戮。
官高何足论？不得收骨肉。
世情恶衰歇，万事随转烛。
夫婿轻薄儿，新人美如玉。
合昏尚知时[4]，鸳鸯不独宿。
但见新人笑，那闻旧人哭？
在山泉水清，出山泉水浊。
侍婢卖珠回，牵萝补茅屋[5]。
摘花不插发，采柏动盈掬。
天寒翠袖薄，日暮倚修竹。

【题解】

这首诗是杜甫在肃宗乾元二年（759）秋季作于秦州（今甘肃天水）。从诗人这几年的遭遇来看，《佳人》应是一篇客观反映与主观寄托相结合的作品，诗中佳人的遭遇与性格，就是诗人的遭遇与性格。诗人当时弃官取道秦州入蜀，生活非常贫困，但仍然一心想报效国家。古人常在诗中以美人比喻有才德的人，所以本诗可能就是诗人以佳人自比。当然，也可能实有其人，如前人所说："偶有此人，有此事，适切放臣之感，故作此诗。"诗中对"佳人"的正面描写，在于"摘花"四句。四句不接于"幽居在空谷"下，而以之为结尾，尤觉意韵深长。

【注释】

〔1〕绝代：冠绝当代。

〔2〕良家子：清白人家的儿女。

〔3〕关中：古地区名。汉唐时称函谷关以西地区为关中。这里指都城长安。　昔：指天宝十五载（756）。　丧乱：指安禄山叛军攻陷长安。

〔4〕合昏：即合欢花。因其晨开夜合，故名"合昏"。

〔5〕萝：蔓生植物。这里指莪萝、莪蒿、藁蒿一类的蒿草，可以用来苫屋顶、补漏处。

【译文】

有一位姿容盖世的淑女，在空旷的山谷中避人远居。她自述是大户人家的女子，家破人散，只得依附山间的草木度日。前几年安禄山攻陷长安，兄弟们在屠刀下死得真惨。家里当上大官有什么用处，收不回尸骨，一样在野外暴露。势利的世俗嫌弃破落贫困，万事像风中的烛焰摇摆无准。丈夫本是个薄情的负心郎，娶了个小妾长得多漂亮。夜合花到晚上还知把叶子合拢在一起，鸳鸯鸟也从不会独止单栖。只看见新相好得意开颜，有谁知旧主妇以泪洗面？清澈的泉水在山里不受污染，一流出山外，就变得混浊不堪。让侍女卖了珠子，回来应付家用；扯来藤蔓，修补茅屋的漏洞。摘下山花，却无心簪上头发；采拾柏子充饥，往往双手满把。薄薄的翠袖挡不住岁晚的寒气，黄昏时分，她独自在长长的竹子下倚立。

梦李白 二首

杜 甫

死别已吞声[1]，生别常恻恻[2]。
江南瘴疠地[3]，逐客无消息。
故人入我梦，明我长相忆。
恐非平生魂，路远不可测。
魂来枫林青，魂返关塞黑。
君今在罗网，何以有羽翼？
落月满屋梁，犹疑照颜色。
水深波浪阔，无使蛟龙得。

【题解】

唐肃宗至德二载（757），李白入永王李璘幕府，志在讨伐安史叛军。不料肃宗指李璘叛逆，李白以从逆罪遭流放夜郎，于乾元二年（759）才中途赦回。其时杜甫流寓秦州（今甘肃天水），不知李白赦还消息，日夜思念，屡次梦见李白，于是作了这两首诗。

第一首写的是首回梦李白。梦中相遇，半信半疑，骤然醒来，梦影犹历历在目，于是宁可信其真，而对友人的安危更为关念。全诗的妙味在于不言自己梦见李白，而言李白远来入梦。古人认为生人梦遇，是魂魄来见。李白魂魄从南国枫林来到北方关塞，在身遭缧绁、命系一丝的处境下似乎不太可能，则梦魂“恐非平生魂”，也就是怀疑李白已经死了。但即使是鬼魂，杜甫也希望它能平安返回，这其实是在李白不测的情势下对他命运所存的一丝希冀。疑生疑死，疑幻疑真，缠绵迷离的梦境，关切忧惧的至情，使全诗回肠荡气，感人至深。

【注释】

〔1〕吞声：泣不成声。

〔2〕恻恻：心中悲痛。
〔3〕江南：泛指南方。当时李白正被流放在西南地区的夜郎（今贵州遵义一带）。

【译文】

我曾经为死别而吞声饮泣，如今虽知是生离，仍常心情悲凄。南方地区一向充斥着瘴气，得不到你这流放者的消息。友人啊你出现在我梦里，知道我一直在把你惦记。梦魂中见到的也许不是真正的你，相隔万水千山，使我难以探明实际。你来时那里的枫林青苍深郁，你走时我这边的关塞一派昏迷。你如今身陷罗网，自由失去，怎么会有自在翱翔的能力？残月把辉光投满了屋梁四壁，月光下你梦中的容貌依然清晰。你这一回去江湖上水深浪急，可千万别让蛟龙加害于你。

浮云终日行，游子久不至〔1〕。
三夜频梦君，情亲见君意。
告归常局促，苦道来不易。
江湖多风波，舟楫恐失坠。
出门搔白首，若负平生志。
冠盖满京华〔2〕，斯人独憔悴。
孰云网恢恢〔3〕，将老身反累。
千秋万岁名，寂寞身后事。

【题解】

作完前首后，杜甫又一连两夜梦见李白，于是再作了第二首。这一首中，李白的形象更为清晰，诗人不祥的念头有所减抑，从而转入了对他生平遭际的同情与嗟伤。“冠盖满京华，斯人独憔悴”，“千秋万岁名，寂寞身后事”，将李白个人的遭遇上升为社会现象，在寄托对李白深切伤惋与崇高评价的同时，也诉出了诗人以至天下寒士的共同不平。清浦起龙《读杜心解》评此首："纯是迁谪之慨。""为我耶？为彼耶？同声一哭。"说出了此首在前首基础上深化的特色。

前首以"死别"发端，此首以"身后"作结，共同组成了一支天涯沦落、同病相怜的悲歌。它展现了文学史上两位最伟大的诗人之间的深厚友情，也揭示了盛唐末叶高才见忌、贤士侘傺的社会政治现状。

【注释】

〔1〕"浮云"二句：用《古诗十九首·行行重行行》"浮云蔽白日，游子不顾返"诗意。

〔2〕冠盖：冠冕和车盖，都是权贵人家的标志。盖，张在车子上方遮雨和太阳的伞。　京华：京城。

〔3〕网恢恢：语出《老子》："天网恢恢，疏而不失。"恢恢，宽广的样子。

【译文】

浮云在天上整日飘移，却久久不见游子返回的踪迹。接连三夜我频繁地和你梦遇，足见你不忘故人的深情厚谊。你告别总是那样地匆急，苦说这一番前来实在不易。江湖上风波频频生起，船只只怕躲不开失事之虞。你搔着满头白发，出门而去，像是怨叹平生壮志备遭压抑。京城中满是达官贵人的车骑，只有你这才子独个儿困苦失意。谁说天道广大，公平无欺，你将到老年，反而受累含屈。尽管有千秋万岁的名气，又怎能同死后的寂寞相抵。

送綦毋潜落第还乡

王　维

圣代无隐者，英灵尽来归。
遂令东山客〔1〕，不得顾采薇〔2〕。
既至金门远〔3〕，孰云吾道非〔4〕。
江淮度寒食〔5〕，京洛缝春衣〔6〕。

置酒长安道，同心与我违。
行当浮桂棹，未几拂荆扉。
远树带行客，孤城当落晖。
吾谋适不用〔7〕，勿谓知音稀。

【题解】

綦毋潜，字季通，是王维的好友，山水田园诗人。早年曾隐居，后应举落第还乡。开元九年（721）春，王维作此诗送别。安慰考试落选的朋友，是一件很不容易的事。王维此诗写得委婉曲折，在温柔敦厚中见出情意深长，是同类作品中比较出色的一首。

【注释】

〔1〕东山客：指隐士。东晋谢安曾在东山隐居，后称隐士为东山客。

〔2〕采薇：史载隐士伯夷、叔齐不食周粟，隐居于首阳山下，采薇为食（见《史记·伯夷列传》）。这里借指隐居生活。薇，一种野菜。

〔3〕金门：即金马门，汉代对征召来的优秀人才都令他们在金马门等待诏命。

〔4〕吾道非：《史记·孔子世家》载孔子被困于陈蔡时，问子路说："吾道非耶？"

〔5〕寒食：清明前一天或前两天。古人自这天起，三天不生火，只吃冷食，故称寒食。

〔6〕京洛：指洛阳。周平王及东汉在洛阳建都，故称京洛。

〔7〕"吾谋"句：《左传·文公十三年》载秦大夫绕朝对晋国大夫士会说："子无谓秦无人，吾谋适不用也。"

【译文】

圣明的朝代不会埋没才俊，天下的精英都来归附朝廷。这就使得东山上的隐士高人，不能再专意于采薇的营生。来到京城后虽没有考上功名，可谁说我们的主义不能实行。你在江淮度过了寒食节令，落第后在京城又滞留了一春。如今在长安置酒送你踏上归程，知心的朋友就要同我两相离分。你即将乘船在水上行进，没多久就能返回简朴的家门。远展的树行带走了你的身影，古城沐浴在夕阳里显出一派孤氛。满腹的经纶才略正好未被采行，你可千万别以为天下没有知音。

送 别

王 维

下马饮君酒[1]，问君何所之？
君言不得意，归卧南山陲[2]。
但去莫复问，白云无尽时。

【题解】

此诗送别对象不详，旧注或疑是送孟浩然归南山之作。但孟浩然似缺乏本诗所述行者的那种侠气。

全篇一洗送别诗直叙惜别与励行的常套，而仅以送行时主客一问一答构成全篇，且以行客的答词为主体。但仔细体味文辞，可知行者的“不得意”是指仕途不利，因功名不遂，而毅然归卧南山。行者为达人高士，愿伴山中自在无尽的白云而放弃人世的过眼荣华，其自宽自解的豪言侠语，正可替代诗人临别时对他的同情和慰勉。全诗笔走偏锋，洒脱精致，又自有一种醇厚而空灵的神韵。

【注释】

〔1〕饮君酒：请君饮酒。饮，使动动词，使别人喝。

〔2〕南山：即终南山，在今陕西西安南。 陲：边。

【译文】

跨下马来递一杯酒请你，问你：“要想前往何地？”你说：“这世上志向难伸实在无趣，我要回到南山脚下隐居。我这就走了，你再别追问下去，山里有的是白云，会给我无穷的欢娱。”

青　溪

王　维

言入黄花川[1]，每逐清溪水。
随山将万转，趣途无百里[2]。
声喧乱石中，色静深松里。
漾漾泛菱荇[3]，澄澄映葭苇[4]。
我心素已闲，清川澹如此。
请留盘石上，垂钓将已矣！

【题解】

青溪，是沮水的一条支流。在今陕西勉县西，距黄花川不到百里，《水经注》说“其深不测，泉甚灵洁”。本诗以清淡心写动人景，语浅思深，是体现王维山水田园诗禅悟风格的代表作之一。从诗中情调看，此诗当作于开元二十五年（737）诗人赴河西节度幕府时。其时张九龄已罢相，王维在监察御史任上，却因青溪之游，决意“垂钓将已矣”。

【注释】

〔1〕言：语助词，无实义。　黄花川：水名，在今陕西凤县东北。
〔2〕趣：通“趋”，前往。
〔3〕漾漾：水波动荡的样子。
〔4〕澄澄：水清澈的样子。　葭（jiā）苇：初生的芦苇。

【译文】

小船一进入黄花川，就同青溪水亲密作伴。依着山势千回万转，行程还不满百里之远。乱石中溪声格外喧阗，松涛中山色多么幽恬。菱荇同涟漪一起漾泛，芦苇叶上映现出波光的亮闪。我的心性一向恬淡，青溪更显示了本色天然。我真想长留在磐石上面，垂下钓竿，就此终老天年。

渭川田家

王　维

斜阳照墟落〔1〕，穷巷牛羊归〔2〕。
野老念牧童，倚杖候荆扉。
雉雊麦苗秀〔3〕，蚕眠桑叶稀。
田夫荷锄至，相见语依依。
即此羡闲逸，怅然吟式微〔4〕。

【题解】

渭川，即渭水，源出甘肃渭源，流经陕西至潼关入黄河。田家，或谓指友人丁寓的渭川田家，如此则本诗作于开元十五年(727)。王维另有《丁寓田家有赠》诗，侧重写丁寓的田居生活，本诗则侧重写当地农民的闲逸的生活情状，从而表达自己归隐田园的愿望。诗用白描手法写村落晚归情景，平淡自然，读来倍感亲切。这种寄寓人情的闲适，同他日后寄寓禅悦的闲适，代表了王维山水田园诗由“趣”向“理”的发展。

【注释】

〔1〕墟落：村庄。

〔2〕穷巷：深巷。　牛羊归：化用《诗经·王风·君子于役》“日之夕矣，牛羊下来”句意。

〔3〕雉雊(gòu)：野鸡鸣叫。语本《诗经·小雅·小弁》:“雉之朝雊。”雊，野鸡叫。　秀：禾类植物开花，叫“秀”。

〔4〕式微：《诗经·邶风》诗名。中有句曰：“式微，式微，胡不归？”式微，天将暮；胡不归，为什么不归家。这里取其意，代表归田园隐居。

【译文】

夕阳暖暖，残偎着村庄，深巷中归来了放牧的牛羊。老人惦念着牧童的情况，扶着手杖，在柴门前站立守望。野鸡鸣声中麦苗抽穗一片茁壮，蚕眠时桑树叶已差不多采光。农夫扛着锄头从田间回往，同我见面交谈，彼此情深意长。所有闲适的情景使我羡慕难忘，惆怅地吟起“式微式微胡不归”的诗章。

西施咏

王 维

艳色天下重，西施宁久微？
朝为越溪女[1]，暮作吴宫妃。
贱日岂殊众？贵来方悟稀。
邀人傅脂粉[2]，不自着罗衣。
君宠益娇态，君怜无是非。
当时浣纱伴，莫得同车归。
持谢邻家子[3]，效颦安可希[4]？

【题解】

西施，是春秋时越国苎萝村的浣纱女子，姿容绝世。越王勾践会稽战败，献西施于吴王夫差，使后者迷恋美色而荒废国事，终为勾践所灭。相传西施后随越大夫范蠡浮舟而去，不知所终，但也有平吴后勾践沉西施于江中的说法。

历代诗人多有歌咏西施之作，而本诗却借题发挥，着笔于西施从浣纱女子骤为吴王宠妃的遭遇，写她恃宠忘旧，从而感慨世态的无常与人情的冷暖。但诗人又不作出格的丑化和褒贬，“贱日岂殊众，贵来方悟稀”、“君宠益娇态，君怜无是非”等句，只是平平叙出，而讽味自深。全诗工稳闲澹，曲折沉着，却托意悠远，令人涵泳不尽。

【注释】

〔1〕越溪：即若耶溪，在今浙江绍兴东南，相传是西施浣纱的地方。

〔2〕傅：通“敷”，抹。

〔3〕持谢：奉告，劝告。 邻家子：传说中西施家的东邻东施。

〔4〕效颦（pín）：相传西施因病“捧心而颦”，人们觉得西施的病态很美。于是东施姑娘也成天学西施紧皱眉头，但是人们却觉得她更丑了。 希：指望。

【译文】

天下人最看重女色的艳美，美娃西施又怎会长久寒微。早上还是若耶溪边的村妹，晚上进宫，就成了吴王的爱妃。贫贱时同别人没什么两样，富贵了才知自己是世间无双。于是要人来为她打扮梳妆，穿衣着裙，也得婢女侍候帮忙。垄断了恩宠，更显出娇媚万状，君王的爱怜本没有是非可讲。当时的女伴，一起浣纱在溪旁，如今再也无缘和她同坐在车上。寄语那效颦的东施姑娘，就算模仿，又哪有出头的希望？

秋登兰山寄张五

孟浩然

北山白云里，隐者自怡悦〔1〕。
相望始登高，心随雁飞灭。
愁因薄暮起，兴是清秋发。
时见归村人，沙行渡头歇。
天边树若荠〔2〕，江畔洲如月。
何当载酒来〔3〕，共醉重阳节。

【题解】

兰山,《孟浩然集》作“万山”，当是。万山在襄阳城北，与孟浩然所曾归隐的岘山遥遥相对。张五即张諲，字文僖，与孟浩然共隐岘山，后官刑部员外郎。此诗为孟浩然万山登高而忆念张諲之作。

全诗通篇写秋登万山之意兴，分为两个方面，一是心情的变化，二是登眺的所见。前者从怡悦白云的余憾，到归雁引起的心旌摇动，再到因黄昏来临而于秋爽中所掺入的无名薄愁，展现了心意与外物的晤合。后者更是细腻地描绘了“薄暮”所见山下的景象：村人晚归，于渡头小歇，远树微茫可辨，小洲横偃如月，实是以富于生活气息的画面替代“叙旧”，透露出诗人怀念故友的挚情。全诗冲和自然，意到言随，而情景交融，亲切如画。前人评孟浩然诗“语淡而味终不薄”，此作是很好的例证。

【注释】

〔1〕“北山”二句：化用南朝梁陶弘景《诏问山中何所有赋诗以答》诗：“山中何所有？岭上多白云。只可自怡悦，不堪持赠君。”

〔2〕荠：一种野菜。

〔3〕何当：什么时候能够。

【译文】

朵朵白云护绕着北山的山岗，隐居的我可惜只能自我欣畅。为了瞻望，我不辞攀登到山上。大雁起落，我的心也随之前往。黄昏带来了一丝丝惆怅，清秋唤起了意兴的绵长。不时望见归人返回村庄，行过沙滩，在渡口处休歇半晌。天边的树木细小如同荠草一样，江边的小洲宛若新月的形状。什么时候你能带着酒前来过访，让我们在重阳节一起大醉一场？

夏日南亭怀辛大

孟浩然

山光忽西落，池月渐东上。

散发乘夜凉[1]，开轩卧闲敞。
荷风送香气，竹露滴清响。
欲取鸣琴弹，恨无知音赏[2]。
感此怀故人，中宵劳梦想[3]。

【题解】

南亭，为诗人旧居涧南园中的亭子。辛大即辛谔，排行老大，孟浩然有《西山寻辛谔》诗。他是孟浩然的同乡好友，过从甚密。全诗以夏日傍晚南亭清景与闲居怀人之情相并，自然闲适之中转出深厚悠远之思，意境清淡又情趣浮动，语言质朴又洗炼简洁。淡而能映，举重若轻，显示了孟浩然“冲淡中有壮逸之气”（胡震亨《唐音癸签》语）的特色。

【注释】

〔1〕散发：散开头发，闲适的一种姿态。古代男子在正式场合要把头发束在头顶，闲时则可不拘礼节而散。

〔2〕知音：一语双关，既指知晓音律，又指知心朋友。孟浩然《张七及辛大见访》有“居士好弹筝”句，知辛大确是知音之人。

〔3〕梦想：梦中怀想。司马相如《长门赋》：“忽寝寐而梦想兮，魄若君之在傍。”

【译文】

山间的日影在不知不觉中西沉，池边的月亮渐渐东升。我披散头发，享受凉爽的黄昏，打开窗户，在宽敞的幽处躺平全身。晚风送来荷香阵阵，竹叶上的露水发出清脆的滴声。我想取出古琴弹奏遣心，只恨没有识曲的知音。有感于此，我更加怀念故人，在相思中捱过了整个长夜时分。

宿业师山房待丁大不至

孟浩然

夕阳度西岭，群壑倏已暝[1]。
松月生夜凉，风泉满清听[2]。
樵人归欲尽，烟鸟栖初定。
之子期宿来[3]，孤琴候萝径。

【题解】

山房，疑指龙泉寺僧舍，在诗人旧居涧南园附近。丁大，即丁凤，排行老大，与孟浩然同乡。孟浩然有《送丁大凤进士赴举呈张九龄》诗。本诗作于开元十七年（729）诗人长安应试失败归隐襄阳以后。前四句扣“宿业师山房”，后四句扣“待丁大不至”。全诗意象清远，情景融彻，以清丽幽寂作为下笔取止的依凭，视觉、听觉、感觉无不向其靠拢，从而衬示出主客的高洁。业师，疑即《疾愈过龙泉寺精舍呈易业二上人》中的业上人。

【注释】

〔1〕倏（shū）：极快的样子。

〔2〕清听：悦耳的声音。

〔3〕之子：那人。之，指示代词；子，对男子的美称。　宿来：隔夜来。一夜叫“宿”，两夜叫“信”。

【译文】

西边的山岭爬过了夕阳，一道道山谷顿时昏暗迷茫。松间明月送来了夜凉，满耳是风吹溪泉的悦耳声响。樵夫下山，差不多全已走光，暝色中的归鸟也已栖宿停当。那位君子约好隔夜来访，我抱琴独候，在布满藤蔓的小路上。

同从弟南斋玩月忆山阴崔少府

王昌龄

高卧南斋时，开帷月初吐。
清辉澹水木〔1〕，演漾在窗户。
荏苒几盈虚〔2〕，澄澄变今古。
美人清江畔〔3〕，是夜越吟苦〔4〕。
千里其如何〔5〕，微风吹兰杜。

【题解】

从弟，即堂弟，王昌龄的堂弟名王锁。本诗为诗人对王锁《南斋玩月忆山阴崔少府》诗的和作。南斋玩月，在南书房赏玩月亮。山阴崔少府，指崔国辅，著名诗人。崔国辅于玄宗开元中任山阴县尉（少府为县尉别称），故此诗当作于开元年间。

诗从南斋玩月写起，由初月清晖、花木弄影的月夜美景，生出盈虚今古之感。这种空间与时间的超越，使诗人产生“隔千里兮共明月”（谢庄《月赋》语）的感想，于是自然地过渡到对友人崔国辅的忆念。作品从揣想对方落笔，说他此夜在山阴也同样在苦吟。“美人”以下四句，既有崔的身影，又有南斋的月影。风骨内含，精芒外隐，寥寥数笔，精诚尽出。

【注释】

〔1〕澹：水波摇荡的样子。

〔2〕荏苒（rěn rǎn）：时间慢慢过去。　盈虚：指月亮圆缺。

〔3〕美人：指自己所思念的人，这里指崔少府。

〔4〕越吟：据《史记·陈轸传》记载，战国时越人庄舄在楚国为官，虽然富贵，也不忘旧国，病中思越而吟越声。山阴正切越字。

〔5〕“千里”句：暗寓谢庄《月赋》“隔千里兮共明月”句意。

【译文】

我们在南斋里闲适地卧躺，揭开帷帐，看一轮明月初上。皎洁的月色在池水和庭树上闪亮，让它们隔着窗户不住地摇漾。几番月圆月缺，送走了时光，历历勾画出古今推移的世象。我所思慕的崔少府在清江岸旁，这一夜定在苦吟着越地的诗章。千里同心，该打个怎样的比方？好比兰花和杜若，在微风里同送芬芳。

寻西山隐者不遇

丘　为

绝顶一茅茨，直上三十里。
扣关无僮仆，窥室唯案几。
若非巾柴车[1]，应是钓秋水[2]。
差池不相见[3]，黾勉空仰止[4]。
草色新雨中，松声晚窗里。
及兹契幽绝[5]，自足荡心耳[6]。
虽无宾主意，颇得清净理[7]。
尽兴方下山[8]，何必待之子。

【题解】

本诗写诗人与一位隐者的友情。寻访不怕山高路长，写友情之诚；寻访不遇径直入院赏景，及兴尽下山而不待主人归，以不拘礼节写友情之深。末二句写虽然未见到朋友，但山上的清幽景色也让自己尽了兴，因此并不懊悔，颇有些王子猷“雪夜访戴”的情致。

【注释】

〔1〕巾柴车：犹巾车，以帷幕装饰车子，指整车出行。柴车，粗陋之车。陶渊明《归去来兮辞》有“或命巾车”句，此处暗寓其意。

〔2〕钓秋水：在秋水中垂钓。暗寓《庄子·秋水》篇庄子与惠子游于濠梁上的典故。

〔3〕差池：差错，意外。

〔4〕黾（mǐn）勉：勉力，此处暗寓《诗经·邶风·谷风》“黾勉同心”句意。 仰止：仰望。止，语助词。

〔5〕及兹：到此。 契幽绝：指性情与清幽绝俗的景物相投合。契，投合。

〔6〕荡心耳：指开豁心耳。

〔7〕清净：佛教语，指远离烦恼。

〔8〕尽兴：《世说新语·任诞》中，记载晋人王徽之（字子猷）住在山阴时，于雪夜乘舟到剡溪访问友人戴逵（字安道）。但是到了戴家门前，王子猷却不进门就回去了。别人问他为什么这样，他说：“本乘兴而来，兴尽而返，何必见戴？”

【译文】

山顶上一所草屋孤零无靠，从下登上，竟有三十里之遥。敲门没有僮仆出来应召，室内只窥见矮桌几条。主人若不是坐小车出外游遨，就定然是在秋水上垂钓。失之交臂，不能当面会见，只能让仰慕之情长留于怀抱。新雨中洗出了一片翠绿的芳草，晚窗里送入了阵阵松涛。到这里同幽邃的景致契然神交，已足以使我的心旌动摇。虽然没有宾主之间的欢晤，却深悟了远离尘嚣的大道。满足了兴致我才欣然下山，何必一定要把主人等到。

春泛若耶溪

綦毋潜

幽意无断绝，此去随所偶〔1〕。
晚风吹行舟，花路入溪口。

际夜转西壑〔2〕，隔山望南斗〔3〕。
潭烟飞溶溶，林月低向后。
生事且弥漫〔4〕，愿为持竿叟〔5〕。

【题解】

若耶溪，源出今浙江绍兴东南二十里处的若耶山，北流入镜湖。本诗写泛舟若耶溪所见的夜景。中间六句，傍晚、际夜、夜深，景物在“幽意”的前提下各具变化和特色。最后幽寂、迷茫之景与世事茫然、随遇而安的心情相吻合，升华为对尘俗的超越，诗人终于从中获得了人生的真谛。

【注释】

〔1〕随所偶：随遇而安，指任舟飘荡。偶，遇。
〔2〕际夜：入夜。际，到。
〔3〕南斗：二十八宿中的斗宿，为越地之分野。
〔4〕生事：世事。　弥漫：迷茫无际。
〔5〕持竿叟：钓鱼翁。此指隐栖者。

【译文】

幽独的意绪始终同我相伴，这一去我总是随遇而安。晚风吹送着我的行船，一路春花，折入了若耶溪的口岸。入夜转驶进西山的山沟，隔着山峰我仰望着吴越的界星南斗。潭上的水气浓密地飘浮，林间的斜月低垂着向后退走。世间万事任它如烟水迷茫，我愿手持钓竿终老于水乡。

宿王昌龄隐居

常　建

清溪深不测，隐处唯孤云。

松际露微月，清光犹为君。
茅亭宿花影，药院滋苔纹[1]。
余亦谢时去[2]，西山鸾鹤群[3]。

【题解】

王昌龄为开元、天宝间著名诗人，作者好友，二人为开元十五年（727）同榜进士。作者于天宝中隐居武昌西山，结句当为实录而非愿望，则此诗作于天宝年间。诗中以王昌龄隐居处的清雅景物烘托主人情怀之素雅，结末表白自己也是隐栖同道。清人沈德潜说本诗“言欲与偕隐”(《唐诗别裁集》)，是将已然解作了将然，恐不确。本诗严格来说，应属于折腰体的五律（颔联不对，颈联以工对补救），而失对的“松际”两句，景为情用，想象新奇，在唐代即被诗评家推赞为名句（见《河岳英灵集》)，更符合律诗不以律害意的作法传统。

【注释】

〔1〕药院：种植芍药的院落。
〔2〕谢时：辞别时世，即隐居。
〔3〕西山：指武昌西山（一名樊山）。　鸾鹤群：与鸾鹤为伴。

【译文】

清溪是那么幽深，望不到边，你归隐的地方惟见白云一片。月亮在松林上方微微露脸，清光仿佛还在把你怀念。花影依偎着茅亭静静入眠，芍药院里添出了道道苔藓。我也将辞官归隐，远避尘间，同西山的鸾鹤终日相伴。

与高适薛据登慈恩寺浮图

岑　参

塔势如涌出[1]，孤高耸天宫。

登临出世界，磴道盘虚空〔2〕。
突兀压神州，峥嵘如鬼工〔3〕。
四角碍白日，七层摩苍穹。
下窥指高鸟，俯听闻惊风。
连山若波涛，奔凑如朝东。
青槐夹驰道〔4〕，宫观何玲珑〔5〕。
秋色从西来，苍然满关中〔6〕。
五陵北原上〔7〕，万古青濛濛。
净理了可悟〔8〕，胜因夙所宗〔9〕。
誓将挂冠去〔10〕，觉道资无穷〔11〕。

【题解】

高适、薛据都是盛唐时期的著名诗人。慈恩寺浮图，即慈恩寺塔，也就是西安著名的大雁塔，为唐代长安最大的皇家寺院。此诗作于天宝十一载（752）秋。据史料记载，与岑参一同登塔的除了高适、薛据外，还有杜甫与储光羲，高、薛先成诗，岑、杜、储继有和作。五位大诗人同题分咏，各展英才，成为诗坛佳话，而其中杜诗与岑参此作所得评价更高。

诗分三层，前六句总写登塔，中十二句从上下、四方分写塔势和临眺景象，末四句抒发感想。全作充分发挥了长诗“赋”的铺叙功能，俯仰高深之状，包举六合之景，纵观古今之识，感念身世之怀，无不曲尽篇中。气大势伟，句雄语奇。从“登临出世界”、“万古青濛濛”这时空两方面的升华，得出群动终归空静的“净理”、“胜因”，甫登进士第的诗人产生“誓将挂冠去”的登塔心得，是顺理成章的。

【注释】

〔1〕“塔势”句：是说佛塔，从地面突起，就如泉水涌出一般。据佛典《妙法莲花经·宝塔品》:“尔时佛前有七宝塔……从地涌出。”

〔2〕磴道：指登塔的阶梯。

〔3〕鬼工：鬼斧神工，不是人力所能完成。

〔4〕驰道：天子出行时车马走的道路。

〔5〕宫观（guàn）：即皇家的宫阙。

〔6〕关中：地名，在今陕西省。

〔7〕五陵：本指西汉五个皇帝的陵墓：高祖长陵、惠帝安陵、景帝阳陵、武帝茂陵、昭帝平陵。都在长安北面，这里的五陵指长安附近地区。

〔8〕净理：佛理。

〔9〕胜因：佛教中的善缘。

〔10〕挂冠：辞去官职。

〔11〕觉道：即佛道，梵文“佛”的原意本为“觉者”。

【译文】

塔势“从地涌出”，犹如佛经所言，挺然孤耸，直接天上的仙殿。登塔陡生迥出人世之感，梯级在半空中层层盘旋。高突的塔体俯压着神州山川，气象峥嵘，真怀疑非人力可建。四面的檐角遮挡了太阳的光线，七层雄立，可以上摩青天。探身下视，飞翔的群鸟一一可辨，俯耳倾听，呼啸的疾风响成一片。绵亘的群山犹如波涛翻卷，起伏远引，像是去东方参加朝见。青青的槐树夹着官家的道路，宫殿显得那么小巧，像玩具一般。秋色从西部一直向东扩延，苍凉的气象布满了关中平原。北部的高地上有着汉代的五陵，一派濛濛的青色千古未变。对于佛理我早已了然领悟，妙好的因缘一向使我艳羡。我决心弃官离开喧嚣的名利场，将觉悟的真谛应用到方方面面。

贼退示官吏 并序

元结

癸卯岁〔1〕，西原贼入道州〔2〕，焚烧杀掠，几尽而去。明年，贼又攻永破邵〔3〕，不犯此州边鄙而退〔4〕，岂力能制敌欤？盖蒙其伤怜而已！诸使何为忍苦征敛！故作诗一篇以示吏。

昔年逢太平，山林二十年。
泉源在庭户，洞壑当门前。
井税有常期[5]，日晏犹得眠。
忽然遭世变[6]，数岁亲戎旃[7]。
今来典斯郡[8]，山夷又纷然。
城小贼不屠，人贫伤可怜。
是以陷邻境，此州独见全。
使臣将王命，岂不如贼焉。
今彼征敛者，迫之如火煎。
谁能绝人命，以作时世贤。
思欲委符节[9]，引竿自刺船。
将家就鱼麦，归老江湖边。

【题解】

诗前的小序告诉我们，代宗广德元年（763），当时被称为“西原蛮”的少数民族攻破道州（今湖南道县）后弃城而去。第二年，他们又进犯附近的永州、邵州，却放过了道州，是因为这里太过贫穷而不屑一顾。诗人时任道州刺史，对百姓在这种条件下犹遭横征暴敛的处境深感悲愤，于是作了本诗。“贼”，是对当时起事的“西原蛮”侮辱性的称呼。

全诗从自己在盛世时隐遁的初志写起，转出乱世应命典郡道州，而道州“城小贼不屠，人贫伤可怜”的事实，谴责赋敛使臣残民以逞、甚于盗贼的行为，表明了自己宁可弃官而去、不愿助纣为虐的决心。通篇以“苛政猛于虎”为主旨，以“贼退”为枢纽，奉劝官吏体恤民困。全诗正气浩荡，又婉而多讽，深得汉魏古诗指陈时事、明志讽世的遗风。

【注释】

〔1〕癸卯岁：唐代宗广德元年（763）。这年十二月，今广西境内的“西原蛮”攻陷道州，烧杀抢掠。

〔2〕道州：今湖南道县。

〔3〕永：即永州，今湖南零陵。 邵：即邵州，今湖南邵阳。

〔4〕边鄙：边境。

〔5〕井税：古代实行井田制，将九百亩地分为九个区，形状如“井”字。中心为公田，周围八区为私田，八家除耕自己的私田，又一起耕种公田。本文井税指赋税。

〔6〕遭世变：是指安史之乱以来的战乱。

〔7〕戎旃（zhān）：军中营帐。

〔8〕典：掌管，治理。

〔9〕委符节：辞官而去。委，丢弃。符节，使臣出使时所持，作为朝廷任命的凭信。

【译文】

以往我遇上了太平的年头，在山林里隐居了二十个春秋。庭院中有山泉源源奔流，开门就对着洞壑清幽。一年中赋税有正常的征收，天晚了不愁高枕无忧。忽然间遭受了人世的变乱，好几年都同军帐作伴。如今来这道州出任长官，山居的“西原蛮”又蠢动不安。城小叛匪不屑于来攻占，居民贫穷，也容易受到哀怜。所以邻近的县城纷纷失陷，只有这道州得到了幸免。催征的使臣接受天子的委命，难道还不如叛匪的所行。如今那些官员们暴敛横征，像火烧一般，将百姓迫上绝境。谁能断送天下黎民的生存，去换取当代贤能的美名。真想就此弃印辞官，手持竹篙到河中撑船。带领全家去打鱼耕田，回到江村湖边度过余年。

郡斋雨中与诸文士燕集

韦应物

兵卫森画戟〔1〕，燕寝凝清香〔2〕。

海上风雨至[3]，逍遥池阁凉。
烦疴近消散[4]，嘉宾复满堂。
自惭居处崇，未睹斯民康。
理会是非遣，性达形迹忘。
鲜肥属时禁，蔬果幸见尝。
俯饮一杯酒，仰聆金玉章。
神欢体自轻，意欲凌风翔。
吴中盛文史[5]，群彦今汪洋。
方知大藩地[6]，岂曰财赋强？

【题解】

本诗为德宗贞元五年（789）五月，在苏州刺史任上作。郡斋，刺史官署中为官员更衣、休息而设的屋舍。燕集，即宴集。

诗中前四句分写“郡斋”、“雨中”，以下洋洋洒洒，均入“与诸文士燕集”的正题。其中先是六句抒情，表示邀致嘉宾的喜悦和自我惭愧，情辞谦恭，已见雅人深致。接着六句述宴，表露一片诚愫，写出宾主双方诗酒欢会的融洽和乐。最后四句叹美吴中人杰地灵，以人才胜于资财，成为全篇意旨趋于更高境界的结穴。全诗典型地展现了韦应物淡远之中见雍容之致的诗歌风格，显示了诗人领袖当时东南诗坛的典雅气度。

【注释】

〔1〕森：林立般排列。　画戟：装饰精美的戟，官署中的一种仪仗。
〔2〕燕寝：休息安寝的居室。
〔3〕海上：旧时以浩阔的江面称“海”。
〔4〕烦疴（kē）：烦躁的情绪。疴，病。
〔5〕吴中：指今江苏苏州地区。
〔6〕藩：原意是皇帝封给皇族或功臣的藩国，这里指大郡。

【译文】

衙署中仪卫兵仗森立，官舍里却充满了芬馥的香气。从海上飘来了一阵风雨，池阁中正好享受这一番凉意。烦人的心病近来已经痊愈，更加上高朋好友满堂集聚。只惭愧自己在刺史位上高居，未能亲睹百姓生活的安愉。洞明事理，是非得失全不在意，性情放达当然就不拘形迹。大荤大腥属于时俗的禁忌，蔬菜水果还请随意尝取。低头饮下一杯杯美酒佳酾，抬头倾听着众文士精妙的诗句。精神欢畅，身体也飘飘欲举，简直想乘风在天上飞来飞去。苏州一向享有文化昌盛的美誉，如今众多英才就像大海般无边无际。这才知道发达的都会地区，又岂止是在财赋上出人头地。

初发扬子寄元大校书

韦应物

凄凄去亲爱，泛泛入烟雾。
归棹洛阳人〔1〕，残钟广陵树〔2〕。
今朝为此别，何处还相遇。
世事波上舟，沿洄安得住〔3〕？

【题解】

扬子，指扬子渡，在今江苏江都南近瓜洲处。元大校书，其名不详，“大”为排行，“校书”为弘文馆或秘书省掌校勘官藏图书的校书郎官职。此诗为德宗贞元元年（785），韦应物辞去滁州刺史后回洛阳途中所作。

这是一首留别诗。诗作一开始即展现了离别舟行凄伤迷茫的情绪，“凄凄去”、“泛泛入”，在烟水茫茫、漂行无定的背景下，推出了“归棹洛阳人，残钟广陵树”的名联。回望广陵烟树，耳接断续钟声，而前路漫长，行行无已，于是后半四句的抒怀奔迸而出。值得注意的是诗人此番返回洛阳，是先由滁水入长江，至扬子渡再沿漕渠折回淮水，所以从“沿洄”中联想起世事如波舟，是极为自然的。全诗含蓄与发露并出，澹远与至情兼见；虽写眼前景、心中事，仍显现出韦诗“高古”的风神。

【注释】

〔1〕棹（zhào）：船桨，此指船。

〔2〕广陵：今江苏扬州。

〔3〕沿：顺流而下。 洄：逆流而上。 住：停，定下来。

【译文】

离别亲密的朋友，心中充满悲伤，小船飘飘，驶入烟水茫茫。客船载着我返回遥远的洛阳，暮钟声中，我辨认着扬州的树行。今天在这里分手，各处一方，在哪里啊还能同你重聚一堂。世事如同这行船在波上飘荡，一会顺流，一会逆流，哪有休止的时光？

寄全椒山中道士

韦应物

今朝郡斋冷[1]，忽念山中客。
涧底束荆薪，归来煮白石[2]。
欲持一瓢酒，远慰风雨夕。
落叶满空山，何处寻行迹？

【题解】

全椒，县名，唐属滁州，在今安徽。题中之“山”，据王象之《舆地纪胜》，当指全椒城西的神山。本诗作于德宗兴元元年（784）秋，当时韦应物任滁州刺史。诗人忆念神山道士，而道人则避隔人世，超尘绝俗，从而从道士和自身两端，抒写孤高空寂的人生情怀。淡泊中有深味，是韦应物的名篇。“落叶”两句，不落言诠而自成礼赞，被前人誉为“绝唱”。

【注释】

〔1〕郡斋：指滁州刺史官署中的居舍。

〔2〕煮白石：传说中神仙以白石为粮。葛洪《神仙传·白石先生》，说白石先生“常煮白石为粮，因就白石山居，时人故号曰‘白石先生’”。

【译文】

今天官舍里生起阵阵寒意，顿时使我把山中的你深深念记。你从涧底砍取柴禾，捆在一起，回来炊煮白石聊以充饥。我多想带一瓢酒充作薄礼，在凄风苦雨的晚上远来慰问你。可山谷空旷，满是落叶堆积，又向哪儿去寻找你的行迹。

长安遇冯著

韦应物

客从东方来，衣上灞陵雨〔1〕。
问客何为来，采山因买斧〔2〕。
冥冥花正开，飏飏燕新乳〔3〕。
昨别今已春，鬓丝生几缕？

【题解】

冯著为诗人好友，韦应物集中有多首赠诗。代宗大历三年至七年间（768—772）曾任广州录事，后又做过地方小官，约宦游十年后又回长安。韦应物于大历十三年离京，故此诗当作于大历十二或十三年。诗前半以乐府手法（连用两个“来”字，自问自答）为冯著作白描，而妙在五、六两句忽接对仗的景联，通过春光之明媚反衬人生之潦倒，遂以浅显之语句结出时人共有的体会。明人高棅赞曰：“不能诗者，亦知是好。”（《唐诗品汇》）

【注释】

〔1〕灞陵：本称霸陵，汉文帝葬于此。在长安东。

〔2〕“采山”句：指冯著有归隐山林之意。采山，向山中取物。打柴、开矿都可叫采山。

〔3〕飏飏：鸟飞行的样子。

【译文】

游子从东方来到长安，衣上还带着灞陵的雨水未干。问他这番前来有何贵干，答说是置办物品准备归山。昏濛的雨中花朵开绽，燕子飞来飞去，忙着哺乳小燕。去年一别，如今又已是春天，不知两鬓的白发又添了若干。

夕次盱眙县

韦应物

落帆逗淮镇〔1〕，停舫临孤驿〔2〕。
浩浩风起波〔3〕，冥冥日沉夕〔4〕。
人归山郭暗，雁下芦洲白。
独夜忆秦关〔5〕，听钟未眠客。

【题解】

盱眙（xū yí）县，唐属临淮郡，今属江苏，在淮水南岸。本诗作于德宗建中四年（783）秋，当时诗人由长安外放滁州刺史，泊舟于盱眙。诗以风波、落日、人归、雁栖写环境之萧瑟，由此撼动思乡之客愁。前四句遇风止宿，已见百无聊赖，而随着夜幕降临，“人归山郭暗，雁下芦洲白”，客乡成了昏暗惨白的空寥世界，就更使行人触目惊心，惟有彻夜不眠而已。全诗景为情设，情因景生，将“夕次”二字表现得淋漓尽致。

【注释】

〔1〕逗：逗留，停泊。　淮镇：淮水边的市镇，指盱眙县。

〔2〕驿：古代供来往官员旅宿的馆舍。

〔3〕浩浩：盛大的样子。

〔4〕冥冥：幽暗的样子。

〔5〕秦关：代指长安。诗人是长安京兆万年（今陕西西安西北）人，长安在关中，故以秦关代称。

【译文】

淮水的市镇前暂卸征帆，客船停泊，挨着孤独的驿站。水风掀起了满河浩荡的波澜，夕阳在苍茫的冥色中落山。行人归家，山城更显得昏暗；大雁落下，苍白的芦洲格外显眼。独自伴着长夜，忆念着家乡长安，我这异乡人在晚钟声中久不成眠。

东　郊

韦应物

吏舍跼终年〔1〕，出郊旷清曙〔2〕。
杨柳散和风，青山澹吾虑〔3〕。
依丛适自憩〔4〕，缘涧还复去。
微雨霭芳原〔5〕，春鸠鸣何处〔6〕？
乐幽心屡止，遵事迹犹遽〔7〕。
终罢斯结庐〔8〕，慕陶直可庶〔9〕。

【题解】

本诗作于诗人任滁州刺史时期。东郊，指滁州之东郊。诗写久困公务，偶尔出游郊野，杨柳、青山、微雨、芳原，大自然的春光使他重又萌发屡存心头的辞官隐居之念，但终于又因奉行公事只得作罢，再待来日。“杨柳散和风，青山澹吾虑”，不事雕琢，明显受到六朝古诗影响，而又自体现韦应物特有的淡泊冲和、清空自然的个性风格。

【注释】

〔1〕跼：拘束。

〔2〕旷：指心旷，心情舒放。 清曙：清幽的晓色。

〔3〕澹：静止，澄清。 虑：思绪。

〔4〕丛：指树丛。 憩（qì）：休息。

〔5〕霭：以烟气的形式笼罩。

〔6〕春鸠：指布谷鸟。《礼记·月令》："仲春之月，鹰化为鸠。"故称春鸠。

〔7〕遵事：指奉行公事。 迹：行迹，行动。 遽（jù）：急，仓卒，匆忙急促之意。

〔8〕终罢：终将辞官。 斯：此。 结庐：筑屋而居。

〔9〕慕陶：指敬慕陶渊明，像他那样辞官长隐。 直：就。 庶：庶几，差不多。

【译文】

我终年跼处于官署的厅堂，如今出郊，在清幽的曙色中心神舒畅。杨柳随着和煦的春风飘荡，青山使思绪澄静恬爽。傍着树林，正好小歇一场，沿着山涧，留恋地徘徊来往。微雨给绿原罩上一片迷茫，那春天的布谷鸟是在哪儿歌唱？我向往幽境，却屡次打消幻想，公事在身，行迹也免不了匆忙。总有一天，我要在这里隐居盖房，大概可以实现我追慕陶渊明的愿望。

送杨氏女

韦应物

永日方戚戚〔1〕，出行复悠悠〔2〕。
女子今有行〔3〕，大江溯轻舟。

尔辈苦无恃[4]，抚念益慈柔。
幼为长所育[5]，两别泣不休。
对此结中肠[6]，义往难复留[7]。
自小阙内训[8]，事姑贻我忧[9]。
赖兹托令门[10]，仁恤庶无尤[11]。
贫俭诚所尚，资从岂待周[12]。
孝恭遵妇道，容止顺其猷[13]。
别离在今晨，见尔当何秋？
居闲始自遣[14]，临感忽难收。
归来视幼女，零泪缘缨流[15]。

【题解】

本诗为韦应物建中、兴元年间于滁州刺史任上作。杨氏女即韦应物的长女，因嫁给杨姓人家而称。

诗为长女出嫁而作。女儿初为人妻，从此远离膝下，作为丧妻多年、一身兼父母二任的诗人来说，伤怀之情不言而喻。而女大当嫁，势所难留，于是百感交集，只能转而慰勉、叮咛女儿，这是本诗情感上的特色。以父女之情为主线，兼以追伤亡妻、忧悯幼女为辅线，主辅交错，委曲深婉，这是本诗结构上的特色。以发于内心毫无掩饰的流露，诉出质朴无华、近于家常的口语，这又是本诗语言上的特色。有此三种特色，遂使全诗情深意切，感人心弦。

【注释】

〔1〕永日：整天。　戚戚：忧虑的样子。

〔2〕悠悠：遥远。

〔3〕“女子”句：用《诗经·邶风·泉水》“女子有行，远父母兄弟”句意，指出嫁。

〔4〕无恃：幼年无母称无恃。诗人妻子去世时，两个女儿尚年幼。

〔5〕“幼为”句：诗人句下自注：“幼女为杨氏所抚育。”就是说小女儿

是由大女儿领大的。

〔6〕结中肠：内心悲伤。

〔7〕“义往”句：意思是说按照礼仪，女子到了出嫁的年龄就不能再留在家中。

〔8〕阙：同“缺”。

〔9〕事姑：侍奉婆婆。姑，丈夫的母亲。　贻：带来。

〔10〕令门：大户人家。令，美好。

〔11〕仁恤：疼爱和照顾。　尤：过失，错误。

〔12〕资从：指嫁妆。　周：周到，完备。

〔13〕猷：规矩。

〔14〕遣：排遣忧愁。

〔15〕缨：系帽子的带子。

【译文】

连日来始终心情悲伤，何况这一去道路悠长。女孩儿今日出嫁到远方，小船将沿着长江逆流而上。你们姐妹可怜没了亲娘，我抚育牵挂，加倍地温柔慈祥。妹妹一直由这姐姐照看，如今两人临别，哭个没完。见此情景我愁肠寸断，可礼法有自，总不能永留在身边。你从小缺少闺仪的教训，事奉公婆，实在使我担心。好在你嫁到了一户好人家，信任体贴，想来没什么偏差。清贫俭朴本来就值得崇尚，何必要备送丰厚的嫁妆。你要孝顺谦恭，恪守妇道，仪容举动也都要遵从礼教。今天早晨在家里分别，再见到你，不知要何年何月。我平日已开始自慰自解，临到分手，还是止不住悲切。回来见小女儿的脸上，余泪仍在沿着帽带流淌。

晨诣超师院读禅经

柳宗元

汲井漱寒齿，清心拂尘服。
闲持贝叶书[1]，步出东斋读。

真源了无取[2]，妄迹世所逐[3]。
遗言冀可冥[4]，缮性何由熟[5]。
道人庭宇静，苔色连深竹。
日出雾露余，青松如膏沐[6]。
澹然离言说[7]，悟悦心自足[8]。

【题解】

题目如以白话翻译，就是“早晨前往超禅师的寺院读佛经”。诗为柳宗元贞元、元和间贬官永州（今湖南零陵）司马时所作。

诗作前四句写晓晨虔心诣院读经，中四句写读后的了悟和批评，末六句以“超师院”所见的自然景色证悟。从“澹然离言说，悟悦心自足”的总结来看，诗人所读可能为《坛经》一类的禅教经典，至少他阅读的方法是采用禅宗思辨。禅宗尤其是南土禅宗倡言“即心即佛”，不假文字，直探心源，即所谓“顿悟”。诗人对“真源了无取，妄迹世所逐”的批评，以及从自然生机中悟得解脱的心得体会，都证明了这一点。全诗不仅体现了柳宗元幽峭深警的诗歌风格，也开了后人读书诗以形象、禅理诉出阅读心得的先河。

【注释】

〔1〕贝叶：古代印度人多用贝多罗树的叶子书写佛经，所以佛经又称贝叶经。

〔2〕真源：指佛经教义中的真谛。

〔3〕妄迹：荒诞的事迹。

〔4〕遗言：佛的遗言，指经文。　冥：暗中相合。

〔5〕缮性：修持本性。

〔6〕膏沐：润发的油脂。

〔7〕澹然：宁静的样子。

〔8〕悟悦：悟道的乐趣。

【译文】

打来井水漱口，齿间留着寒意，端正心神，把衣上的尘埃拂去。无事中我捧着佛家经籍，走出东斋，边散步边行诵习。全然不去领悟真正的原理，世人只一味追求虚妄的事迹。我也希望经文能暗合心地，可秉性已常，又怎能精通教义。超师的禅院里庭宇静谧，碧苔同丛竹连成一片青绿。太阳升起，雾露残留少许，青松在晨光中仿佛刚刚经过梳洗。但觉身心宁静难以言喻，我心满意足，领受了悟道的乐趣。

溪　居

柳宗元

久为簪组束〔1〕，幸此南夷谪〔2〕。
闲依农圃邻〔3〕，偶似山林客〔4〕。
晓耕翻露草〔5〕，夜榜响溪石〔6〕。
来往不逢人，长歌楚天碧〔7〕。

【题解】

诗人于贞元初贬谪永州司马，在永州潇水西的支流冉溪边筑屋定居，把冉溪改称愚溪。本诗以“幸”字领起乡居生活，但从“偶似山林客”、“来往不逢人”的描述看来，其“闲适”中隐含着拘困、失意的悲哀。诗人在《永州八记》中言“自余为僇人（罪人），居是州，恒惴慄”，足见此诗在故作旷达之下所掩盖的牢骚。

【注释】

〔1〕簪组：古代官员系冠的簪子和丝带，指代官服，又指代做官。
〔2〕南夷：指当时南方少数民族地区，这里指永州。　谪：贬谪。
〔3〕农圃邻：指与种地、种菜的农民为邻。
〔4〕偶似：偶然像。　山林客：隐居者。
〔5〕翻露草：覆盖着露水的杂草。翻，覆。
〔6〕榜：划船。榜，本指划船工具，这里用作动词。　响溪石：溪水

冲击出响声的石头。

〔7〕楚天：指永州的天空。永州古属楚地。

【译文】

我长久受到这身官服的束缚，贬谪南荒，未尝不是一种幸福。无事闲居，邻近农家的园圃，无意中也仿佛成了山人野夫。清晨耕作，把沾露的杂草芟除；夜晚荡船，在水石的激响中摇橹。来来往往，没有人破坏我的孤独，在青碧的楚天下长歌自如。

乐　府

塞上曲

王昌龄

蝉鸣空桑林，八月萧关道〔1〕。
出塞复入塞，处处黄芦草。
从来幽并客〔2〕，皆向沙场老。
莫学游侠儿，矜夸紫骝好〔3〕。

【题解】

塞上曲，在唐代属《新乐府辞》，即未有现成曲谱的乐府，其前身是汉代“横吹曲辞”的《出塞》、《入塞》，以歌咏边塞题材为主旨。唐人演其题意，作为可以伴以管弦的歌辞。此诗与后一首在王昌龄本集中都题为《塞下曲》，是诗人开元年间西游河陇时所作。

本诗所写的是赴边塞途中的所见所感。满目萧疏悲凉的描景，似乎已能说明诗人对战争的态度。后四句中，诗人对于“幽并客”，是慨叹还是赞美，向来竟有截然不同的理解。结合诗人其他三首《塞下曲》（参见下篇）来看，显然以前者为是。意谓幽州与并州的男子尽管以勇武任侠自许，却在塞上的这一片尘沙中徒然断送了青春和生命。悲悯之意，溢于言表。

【注释】

〔1〕萧关：古代关名，在今宁夏固原东南。

〔2〕幽并（bīng）客：幽州、并州一带的人。这两个州的人自古就以勇武著称。幽州，在今河北北部和辽宁一带。并州，在今山西大部和河北一带。

〔3〕矜：自以为贤能。　紫骝：紫色的骏马。此泛指骏马。

【译文】

桑林已经枯落，秋蝉依然鸣唱，在那八月的萧关道上。无论出塞入塞，只觉一派寒凉，惟见簇簇黄芦草遍地生长。幽州并州的健儿向来意气昂扬，一个个在尘沙中送尽了年光。可别像恃逞武勇的游侠那样，争夸自己的骏马膘肥力强。

塞下曲

王昌龄

饮马渡秋水，水寒风似刀。
平沙日未没，黯黯见临洮〔1〕。
昔日长城战，咸言意气高。
黄尘足今古，白骨乱蓬蒿。

【题解】

原作四首，此诗与前篇《塞上曲》（参上篇题解）分别为第二、第一首。本诗以临洮（今甘肃岷县）一带的边塞为背景，绘出了塞上水寒风烈、平沙日黯的又一幅悲凉的画面。而对景物作悲情性的描写，是为后半揭示战争惨酷的主旨服务的。玄宗开元二年（714），唐军在临洮长城一带大败吐蕃，杀获数万，这就是诗中所说的“昔日长城战，咸言意气高”。但即使是唐军打了胜仗，诗人还是以黄尘白骨作结，显示了反战的态度。《塞下曲》同诗人多首歌咏杀敌建功的边塞七绝立意有别，这是由于即时感受的不同。

从艺术特点来看，本诗借景生慨，沉着发挥，全篇“极简、极纵、极古、极新”，深得六朝乐府的要旨。

【注释】

〔1〕黯（àn）黯：黑压压的样子。　临洮：在今甘肃岷县，是秦长城西部的起点。

【译文】

战马喝足了水，渡过秋天的长川。水寒刺骨，朔风像刀割一般。大漠的地平线上落日还留剩一段，昏色中隐隐可见临洮的城关。昔日长城下金戈铁马的血战，都说战士斗志昂扬气冲云汉。可充塞古今的毕竟只有黄沙弥漫，白骨和野草纠缠，一片狼藉凌乱。

关山月

李　白

明月出天山〔1〕，苍茫云海间。
长风几万里，吹度玉门关〔2〕。
汉下白登道〔3〕，胡窥青海湾〔4〕。
由来征战地，不见有人还。

戍客望边色[5]，思归多苦颜。
高楼当此夜，叹息未应闲。

【题解】

关山月，系古乐府旧题，多写征戍和远别之苦。李白此篇即借古题写久戍边塞的士卒，因望天山月出而引起对家乡妻子的思念。诗歌表达了反对无休止的征战给人民带来祸殃的非战思想。全篇犹如三首相连的绝句，各具侧重面；合在一起，写景、怀古、思远，内容便充实而新警。

【注释】

〔1〕天山：指今甘肃西北部的祁连山。

〔2〕玉门关：关塞名，汉武帝时建置，故址在今甘肃敦煌西北。

〔3〕“汉下”句：汉高祖刘邦曾领兵在白登与匈奴作战，被围困七昼夜。下，指出兵。白登，山名，在今山西大同东。

〔4〕青海：指青海湖，唐朝军队曾与吐蕃军多次在青海湖一带作战。

〔5〕戍客：戍卒，指守卫边塞的士兵。

【译文】

天山的山巅升起了月亮，在苍茫的云海间孤独地流浪。中原的长风经几万里吹送，只有它光顾了玉门关上空。汉家出师在白登道上耀武，胡人窥伺着青海一带的边土。自古以来疆场上多少恶战，从不见一名士卒安然生还。征人凝望着边塞的城楼，脸上写满了思乡的忧愁。妆楼中的思妇在这样的夜晚，叹息接着叹息，想来不会中断。

子夜吴歌 四首

李　白

秦地罗敷女[1]，采桑绿水边。

素手青条上，红妆白日鲜。
蚕饥妾欲去，五马莫留连[2]。（春歌）

【题解】

子夜吴歌，即《子夜歌》，南朝乐府曲名，属《清商曲辞》，为吴声歌曲，多以爱情为题材。《子夜歌》中以春夏秋冬四首分咏四季情事的，又称《子夜四时歌》。本诗在李白集中即又题《子夜四时歌四首》。

第一首“春歌”，取古诗《陌上桑》秦罗敷故事的题材。罗敷采桑于野，太守为她的美貌所吸引，“五马立踟蹰”。太守要把她带回家去，遭到了罗敷的拒绝和嘲弄。在本诗中，诗人交代罗敷春日采桑，以极简洁的笔墨显示了她的美貌，随即转出“蚕饥妾欲去，五马莫留连”的自白，将罗敷故事表现得神完气足。不仅罗敷的形象、心性栩栩如生，太守的痴妄和尴尬也在文字之外显露出来。这种以显寓隐的处理，古人称为“藏闪之法”。

【注释】

〔1〕“秦地”句：古诗《陌上桑》有“秦氏有好女，自名为罗敷。罗敷善蚕桑，采桑城南隅”的诗句。后来即以罗敷女作为采桑女子的代称。

〔2〕五马：太守的别称。《陌上桑》有“使君从南来，五马立踟蹰”句。　留连：滞留不行。

【译文】

秦地那美丽的罗敷姑娘，在清清的小河边采桑。绿叶衬着白皙的手掌，一身红妆如太阳般鲜亮。蚕儿饿了，等着我回家喂养，太守啊别再痴痴地为我彷徨。

镜湖三百里[1]，菡萏发荷花[2]。
五月西施采，人看隘若耶[3]。
回舟不待月，归去越王家[4]。（夏歌）

【题解】

第二首“夏歌”，以西施故事为题材。诗写西施若耶采荷，以镜湖菡萏、乡人围观，暗衬出她的美貌。紧接着便结以“回舟不待月，归去越王家”，亦如惊鸿一瞥。本诗的“藏闪”，启迪读者联想西施显贵前、显贵中、显贵后的种种景象，隽永之余味无穷。

【注释】

〔1〕镜湖：又名鉴湖，在今浙江绍兴东南。

〔2〕菡萏（hàn dàn）：荷花的别称。

〔3〕“人看”句：是说观看西施的人很多，使得若耶溪变得狭窄起来。若耶，即若耶溪，又名五云溪，在绍兴东南的若耶山下，相传西施曾在此浣纱。

〔4〕“归去”句：西施后来被越王选入宫廷，一去不复返。

【译文】

三百里鉴湖水平如镜，湖中荷花绽开，争艳斗胜。五月里来了采花的西施美人，若耶溪岸堵满了围观的人群。她坐着小船归去，不等月升，径直驶回到越王的宫庭。

长安一片月，万户捣衣声〔1〕。
秋风吹不尽，总是玉关情〔2〕。
何日平胡虏，良人罢远征〔3〕。（秋歌）

【题解】

第三首“秋歌”，表现的是征人妻子的群体。诗写秋月朗朗之夜，长安城沉浸在一片捣衣声中，捣衣是为了准备给出征的丈夫缝制寒衣。四句以秋月、秋声、秋风组成恢弘的景象，景中未见人影，而思妇们的形象宛在。此时接以“何日平胡虏，良人罢远征”的思妇心声，便使前时的景语都化作了情语，令人产生认同和共鸣。

【注释】

〔1〕捣衣：古时衣服多由纨素一类织物制成，质地较硬，须在石上以杵反复舂捣，使之柔软，叫做捣衣。在秋天捣衣，多是为要出征的戍人送衣服御寒做准备。

〔2〕玉关：即玉门关，在今甘肃敦煌西北，为古代通西域的要道。此处泛指边关。

〔3〕良人：古代妇女对丈夫的称呼。

【译文】

长安城上空明月高悬，家家户户捣衣，响声一片。秋风未能把它们吹散，一声声凝结着对玉门关征人的思念。哪一天能平息北方胡人的侵犯，让丈夫们再不为出征而抛别家园。

明朝驿使发〔1〕，一夜絮征袍〔2〕。
素手抽针冷，那堪把剪刀。
裁缝寄远道，几日到临洮〔3〕？（冬歌）

【题解】

第四首“冬歌”，主旨与“秋歌”相同，采用的却是特写手法。前四句写思妇在传送征衣的驿使即将出发的前夜，不辞严寒，通宵为丈夫赶制冬衣。诗作不停留在这一感人的场面中，结以“裁缝寄远道，几日到临洮”，从而将对征人的思念和深情向前推进一步，思妇的心理、情态，都在这一迫不及待的发问中跃然而出。

综观组诗，语言自然、形象饱满、感情深婉，可谓辞约而义丰。各篇的结构，都是前四句铺叙蓄势，末两句一鸣惊人。“意愈浅愈深，词愈近愈远”（胡应麟《诗薮》），具有民歌的隽永风格。

【注释】

〔1〕驿使：传递公文的专使。

〔2〕絮：此作动词，在衣服或被褥中铺垫棉花。

〔3〕临洮：在今甘肃岷县，秦长城的西部起点。

【译文】

明天一早，驿使就要上道，我连夜为丈夫赶制棉袍。素手拈起针线，只觉寒意料峭，哪能握得住冰冷的剪刀。寄送远方的征衣终于做好，不知什么时候能够捎到临洮？

长干行 二首

李 白

妾发初覆额[1]，折花门前剧[2]。
郎骑竹马来，绕床弄青梅[3]。
同居长干里，两小无嫌猜。
十四为君妇，羞颜未尝开。
低头向暗壁，千唤不一回。
十五始展眉，愿同尘与灰。
常存抱柱信[4]，岂上望夫台[5]。
十六君远行，瞿塘滟滪堆[6]。
五月不可触[7]，猿声天上哀[8]。
门前迟行迹[9]，一一生绿苔。
苔深不能扫，落叶秋风早。
八月蝴蝶黄，双飞西园草。
感此伤妾心，坐愁红颜老[10]。

早晚下三巴〔11〕，预将书报家。
相迎不道远，直至长风沙〔12〕。

【题解】

这两首诗（“妾发初覆额”、“忆妾深闺里”）以女子口吻写闺中少妇对远离家乡经商的丈夫的思念，感情健康而真切，还带有一定的情节。六朝乐府古诗有《长干曲》，来源于长干（故址在今江苏南京秦淮河之南）民歌，两诗即仿效长干民歌之作。虽是代言体，却体贴入微，体现了李白独有的俊爽清丽的歌行风格。

【注释】

〔1〕初覆额：指头发尚短，年纪尚小。古代女子十五岁始挽发用簪，行及笄礼。

〔2〕剧：游戏。

〔3〕“郎骑”二句：即成语“青梅竹马”的出处，表示少年男女两小无猜，亲密相处。床，井栏，一说坐床。

〔4〕抱柱信：古代传说，尾生和一女子约定在桥下相会，女子未至，河水陡涨，尾生坚不失信，抱桥柱而死。

〔5〕望夫台：长干附近的一处名胜。相传古代有人久出不归，其妻天天在此台上眺望，故名。

〔6〕瞿塘：瞿塘峡，长江三峡之一。　滟滪（yàn yù）堆：瞿塘峡中的一块巨礁。

〔7〕“五月”句：夏五月江水暴涨，滟滪堆露出水面的部分缩小，难以看清，行船容易触礁沉没，所以说“不可触”。

〔8〕“猿声”句：古歌谣云：“巴东三峡巫峡长，猿鸣三声泪沾裳。”

〔9〕迟：等待。

〔10〕坐：因为。

〔11〕早晚：多晚，何时。　三巴：巴郡、巴东郡、巴西郡的总称，这里泛指蜀地。

〔12〕长风沙：地名，又名长风夹，在今安徽安庆东长江边上，从金陵至此约七百里。

【译文】

记得我还是个刚梳刘海的小丫，在门口游戏，手持着折下的小花。郎君你骑一根竹竿当马，我们绕着井栏一起把青梅玩耍。我俩同住在江宁长干里，两颗童心相融，不懂什么叫猜忌。十四岁那年嫁到了你家，小脸上还挂着羞赧的绯霞。对着壁角坐着，把头深深低下，你叫了多少遍，我一声没回答。到了十五岁上我才展眉开颜，信誓旦旦，愿随你一起化灰化烟。既然心存着死守情人的信念，我又怎会有上望夫台盼夫远归的打算。谁料我十六岁时，你却远出行商，瞿塘峡、滟滪堆，正是必经的地方。那里五月江水掀起不可触碰的激浪，两岸猿声的哀啼一直传到天上。你门前留下的足迹，我望着日日等待，那一步步的痕印上已经生满了青苔。青苔又厚又深，扫也扫不开，落叶飘飘，秋风又过早吹来。八月里蝴蝶交配后，翅粉消退，却仍在西园的草地上成双结对。这一切使我感慨，心儿破碎，只愁青春的容颜渐渐衰老憔悴。哪一天你离开四川踏上归路，可得写信先将行期告诉。我要来迎接你，不辞途路悠长，一直赶到七百里外的长风沙上。

忆妾深闺里，烟尘不曾识[1]。
嫁与长干人，沙头候风色。
五月南风兴，思君在巴陵[2]。
八月西风起，想君发扬子[3]。
去来悲如何，见少别离多。
湘潭几日到[4]，妾梦越风波。
昨夜狂风起，吹折江头树。
渺渺暗无边，行人在何处？
好乘浮云骢[5]，佳期兰渚东[6]。
鸳鸯绿蒲上[7]，翡翠锦屏中[8]。
自怜十五余，颜色桃花红。

那作商人妇[9]，愁水又愁风！

【注释】

〔1〕烟尘：一般指战乱，此指社会动乱。

〔2〕巴陵：郡名，郡治在今湖南岳阳。

〔3〕扬子：古代渡口名，在今江苏江都南。

〔4〕湘潭：今湖南湘潭一带。

〔5〕浮云骢：骏马名，西汉文帝时有骏马名浮云。

〔6〕兰渚（zhǔ）：生有兰草的水边陆地。

〔7〕绿蒲：又名香蒲，一种水生植物。

〔8〕翡翠：水鸟名，又名翠鸟，雄鸟名翡，雌鸟名翠。

〔9〕那："奈何"二字的合音。

【译文】

回想我生长在深深的闺房，根本不懂得世道的沧桑。自从嫁给了同乡的儿郎，就常到江边去观察风向。五月里吹来了和暖的南风，令我把远在巴陵的夫君怀想。八月里刮起了萧瑟的西风，想夫君正从扬子渡口起航。来来去去总是悲欢离合，让人慨叹相见日少离别太忙。多少天才能到遥远的湘潭，我在梦里飞越过险波恶浪。昨夜里突然间狂风大作，江边的树木折挫得不成模样。茫茫上下一派昏黯无光，夫君啊，不知你这时正在何方？让我乘上那飞驰的骏马，与夫君相见在兰草遍生的水涯。鸳鸯双双戏水在香蒲之上，翡翠鸟在锦屏一般的水面上翱翔。可叹我十五岁正当青春，有着桃花一般的美丽颜容。无奈何同商人结成终身，遇水、遇风都令我忧心忡忡。

列女操

孟　郊

梧桐相待老[1]，鸳鸯会双死。

贞妇贵殉夫[2]，舍生亦如此。
波澜誓不起，妾心古井水[3]。

【题解】

列女操，属乐府《琴曲歌辞》。操，是琴曲的一种。列女，此同“烈女”，即贞节守一的女子。

封建礼教要求妇女从一而终甚至殉夫相从，将它视为一种美德，这是产生本诗的时代基础。但细读本诗，可知殉夫舍生并不是诗人立意的主旨，而不过只是诗中女子为坚守爱情信念而义无反顾的一种决心。全诗的重心，显然在于“波澜誓不起，妾心古井水”两句，表示她在任何外界条件下都守贞不渝的志愿。“井水”具有形象的止态，“古井”更增添了历时恒久的意象。全诗以比喻起兴，又以比喻示结，其峭严、警策的行文风格，颇有六朝谣谚性乐府的遗韵。

【注释】

〔1〕“梧桐”句：传说梧桐树雌雄异株，梧为雄树，桐为雌树，同生同死。

〔2〕殉：殉节，封建社会妇女屈从礼教从夫而死。

〔3〕妾：古代妇女自称。　古井水：比喻没有一点波动。

【译文】

梧树和桐树共栽，终生相伴，鸳鸯终当一起接受死亡的召唤。贞妇把殉夫作为节烈的典范，舍身相从，也同它们一样地毅然。任凭外境变改，立誓不起波澜，我的心就像古井的止水一般。

游子吟

孟　郊

慈母手中线，游子身上衣。

临行密密缝，意恐迟迟归。
谁言寸草心[1]，报得三春晖[2]。

【题解】

游子吟，属乐府杂曲歌辞。明代胡震亨在《唐音统签》中说本诗在诗题下有“自注：迎母溧上作”，就是说诗人在近五十岁中进士担任溧阳县尉时，把老母亲从家乡接到溧阳，情不能已，遂写了这首诗。诗歌撷取慈母为远行的儿子细针密线缝制衣服这一典型场景，写出了普天下的母亲对儿女深沉真挚的爱，语言简洁，比喻贴切，具有很强的感染力，千百年来万口相传。

【注释】

〔1〕寸草心：是说好比寸草般菲薄的心意。

〔2〕三春晖：春天的阳光，比喻慈母之爱。三春，指孟春、仲春、季春，即春季的三个月。

【译文】

慈母手中线儿长长，化作了游子身上的衣裳。临行缝衣，细针密行，只怕孩儿久久滞留在他乡。谁说小草般菲微的衷肠，报答得尽春天太阳的恩光。

卷二/七言古诗

登幽州台歌

陈子昂

前不见古人〔1〕，后不见来者〔2〕。
念天地之悠悠〔3〕，独怆然而涕下〔4〕。

【题解】

幽州台，即蓟北楼，又称蓟丘、燕台，也就是战国时燕昭王为招纳天下贤士而筑的黄金台，因唐代幽州治蓟，故称幽州台，故址在今北京西南。万岁通天元年（696），陈子昂以右拾遗随建安王进兵契丹，屡次进谏，皆不听，于是一人独自登台，因感念燕昭王与乐毅等君臣相得的往事，写下了这首慷慨悲凉的千古绝唱。由于诗人把自己置身于一个没有穷尽和边际的时空之中，愈益凸现出人类和个人的渺小与不足道，因而具有一种永恒的无奈，一股无尽的惆怅。而这种无奈和惆怅，正是历代包括屈原在内的一批正直之士，在饱受挫折后发自内心的深切感受。四句诗意，与屈原《远游》“唯天地之无穷兮，哀人生之长勤。往者余弗及，来者吾不闻。步徙倚而遥思，怊惝怳而永怀”相近。诗句长短错落，也透出苍凉浑厚的风韵。

【注释】

〔1〕古人：指前代的明君贤臣。
〔2〕来者：指后代的明君贤臣。
〔3〕悠悠：漫长阔大、无边无际的样子。
〔4〕怆然：悲伤哀痛的样子。　涕：眼泪。

【译文】

向前已看不见古人，往后也望不到来者。感念天地苍茫悠远，独自哀伤潸然泪下。

古意

李颀

男儿事长征，少小幽燕客[1]。
赌胜马蹄下，由来轻七尺[2]。
杀人莫敢前[3]，须如猬毛磔[4]。
黄云陇底白云飞[5]，未得报恩不得归。
辽东小妇年十五[6]，惯弹琵琶解歌舞。
今为羌笛出塞声[7]，使我三军泪如雨。

【题解】

这是一首拟古诗。前面五言六句，刻画了一个剽悍狂野、一往无前的从军男儿形象，刚劲有力，气势沛然。后面六句七言，先以昏黄的沟壑中白云翻滚的边地风貌作衬托，进一步深入他的内心情感，突出"未得报恩"是"不得归"的原因。"辽东小妇"两句宕开一笔，既反映出守边将士的军营生活，又为以下羌笛声起、三军泪下铺垫。全诗抑扬顿挫，意脉流贯，寥寥短章中自有尺幅千里之势。

【注释】

〔1〕幽燕：今河北北部及辽宁一带。唐以前属幽州，战国时属燕国，故称。《尔雅·释地》:"燕曰幽州。"古代此地居民以慷慨悲歌、尚气任侠著名。

〔2〕由来：从来，向来。　轻七尺：不以性命为念。七尺，古代七尺

相当于一般成人的高度，因而用为成人的代称。

〔3〕“杀人”句：意思是所向无敌，无人敢和他争斗。

〔4〕“须如”句：形容胡须如刺猬毛那样纷纷张开。 磔（zhé）：纷披四张的样子。

〔5〕黄云：昏暗的云。 陇：山地。

〔6〕辽东：秦汉时的郡名，辖有今辽宁东南部辽河以东地区。

〔7〕羌笛：西北地区羌族的乐器。

【译文】

男儿一身戎装远去征战，都是出生幽燕的少年侠士。曾在骏马蹄下争赌胜负，从来不把七尺身躯当事。杀敌威猛无人敢上前，须发刚劲像猬毛乍刺。昏黄的沟壑中白云翻飞，还未报答皇恩怎能回归。辽东的少妇年方十五，惯弹琵琶又能歌善舞。如今因羌笛吹了出塞曲，使我全军将士泪下如雨。

送陈章甫

李 颀

四月南风大麦黄，枣花未落桐叶长。
青山朝别暮还见，嘶马出门思故乡。
陈侯立身何坦荡〔1〕，虬须虎眉仍大颡〔2〕。
腹中贮书一万卷，不肯低头在草莽。
东门酤酒饮我曹〔3〕，心轻万事如鸿毛。
醉卧不知白日暮，有时空望孤云高。
长河浪头连天黑，津口停舟渡不得。
郑国游人未及家〔4〕，洛阳行子空叹息〔5〕。
闻道故林相识多〔6〕，罢官昨日今如何？

【题解】

陈章甫，是诗人的朋友，江陵（今属湖北）人，曾长期隐居河南嵩山。开元中制科及第。天宝九载（750）为亳州纠曹，后官终太常博士。这首诗约作于天宝中后期陈章甫罢官返回嵩山时，地点则在洛阳。李颀的送别诗有一个显著的特点，那就是善于描写人物。如这首诗就在交代送别的时间、地点和表达思念之情外，着重表现了陈章甫的性情、长相、才学和品行，突出了人物的桀傲不驯和磊落豁达，同时也寄托了诗人对陈章甫坎坷遭遇的同情。诗写得笔调轻松，风格俊朗，不作愁苦语而深情自见。李颀这类作品较著名的还有《赠张旭》、《别梁锽》、《送刘四赴夏县》等。

【注释】

〔1〕陈侯：指陈章甫。侯，古代对男性成人的尊称。

〔2〕虬须：蜷曲交缠的胡须。　颡：额头。

〔3〕酤酒：买酒。　饮（yìn）：使饮。　我曹：即我辈，我们这群人。

〔4〕郑国游人：指诗人自己。李颀曾居住在嵩山，当时又任新乡县尉，两地古代都属郑国。

〔5〕洛阳行子：指陈章甫。

〔6〕故林：故乡的园林，代指故乡。

【译文】

四月的南风把大麦吹黄，枣花没飘落桐叶却已渐长。早晨告别青山晚又相见，出门时的马嘶令人思念故乡。陈侯为人处世多么坦荡，颊须蜷曲眉色粗重额头宽广。腹中藏着诗书一万卷，自不肯低头埋没在草荒。去东门打酒来和我们痛饮，心中把万事看轻如鸿毛一样。醉后高卧不知白天已经变黑，有时望着空中孤云高高飘荡。黄河波涛连着阴沉的暮色，渡头停泊了船只摆渡不得。郑国来的游人来不及回家，洛阳的旅客只能连声叹息。听说你在故乡朋友很多，昨天罢官后现在对你如何？

琴　歌

李　颀

主人有酒欢今夕，请奏鸣琴广陵客〔1〕。
月照城头乌半飞，霜凄万木风入衣。
铜炉华烛烛增辉，初弹渌水后楚妃〔2〕。
一声已动物皆静，四座无言星欲稀。
清淮奉使千余里〔3〕，敢告云山从此始〔4〕。

【题解】

从首言“广陵客”、末言“清淮奉使”来看，本诗似作于天宝四载（745）前后李颀第二次游江南，诗人时任尚书省郎官。歌，即歌行，诗歌的一种体裁。《文体明辨》：“其放情长言、杂而无方者曰歌。”这首诗写听琴的感想，特点是通过描写客观环境和听琴者的反应，来表现琴声的美妙动人，以及由此引起的思乡之情。这种“一字不说琴，却字字与琴有关”（《唐诗归》）的表现手法，古称“烘云托月”，往往能获得比直接描写更加生动的效果。

【注释】

〔1〕广陵客：指善于弹琴的人。古有琴曲《广陵散》，晋代嵇康擅长此曲。

〔2〕渌水：琴曲名。　楚妃：即《楚妃叹》，琴曲名。

〔3〕清淮：诗人曾任新乡（今河南新乡）县尉，新乡临近淮水，所以称清淮。

〔4〕敢告：谦辞，敬告的意思。　云山：用陶弘景《诏问山中何所有赋诗以答》“山中何所有，岭上多白云”诗意，指隐居。

【译文】

今夜主人备了美酒欢度良宵，请来能奏《广陵散》的高手助兴。月色下城上的乌鸦半已飞去，霜中万木萧瑟寒风吹入衣襟。铜火炉和雕花烛光相映生辉，先弹了《渌水》然后是《楚妃》妙韵。一声刚拨响万物便一片寂静，四座中悄然无言稀落了群星。奉命出使清淮远在千里之外，愿说从此开始寄心山中白云。

听董大弹胡笳弄兼寄语房给事

李　颀

蔡女昔造胡笳声[1]，一弹一十有八拍[2]。
胡人落泪沾边草[3]，汉使断肠对归客[4]。
古戍苍苍烽火寒[5]，大荒阴沉飞雪白。
先拂商弦后角羽[6]，四郊秋叶惊摵摵[7]。
董夫子，通神明，深山窃听来妖精。
言迟更速皆应手，将往复旋如有情。
空山百鸟散还合，万里浮云阴且晴。
嘶酸雏雁失群夜，断绝胡儿恋母声[8]。
川为静其波，鸟亦罢其鸣。
乌珠部落家乡远[9]，逻娑沙尘哀怨生[10]。
幽音变调忽飘洒，长风吹林雨堕瓦。
迸泉飒飒飞木末，野鹿呦呦走堂下[11]。
长安城连东掖垣[12]，凤凰池对青琐门[13]。
高才脱略名与利，日夕望君抱琴至。

【题解】

董大，是当时著名的琴师董庭兰，因排行第一而称“董大”。房给事，即房琯，时任给事中。胡笳，本是胡地一种用芦叶制作的吹奏乐器，这里指相传汉末蔡文姬作的《胡笳十八拍》。弄，乐曲体裁。唐人刘商曾云："后董生（庭兰）以琴写（仿）胡笳声为十八拍，今之《胡笳弄》是也。"(《乐府诗集·琴曲歌辞》) 这首诗写的就是诗人听董庭兰以琴仿胡笳弹十八拍的感想，而时间在房琯任给事中的天宝五载（746）。

这首诗在结构和描写方面都很有特色。首先是一诗绾合文姬归汉的本事、董大弹奏的技艺和献诗房给事三者，写得井然有序、从容不迫；尤其是首段用曲境引出弹奏者的高超技艺，变化离合，多为后来古风作者仿效。其次是通过丰富的想像，对无形的琴声作了形象的描摹，化听觉为视觉；并运用多种比喻，写出音乐高低、徐疾、强弱、断续等变化，使琴曲所要表现的自然场景和人物感情变得历历可见，从而对后来的同类作品产生了巨大的影响。李颀是唐代诗人中描写音乐的高手，而这首诗又是最能体现他这一长处的杰作。

【注释】

〔1〕蔡女：指蔡琰，字文姬，东汉学者蔡邕的女儿。相传琴曲《胡笳十八拍》是她写的。　胡笳：西北少数民族的乐器。

〔2〕拍：曲子的段落。

〔3〕胡人：指当时北方和西北方的少数民族。

〔4〕"汉使"句：蔡琰于东汉末年被匈奴人掳去，嫁给匈奴左贤王，生了两个儿子。建安十二年（207），丞相曹操派汉使至匈奴用金璧把她赎回。本句的"汉使"即指汉朝的使者，"归客"即指蔡琰。

〔5〕烽火：古代边塞设有烽火台，遇到紧急情况，就点燃狼粪形成烽烟以报警。

〔6〕商、角、羽：古代五声（宫、商、角、徵、羽）中的音阶名称。

〔7〕摵摵：落叶的声音，此喻琴声。

〔8〕"嘶酸"二句：指蔡琰将回汉朝时，与她两个和匈奴左贤王生的儿子所经历的生离死别的痛苦。嘶酸，悲鸣。雏雁，指幼儿。

〔9〕乌珠部落：南匈奴的一部分。乌珠，即乌珠留鞮单于。

〔10〕逻娑：唐朝时吐蕃的首府，即今西藏拉萨。

〔11〕呦呦：鹿的鸣叫声。

〔12〕东掖垣：指门下省（政府机构）。门下省和中书省地处左右两边，像人的两掖（"掖"通"腋"）。门下省在东面，为左掖。房琯曾任给事中，属门下省。垣，墙。

〔13〕凤凰池：又称凤池，禁苑中的湖沼。因中书省设在禁苑，靠近凤凰池，所以以凤凰池指代中书省。　青琐门：汉宫宫名。也可泛指镂刻有青色图纹的一般宫门。

【译文】

蔡氏女以前改造了胡笳曲，弹奏一曲共有十八个乐拍。胡人的泪水沾湿了边地的荒草，汉朝使臣满怀着忧伤面对归客。苍茫古老的戍所烽火寒冷，阴沉广阔的沙漠飞雪飘白。先拂弄了商音然后是角羽，四周郊野的秋叶瑟瑟凋落。董夫子啊您的绝技可通神灵，连妖精都从松林深处出来偷听。慢弹急奏无不能得心应手，来回往复都饱含无限深情。百鸟在空山中散去还聚合，万里浮云在空中阴了又晴。夜间失群的雏雁凄楚哀叫，没了慈母的胡儿抽泣失声。流水为它波平浪静，鸟儿也已不再啼鸣。身在乌珠部落而思念遥远的家乡，逻娑的沙尘中多少哀怨随之而生。幽怨的音调忽然变得飘飘洒洒，像长风吹过树林急雨泼打屋瓦。迸溅的泉水从树梢上飒飒飞落，野外的群鹿呦呦叫着走过堂下。长安皇城连着东面左掖的高墙，凤凰仙池面对青色的雕花宫门。高才雅士摆脱了名和利的羁绊，日夜盼望您抱着琴来弹奏表演。

听安万善吹觱篥歌

李　颀

南山截竹为觱篥〔1〕，此乐本自龟兹出〔2〕。
流传汉地曲转奇，凉州胡人为我吹〔3〕。
傍邻闻者多叹息，远客思乡皆泪垂。
世人解听不解赏，长飙风中自来往。
枯桑老柏寒飕飗〔4〕，九雏鸣凤乱啾啾〔5〕。
龙吟虎啸一时发，万籁百泉相与秋。

忽然更作渔阳掺〔6〕，黄云萧条白日暗。
变调如闻杨柳春〔7〕，上林繁花照眼新〔8〕。
岁夜高堂列明烛，美酒一杯声一曲。

【题解】

安万善，是一个来自凉州的胡人。觱篥，又名笳管，是出自西域龟兹的一种吹奏乐器，形制与胡笳相近。诗写听安万善吹觱篥的感想，关键在“世人解听不解赏”一句。

怎样欣赏异域乐器吹奏的美妙和神趣？诗人在交代了觱篥的制作和出处后，分四个层次传写了乐声的多种奇妙变化，比喻生动传神；同时又在明朗和沉郁的音色变化中，自寓欢快和悲伤的感情交替。全诗十八句，却七次换韵，纡徐急促都与乐声意境相配，从而使内容和形式取得了完美的统一。

【注释】

〔1〕觱篥（bì lì）：又名笳管，竹制吹奏乐器。

〔2〕龟兹（qiū cí）：古代西域国名，在今新疆库车。

〔3〕凉州：唐朝时河西四州之一，在今甘肃武威一带。

〔4〕飕飕（sōu sōu）：风声。

〔5〕“九雏”句：语出《古乐府》：“凤凰鸣啾啾，一母将九雏。”这里用来形容觱篥的乐声。啾啾，虫鸟细碎的叫声。

〔6〕渔阳掺：乐曲名。曹操曾命祢衡为鼓吏，祢衡于是击《渔阳掺》一曲，音节悲壮。

〔7〕杨柳：乐曲名，即《杨柳枝》，曲调轻快活泼。

〔8〕上林：原是秦代宫苑名，这里代指唐朝宫廷。

【译文】

从南山砍来竹子做成觱篥，这种乐器原本出自龟兹。流传到汉地后曲调更觉新奇，凉州来的胡人特意为我吹奏。邻居们听了多为之叹息，思乡的远客也都把泪流。世人只知聆听而不懂欣赏，那乐声就像疾风长驱自由来往。严寒中枯老的桑柏飕飕作响，凤凰带着九雏鸣声啾啾。蛟龙长吟和猛虎咆哮一时齐发，万种声响与百条泉流相继入秋。忽然又改作悲壮的《渔阳掺》，刹那间黄云惨澹白日昏暗。一变调好像听到轻快的《杨柳春》，上林苑繁花盛开令人耳目一新。除夕夜高堂中列着明亮的灯烛，一杯杯美酒伴着一声声妙曲。

夜归鹿门歌

孟浩然

山寺钟鸣昼已昏，渔梁渡头争渡喧〔1〕。
人随沙岸向江村，余亦乘舟归鹿门〔2〕。
鹿门月照开烟树，忽到庞公栖隐处〔3〕。
岩扉松径长寂寥，惟有幽人自来去。

【题解】

鹿门，即鹿门山，在今河南襄阳。诗人在开元十八年（730）西游长安求仕无成、返回家乡后，在此辟建别业，隐居终老。诗写一天夜间返回鹿门住处时的所见所感。自然环境的清静与人心境的疏淡浑然一体，彼此渗透，突出了一个“幽”字；而引古隐者为同调，也是诗人真性情的流露。

【注释】

〔1〕渔梁：地名，在今湖北襄阳东，离鹿门不远。据《水经注·沔水注》载：“沔水中有鱼梁洲，庞德公所居。”

〔2〕鹿门：鹿门山，在湖北襄阳。孟浩然在山中建有别业。

〔3〕庞公：指东汉末年的襄阳隐士庞德公。荆州刺史刘表请他出仕，他不愿做官，带着家人入鹿门山采药，一去不复返。

【译文】

山中寺庙的钟声响起天已昏暗，渔梁洲渡口喧闹满是争渡的人。有人沿着沙岸向江边村庄走去，我也坐上小船归返寄居的鹿门。月光照亮了鹿门山的烟气树木，忽然来到庞德公当年隐居之处。岩壁为门松树夹道多么空旷冷清，只有那些幽人高士在这独自来去。

庐山谣寄卢侍御虚舟

李　白

我本楚狂人〔1〕，凤歌笑孔丘〔2〕。
手持绿玉杖，朝别黄鹤楼〔3〕。
五岳寻仙不辞远〔4〕，一生好入名山游。
庐山秀出南斗傍〔5〕，屏风九叠云锦张，
影落明湖青黛光〔6〕。
金阙前开二峰长〔7〕，银河倒挂三石梁〔8〕。
香炉瀑布遥相望〔9〕，回崖沓嶂凌苍苍。
翠影红霞映朝日，鸟飞不到吴天长〔10〕。
登高壮观天地间，大江茫茫去不还〔11〕。
黄云万里动风色，白波九道流雪山〔12〕。
好为庐山谣，兴因庐山发。
闲窥石镜清我心〔13〕，谢公行处苍苔没〔14〕。
早服还丹无世情〔15〕，琴心三叠道初成〔16〕。
遥见仙人彩云里，手把芙蓉朝玉京〔17〕。
先期汗漫九垓上，愿接卢敖游太清〔18〕。

【题解】

唐肃宗上元元年（760），李白因李璘事被流放夜郎，遇赦后途经江夏（今湖北武昌）游庐山时写了这首诗。诗中描写庐山的雄奇美丽，表现了诗人豪放不羁的独特个性。这时候的李白，从刚被赦的兴奋，转入对世事的心灰意冷，于是求仙学道的思想又占了上风。这首诗就反映了这个倾向。诗写得开阖跌宕，慷慨旷达，前人曾评此诗说“笔下殊有仙气”。诗题中的侍御是唐国家监察机构御史台的官衔，卢虚舟字幼真，肃宗时任殿中侍御史，曾与李白同游庐山。

【注释】

〔1〕楚狂人：指楚国人接舆。

〔2〕“凤歌”句：孔丘到楚国时，接舆在其车前唱歌讥讽道：“凤兮，凤兮，何德之衰？”据皇甫谧《高士传》说，陆通，字接舆，楚国人。因见楚昭王时政治混乱，便装疯不做官，人称“楚狂”。他曾劝孔子不要做官，以免得祸。孔丘，即孔子，名丘，字仲尼。

〔3〕黄鹤楼：旧址在今湖北武昌蛇山黄鹤矶上，相传费祎、王子安等人曾在此楼乘黄鹤登仙而去。

〔4〕五岳：本指东岳泰山、西岳华山、南岳衡山、北岳恒山、中岳嵩山，此泛指各地名山。

〔5〕南斗：星宿名，二十八宿中的斗宿。古代以天上的星宿来对应地上的地区，叫分野。南斗为浔阳（今江西九江）分野，庐山就在这个地域。

〔6〕明湖：指江西的鄱阳湖。

〔7〕金阙：据记载，庐山西南有石门山，“其形似双阙，壁立千余仞，而瀑布流焉”。　二峰：指庐山的双剑峰和香炉峰。

〔8〕三石梁：据说庐山上有三道石梁，长数十丈，宽不到一尺。

〔9〕香炉：指香炉峰。在庐山西南，形状像香炉。

〔10〕吴天：吴地上空，庐山一带春秋时属吴国。

〔11〕大江：指长江。

〔12〕白波九道：指长江流到浔阳（九江）有九条支流。　雪山：形容浪涛汹涌澎湃如雪山。

〔13〕石镜：据说庐山东山悬崖上有一块圆形石，可照见人影，叫石镜。

〔14〕谢公：指南朝宋诗人谢灵运。他曾到过庐山。

〔15〕还丹：道教术语。道人炼丹，把丹砂烧成水银，水银积久又还原成丹砂，叫还丹。

〔16〕琴心三叠：道家典籍《黄庭内景经》中的话，意为修炼久了就能达到心神宁静。

〔17〕玉京：指道教天神元始天尊在上天中心所住的玉京山。

〔18〕“先期”二句：据《淮南子·道应训》载，仙人卢敖游北海，见到一个奇形怪状之人，便和他交友，那人道：“我和汗漫相约在九垓之外相会，不能久留了。”说罢便乘云而去。汗漫，神仙名，隐含玄妙不可知、无边无际之意。九垓（gāi），九天。卢敖，秦始皇时的博士，有道术。这里借指卢虚舟。太清，太空。道家以玉清、上清、太清为三清，太清指天空最高处。

【译文】

我本就是楚地的狂人，曾唱着凤歌嘲笑孔丘。手中拄着绿玉拐杖，早晨告别了黄鹤楼。不辞遥远地去五岳寻访神仙，一生就喜欢到名山中去漫游。挺拔秀丽的庐山为南斗依傍，九叠的云屏便是铺展的绣帐，倒影在湖中泛出青黑色光芒。金阙岩前两座山峰又高又长，三叠泉银河般倒挂在石桥上。与香炉峰的瀑布正遥遥相望，弯曲重叠的崖峦间雾色苍茫。翠影红霞映托出灿烂的朝阳，这里鸟飞不到吴天更显宽广。登高眺望天地间的壮阔景象，只见那大江茫茫东去不复返。飘浮万里的黄云随风变幻，分流九道的白波状如雪山。喜爱为庐山歌唱，兴趣因庐山生发。闲来观看石镜澄清了我的心灵，谢公出游的去处已被苍苔掩没。早日服食丹砂摆脱尘世俗情，得道初修成琴心三叠的妙境。远远看见仙人在五彩云里，手中拿着莲花正朝拜玉京。预先与九天上的神仙约好，愿接卢敖一起去遨游太清。

梦游天姥吟留别

李　白

海客谈瀛洲〔1〕，烟涛微茫信难求；
越人语天姥，云霓明灭或可睹。

天姥连天向天横，势拔五岳掩赤城[2]。
天台四万八千丈[3]，对此欲倒东南倾。
我欲因之梦吴越[4]，一夜飞度镜湖月[5]。
湖月照我影，送我至剡溪[6]。
谢公宿处今尚在[7]，渌水荡漾清猿啼。
脚着谢公屐[8]，身登青云梯。
半壁见海日，空中闻天鸡[9]。
千岩万壑路不定，迷花倚石忽已暝。
熊咆龙吟殷岩泉[10]，栗深林兮惊层巅。
云青青兮欲雨，水澹澹兮生烟。
列缺霹雳[11]，丘峦崩摧。
洞天石扉[12]，訇然中开[13]。
青冥浩荡不见底，日月照耀金银台[14]。
霓为衣兮风为马，云之君兮纷纷而来下[15]。
虎鼓瑟兮鸾回车[16]，仙之人兮列如麻。
忽魂悸以魄动，怳惊起而长嗟。
惟觉时之枕席，失向来之烟霞。
世间行乐亦如此，古来万事东流水。
别君去兮何时还？
且放白鹿青崖间[17]，须行即骑向名山！
安能摧眉折腰事权贵，使我不得开心颜！

【题解】

这首诗是天宝四载（745）李白将离东鲁再游吴越时，留赠东鲁友人之作，所以诗题又作《别东鲁诸公》。诗人把梦境与对神仙世界的向往结合在一起，借以抒发仕途失意、壮志难酬的痛苦心情。全诗采用记事和描写的手法，将天姥山和仙人下凡的景色写得光怪陆离，充满神奇色彩。诗末则直抒胸臆，充分表达了对权贵的蔑视，体现了有“诗仙”之称的李白桀傲不驯的鲜明个性。全诗杂用四言、五言、六言、七言、九言及骚体，押韵也转换自如，信手拈来，笔随兴至，文气一波三折，想像奇特瑰丽，是一篇充满浪漫主义风情的优秀诗篇。天姥（mǔ）山在今浙江嵊州新昌之间。相传是因为登山者听到天姥的歌声而得名，被道教封为第十六洞天福地。唐朝时已经成为游览胜地。

【注释】

〔1〕瀛洲：神话中的仙山之一。古代以蓬莱、方丈、瀛洲为三座神山。

〔2〕五岳：即东岳泰山、西岳华山、南岳衡山、北岳恒山、中岳嵩山。　赤城：山名，在今浙江天台北。

〔3〕天台：山名，在今浙江天台东北、天姥山东南。

〔4〕吴越：今江苏南部和浙江一带地区。

〔5〕镜湖：即鉴湖，在今浙江绍兴。

〔6〕剡溪：水名，在今浙江嵊州南，即曹娥江上游。

〔7〕谢公：指南朝宋山水诗人谢灵运。他游天姥时，曾在剡溪投宿。

〔8〕谢公屐：谢灵运游山时穿的一种特制木屐，上山时去前齿，下山时去后齿。

〔9〕天鸡：据《太平御览》引《云中记》，东南有桃都山，上有大树，枝相去三千里，上有天鸡。日初出照此木，天鸡即鸣，天下鸡随之鸣。

〔10〕殷：声音很大，使岩泉为之震慑。

〔11〕列缺：闪电。　霹雳：雷鸣。

〔12〕洞天：仙人居住的地方。

〔13〕訇（hōng）然：形容声音很大。

〔14〕金银台：神仙居住的宫殿。

〔15〕云之君：屈原《九歌》中有《云中君》篇。这里泛指驾风乘云自天而降的众神仙。

〔16〕虎鼓瑟：张衡《西京赋》：“白虎鼓瑟。”　鸾回车：鸾凤绕着神仙的车子飞舞。

〔17〕白鹿：相传神仙喜骑白鹿。

【译文】

海上来客谈起瀛洲，烟波浩渺微茫实在难以寻求；越地老乡说的天姥，在云霞时隐时现中还可看到。那天姥山横亘高峻与天相连，气势磅礴盖过五岳和赤城山。天台山高达四万八千丈，对此就好像倾倒在东南。我因而要在梦中游历吴越，一夜飞到了月下的镜湖边。湖光月色照着我的身影，一直把我送到嵊州剡溪。谢公当年的住处如今还在，绿水荡漾伴着清脆的猿啼。脚上穿了谢公创制的木屐，动身登上高入青云的石梯。半道上就望见海上日出，天空中又听见报晓的天鸡。千层岩万道壑山路起伏蜿蜒，迷奇花赏异石天色忽已昏暗。熊咆哮龙沉吟震动山岩谷泉，深林和层峦都为之战栗惊颤。乌云沉沉啊天要下雨，水波粼粼啊雾起如烟。电光划过霹雳炸响，山丘峰峦崩塌摧陷。神仙府的高大石门，一声巨响从中裂开。青色浩荡的天空深不见底，日月照耀着一片金银楼台。以彩霞为衣啊用风当马，云中的神灵纷纷从天上来到地下。猛虎弹瑟啊鸾鸟驾车，一排排仙人啊众多如麻。忽然一阵心悸魂魄飞动，从朦胧中惊醒放声长叹。只觉得醒来时的枕席间，全没了刚才的彩霞云烟。人世间的寻欢作乐也是这样，古来万事都如东流水永不回还。与你们别后什么时候回来？且把白鹿放回青翠的山崖间，要出行就骑上去访问名山。怎么能低眉弯腰去侍奉那班权贵，使我整天心烦意乱没有笑脸！

金陵酒肆留别

李　白

风吹柳花满店香，吴姬压酒劝客尝[1]。
金陵子弟来相送，欲行不行各尽觞。
请君试问东流水[2]，别意与之谁短长？

【题解】

这是李白初游金陵（即今南京），在酒店留赠青年朋友的诗作。

全诗即景抒情，浅显如话，充分表达了临行前依依惜别的真挚情意。末两句以东流水喻拟离情别意的悠长，多为后人所效法。

【注释】

〔1〕吴姬：吴地女子，这里指酒店中的侍女。　压酒：新酒初熟时要压糟取汁，叫做压酒。

〔2〕东流水：这里指滚滚东去的长江。

【译文】

春风吹着柳花满店飘香，吴地侍女压糟取酒劝客品尝。金陵年少纷纷前来相送，要走和留下的都喝个酣畅。请您去试问东去的流水，惜别之情与它谁短谁长？

宣州谢朓楼饯别校书叔云

李　白

弃我去者，昨日之日不可留。
乱我心者，今日之日多烦忧。
长风万里送秋雁，对此可以酣高楼〔1〕。
蓬莱文章建安骨〔2〕，中间小谢又清发〔3〕。
俱怀逸兴壮思飞，欲上青天览日月。
抽刀断水水更流，举杯销愁愁更愁。
人生在世不称意，明朝散发弄扁舟〔4〕。

【题解】

这是李白天宝末年在宣州（今安徽宣城）置酒送别族叔李云时，写下的一首七言古诗。谢朓楼又名北楼、谢公楼，为南齐著名诗人谢朓任宣州太守时所建，唐末改叠嶂楼。校书，指秘书省校书郎，是李云在当时的官职。

与一般的送别诗多铺写景物和惜别之情不同，这首诗一头一尾都直抒人生失意的满腔忧愤，中间也以高朗的笔调挟带离别的背景和双方的感受。全诗感情起伏跌宕，结构腾挪跳跃，在直起直落、大开大合中直抒胸臆；加上语言自然豪放、风格俊逸爽朗，充分显示了诗人特有的胸襟气度。尤其值得称道的是，诗虽然极写忧愁，却并不低沉，相反在壮志难酬的失落中透出一股郁勃劲挺之气，因此充满了盛唐的时代气息和诗人独特的人格魅力。

【注释】

〔1〕酣：痛快饮酒。

〔2〕蓬莱文章：蓬莱本为传说中的海上仙山，东汉时朝廷用以称藏书地东观。这里指李云供职的秘书省，校书郎的职务是校书，故称“文章”。　建安骨：即建安风骨，指汉末曹操父子和“建安七子”作品苍劲刚健、梗概多气的风格。

〔3〕小谢：指南朝宋诗人谢朓。与谢灵运（大谢）相对而称。

〔4〕散发：古人平时束发戴帽，散发表示不受拘束，自由自在。

【译文】

弃我而去的，昨日的岁月不可挽留。乱我心绪的，今天的日子太多烦忧。万里长风吹送南飞的大雁，对此正可在高楼上一醉方休。蓬莱阁的文章建安时的风骨，这期间小谢诗作清新挺拔。全都兴致飘逸情思飞扬，想要登上青天揽取日月。抽出刀来断水水却更流，举起杯来销愁愁却更愁。人活在世上不能称心如意，明天就披了散发下湖泛舟。

走马川行奉送封大夫出师西征

岑　参

君不见，走马川行雪海边[1]，平沙莽莽黄入天。

轮台九月风夜吼[2]，一川碎石大如斗，
随风满地石乱走。
匈奴草黄马正肥[3]，金山西见烟尘飞[4]，
汉家大将西出师。
将军金甲夜不脱，半夜军行戈相拨，
风头如刀面如割。
马毛带雪汗气蒸，五花连钱旋作冰[5]，
幕中草檄砚水凝[6]。
虏骑闻之应胆慑，料知短兵不敢接，
车师西门伫献捷[7]。

【题解】

走马川，是一处地名，在今新疆境内。行为诗体名。《文体明辨》："步骤驰骋、疏而不滞者曰行。"封大夫，即封常清，天宝十三载（754）任北庭都护、伊西节度使、瀚海军使，摄御史大夫，曾奏请岑参充安西、北庭判官，驻军轮台。这首诗就是当年诗人为送封大夫西征播仙（在轮台南）而作。

由于有两次从军边塞的亲身经历，诗人的边塞诗以"奇而入理"、"奇而实确"（清洪亮吉《北江诗话》）著称。这首诗描写绮丽瑰异的西北风光和一往无前的出征军容，夸而不诞，悲而能壮。其中以自然环境的恶劣来反衬将士的英勇无畏、并由此传达出战必胜的祝捷之旨，用语形象生动，用韵平仄相间、三句一韵形成急促肃杀的气势，都对诗意的表达起了关键的作用，体现了岑参边塞诗的鲜明特点。

【注释】

〔1〕雪海：地名，在今新疆境内。

〔2〕轮台：唐朝大历六年（771）始置轮台县，属北庭都护府，在今新疆米泉。

〔3〕匈奴：古代北方的游牧民族，这里指唐代时西域的游牧民族。

〔4〕金山：即阿尔泰山，在今新疆北部和蒙古国境内。

〔5〕五花：骏马名，以毛色斑驳得名。一说是将马鬃剪成五个花瓣，称五花马。　连钱：骏马名，毛色如铜钱相连。

〔6〕草檄：起草军事文书。檄，古代官府或军队用以征讨、晓谕的文书。

〔7〕车师：唐代北庭都护府的治所，在今新疆境内。

【译文】

您没看见走马川就在那苍茫的雪海边，莽莽的大漠黄沙远连着天。九月的轮台夜间大风怒吼，川上到处都是斗大的碎石，一时都随着狂风满地乱走。正是匈奴草黄马肥的季节，只见金山的西面烟尘又起，汉朝的大将奉命率兵西征。将军到了晚上也不脱铠甲，半夜行军时干戈相互碰撞，面如刀割风头正强劲寒冷。马毛上带着雪珠汗气蒸腾，五花连钱的身上立刻成冰，帐内起草战书的砚水也已冻结。敌骑听后应感到惊恐震慑，料想他们不敢短兵相接，站在车师西门等候前方报捷。

轮台歌奉送封大夫出师西征

岑　参

轮台城头夜吹角〔1〕，轮台城北旄头落〔2〕。
羽书昨夜过渠黎〔3〕，单于已在金山西〔4〕。
戍楼西望烟尘黑，汉兵屯在轮台北。
上将拥旄西出征〔5〕，平明吹笛大军行。
四边伐鼓雪海涌〔6〕，三军大呼阴山动〔7〕。
虏塞兵气连云屯，战场白骨缠草根。
剑河风急雪片阔〔8〕，沙口石冻马蹄脱〔9〕。

亚相勤王甘苦辛[10]，誓将报主静边尘。
古来青史谁不见，今见功名胜古人。

【题解】

这是岑参任职北庭期间所作的一首边塞诗。题中的封大夫是封常清，他在天宝十一载（752）为安西副大都护，兼任御史中丞、安西四镇节度使，天宝十三载加御史大夫，兼职北庭节度使；而出师西征却未见史书记载。这首诗描写了一次战斗的全过程。前六句写战前敌我对峙的紧张状态，从汉虏双方交替写来，剑拔弩张、一触即发的气氛蓄积得非常充分。“上将”以下八句具体描写战斗的激烈场面，用风急雪阔、云屯石冻的自然环境来烘托沙场厮杀的艰苦，用“兵气连云”、“白骨缠草”的景象来凸现战争的惨烈。结尾四句称颂封常清忠心报国，功名盖过古人，同时也反映了人们对本朝强盛国势的自信与自豪。

【注释】

〔1〕轮台：在今新疆米泉。汉武帝时曾在此屯兵戍边。

〔2〕旄头：星名，二十八宿之一。《史记·天官书》：“昴曰旄头，胡星也。”它是胡人的象征。

〔3〕羽书：军中告急文书。　渠黎：汉西域国名，在新疆轮台东南。

〔4〕单于：匈奴首领的称号。这里指西域少数民族首领。　金山：指今新疆乌鲁木齐东面的博格多山。

〔5〕上将：即大将，指封常清。　旄：旄节。古代使臣所持信物，形如幡旗，上以旄（牛尾，后改用羽毛）为饰。

〔6〕雪海：在天山主峰与伊塞克湖之间。《新唐书·西域传》：“出安西西北千里所，得勃达领……北三日行，度雪海，春夏常雨雪。”

〔7〕三军：古代兵制以中军、左军、右军（也称上、中、下）为三军，泛称全军。　阴山：在今内蒙古中部。

〔8〕剑河：水名，在今新疆境内。

〔9〕沙口：地名，位置不详。

〔10〕亚相：御史大夫的别称。汉代御史大夫为副丞相，故称。这里指封常清。　勤王：为朝廷的事而勤劳。

【译文】

入夜后轮台城头吹响了号角，昴宿星在轮台城北悄然坠落。昨晚紧急军书过了古国渠黎，报知单于已驻兵在金山之西。从戍楼向西望去已黑烟滚滚，汉朝军队则屯集在轮台以北。大将在旄节簇拥下挥师西征，全军在天亮笛子吹响时出行。四下里擂起战鼓像雪山奔涌，三军的齐声大呼把阴山震动。敌方要塞兵气如云连天聚屯，战场上白骨缠绕着荒草枯根。剑河狂风中的雪片又厚又阔，沙口冻得岩石开裂马蹄剥脱。副相效忠皇上不辞千辛万苦，誓将平定边乱舍身报效明主。自古以来青竹史策谁没看见，如今的功名显然已胜过古贤。

白雪歌送武判官归

岑　参

北风卷地白草折〔1〕，胡天八月即飞雪〔2〕。
忽如一夜春风来，千树万树梨花开。
散入珠帘湿罗幕〔3〕，狐裘不暖锦衾薄。
将军角弓不得控，都护铁衣冷难着〔4〕。
瀚海阑干百丈冰，愁云惨淡万里凝。
中军置酒饮归客〔5〕，胡琴琵琶与羌笛。
纷纷暮雪下辕门〔6〕，风掣红旗冻不翻〔7〕。
轮台东门送君去〔8〕，去时雪满天山路〔9〕。
山回路转不见君，雪上空留马行处。

【题解】

这是岑参边塞诗中的名篇，大约作于天宝十三或十四载（754或755）。诗开头四句直接描绘北地风势猛烈，八月即大雪纷飞的壮观。其中“忽如”两句以梨花喻雪，充满动感，想像瑰丽，意境奇美。“散入”以下四句，则从人的感受落笔，极力渲染天气的苦寒。“瀚海”两句分写天地景象，视野广远，笔带夸张；“中军”两句写帐中设宴送别，有音乐助兴；“纷纷”两句转至帐外，皑皑白雪中见红旗冻而不翻，于设色明丽中倍感天寒欲绝。结尾四句写送别，人已远去不见，而马迹空留雪上，一种深情自在久久伫望中悠然不尽。此诗写送别，由帐外及帐内，再由帐内及帐外，场景不断变换；其间有飞动的风雪、乐声，也有静止的冰云、红旗，画面丰富，声色相生。用韵则两句一转或四句一转，显得灵活自如，宛转流畅。题中的武判官名不详，判官是节度使的属吏。

【注释】

〔1〕白草：西域所产牧草，性至坚韧，经霜则脆。

〔2〕胡天：指西域的气候。

〔3〕珠帘：用珍珠串成的帘子。　罗幕：用丝织成的幕帐。

〔4〕都护：官名。唐代在西域置六大都护府，每个都护府都设大都护，管理政务。　铁衣：铁甲。

〔5〕中军：指主帅营帐。古时军制分为左、中、右三军，主帅亲统中军。

〔6〕辕门：军营门。

〔7〕掣：牵引。　冻不翻：因冻住而不能翻卷。

〔8〕轮台：在今新疆米泉。

〔9〕天山：这里指新疆博格多山脉。

【译文】

卷地而来的北风把白草吹折，大西北的八月就飘起了大雪。一夜间忽然像春风来到人间，使千树万树的梨花争相吐艳。轻轻地散入珠帘沾湿了罗幕，狐皮衣不暖锦棉被也嫌单薄。将军的兽角弓坚硬得拉不开，都护的铁铠甲寒冷得无法穿。大沙漠纵横交错着百丈坚冰，暗淡的阴云凝聚在万里长天。中军帐为饯送归客摆下酒宴，胡琴琵琶还有羌笛轮番出演。黄昏雪花纷纷扬扬落下辕门，冻住的红旗连风也吹它不展。我在那轮台的东门送您回去，去时白雪铺满了天山的道路。山回路转已望不见您的身影，雪上空留着马匹远行的去处。

韦讽录事宅观曹将军画马图

杜　甫

国初已来画鞍马，神妙独数江都王[1]。
将军得名三十载，人间又见真乘黄[2]。
曾貌先帝照夜白[3]，龙池十日飞霹雳[4]。
内府殷红玛瑙盘[5]，婕妤传诏才人索[6]。
盘赐将军拜舞归[7]，轻纨细绮相追飞。
贵戚权门得笔迹，始觉屏障生光辉。
昔日太宗拳毛騧[8]，近时郭家狮子花[9]。
今之新图有二马，复令识者久叹嗟。
此皆战骑一敌万，缟素漠漠开风沙。
其余七匹亦殊绝，迥若寒空动烟雪。
霜蹄蹴踏长楸间[10]，马官厮养森成列。
可怜九马争神骏，顾视清高气深稳。
借问苦心爱者谁？后有韦讽前支遁[11]。
忆昔巡幸新丰宫[12]，翠华拂天来向东[13]。
腾骧磊落三万匹，皆与此图筋骨同。
自从献宝朝河宗[14]，无复射蛟江水中[15]。
君不见金粟堆前松柏里[16]，龙媒去尽鸟呼风[17]。

【题解】

广德二年（764）杜甫由川东回到成都，在当时任阆州（今属四川）录事参军的韦讽家观赏了曹霸的画马图后，写了这首倍加推崇的诗。曹霸是汉末曹操的后裔，善画马，天宝末年官至左武卫将军，常奉诏画御马和功臣，安史乱后流落蜀中。铺写有序、描写传神和富有沧桑感，是这首诗最突出的地方。全诗分三个层次，第一层十二句，先总写曹霸画技高超，三十年来名动京师。第二层十四句，正写所见图中九匹骏马的形貌神态，气势飞动，呼之欲出，显示出诗人为马写真留照的深厚功力。第三层八句，由画中马联想到以前所见真马，寄托今非昔比、时不再来的深沉感慨。诗人写的是马，表现的却是对盛唐精神的留恋和向往。

【注释】

〔1〕江都王：指唐太宗之侄李绪，被封江都王。他以善画鞍马著名。

〔2〕乘黄：古代传说中的神马。

〔3〕先帝：指唐玄宗李隆基。　照夜白：唐玄宗所乘的骏马名。

〔4〕龙池：唐长安南内南熏殿有兴庆池，传说曾有黄龙出现其中。这里泛指宫苑池沼。　飞霹雳：比喻神马像龙那样腾跃飞舞。

〔5〕内府：皇宫中的府库。　玛瑙：宝石名，色彩红艳。

〔6〕婕妤、才人：均宫廷中女官名。

〔7〕拜舞：古代臣子朝见皇帝时的礼仪。

〔8〕拳毛騧（guā）：唐太宗的六匹骏马之一。

〔9〕郭家：指唐朝的大臣郭子仪的家。　狮子花：骏马名，唐代宗曾将御马九花虬赏赐给郭子仪。

〔10〕霜蹄：马蹄因为踏霜雪而成了白色。　长楸：指大路。楸是一种落叶乔木，古人习惯将它们种植在大道旁。

〔11〕支遁：东晋高僧，字道林。他认为养马要“重其神骏”。

〔12〕巡幸：皇帝出行视察。　新丰宫：指华清宫，在今陕西临潼东南。

〔13〕翠华：皇帝仪仗中用翠鸟羽毛作装饰的旗帜。此指皇帝的车驾。

〔14〕献宝朝河宗：暗喻玄宗病逝。据《穆天子传》载，古时周穆王西征时，河宗伯夭与穆王“披图视典”，“观天子之宝器”，后来穆王便归而飞升。另据《旧唐书·肃宗本纪》说，上元二年四月，楚州刺史崔侁向玄宗献宝，第二天，玄宗就死了。

〔15〕“无复”句：指玄宗不能再出外巡游了。“射蛟”典出《汉书·武帝本纪》：“武帝元封五年，自浔阳浮江，亲射蛟江中，获之。”

〔16〕金粟堆：唐玄宗葬在陕西蒲城的金粟山，号泰陵。

〔17〕龙媒：指天马。汉武帝《天马歌》：“天马徕兮龙之媒。”意思是天马来了是龙要来的先兆。

【译文】

在开国以来所画的鞍马中，最为神妙的当独推江都王。将军因此成名已有三十年，人间又见到了神骏真乘黄。曾临摹先帝的名骑照夜白，十天来像池龙飞腾挟霹雳。内府库所藏殷红的玛瑙盘，婕妤传出旨意让才人取索。受了赐盘将军拜谢而归，精美的丝绸连连相随。权贵豪门得了他的笔迹，才觉屏风上增添了光辉。过去太宗喜爱的拳毛䯄，如今郭家珍惜的狮子花。现在新图中有这两匹马，又使识马者久久赞叹惊讶。这些都是以一敌万的战骑，白绢上的大漠扬起了风沙。其余七匹也非凡绝伦，远望像寒空飘来的尘雪。霜蹄踏过楸木夹峙的长道，养马官役们森然一片排列。可爱的九匹骏马争相炫耀，顾盼间气质沉稳尤显清高。试问倾心酷爱神驹的是谁，前有名僧支遁后又有韦讽。回想玄宗当年巡游新丰宫，拂天的翠羽旌旗由西向东。纷纷跳跃奔腾的有三万匹，强健的筋骨都与此图相同。自从河宗向天子献了宝后，就不能再把蛟射死在江中。您没看见那金粟山前的松柏林里，龙媒匿迹后只有鸟在啼风。

丹青引 赠曹将军霸

杜甫

将军魏武之子孙[(1)]，于今为庶为清门[(2)]。
英雄割据虽已矣[(3)]，文采风流今尚存[(4)]。
学书初学卫夫人[(5)]，但恨无过王右军[(6)]。
丹青不知老将至[(7)]，富贵于我如浮云[(8)]。
开元之中常引见[(9)]，承恩数上南熏殿[(10)]。
凌烟功臣少颜色[(11)]，将军下笔开生面。
良相头上进贤冠[(12)]，猛将腰间大羽箭[(13)]。
褒公鄂公毛发动[(14)]，英姿飒爽来酣战。
先帝天马玉花骢[(15)]，画工如山貌不同。

是日牵来赤墀下，迥立阊阖生长风〔16〕。
诏谓将军拂绢素，意匠惨淡经营中。
斯须九重真龙出〔17〕，一洗万古凡马空。
玉花却在御榻上〔18〕，榻上庭前屹相向。
至尊含笑催赐金，圉人太仆皆惆怅〔19〕。
弟子韩幹早入室〔20〕，亦能画马穷殊相。
幹惟画肉不画骨，忍使骅骝气凋丧〔21〕。
将军画善盖有神，偶逢佳士亦写真。
即今漂泊干戈际，屡貌寻常行路人。
途穷反遭俗眼白〔22〕，世上未有如公贫。
但看古来盛名下，终日坎壈缠其身。

【题解】

丹青，即丹砂和靛青，两种古代作画的主要颜料，后多用来代指绘画。引，是诗歌的一种体裁。《文体明辨》："述事本末、先后有序、以抽其臆者曰引。"诗题下原注中"曹将军霸"，即曾任左武卫将军的著名画家曹霸。诗作于广德二年（764）。

诗的内容写画家曹霸的身世遭遇，通过对画家书画技艺的赞叹，以及在开元年间深受的隆恩和天宝以后流落民间的鲜明对比，突出了历代才人多为时世所困的共同命运。写法上点面结合，详略得当。如表现画家的画技，先总称其"下笔开生面"，然后略及他的人物写真，而详举画马绝技。又写马写人、写人写己和描写议论彼此交错、相互渗透，意蕴深厚。

【注释】

〔1〕魏武：即曹操。曹操之子曹丕建魏国后，追尊其父为太祖武皇帝。曹霸因与曹操同姓，所以称他为"魏武之子孙"。

〔2〕庶：民，平民。　清门：清贫寒素人家。

〔3〕英雄割据：指曹操当年与刘备、孙权三国鼎立，争夺霸权。

〔4〕文采风流：指汉末曹氏父子与“建安七子”共同努力在文学上形成的风格流派。

〔5〕卫夫人：晋时汝阴太守李矩之妻，名铄，字茂漪。她善写隶书，王羲之曾经跟她学习书法。

〔6〕王右军：即王羲之，曾任右军将军（魏晋时官职名，不带兵）。

〔7〕不知老将至：典出《论语·述而》:“其为人也，发愤忘食，乐以忘忧，不知老之将至云尔。”

〔8〕“富贵”句：典出《论语·述而》:“不义而富且贵，于我如浮云。”

〔9〕开元：唐玄宗年号（713—741）。

〔10〕南熏殿：唐朝宫殿，在南内兴庆宫内。

〔11〕凌烟：即凌烟阁，唐太宗时命画匠绘开国功臣像二十四人于皇宫西内三清殿凌烟阁。

〔12〕进贤冠：黑布帽，古代为儒者所戴，唐朝时百官都戴之。

〔13〕大羽箭：四根羽毛为箭尾的长杆大箭。唐太宗喜欢用它上阵打仗。

〔14〕褒公：唐开国功臣褒国忠壮公段志玄。　鄂公：鄂国公尉迟敬德。

〔15〕先帝：指已死去的唐玄宗。　天马：御马。　玉花骢：唐玄宗所乘的骏马名。骢，青白色的马。

〔16〕阊阖：本指神话中的天门，这里指宫门。

〔17〕真龙：古时八尺以上的马称为龙，真龙指皇帝的御马。

〔18〕御榻：皇帝的坐具。

〔19〕圉（yǔ）人：养马官。　太仆：掌管皇帝车马的官。　惆怅：这里是赞叹的意思。

〔20〕韩幹：唐代画家，长安（一说蓝田）人。玄宗天宝年间入宫为供奉。善画人物，尤工鞍马。初从师曹霸，得其神气，后来自成一家。

〔21〕骅骝：传说中周穆王的八匹骏马之一。

〔22〕俗眼白：世俗的轻视。魏晋时阮籍善作青白眼，表示对人尊重时用青眼（眼珠在中间），表示对人蔑视时，用白眼（眼珠向上，现出眼白）。

【译文】

将军本是魏武帝的子孙，如今被贬为庶民成了寒门。英雄割据虽然已经过去，文采和风流却至今尚存。学书法最初是学卫夫人，只怨还没能超过王右军。潜心作画不知老之将至，把那富贵看得轻如浮云。开元年间经常被召入宫，多次承皇恩来到南熏殿。凌烟阁的功臣像褪了色，将军落笔后又别开生面。良丞相头上戴着进贤冠，猛大将腰间别了大羽箭。褒公鄂公的须发在飘动，英姿飒爽前来奋力酣战。先帝的天马名叫玉花骢，众画工画出形貌各不同。这天牵到宫内红台阶下，昂立殿前犹觉四面生风。天子诏令让将军铺开白绢，煞费苦心沉浸在构思中。不一会九天上有真龙跃出，万古凡马都被一扫而空。玉花骢画像就在御榻之上，榻上庭前两马相对而望。皇上面露笑容忙催赏赐，养马管车的都交口赞赏。弟子韩幹学画早已入门，也能画尽马的各种形象。只是他的马画肉不画骨，宁可让骏马的神气凋丧。将军画艺精湛全在有神，偶然遇到贤人也肯写真。如今在战乱中流离漂泊，经常画些寻常的行路人。仕途艰难反遭俗人白眼，世上没人像您这样清贫。只看自古以来盛名之下，整天都被坎坷苦苦缠身。

寄韩谏议注

杜　甫

今我不乐思岳阳[1]，身欲奋飞病在床。
美人娟娟隔秋水[2]，濯足洞庭望八荒[3]。
鸿飞冥冥日月白[4]，青枫叶赤天雨霜。
玉京群帝集北斗[5]，或骑麒麟翳凤凰[6]。
芙蓉旌旗烟雾落，影动倒景摇潇湘[7]。
星宫之君醉琼浆，羽人稀少不在旁。
似闻昨者赤松子[8]，恐是汉代韩张良[9]。
昔随刘氏定长安[10]，帷幄未改神惨伤[11]。
国家成败吾岂敢，色难腥腐餐枫香。
周南留滞古所惜[12]，南极老人应寿昌。

美人胡为隔秋水，焉得置之贡玉堂〔13〕？

【题解】

这是一首寄赠诗，当作于大历元年（766）秋杜甫出蜀居留夔州时。韩注，楚人，生平不详。杜甫曾任左拾遗，与韩注所任谏议大夫同为门下省官员，杜甫是他的下属。写这首诗时，杜甫正漂泊江湘，韩注也已去官，寓居岳阳。

由于事关时局，诗人有难言之隐，故借游仙体写出。韩注曾为唐朝出力，安史乱后的局势使他灰心，于是效法张良功成身退，求仙学道。杜甫对此深感惋惜，因此写诗表示同情，并希望他能重新出来为国效劳。诗先由洞庭导入游仙，又用张良仙去典回复人世，体现了诗人用典和构篇的大家手笔。

【注释】

〔1〕岳阳：即今湖南岳阳。

〔2〕美人：古人对君子或自己思慕的人的托称。《诗经·秦风·蒹葭》："所谓伊人，在水一方。"

〔3〕濯足：用《孟子·离娄》"沧浪之水浊兮，可以濯我足"语意。洞庭：洞庭湖，在今湖南北部，长江南岸。　八荒：八方荒远之地。

〔4〕鸿飞冥冥：典出汉扬雄《法言·问明》："治则见，乱则隐。鸿飞冥冥，弋人何篡焉？"这里指韩谏议已经避世隐居了。

〔5〕玉京：道家的天宫。　群帝：指众仙人。　北斗：即北斗星。

〔6〕翳（yì）：原意是遮蔽，这里引申为骑。

〔7〕潇湘：今湖南境内的两条河流。

〔8〕赤松子：传说中的仙人。

〔9〕韩张良：西汉开国功臣，字子房，战国时的韩国人。功成名就后，为全身避害，弃官"从赤松子游"。

〔10〕刘氏：西汉开国皇帝刘邦。　长安：今陕西西安。

〔11〕"帷幄"句：刘邦曾称赞张良："运筹帷幄之中，决胜千里之外，子房功也。"

〔12〕周南留滞：典出《史记·太史公自序》："是岁天子始建汉家之封，而太史公（司马迁之父司马谈）留滞周南，不得与从事。"《史记集解》注："古之周南，今之洛阳。"

〔13〕玉堂：原为汉朝宫殿名，这里指朝廷。

【译文】

眼下我郁闷不乐思念岳阳，身想奋飞而人却卧病在床。亭亭玉立的美人隔着秋水，在洞庭湖边洗脚眼望八方。鸿雁飞过日月照耀的高空，青枫林叶已变红天降严霜。玉京山的群仙在北斗相聚，有的骑着麒麟有的跨凤凰。芙蓉旌旗如在云雾中降落，奇幻的倒影摇着潇湘波光。天宫中的玉帝沉醉于美酒，羽衣仙子稀少多不在身旁。好像听说过去那个赤松子，恐怕就是汉代韩国的张良。以前曾跟着刘氏定都长安，运筹帷幄未变心却已哀伤。我怎能坐视不顾国家成败，不愿对腥腐只能归隐林冈。滞留在周南历来使人惋惜，南极老人星应保长寿安康。为什么美人遥隔一方秋水，怎样才能把她安置在朝堂？

古柏行

杜　甫

孔明庙前有老柏[1]，柯如青铜根如石[2]。
霜皮溜雨四十围[3]，黛色参天二千尺[4]。
君臣已与时际会[5]，树木犹为人爱惜。
云来气接巫峡长[6]，月出寒通雪山白[7]。
忆昨路绕锦亭东[8]，先主武侯同閟宫[9]。
崔嵬枝干郊原古[10]，窈窕丹青户牖空[11]。
落落盘踞虽得地[12]，冥冥孤高多烈风[13]。
扶持自是神明力，正直元因造化功[14]。
大厦如倾要梁栋，万牛回首丘山重[15]。
不露文章世已惊[16]，未辞剪伐谁能送[17]？
苦心岂免容蝼蚁[18]，香叶终经宿鸾凤[19]。
志士幽人莫怨嗟[20]，古来材大难为用！

【题解】

这首诗作于杜甫代宗大历元年（766）夏流寓夔州（今四川奉节）时。诗人先写夔州孔明庙古柏、成都武侯祠古柏，最后由咏物转入议论，点出“古来材大难为用”的主题，具有“卒章显志”的效果。同时在咏古柏时，又多插入对诸葛亮身世的感慨，寄托遥深。

【注释】

〔1〕孔明庙：这里指夔州的武侯祠堂。孔明，即诸葛亮，字孔明。

〔2〕柯：树枝。

〔3〕霜皮：白皮，形容树干表皮由于年久而发白苍老。　溜雨：写树干光滑停不住雨水。　围：两臂合抱的长度。“四十围”与下文“二千尺”，均是夸张手法。

〔4〕黛色：青黑色。形容柏树的叶色。

〔5〕君臣：指刘备与诸葛亮。　际会：遇合。

〔6〕巫峡：长江三峡之一，在夔州之东。

〔7〕雪山：也称西山、雪岭，在四川西北部的松潘境内，为岷山的主峰。

〔8〕忆昨：即回忆去年。杜甫于永泰元年（765）五月携家离开成都，大历元年（766）夏写了此诗。　锦亭：指成都锦江亭。先主、武侯祠坐落在亭东。

〔9〕先主：即蜀国先主刘备。　武侯：诸葛亮被蜀后主刘禅封为武乡侯，世称诸葛武侯。　闷（bì）宫：祠堂，庙宇。《成都记》载：“先主庙西院即武侯庙，庙前有双大柏，古峭可爱，人云诸葛手植。”

〔10〕崔嵬：高大森严的样子。　郊原古：即古郊原。

〔11〕窈窕：美好的样子。　丹青：指祠中彩绘壁画。　户牖（yǒu）：门窗。

〔12〕落落：独立不群。　盘踞：盘结占据。　得地：指得相宜的地势。

〔13〕冥冥：遥远的高空。　孤高：指古柏独立高耸。　烈风：强风，劲风。

〔14〕元：本来，原先。　造化：指自然界的创造化育。

〔15〕万牛回首：形容万头牛也拉不动古柏，故回头观望。极言古柏的粗壮高大。

〔16〕不露文章：明言古柏无花，暗喻人不显露才华。

〔17〕未辞剪伐：不避砍伐削枝。　送：运送。

〔18〕苦心：指柏树的树心味苦。　蝼蚁：蝼蛄蚂蚁。喻指力量微小或地位低下、无足轻重的人物。

〔19〕终经：犹曾经。　鸾凤：鸾鸟和凤凰。鸾，传说中凤凰一类的鸟。喻指贤俊。

〔20〕幽人：幽居之人，指隐士。也指在政治或仕途上不得意的人。

【译文】

孔明的庙前有苍老的古柏，枝条像青铜啊树根像磐石。主干白色溜滑粗达四十围，树冠深绿参天高耸二千尺。君臣的遇合好比风云际会，大树古木仍为后人所爱惜。云来时的雾气可远连巫峡，月出后的寒意与雪山同白。回想以前曾路经锦江亭东，先主和武侯同被供奉深宫。高大的枝干更显郊原远古，美妙的彩绘无补门户虚空。挺拔磊落虽然盘踞在地上，独立在高空多受四面来风。扶持它自然要靠神灵之力，自身正直却由于自然之功。大厦如果倾覆便需要栋梁，重如山丘连万牛也拉不动。还没露文采世人已觉震惊，不回避砍伐谁能把它运送。树心味苦也不免蝼蚁侵蚀，叶有清香又曾经止宿鸾凤。志士仁人不要为此而叹息，自古以来材大就难以为用。

卷三/七言古诗

观公孙大娘弟子舞剑器行 并序

杜　甫

大历二年十月十九日[1]，夔府别驾元持宅见临颍李十二娘舞剑器[2]，壮其蔚跂[3]。问其所师，曰："余公孙大娘弟子也。"开元三载[4]，余尚童稚，记于郾城观公孙氏舞《剑器浑脱》[5]，浏漓顿挫[6]，独出冠时[7]。自高头宜春梨园二伎坊内人洎外供奉[8]，晓是舞者，圣文神武皇帝初[9]，公孙一人而已。玉貌锦衣[10]，况余白首！今兹弟子亦匪盛颜[11]。既辨其由来，知波澜莫二[12]。抚事慷慨，聊为《剑器行》。昔者吴人张旭善草书书帖[13]，数尝于邺县见公孙大娘舞《西河剑器》[14]，自此草书长进，豪荡感激，即公孙可知矣！

昔有佳人公孙氏，一舞剑器动四方。
观者如山色沮丧[15]，天地为之久低昂。
㸌如羿射九日落[16]，矫如群帝骖龙翔[17]。
来如雷霆收震怒，罢如江海凝清光。
绛唇珠袖两寂寞，晚有弟子传芬芳。
临颍美人在白帝[18]，妙舞此曲神扬扬。

与余问答既有以[19]，感时抚事增惋伤。
先帝侍女八千人，公孙剑器初第一[20]。
五十年间似反掌，风尘澒洞昏王室[21]。
梨园子弟散如烟，女乐余姿映寒日。
金粟堆前木已拱[22]，瞿塘石城草萧瑟[23]。
玳弦急管曲复终[24]，乐极哀来月东出。
老夫不知其所往，足茧荒山转愁疾[25]。

【题解】

公孙大娘是开元时著名女舞蹈家，尤以剑器舞享誉天下。剑器舞，又名剑器浑脱，是一种戎装舞蹈。开元五年（717）杜甫六岁时，曾见过公孙大娘表演，留下了深刻的印象。大历二年（767）杜甫在夔州（四川奉节），又见到了她的女弟子李十二娘舞剑器，其时大娘已去世。诗人有感而作此诗。

全诗先酣畅淋漓地描绘昔年公孙大娘的神妙舞姿，再从李十二娘的师承关系，引出乐舞盛衰的今昔之感。而全诗的主旨，显然在于抚时感事，正如王嗣奭《杜臆》所言，“全是为开元、天宝五十年治乱兴衰而发”。诗题“观弟子舞剑器”，却全力以赴表现公孙大娘本人的舞技，用意正在于反照今时的感伤。这一段描绘传神出色，惊天动地，杜诗的才力，真是无往不胜。

【注释】

〔1〕大历二年：公元767年。大历，唐代宗李豫年号（766—779）。

〔2〕夔府：即夔州，今四川奉节。唐太宗在夔州设都督府，所以夔州又称夔府。　别驾：官名，刺史的属官。　临颍：今属河南。　李十二娘：公孙大娘的弟子。　剑器：古代武舞曲名，舞者身着戎装，手执宝剑，表演剑术。

〔3〕蔚跂：形容舞姿变幻矫健。

〔4〕开元三载：公元715年。开元，唐玄宗李隆基的年号（713—741）。

〔5〕郾城：今属河南。

〔6〕浏漓：流畅飘逸的样子。　顿挫：形容很有节奏感。

〔7〕独出冠时：在当时超群出众。

〔8〕“自高头”句：意思是说从宫内教坊的宫女到宫外的官伎。唐朝初年，设置教坊，为皇宫内教习舞蹈的地方。开元年间，唐玄宗亲自教习宫女，习艺者称梨园子弟，有几百个宫女居住在宜春北院，称为“内人”，也称“前头人”。“高头”可能指“前头人”。洎（jì），及，至。外供奉，居住在宫外的官伎。

〔9〕圣文神武皇帝：唐玄宗李隆基的尊号。

〔10〕玉貌锦衣：指公孙大娘容貌妍丽，衣着鲜艳。

〔11〕匪：通“非”。不是。　盛颜：青春年华。

〔12〕波澜莫二：指师徒二人舞伎一脉相承，一点不差。

〔13〕吴人张旭：唐朝著名的书法家，吴（今江苏苏州）人，善草书。

〔14〕数（shuò）：屡次。　邺县：今河南安阳。《西河剑器》：《剑器》的一种，来自河西一带。

〔15〕色沮丧：惊恐失色。

〔16〕㸌（huò）：闪光，这里是形容快速。　羿（yì）：即后羿，善射。传说帝尧时十个太阳一起出，草木焦死，他一连射下九个太阳。

〔17〕群帝：东方诸天神。　骖（cān）龙：以龙为坐骑。

〔18〕临颍美人：指李十二娘。　白帝：白帝城，在今四川奉节东，此泛指夔州。

〔19〕既有以：指序文中“既辨其由来”之意。以，由来，原因。

〔20〕初：原本就是。

〔21〕“风尘”句：指安史之乱造成唐王朝皇权衰落。澒（hòng）洞，弥漫无际的样子。

〔22〕金粟堆：唐玄宗于唐肃宗宝应二年（753）葬于今陕西蒲城金粟山。　木已拱：语出《左传·僖公三十二年》：“中寿，尔木已拱矣。”意思是墓前的树木已经长得可以合围抱了。

〔23〕瞿塘石城：夔州的瞿塘峡，石城指白帝城。

〔24〕玳弦：用玳瑁装饰的弦乐器。　急管：乐曲节奏急促。

〔25〕足茧：指疲于奔走。

【译文】

记得以往，那女舞蹈家公孙大娘，表演《剑器》的武舞，轰动四方。观众围堵如山，个个专注紧张，连天地也随着她的舞姿起伏震荡。她迅捷犹如后羿射下一连串太阳，她矫健好似群仙驾龙在云间翱翔。起势如雷霆，随鼓点收束余响，收舞如江海，看宝剑一展寒芒。启唇清歌，翻袖妙舞，两者都已茫茫，幸有晚年的弟子，承继了她的辉煌。白帝城中，那美丽的临颍女郎，随乐曲起舞《剑器》，一样地神采飞扬。从问答中我了解了她的师承情况，感时怀旧，更增添了我的哀伤。先皇玄宗，八千名侍女各有所长，公孙大娘的剑器舞可谁也比不上。五十年间的时光疾如翻掌，战尘弥漫天地，王室昏惨无光。梨园歌舞子弟如烟散不知去向，寒日下只能依稀忆见女乐的幻象。金粟堆先皇的墓树已经又粗又壮，瞿塘峡边白帝城，草木一派凄凉。弦管声中，一曲《剑器》又已收场，乐尽悲来，面对冷清清孤月东上。老夫我不知该再去什么地方，蹒跚于荒山，还恨离开得太急太忙。

石鱼湖上醉歌 并序

元　结

漫叟以公田米酿酒[1]，因休暇，则载酒于湖上，时取一醉；欢醉中，据湖岸，引臂向鱼取酒[2]，使舫载之，遍饮坐者。意疑倚巴丘[3]，酌于君山之上[4]，诸子环洞庭而坐[5]，酒舫泛泛然[6]，触波涛而往来者，乃作歌以长之[7]。

石鱼湖，似洞庭，夏水欲满君山青。
山为樽[8]，水为沼[9]，酒徒历历坐洲岛。
长风连日作大浪，不能废人运酒舫[10]。
我持长瓢坐巴丘，酌饮四座以散愁。

【题解】

石鱼湖，在唐代道州境内，即今湖南道县东，湖中有多处礁石，中心的大石形状如鱼，因而得名。元结于代宗广德二年（764）任道州刺史，公余与友人出游石鱼湖。他将酒倒在鱼形石的凹处，与宾客们散坐在湖中礁石之上，又特备一只小船，将石凹的酒浆一一分配给各座礁石上的宾客，飘然有凌空出世之想，于是作了这首《醉歌》。

全诗极写酒兴之豪，以奇特的想象、狂放的语言描就一幅湖上行酒图。在诗人笔下，一切都得到放大，石鱼湖成了广袤的洞庭，小礁成了大岛，诗人与友人们都成了踞坐人世之上的酒仙。奇肆恣纵，超凡脱俗，令人耳目一新。然而，“酌饮”的目的是“散愁”，山樽水沼的放大，正说明了所欲应付的“愁”的淼漠。这种隐意，是玩味唐诗时所不能不注意的。

【注释】

〔1〕漫叟：元结的别号。　公田：公家的田地。
〔2〕引臂：伸臂。
〔3〕巴丘：山名，在湖南岳阳湘水右岸。
〔4〕君山：在洞庭湖中，又名洞庭山。
〔5〕诸子：同游的士人。
〔6〕泛泛然：酒船自由漂泊的样子。
〔7〕长（zhǎng）：原意是居于首位，这里作助兴解。
〔8〕樽：盛酒的器皿。
〔9〕沼：池。
〔10〕舫：船。

【译文】

眼前的石鱼湖，幻化作洞庭的景象，青翠的君山旁，夏水在尽情地溢涨。青山就像酒壶，湖水就像池塘，传觞的酒徒一个个列坐在洲岛之上。劲风连日来掀起了大浪，运酒的小船却丝毫不受影响。我高踞巴丘之巅，手中酒瓢长长，向酒友们分斟酒浆，同把忧愁遗忘。

山　石

韩　愈

山石荦确行径微[1]，黄昏到寺蝙蝠飞。
升堂坐阶新雨足，芭蕉叶大支子肥[2]。
僧言古壁佛画好，以火来照所见稀。
铺床拂席置羹饭，疏粝亦足饱我饥[3]。
夜深静卧百虫绝，清月出岭光入扉。
天明独去无道路，出入高下穷烟霏。
山红涧碧纷烂漫，时见松枥皆十围[4]。
当流赤足踏涧石，水声激激风生衣[5]。
人生如此自可乐，岂必局束为人鞿[6]？
嗟哉吾党二三子，安得至老不更归[7]！

【题解】

此诗作于贞元十七年（801）。当时韩愈居洛阳，游城北惠林寺后写了这篇记游诗。诗中生动细致地描绘了山中古寺和景物。前十六句写山寺的黄昏、深夜、清晨的清幽景色，观察细腻，生动真切；后四句流露了归隐山林的愿望。诗作前半着意描绘的昏晦，同天明后的“山红涧碧”形成了强烈的反差，为“人生如此自可乐，岂必局促为人鞿”的结论作了巧妙的铺垫。

【注释】

〔1〕荦（luò）确：山石崎岖不平的样子。
〔2〕支子：即栀子，植物名，花瓣大而厚，色白，香浓。
〔3〕疏粝（lì）：糙米饭。此指简单的饭菜。
〔4〕枥：同“栎”，树名，落叶乔木。　围：古代计量圆周的约略单

位，即两手之间合拱的粗细。

〔5〕激激：河水急流的声音。

〔6〕局束：拘束，束缚。　为人鞿（jī）：为别人所控制。鞿，马缰绳。

〔7〕不更归："更不归"的倒文。

【译文】

踩着起伏的山石，走过偪窄的小路，黄昏进入惠林寺，蝙蝠在头上飞舞。登堂坐在台阶上，看大雨刚刚止住，滋润了庭院阔大的芭蕉、繁茂的栀树。老僧介绍寺壁有珍贵的神佛画图，点起火把，却只照见了不多几幅。为我安顿床铺，送来饭食菜蔬，虽说是粗米淡饭，也足以让我果腹。夜深我静静躺卧，虫声停止了喧呼，明月从岭头探出，清光自门扇透入。天明我独自离去，已辨认不清路途，在山里上上下下，冲开弥漫的烟雾。红叶遍谷，碧水铺涧，缤纷满目；长松巨枥，一株株都有十围之粗。我赤了双脚，踏着石块在涧流中越渡，水声激激，山风灌满了衣服。人生如这样的境界，自可品味幸福，何必定要困苦身心、受人拘束。可叹我那些志同道合的朋友亲故，怎么已经到老了，还不思返寻归宿。

八月十五夜赠张功曹

韩　愈

纤云四卷天无河〔1〕，清风吹空月舒波〔2〕。
沙平水息声影绝，一杯相属君当歌〔3〕。
君歌声酸辞正苦，不能听终泪如雨。
洞庭连天九疑高〔4〕，蛟龙出没猩鼯号〔5〕。
十生九死到官所，幽居默默如藏逃。
下床畏蛇食畏药〔6〕，海气湿蛰熏腥臊〔7〕。

昨者州前槌大鼓[8]，嗣皇继圣登夔皋[9]。
赦书一日行千里，罪从大辟皆除死[10]。
迁者追回流者还，涤瑕荡垢清朝班[11]。
州家申名使家抑[12]，坎轲只得移荆蛮[13]。
判司卑官不堪说[14]，未免捶楚尘埃间。
同时流辈多上道[15]，天路幽险难追攀。
君歌且休听我歌，我歌今与君殊科[16]：
一年明月今宵多，人生由命非由他，
有酒不饮奈明何。

【题解】

张功曹，指张署，曾任监察御史。唐德宗贞元十九年（803），韩愈与张署以上疏触忤德宗，同时被贬谪南荒。两年后顺宗、宪宗先后即位大赦天下，韩愈从阳山（今属广东）、张署从临武（今属湖南）分别来到郴州（今属湖南）待命，结果因权贵作梗，两人都只是就近改移江陵（今属湖北），韩愈为法曹参军，张署为功曹参军，俱是品级低下的州官属吏。内心不平，故作此诗。

诗作起首四句点“八月十五日”题面，以下二十句复述张署悲歌，最后五句为韩愈答辞。虽是借张署吐诉不平之鸣，其实诗人自身的遭遇和悲慨也与之相同，实是借他人酒杯浇胸中之块垒，结尾不过是故作达语。全诗宾主相映，一唱三叹，表现了韩愈“以文为诗”的特色。

【注释】

〔1〕纤云：纤巧如丝的云。　河：银河。

〔2〕月舒波：是说月光如水波向四方舒展。

〔3〕属（zhǔ）：倾注，这里作劝酒解。

〔4〕洞庭：洞庭湖，在今湖南北部，长江南岸。　九疑：山名，又作九嶷，即苍梧山，在今湖南宁远。

〔5〕鼯（wú）：鼯鼠，又叫大飞鼠。

〔6〕药：指一种用毒虫制成的害人的药。

〔7〕湿蛰：潮湿之地蛰伏着毒虫。　熏腥臊：蒸发出腥臊之气。

〔8〕槌大鼓：唐代发布大赦令时要击大鼓告知四方。

〔9〕嗣皇继圣：皇帝的继承人登上皇位。指唐宪宗登位。　登：任用。　夔皋：上古帝舜时的两位贤臣。

〔10〕大辟：死刑。

〔11〕清朝班：肃清朝政。

〔12〕州家：州的长官刺史。　申名：将名字申报上去。　使家：指朝廷派往各地访察吏绩民情的大员观察使。　抑：抑制，压住不报。

〔13〕坎轲：又作坎坷，困顿不得志。　移荆蛮：指调到江陵任职。江陵古代属楚，楚为荆蛮之国。

〔14〕判司：对诸曹参军的统称。

〔15〕上道：指往京城长安。

〔16〕殊科：不同类。

【译文】

薄云向四周飞散，银河却难以认辨，清风吹净天空，让月光尽兴铺展。湘水静依着沙岸，声影俱安，举杯劝饮，朋友你该高歌一番。你唱了，声情哀苦，内容辛酸，还没有听完，我已是泪眼潸然——洞庭无际，九疑山高插霄汉，这里蛟龙出没，猩猩和鼯鼠叫声凄惨。经历九死一生，来到贬官的地点，沉闷失意地幽闭着度日，像逃犯一般。下床怕蛇咬，进食怕被蛊药麻翻，南国的瘴气、湿地的爬虫，处处腥膻。前不久郴州衙署击鼓召集百官，宪宗皇帝继位，将进用一批才干。大赦的诏书迅即传布到四方荒远，除了死刑，其他罪人都能从宽。降级的追回原职，流放者得以回还，荡涤朝廷积弊，整顿行政机关。州郡申报了下官姓名，按察使却加以为难，命运不济，只得受职调往荆蛮。当一名功曹参军，低小不值一谈，伏在地上挨打的惩罚也在所难免。一起被流放的官员大多已召回长安，天路暗昧危险，难以随之追攀。别再唱下去了，让我的歌把你打断，我的歌词，全然不同于你的郁郁寡欢。一年的明月，数今晚中秋最满，人生命运由天，而与其他无干。此时有酒不醉，待天亮了又怎么办！

谒衡岳庙遂宿岳寺题门楼

韩　愈

五岳祭秩皆三公[1]，四方环镇嵩当中。
火维地荒足妖怪，天假神柄专其雄[2]。
喷云泄雾藏半腹，虽有绝顶谁能穷？
我来正逢秋雨节，阴气晦昧无清风[3]。
潜心默祷若有应，岂非正直能感通[4]？
须臾静扫众峰出，仰见突兀撑青空。
紫盖连延接天柱，石廪腾掷堆祝融[5]。
森然魄动下马拜[6]，松柏一径趋灵宫[7]。
粉墙丹柱动光彩，鬼物图画填青红。
升阶伛偻荐脯酒[8]，欲以菲薄明其衷[9]。
庙令老人职神意[10]，睢盱侦伺能鞠躬[11]。
手持杯珓导我掷[12]，云此最吉余难同。
窜逐蛮荒幸不死[13]，衣食才足甘长终。
侯王将相望久绝，神纵欲福难为功[14]。
夜投佛寺上高阁[15]，星月掩映云朣胧[16]。
猿鸣钟动不知曙，杲杲寒日生于东[17]。

【题解】

此诗为永贞元年（805）秋，韩愈由郴州赴江陵法曹参军任，途经衡山所作。衡岳，即南岳衡山，在今湖南衡山西三十里。诗中借记游而抒发胸中不平之气。诗歌对景物的描绘穷形极状，想象奇特，而文气宏肆，好像带雷挟电闪烁在天地之间，是体现诗人古风诗歌特点的一篇代表作品。诗中的韵句后三字有意连用平声，造成不同于律句的长篇古歌长韵效果，在诗歌中称为“三平调”。

【注释】

〔1〕五岳：东岳泰山，西岳华山，北岳恒山，南岳衡山，中岳嵩山。　祭秩皆三公：《礼记·王制》：“天子祭天下名山大川，五岳视三公。”祭秩，祭礼的次第等级。三公，周朝以太师、太傅、太保为“三公”，后泛指朝廷最高官位。

〔2〕“火维”二句：是说衡岳雄镇在炎热而荒僻的南方。传说衡岳之神为赤帝祝融氏。火维，指南方，因为南方属火。维，隅落。

〔3〕晦昧：阴暗的样子。

〔4〕正直：指岳神。　感通：指感通神明。

〔5〕“紫盖”二句：形容山峰连绵耸立。紫盖、天柱、石廪（lǐn）、祝融，是衡山七十二峰的四个峰名。腾掷，形容山势起伏。

〔6〕森然：肃穆的样子。

〔7〕灵宫：神宫，此指衡岳庙。

〔8〕伛偻（yǔ lóu）：弓腰，表示恭敬。　荐：献，进。　脯酒：指祭品。脯，干肉。

〔9〕菲薄：指不丰盛的祭品。　衷：心意。

〔10〕庙令老人：掌管神庙的老人。

〔11〕睢盱：凝视的样子。　侦伺：窥察。

〔12〕杯珓（jiào）：占卜用具。用蚌壳或竹木制成，共有两片，掷地视其俯仰向背，以定吉凶。

〔13〕窜逐蛮荒：诗人于贞元十九年（803）贬谪阳山，阳山在古代属于蛮荒之地。

〔14〕福：指赐福。　难为功：难以奏效。

〔15〕投：投宿。　佛寺：指衡岳庙。

〔16〕朣（tóng）胧：月初出时的光辉。

〔17〕杲（gǎo）杲：形容太阳的明亮。

【译文】

五大名山，都按三公的规格举行祭典，其中四座环守四面，嵩山居于中间。南方土地荒远，妖魔鬼怪普遍，上帝给衡岳神专命，让他施展威权。衡山吐雾喷云，从半腰里遮蔽了群岭。虽有最高的山巅，又有谁能登上峰顶。我来到这里，正是秋雨绵绵的时令，只见雨气昏濛，没有风来廓清。我专心默默地祝诵，仿佛得到了应允，岂不是正直的岳神，同人心感应相通。片刻云雾安详地扫开，群峰露出真容，抬头只见突兀高耸，直撑青碧的天穹。紫盖峰连绵逶迤，同天柱峰接在一起，石廪峰腾跃而上，在祝融峰前堆积。我肃然魂动魄悸，下马向岳神顶礼，沿着松柏相夹的小径，走进衡岳庙里。神庙里粉墙朱柱，处处光彩耀明，大红大绿的壁画，绘着狰狞的鬼神。我登上石级，俯身进献祭品，虽然简陋，却用以表达内心的崇敬。管庙的老人能通晓岳神的旨意，凝视着揣摩来人，不住地鞠躬行礼。手里拿着杯珓，教我卜问凶吉，说卜得的一卦最为上上，他卦都不能相比。我贬谪到南方的荒土，幸而得以生还，如今衣食刚够，甘心就这样度过晚年。王侯将相的奢愿，于我早已绝缘，就是岳神赐福，恐怕也难以实现。入夜我寄宿在佛寺的高楼间，星月时隐时现，暮云朦胧一片。山猿啼叫，钟声传报，我都不知何时破晓，只见一轮晃眼的寒日，已在东方高照。

石鼓歌

韩　愈

张生手持石鼓文[1]，劝我试作石鼓歌。
少陵无人谪仙死[2]，才薄将奈石鼓何！
周纲陵迟四海沸[3]，宣王愤起挥天戈[4]。
大开明堂受朝贺[5]，诸侯剑佩鸣相磨。
蒐于岐阳骋雄俊[6]，万里禽兽皆遮罗[7]。
镌功勒成告万世[8]，凿石作鼓隳嵯峨[9]。
从臣才艺咸第一[10]，拣选撰刻留山阿[11]。
雨淋日炙野火燎，鬼物守护烦㧑呵[12]。

公从何处得纸本，毫发尽备无差讹。
辞严义密读难晓，字体不类隶与蝌[13]。
年深岂免有缺画，快剑斫断生蛟鼍[14]。
鸾翔凤翥众仙下[15]，珊瑚碧树交枝柯。
金绳铁索锁纽壮，古鼎跃水龙腾梭[16]。
陋儒编诗不收入[17]，二雅褊迫无委蛇[18]。
孔子西行不到秦[19]，掎摭星宿遗羲娥[20]。
嗟余好古生苦晚，对此涕泪双滂沱。
忆昔初蒙博士征，其年始改称元和[21]。
故人从军在右辅[22]，为我量度掘臼科[23]。
濯冠沐浴告祭酒[24]："如此至宝存岂多？
毡苞席裹可立致，十鼓只载数骆驼。
荐诸太庙比郜鼎[25]，光价岂止百倍过。
圣恩若许留太学[26]，诸生讲解得切磋。
观经鸿都尚填咽[27]，坐见举国来奔波[28]。
剜苔剔藓露节角，安置妥贴平不颇[29]。
大厦深檐与盖覆，经历久远期无佗[30]。"
中朝大官老于事，讵肯感激徒媕婀[31]。
牧童敲火牛砺角，谁复着手为摩挲？
日销月铄就埋没，六年西顾空吟哦。
羲之俗书趁姿媚[32]，数纸尚可博白鹅[33]。
继周八代争战罢[34]，无人收拾理则那[35]。
方今太平日无事，柄任儒术崇丘轲[36]。
安能以此上论列[37]，愿借辩口如悬河。
石鼓之歌止于此，呜呼吾意其蹉跎！

【题解】

此诗作于诗人元和六年（811）以国子博士出为河南令之时。唐初在天兴三畤原出土十块鼓形石，上各刻四言诗十首。现时文字已残缺不全，其内容及刻石时代众说纷纭。唐人以石鼓文用大篆，大篆为周宣王太史籀发明的字体，多以为是周宣王鼓，韩愈此诗亦不例外。今人考证定为秦刻，叙述当时贵族畋猎游乐生活。诗中韩愈本着爱护文物、倡扬儒学的愿望，希望朝廷将石鼓运到太学珍藏，并供学子研究，但是未被朝廷采纳，因此写此诗抒发感慨。本诗气势宏大，音节铿锵，体现了韩愈古风作品的特点。北宋苏轼也作有《石鼓歌》，两相对读，可以体味长篇七古开阖动宕的美学特征。

【注释】

〔1〕张生：指张彻，韩愈弟子。当时在洛阳。

〔2〕少陵：指杜甫。少陵为汉宣帝许后的陵墓，在长安南，其地故称少陵原。杜甫曾居其地，自称“少陵野老”。　谪仙：指李白。诗人贺知章曾称李白为谪仙人。

〔3〕周纲陵迟：周王朝的纪纲废弛。陵迟，世道衰落。

〔4〕宣王：周宣王姬静，厉王之子。　挥天戈：指征伐之事。帝王行天讨，故曰天戈。宣王曾北伐南征，史称“中兴”。

〔5〕明堂：古代帝王宣明政教的地方。　受朝贺：接受诸侯的朝拜。

〔6〕蒐（sōu）：打猎。春猎曰蒐，有阅兵作用。　岐阳：岐山（今陕西岐山北）之南一带地方。

〔7〕遮罗：拦阻网罗。

〔8〕镌功勒成：刻石记功。镌、勒，义同，雕刻。

〔9〕隳（huī）：毁坏。这里是开凿的意思。　嵯峨：山峰高峻的样子。此指高山上的石头。

〔10〕咸：皆，都。

〔11〕山阿：山脚。

〔12〕鬼物：指山的精灵。　㧑（huī）呵：挥去呵斥。即守护的意思。㧑，通“挥”。

〔13〕隶与蝌：隶书与蝌蚪文。蝌蚪文是上古字体，以头粗尾细状如蝌蚪而得名。

〔14〕蛟：蛟龙，古代传说一种像龙的动物。　鼍（tuó）：动物名，一名鼍龙，又名扬子鳄。

〔15〕鸾翔凤翥（zhù）：比喻字迹若龙飞凤舞。翥，高飞。

〔16〕古鼎跃水：据《水经注·泗水注》记载：周显王四年，夏禹铸的九鼎沉于泗水。后秦始皇派人打捞，有巨龙咬断绳索，九鼎又沉入水中。　龙腾梭：《晋书·陶侃传》说，陶侃年轻时在雷泽网到一只梭子挂在墙上，不久下雷雨，梭子化为龙而去。

〔17〕陋儒：见识浅陋的儒生。此指搜集整理《诗三百》的儒生。

〔18〕二雅：指《诗经》中的《大雅》与《小雅》。　褊迫：褊狭，狭窄。　委蛇（wēi yí）：雍容自得的样子。

〔19〕不到秦：是说孔子曾周游列国，但未到秦国。

〔20〕掎摭（jǐ zhí）：摘取。　遗羲娥：遗漏了日、月。羲、娥，神话传说中的日御羲和与月御嫦娥，故以代指日、月。

〔21〕"忆昔"二句：元和元年（806）六月，韩愈由江陵法曹参军召受权知国子博士。

〔22〕右辅：指凤翔府。汉代京兆、左冯翊、右扶风称关内三辅，右扶风别称右辅。唐时指关内道凤翔府。

〔23〕量度：考虑，计划。　掘臼科：指挖掘石鼓。臼科，坑坎，即安石鼓的地方。

〔24〕祭酒：此指郑余庆。这年九月，郑余庆以太子宾客任国子祭酒。见《旧唐书·宪宗纪》。国子祭酒为国子监长官，从三品，当时为韩愈的上司。

〔25〕诸："之于"的合音。　太庙：天子的祖庙。　郜鼎：春秋时郜国所造之鼎。《左传·桓公二年》："夏，四月，取郜大鼎于宋，戊申，纳于太庙。"

〔26〕太学：即国学。按唐代设国子、太学、广文、四门、律、书、算七学，属国子监。

〔27〕鸿都：东汉宫门名，其内置学及书库。　填咽：拥挤，堵塞。《后汉书·蔡邕传》汉灵帝熹平四年：蔡邕等奏求定六经文字，以朱笔亲写于石碑，使工匠雕刻，树立太学门外，"及碑始立，其观视及摹写者，车乘日千余两，填其街陌"。

〔28〕坐：遂，即将。　来奔波：奔波而来。谓前来观摩石鼓。

〔29〕颇：偏，不平正。

〔30〕无佗：意思是说没有其他损坏。佗，其他。

〔31〕讵：岂。　感激：感动激奋。　媕婀（ān ē）：依违随人，没有主见。

〔32〕羲之：王羲之，晋书法家。　姿媚：言其书体姿态娇媚。

〔33〕"数纸"句：王羲之性爱鹅，曾经书写《道德经》以换取道士所养之鹅。见《晋书·王羲之传》。

〔34〕继周八代：是说自周以来，朝代已更替八次。泛指秦以后的朝代。

〔35〕理则那：哪有道理。那，如何。

〔36〕丘轲：孔丘与孟轲。

〔37〕上论列：上达于朝廷，讨论此事。

【译文】

张生手拿着石鼓文字，鼓励我为它作一首歌诗。杜甫不在了，李白也已逝世，不才我对它又能如何处置。当年西周朝政失驭，天下动荡，周宣王愤起用兵，平定蛮邦。万国臣服进贺，大会朝堂，诸侯的佩剑、玉饰挨擦作响。宣王驰骋雄骑，狩猎于岐山之阳，万里间飞禽走兽都难逃罗网。勒石纪功，让举世代代传扬，伐山取材，凿成石鼓的形状。臣子的文才书法都是天下无双，挑选出最佳的手笔刻上，留在山旁。雨淋日晒，还有野火的灾殃，鬼神守护着石鼓，挥斥呵喝真忙。张生是从哪里得来这一纸搨本，大小字形完整，不见差讹半分。辞义古奥隐密难以读明，字体不像隶书，也不同于蝌蚪文。年深日久，点划难免有缺损，就像利剑砍断，现出了蛟龙的肉身。布局像鸾凤翔舞，群仙来到凡尘，又像珊瑚和玉树，枝干互相交亘。气势好比虽有铜绳铁索、巨锁粗蠢，却终究束不住古鼎跃水、梭龙飞腾。浅陋的儒生编《诗》不收石鼓文，害得《大雅》、《小雅》边幅狭隘，没法展伸。孔子西游列国没到秦境，他订《诗》只拣了星辰，却忘了把日月收存。我生性好古，只可叹出生太迟，对此古文，怎禁得滚滚泪流不止。回忆当年，承皇恩当上国子监博士，那年正是改称元和年号的开始。有老朋友在凤翔府军中任职，曾为我筹划挖掘石鼓文的藏石。我洗冠沐浴，虔诚地向祭酒进言："这样的国宝，世间岂能多见？只要用毡席包上，立时就可取归。十座石鼓，几头骆驼便足以载回。把它们献入太庙，可以同郜鼎比美。其身价光辉，更何止超过百倍。如果皇恩允许，留在国子监内，诸生习经，就有了讨论研究的机会。汉灵帝的熹平石经，尚且观者如堵，可以想见，全国都将忙着争饱眼福。剔除鼓上的苔藓，让文字真容显露，妥帖安放平整，没有一点坡度。再盖起大厦深屋加以保护，石鼓啊定能安全无恙地流传千古。"朝中大官一个个老于世故，他们怎会动心，只是敷衍应付。于是石鼓任牧童敲火，牛角觝触，有谁能亲近将它观玩爱抚。日月销磨，眼看它们要埋没荒土，可恨这六年来，空费了我企盼叹惋的工夫。王羲之的书法，迎合了阴柔的世风，片刻数纸，尚且能换回白鹅一笼。周秦以来八代过去，止息了兵戎，无人关心石鼓，这理真叫人难懂。当今天下太平，人们生活安丰，重用儒生，将孔子孟子尊崇。怎样才能把我的建议呈入朝中，愿借你张生滔滔的口才为我疏通。石鼓歌，石鼓歌啊到此告终，可叹我的心意，只怕是再一回落空。

渔　翁

柳宗元

渔翁夜傍西岩宿〔1〕，晓汲清湘燃楚竹〔2〕。
烟销日出不见人，欸乃一声山水绿〔3〕。
回看天际下中流，岩上无心云相逐〔4〕。

【题解】

本诗作于诗人被贬永州时期。通过渔翁由夜至晨的一系列居常描写，塑造了一个无拘无束、悠然自得的渔翁形象。诗若单截前四句完篇，可收清空之效，而诗人仍续以后两句坐实，足见有自我写照的意味，从中寄托诗人在被贬生活中期待摆脱束缚、追求自由的心愿。此篇宜与诗人的《江雪》（见本书卷七）同读。

【注释】

〔1〕西岩：指西山，在永州治所零陵西湘江外。诗人的《始得西山宴游记》里有对西山的描述。

〔2〕晓汲：早晨取水。　清湘：清澈的湘江。　燃楚竹：指燃竹煮饭。永州古属楚地，故称永州之竹为楚竹。

〔3〕欸（ǎi）乃：唐时民间渔歌名，唐元结有《欸乃曲序》。一说摇橹声。

〔4〕“岩上”句：化用陶渊明《归去来辞》“云无心而出岫”句意。

【译文】

入夜了，渔翁把船就靠在西岩旁边，随意歇下。清晨，打来清清的湘江水，用当地的青竹当柴煮茶。晨雾消散，太阳初挂，咦，怎么不见了他！只听得一声柔橹“咿——呀——”，摇出了青山绿水扑面如画。回头望，天之涯，一叶小舟已从江心顺流直下，一朵朵白云，在岩上无忧无虑地追逐、嬉耍。

长恨歌

白居易

汉皇重色思倾国[1]，御宇多年求不得[2]。
杨家有女初长成[3]，养在深闺人未识。
天生丽质难自弃，一朝选在君王侧[4]。
回眸一笑百媚生，六宫粉黛无颜色[5]。
春寒赐浴华清池[6]，温泉水滑洗凝脂[7]。
侍儿扶起娇无力，始是新承恩泽时。
云鬓花颜金步摇[8]，芙蓉帐暖度春宵[9]。
春宵苦短日高起，从此君王不早朝。
承欢侍宴无闲暇，春从春游夜专夜[10]。
后宫佳丽三千人，三千宠爱在一身。
金屋妆成娇侍夜[11]，玉楼宴罢醉和春。
姊妹弟兄皆列土[12]，可怜光彩生门户。
遂令天下父母心，不重生男重生女[13]。
骊宫高处入青云[14]，仙乐风飘处处闻。
缓歌谩舞凝丝竹，尽日君王看不足。

渔阳鼙鼓动地来[15]，惊破霓裳羽衣曲[16]。
九重城阙烟尘生[17]，千乘万骑西南行。
翠华摇摇行复止[18]，西出都门百余里。
六军不发无奈何[19]，宛转蛾眉马前死！
花钿委地无人收[20]，翠翘金雀玉搔头[21]。
君王掩面救不得，回看血泪相和流。
黄埃散漫风萧索，云栈萦纡登剑阁[22]。
峨嵋山下少人行[23]，旌旗无光日色薄。
蜀江水碧蜀山青，圣主朝朝暮暮情。
行宫见月伤心色[24]，夜雨闻铃肠断声。
天旋地转回龙驭[25]，到此踌躇不能去。
马嵬坡下泥土中[26]，不见玉颜空死处。
君臣相顾尽沾衣，东望都门信马归。
归来池苑皆依旧，太液芙蓉未央柳[27]。
芙蓉如面柳如眉，对此如何不泪垂？
春风桃李花开日，秋雨梧桐叶落时。
西宫南内多秋草[28]，落叶满阶红不扫。
梨园弟子白发新[29]，椒房阿监青娥老[30]。
夕殿萤飞思悄然，孤灯挑尽未成眠。
迟迟钟鼓初长夜，耿耿星河欲曙天。
鸳鸯瓦冷霜华重，翡翠衾寒谁与共。
悠悠生死别经年，魂魄不曾来入梦。
临邛道士鸿都客[31]，能以精诚致魂魄。
为感君王辗转思，遂教方士殷勤觅。
排云驭气奔如电，升天入地求之遍。

上穷碧落下黄泉[32]，两处茫茫皆不见。
忽闻海上有仙山，山在虚无缥缈间。
楼阁玲珑五云起[33]，其中绰约多仙子[34]。
中有一人字太真[35]，雪肤花貌参差是[36]。
金阙西厢叩玉扃[37]，转教小玉报双成[38]。
闻道汉家天子使，九华帐里梦魂惊[39]。
揽衣推枕起徘徊，珠箔银屏迤逦开。
云鬓半偏新睡觉[40]，花冠不整下堂来。
风吹仙袂飘飘举[41]，犹似霓裳羽衣舞。
玉容寂寞泪阑干[42]，梨花一枝春带雨。
含情凝睇谢君王[43]，一别音容两渺茫。
昭阳殿里恩爱绝[44]，蓬莱宫中日月长[45]。
回头下望人寰处，不见长安见尘雾。
唯将旧物表深情，钿合金钗寄将去[46]。
钗留一股合一扇，钗擘黄金合分钿[47]。
但教心似金钿坚，天上人间会相见。
临别殷勤重寄词，词中有誓两心知。
七月七日长生殿[48]，夜半无人私语时。
在天愿作比翼鸟[49]，在地愿为连理枝[50]。
天长地久有时尽，此恨绵绵无绝期。

【题解】

这首诗作于元和元年（806），当时诗人任盩厔（今陕西周至）县尉。这是白居易最著名的诗篇之一，也是我国古代诗歌史上最优秀的长篇叙事诗之一。它叙述了唐玄宗李隆基和贵妃杨玉环的爱情故事，兼具讽刺和同情的双重情感，而以后者为主，故以“长恨”为诗题。诗的前半篇是纪实，后半篇是传说，虽然也涉及“安史之乱”前后的社会背景，但主要是着眼于李、杨作为社会人的内心感情，从而将这一爱情悲剧的人性意义发挥到极致，也将中国诗歌的描述技巧发挥到极致。全诗凭借描绘细腻、刻画逼真、结构宏大、情韵深婉，达到了上乘的美学境界，千百年来倾倒了无数的读者。

【注释】

〔1〕汉皇：指唐玄宗李隆基。唐代诗人常以汉代唐。 倾国：绝色美人的代称。原意为美人一露面，全国的人们竞相争看。本于《汉书·外戚传》所载李延年的歌谣："北方有佳人，绝世而独立。一顾倾人城，再顾倾人国。"

〔2〕御宇：统治天下，此指登上皇帝位。

〔3〕杨家有女：指杨贵妃，名玉环。

〔4〕“一朝”句：杨玉环初为寿王（玄宗之子李瑁）妃，后出为女道士，遂被玄宗纳为贵妃。前文“养在深闺”乃诗人借以掩饰杨玉环曾为寿王妃之事。

〔5〕六宫：后宫。 粉黛：女性以粉搽面，以黛画眉。这里借指众多的嫔妃。

〔6〕华清池：温泉名，在骊山（今陕西临潼东南二里）上的华清宫内。

〔7〕凝脂：形容皮肤像凝固的脂肪那样滑润。语本《诗经·卫风·硕人》“肤如凝脂”语。

〔8〕金步摇：古代贵妇人头上的饰物，上有金花，下有垂珠，随步而摇，故称步摇。

〔9〕芙蓉帐：绣有并蒂莲的幔帐。

〔10〕夜专夜：夜夜陪侍君王。专，垄断。

〔11〕金屋：汉武帝刘彻幼时，曾说要娶其姑母长公主的女儿阿娇，建造金屋给她住。

〔12〕“姊妹”句：杨贵妃受册封后，其大姐封韩国夫人，三姐封虢国夫人，八姐封秦国夫人；族兄杨铦封鸿胪卿，杨锜封侍御史，杨钊（即杨国忠）封魏国公，任右丞相。列土，划分土地给贵族。

〔13〕“遂令”二句：当时因杨贵妃受宠，家族富贵至极，民间流传有“生女勿悲酸，生男勿喜欢”、“男不封侯女作妃，看女却为门上楣”的谣谚。

〔14〕骊宫：即骊山上的华清宫。

〔15〕渔阳：郡名，治所在今天津蓟州。唐时属范阳节度使管辖。　鼙（pí）鼓：骑兵用的小鼓。此指安禄山叛乱。

〔16〕霓裳羽衣曲：唐代大型舞曲名，本名《婆罗门》，开元时从印度传入中国。

〔17〕九重城阙：指长安。古时国都前建九重门，故有此称。　烟尘生：安史之乱时，叛军曾进攻并占领长安。

〔18〕翠华：皇帝乘舆上所树的华盖，因以翠鸟之羽为饰，故有此称。　摇摇：行色匆忙仓皇之意。

〔19〕六军：古时天子拥有六军。此处是代指随行的卫队。

〔20〕花钿（diàn）：上面嵌有珠宝的女性头饰。

〔21〕翠翘：状如翡翠尾羽的头饰。　金雀：状如凤（朱雀）的金饰。　玉搔头：即玉簪。

〔22〕云栈：高入云端的栈道。栈，古时在山高崖险之处架木为道，称为栈道。　剑阁：今属四川，县北有剑门关要塞。

〔23〕峨嵋山：在今四川峨眉山市。此山在成都西南，玄宗入蜀时并未到过这里。此处泛指蜀中一带。

〔24〕行宫：皇帝出巡时的住处。

〔25〕天旋地转：指时局发生重大变化。至德二载九月，郭子仪等名将击败叛军，收复长安，十二月奉迎玄宗回宫。　龙驭：皇帝的车驾。

〔26〕马嵬坡：在今陕西兴平西，为杨贵妃被迫自缢后葬处。

〔27〕太液：池名，在长安大明宫内。　未央：宫名，在长安城外西北角。这里都是泛指唐朝宫殿。

〔28〕西宫南内：皇宫之内称“大内”，简称“内”。唐代以大明宫为东内，兴庆宫为南内，太极宫为西内。玄宗从四川归来后，初住南内，后肃宗李亨在上元二年听信权宦李辅国之谗，强迁玄宗于西内甘露殿。

〔29〕梨园弟子：玄宗精通音律，曾选教坊“坐部伎”弟子三百人，亲自教于梨园，称为“皇帝梨园弟子”。又有宫女数百人，也称梨园弟子，习艺于太极宫内宜春北院。

〔30〕椒房：古时后妃住的房子，以椒和泥涂于墙上，取其温暖，可避邪气。　阿监：宫中女官。

〔31〕临邛（qióng）：今四川邛崃。　鸿都：汉代洛阳门名，此处借指长安。据说当时有道士杨通幽从四川来，自称有招致亡人魂魄的法术。玄宗大喜，令他招贵妃之魂。

〔32〕上穷碧落：往上寻遍了天空。碧落，道教中东方第一天始青天，有碧霞遍满，故称“碧落”。这里代指天上。　下黄泉：即往下搜遍黄泉。

黄泉，挖地深处出水，故称“黄泉”。这里代指地下。

〔33〕五云：五色祥云。

〔34〕绰约：体态柔美的样子。

〔35〕太真：杨贵妃在出寿王宫后，玄宗先将她度为女道士，道号“太真”。

〔36〕参差（cēn cī）：约略，仿佛。

〔37〕“金阙”句：道教相传的仙境上清宫有两阙，左为金阙，右为玉扃。阙，门上楼观。扃，门户。

〔38〕小玉：吴王夫差之女，传说死后为仙。　双成：董双成，相传是西王母的侍女，会吹笙。这里都借指杨贵妃的侍女。

〔39〕九华帐：绣有各种回环图形的帷帐。

〔40〕睡觉：睡醒。

〔41〕袂（mèi）：衣袖。

〔42〕阑干：泪水纵横满面的样子。

〔43〕凝睇（dì）：定睛出神的样子。

〔44〕昭阳殿：汉朝的宫殿。这里借指贵妃昔年居住的地方。

〔45〕蓬莱宫：传说中东海中仙山上的宫殿。

〔46〕钿合：用金线珠宝嵌成花纹的盒子。合，通“盒”。

〔47〕擘（bāi）：分开。

〔48〕长生殿：在骊山华清宫内。

〔49〕比翼鸟：鹣鹣鸟，雌雄同栖同飞，从不单独行动。

〔50〕连理枝：不同根的树木，枝干连在一起。

【译文】

大唐天子渴望绝代佳人，登基多年，一直没有遂心。杨家的女儿出落得娉娉婷婷，深闺里长大，初未知名。上天造就了美色，岂会埋湮，终于她遴选入明皇的宫廷。她回头一笑自有百种风情，姿容压倒了满宫的妃嫔。初春，明皇送她到华清池入浴，温泉水抚弄着肌肤如玉。侍女扶出了她的柔躯，这才是君王宠幸的序曲。秀发衬着花容，满头珠翠集聚，绣帐里享受着春宵的欢娱。一刻千金的春宵实在匆遽，温柔乡中，从此明皇不忍离去。她陪伴明皇谈笑宴饮一刻不停，春天随着出游，夜晚守着侍寝。后宫三千美女个个都有风韵，三千人的宠爱由她一人独领。她夜夜精心妆扮，博取君恩，玉楼上恣意欢饮，一醉青春。姊妹兄弟跟着她平步青云，富贵煊赫，顿时成了豪门。使得天下做父母的怦然动心，不愿生下儿郎，宁可产个千金。骊山上的行宫高入云霄，宫乐随风飘送，哪儿听不到。丝竹和着轻歌曼舞多么美妙，明皇整日欣赏，看个不了。渔阳传来叛乱的警报，惊破了《霓裳羽衣曲》的音调。就连都城也免不了战祸的骚扰，把逃难的皇家队伍送向了蜀道。天子的仪仗仓皇，走一遭歇一遭，西出长安才百里之遥。卫队不肯行进，明皇被迫下诏，她被赐自缢，在马前玉殒香消。没人顾上她的遗物满地乱抛，那白玉簪，那金凤钗，那珠翠翘。无计援救的明皇掩住了脸，一回首，止不住血泪千条。萧瑟的悲风里黄尘弥漫，沿着曲曲栈道，直向剑阁登攀。峨眉山下人迹罕见，昏冥的日色中蠕动着旌旗黯淡。碧绿的蜀水啊青青的巴山，明皇的思念从早至晚。行宫中见月色只觉凄惨，夜雨里闻銮铃催人肠断。平息了叛乱，帝辇回返，路过了当地，不禁盘桓。就在马嵬坡下的黄土间，她长眠着，再不见生还。君臣相对无不心酸，信马东行回向长安。长安的宫苑犹存旧貌，太液池的荷花，未央宫的柳条。荷花像她的脸，柳叶如她的眉，触景伤怀，叫人能不泪抛。——不论是桃李春风，丽日高照，还是在雨打梧桐的秋宵。西宫和南内一片秋草，满阶的红叶堆积得高高。当年梨园的子弟添了二毛，后妃宫室的女官垂垂将老。黄昏寝殿的流萤令人悲愀，孤灯挑尽，依然难以睡着。秋夜渐长，钟鼓声缓缓回绕，银河间星光烁烁，天色向晓。严霜凝结在鸳鸯瓦表，相思被里空空，谁伴寂寥。生死悠悠，经过多年的煎熬，梦里她竟然没有来过一遭。临邛的道士作客在鸿都门，能用虔诚的心念招来亡魂。有感于明皇思念的深沉，愿以法力相助不倦地追寻。他腾云御风如闪电般驰奔，上天入地到处探问。上至青天碧霄，下至黄泉地层，两处茫茫都不见她的倩影。忽然听说那海上的蓬莱仙境，仙山虚无缥缈，若现若隐。精致的楼阁上漾着五色彩云，楼中的仙女们柔美轻盈。其中有一位小字太真，雪肤花貌，仿佛就是伊人。黄金阙楼前轻敲西厢玉门，吴家小玉询问，又转告董双成。侍女们通报来了明皇使臣，仙帐里惊醒了酣睡的太真。她披衣离床，徘徊不定，掀开了道道珠帘，座座银屏。她微蝉着鬟髻，困态犹存，花冠不整便下堂出迎。长袖被风儿吹得飘举轻盈，还像当年《霓裳羽衣》舞起的情景。忧伤的花容泪水纵横，如同春天的梨花带着雨痕。含情凝视，她向君王转禀，自别后声音容貌，都渺无踪影。昭阳殿里断绝人间的恋情，蓬莱宫中难挨着漫长的仙辰。回首遥望下方的人境，不见长安，但见茫茫雾尘。只能以旧日的信物遥寄寸心，这钿盒，这金钗，请带回宫廷。钿盒留下一爿，金钗留下半根，盒、钗把黄金和花钿各自平分。只要君王心如金钿般坚定，或是天上，或是人间，总会重逢。临别时又开言，情意恳恳，话语中有两颗心才知晓的誓盟。是在那年七夕的长生殿庭，夜半无人，她同明皇预订了来生。在天空，愿作飞鸟双双比并；在地上，愿作松柏连枝同心。天长、地久，或有终结的时分，唯有这绵绵的长恨，无休无尽。

琵琶行 并序

白居易

元和十年[1]，予左迁九江郡司马[2]。明年秋，送客湓浦口[3]，闻船中夜弹琵琶者。听其音，铮铮然有京都声[4]；问其人，本长安倡女[5]，尝学琵琶于穆、曹二善才[6]，年长色衰，委身为贾人妇[7]。遂命酒，使快弹数曲。曲罢悯然，自叙少小时欢乐事，今漂沦憔悴，转徙于江湖间[8]。予出官二年，恬然自安，感斯人言，是夕始觉有迁谪意，因为长歌以赠之，凡六百一十六言，命曰《琵琶行》。

浔阳江头夜送客[9]，枫叶荻花秋瑟瑟[10]。
主人下马客在船，举酒欲饮无管弦。
醉不成欢惨将别，别时茫茫江浸月。
忽闻水上琵琶声，主人忘归客不发。
寻声暗问弹者谁，琵琶声停欲语迟。

移船相近邀相见，添酒回灯重开宴。
千呼万唤始出来，犹抱琵琶半遮面。
转轴拨弦三两声[11]，未成曲调先有情。
弦弦掩抑声声思，似诉平生不得志。
低眉信手续续弹，说尽心中无限事。
轻拢慢撚抹复挑，初为霓裳后六幺[12]。
大弦嘈嘈如急雨，小弦切切如私语。
嘈嘈切切错杂弹，大珠小珠落玉盘。
间关莺语花底滑[13]，幽咽泉流水下滩。
水泉冷涩弦凝绝，凝绝不通声渐歇。
别有幽愁暗恨生，此时无声胜有声。
银瓶乍破水浆迸，铁骑突出刀枪鸣。
曲终收拨当心画，四弦一声如裂帛。
东船西舫悄无言，唯见江心秋月白。
沉吟放拨插弦中，整顿衣裳起敛容[14]。
自言本是京城女，家在虾蟆陵下住[15]。
十三学得琵琶成，名属教坊第一部[16]。
曲罢曾教善才服，妆成每被秋娘妒[17]。
五陵年少争缠头[18]，一曲红绡不知数[19]。
钿头银篦击节碎[20]，血色罗裙翻酒污。
今年欢笑复明年，秋月春风等闲度。
弟走从军阿姨死，暮去朝来颜色故。
门前冷落车马稀，老大嫁作商人妇。
商人重利轻别离，前月浮梁买茶去[21]。
去来江口守空船，绕船月明江水寒。

夜深忽梦少年事，梦啼妆泪红阑干[22]。
我闻琵琶已叹息，又闻此语重唧唧[23]。
同是天涯沦落人，相逢何必曾相识。
我从去年辞帝京，谪居卧病浔阳城。
浔阳地僻无音乐，终岁不闻丝竹声。
住近湓城地低湿，黄芦苦竹绕宅生[24]。
其间旦暮闻何物，杜鹃啼血猿哀鸣。
春江花朝秋月夜，往往取酒还独倾。
岂无山歌与村笛，呕哑嘲哳难为听[25]。
今夜闻君琵琶语，如听仙乐耳暂明。
莫辞更坐弹一曲，为君翻作琵琶行[26]。
感我此言良久立，却坐促弦弦转急[27]。
凄凄不似向前声，满座重闻皆掩泣。
座中泣下谁最多，江州司马青衫湿[28]。

【题解】

元和十一年（816）秋，被贬为江州（今江西九江）司马的白居易在浔阳江上送客，听到邻船一名女子弹奏琵琶。女子的演奏及她所叙述的身世，令诗人难以平静，于是写作了这首《琵琶行》。行，是古诗的一种体裁。

全诗主要由三大部分组成：女子美妙绝伦的琵琶演奏，女子自述的悲苦经历，以及诗人由此引起的对贬谪生活的感伤。三者紧相绾结融合，感人肺腑，使“同是天涯沦落人，相逢何必曾相识”的诗旨，成为后代读者的共识。全诗以秋愁起，以泪湿结，始终营构出一片悲剧的氛围；形容、叙事、议论虽大段而出，却一气贯注，波澜起伏，扣人心弦。尤其是对于琵琶曲的一段描绘，既富于音乐形象，又传达出琵琶女及诗人的内心感情，具有强烈的艺术魅力。

【注释】

〔1〕元和十年：公元815年。元和，唐宪宗李纯的年号（806—820）。

〔2〕左迁：贬官的婉转说法。 九江郡：即诗中的九江、江州，治所在今江西九江。 司马：州刺史的副职，这时已成为安置贬官的闲官，并无实权。

〔3〕湓（pén）浦：即湓水，今名龙开河。

〔4〕有京都声：是说含有京城流行的声腔。

〔5〕倡女：以歌舞曲艺为生的女子。

〔6〕善才：曲师。

〔7〕贾（gǔ）人：商人。

〔8〕转徙：流浪。

〔9〕浔阳江：长江的一段，流经浔阳，在今九江北。

〔10〕瑟瑟：象声词，风吹草木发出的声音。

〔11〕轴：收紧弦线的把手。

〔12〕霓裳：即《霓裳羽衣曲》。 六幺：也是歌舞曲名。

〔13〕间关：鸟的鸣叫声。

〔14〕敛容：正容，表示肃敬。

〔15〕虾蟆陵：在长安城东南，旧说原名下马陵，这里有汉代董仲舒墓，其门人经此皆要下马，所以称下马陵，后人讹音为虾蟆陵。

〔16〕教坊：唐高祖在武德年间设置，为宫内练习舞艺的机构，这里说"名属教坊"当为挂名教坊，临时入宫供奉。 部：队。

〔17〕秋娘：唐代歌伎的通称。

〔18〕五陵：长安城西北汉代五位皇帝的陵墓所在地。居住此地区者多为当时富豪人家。 缠头：歌舞伎表演完毕，观众以绫帛之类相赠，叫缠头。

〔19〕绡：丝织品，缠头的一种。

〔20〕钿头银篦：两端镶着金玉制成的花朵的银篦子。

〔21〕浮梁：唐属饶州，在今江西景德镇。是当时茶叶贸易中心。

〔22〕红：指妇女化妆的脂粉。 阑干：形容泪水的纵横交错。

〔23〕唧唧：叹息声。

〔24〕黄芦：芦苇的一种。 苦竹：竹子的一种，也叫伞柄竹。

〔25〕呕哑嘲哳（zhā）：形容声音杂乱刺耳。

〔26〕翻：按乐曲填写歌辞。

〔27〕却坐：退回到原来坐的地方。 促弦：拧紧弦。

〔28〕青衫：唐朝品级最低官员的服色。白居易当时为九品官，只能穿青衫。

【译文】

浔阳江岸夜色里依依送行，霜枫寒芦摇曳，满江秋气萧森。我跨下马鞍送客登上船头，冷寂中留住我再喝一杯水酒。一杯闷酒……还得沉重地分手，在那江月浮漾的夜深时候。忽然水面上拨响一串琵琶，我忘了回家，客人也不再出发。追寻着踪迹，轻轻问一声："谁呀？"琵琶止住了，沉默代替了回答。拢过船头前去殷勤相邀，拨亮灯火，重新排开了酒肴。一遍遍呼唤后才有倩影出现，仍抱着琵琶，去强遮脸上的腼腆。她调整琴轴，丢下碎碎的几声，一种哀怨在弹曲前先已生成。弦上缓缓奏响了掩抑的思绪，好像在诉说平生坎坷的遭遇。她低垂眼睛随手娓娓拨弹，从心头涌出了万语千言。灵巧的手指在弦上变换着来去，从《霓裳》进入了《六幺》的旋律。大弦上鞺鞳着急骤的雨点，小弦却轻媚地细语绵绵。粗犷同婉丽交错着作伴，像大大小小的珍珠撒落玉盘。时而圆润，像花底流啭的呖呖莺声，时而冷涩，如冰下幽泉的艰难流程。艰难地爬动……一步步在弦上凝滞，凝滞不通，终于趋向休止。间歇中自有一种幽怨弥漫，此时的沉寂，胜过了声声呐喊。骤然如银瓶破碎，水流迸泻直下，琵琶琤琮，交锋着千军万马。银拨正中一划，顿时束住，四条弦爆发出最后的音符。附近船舫静悄悄不闻一丝声响，只有皓月无声地映在江流中央。她默默地收下银拨插在弦间，拂了拂衣衫，神情异常庄严。自述了一名长安女子的身世，记忆带回到曲江虾蟆陵的旧址。在那里她学会了琵琶，才十三岁，作为歌女，编入了教坊的前队。高超的演奏连乐师也啧啧称奇，动人的姿容免不了同行的妒忌。风流少年谁不为她的表演倾倒，一曲下来抛献上多少红绡。贪歌击节，敲断了镶钿的银梳，恣乐饮酒，不惜把红罗裙泼污。一年年享受着青春不知烦恼，那流光等闲红了樱桃绿了芭蕉。幼弟长成从军，姑姨各尽残年，镜子里哪有长驻不衰的红颜。门前一天天稀疏了车马的影子，人老珠黄，终成了商人的妻室。商人心中只有金钱哪有情意，上月又去了景德镇追逐茶利。抛下她独自漂浮在浔阳江口，只有舱外的明月和寒江相守。夜深了，欢场的往事在梦里复活，醒来独倚船栏有多少血泪滴落……那琵琶的哀响已使我悲凄，倾听她的遭遇能不歔欷。同在天涯飘零啊，同一冷酷的运命，邂逅相逢，何必非得相识才不陌生？我从去年贬谪离开长安都城，拖着孱弱的病躯，来到九江栖身。九江地处偏僻，终年不闻音乐，记忆中的管弦声也已渐渐澌灭。住在湓水边上，地势低洼，满目是棘竹刺藜，苇叶芦花。朝朝暮暮所能听到的音响，不是杜鹃啼血，就是哀猿断肠。人间美好的季候和节令，我只能取来苦酒自斟自饮。也有时山歌村笛会送来几声，又扎耳又走调，难以倾听。今夜谛听琵琶如闻仙音，荡涤耳中的尘垢，拓明了心境。再弹奏一曲琵琶吧，请你答应，我要为你献上一首《琵琶行》……她听了我的话，默立了好久，坐下重展琵琶，弹响急促的节奏。乐声比刚才更凄清，更悲切，泪水再度挂上了听众的眼睫。要问座中谁流的泪水最多，看看我的青衫吧，让它来说……

韩　碑

李商隐

元和天子神武姿[1]，彼何人哉轩与羲[2]。
誓将上雪列圣耻[3]，坐法宫中朝四夷[4]。
淮西有贼五十载[5]，封狼生貙貙生罴[6]。
不据山河据平地，长戈利矛日可麾[7]。
帝得圣相相曰度[8]，贼斫不死神扶持[9]。
腰悬相印作都统[10]，阴风惨澹天王旗。
愬武古通作爪牙[11]，仪曹外郎载笔随[12]。
行军司马智且勇[13]，十四万众犹虎貔[14]。
入蔡缚贼献太庙[15]，功无与让恩不訾[16]。
帝曰："汝度功第一[17]，汝从事愈宜为辞[18]。"
愈拜稽首蹈且舞[19]："金石刻画臣能为[20]，
古者世称大手笔，此事不系于职司[21]。
当仁自古有不让[22]。"言讫屡颔天子颐[23]。

公退斋戒坐小阁[24]，濡染大笔何淋漓[25]！
点窜尧典舜典字，涂改清庙生民诗[26]。
文成破体书在纸[27]，清晨再拜铺丹墀[28]。
表曰："臣愈昧死上[29]，咏神圣功书之碑。"
碑高三丈字如斗，负以灵鳌蟠以螭[30]。
句奇语重喻者少，谗之天子言其私[31]。
长绳百尺拽碑倒，粗砂大石相磨治[32]。
公之斯文若元气[33]，先时已入人肝脾。
汤盘孔鼎有述作[34]，今无其器有其辞。
呜呼圣王及圣相，相与烜赫流淳熙[35]。
公之斯文不示后，曷与三五相攀追[36]？
愿书万本诵万过，口角流沫右手胝[37]。
传之七十有二代[38]，以为封禅玉检明堂基[39]。

【题解】

这首诗作的风格接近韩愈，所以推测是李商隐年轻时的作品。韩碑，指韩愈所写的《平淮西碑》。碑文记唐宪宗元和十二年（817）唐王朝讨平淮西藩镇吴元济叛军的事件。当时唐朝藩镇割据日益严重，对唐王朝中央集权构成很大威胁。其中淮西镇节度使吴元济僻处一隅，容易杀一儆百。元和十二年，在宰相裴度的支持下，唐邓随节度使李愬，率军一举袭破蔡州，平定淮西。第二年，韩愈奉诏撰写了《平淮西碑》，歌颂这场军事上的重大胜利。而李愬认为该碑文对裴度的功绩写得太多而感到不平，李妻又是宪宗姑母的女儿，便向宪宗诉说碑文不实，将韩碑磨掉，令人重写。李商隐此诗，就此事表明自己支持韩愈的态度，认为韩愈对裴度的评价是正确的。诗故意写得"句奇语重"，以衬收庄言大笔之效，于笔力矫健中见意厚神完。作为叙事体长篇歌行，其句法虽或为变体，全诗铺展的章法却足以成为典范。

【注释】

〔1〕元和天子：指唐宪宗李纯。元和，宪宗年号（806—820）。　神武姿：指此间宪宗先后讨平剑南、镇海、淮西、淄青等割据藩镇，时号“中兴”。

〔2〕轩与羲：黄帝轩辕氏、伏羲氏等圣王。

〔3〕列圣耻：指宪宗之前玄宗、肃宗、代宗、德宗等代所受藩镇割据、叛乱之耻辱。

〔4〕法宫：皇帝办理政务的宫殿。　朝四夷：接受四方臣子、诸侯的朝拜。

〔5〕淮西：今河南省东南部地区，唐代曾置淮西节度使，驻蔡州（今河南汝南），辖蔡、申、光三州。自大历以后几十年间，李希烈、吴少诚、吴少阳、吴元济等人先后于此拥兵割据、叛乱。

〔6〕“封狼”句：意谓淮西藩镇割据日益猖狂，成为大患。封狼，大狼。貙（chū），兽名，似狸而体大。罴（pí），熊类之一种。

〔7〕日可麾（huī）：太阳可随意指挥。《淮南子·览冥训》载故事：鲁阳公与韩交战，日将坠，鲁阳挥戈向日，日为之退。

〔8〕帝：指宪宗。　度：指裴度，宪宗时宰相，在淮西问题上力主讨伐。

〔9〕贼斫不死：因裴度力劝宪宗对淮西用兵，当时拥兵的节度使李师道等曾派刺客斫伤他头部。

〔10〕都统：此指统帅。元和十二年（817）七月，裴度以宰相职自请赴讨伐前线督军作战。

〔11〕愬（sù）武古通：指当时参战的李愬、韩公武、李道古、李文通等各路将领。　牙爪：指部下。

〔12〕仪曹外郎：即礼部员外郎，此指随裴度出征的李宗闵，任掌书记。

〔13〕行军司马：指韩愈。当时韩愈以御史中丞随军出征，充行军司马，参预军机。

〔14〕貔（pí）：即貔貅，猛兽。

〔15〕入蔡缚贼：裴度亲自督军后，取缔各军原置的宦官监军，还自主权于诸将，士气大振。元和十二年十月，李愬用奇兵雪夜袭破蔡州，擒吴元济，献于太庙，斩首于市。

〔16〕恩不訾（zī）：皇恩不可计量。

〔17〕汝度：你裴度。淮西平后，宪宗论功行赏，裴度功居第一，加紫金光禄大夫，弘文馆大学士，赐勋上柱国，封晋国公。

〔18〕从事：本幕府中官职名，此指僚属。

〔19〕稽首：叩头到地。

〔20〕金石刻画：指撰写碑文。

〔21〕职司：有关部门专职人员。

〔22〕“当仁”句：化用《论语·卫灵公》“当仁不让于师”句意，说自己虽非专职撰著人员，但承旨拟文，不敢谦让推辞。

〔23〕颔（hàn）：点头。 颐（yí）：下颏。

〔24〕公：尊称韩愈。 斋戒：洁净自身，戒除嗜欲。此表示庄严敬慎。

〔25〕濡染：润湿。

〔26〕“点窜”二句：言韩愈撰写碑文大量依循、摹仿经典，文辞高雅。点窜，改动字句。尧典、舜典，《尚书》篇名。清庙、生民，《诗经》篇名。

〔27〕破体：破坏、摒弃当时通行的文体风格。

〔28〕丹墀（chí）：宫殿前涂有红漆的台阶。

〔29〕昧死：冒死罪。

〔30〕灵鳌（áo）：神龟。 蟠：盘绕。 螭（chī）：传说中无角之龙。

〔31〕“谗之”句：据《旧唐书·韩愈传》，因韩碑比较多地赞扬裴度的功绩，李愬不平，通过其妻（唐安公主女）诉之宪宗。

〔32〕“长绳”二句：宪宗诏令磨去韩文，命翰林学士段文昌重撰文勒石，此二句言扑碑磨石。磨治（chí），磨平。

〔33〕斯文：此文。 元气：构成天地万物的初始之气。

〔34〕汤盘：相传商汤沐浴之盆，铸有铭文。 孔鼎：指孔子先世正考父之鼎，也铸有铭文。

〔35〕烜（xuān）赫：声名很显耀。 淳熙：光明正大。

〔36〕曷（hé）：怎能。 三五：指上古的圣君三皇五帝。

〔37〕胝（zhī）：手脚之茧。

〔38〕七十有二代：《史记·封禅书》：“管仲曰：古者封泰山、禅梁父者七十二家。”这里是极言流传之久。

〔39〕封禅：古代帝王宣扬自己功德的祭祀仪式。 玉检：盛封禅书的封套。 明堂基：大殿的基础。

【译文】

年号元和的唐宪宗，天生英武的雄姿，他是谁啊？简直是黄帝、伏羲的再世。他立志一雪历朝君主受困藩镇的奇耻，端坐正殿，让四方边远恭顺地接受统治。淮西藩镇跋扈犯上，已有五十年历史，狼去虎随，一个个都是叛臣贼子。不凭依险要的山川，在平野上也敢放肆，仗着手中的武装，竟梦想倒行逆施。宪宗皇帝有位贤相，名字叫做裴度，他曾遭刺客暗杀不死，自有神明相助。他不仅当宰相，还兼任讨伐部队的总督，在惨淡的阴风中，把天朝的大旗高树。李愬、韩公武、李道古、李文通是他得力部属，礼部员外郎李宗闵，出掌军中文书。行军司马韩愈，能文又能武，一十四万大军，个个猛如虎。袭破蔡州，活捉吴元济，在太庙献俘，功不可推，无愧于朝廷的俸禄。天子说："这回功劳，你裴度占首份，你的僚属韩愈应当写篇美文。"韩愈伏地叩头，起身舞蹈扬尘："臣子有为钟鼎碑石撰词的才能。颂记朝廷大事，自古有大手笔之称，这不属于一般翰林文吏的职任。古训说'当仁不让'，臣子愿全力担承。"一席话听得宪宗天子连连首肯。韩愈退朝沐浴正心，在小阁坐下。浓墨沾毫，尽兴挥洒，真是妙笔生花。他借用《尚书》典诰的文体将庄言表达，又模仿诗经《清庙》、《生民》纪功颂业的笔法。全文一新耳目，用行草写上绢纸，清晨入朝拜献，在朝廷的丹墀上铺示。上表说："臣韩愈罪该万死，敬呈文字，歌颂君王圣功，请求勒碑上石。""平淮西碑"碑高三丈，字字有斗般大小，以石鳌为座，碑顶上雕龙盘绕。碑文句法奇警，语言苍劲，懂的人少，竟有人进谗说颂扬裴度是出于营私的需要。于是动用百尺的长绳，把石碑拉倒，再用粗砂大石，把碑文一一磨掉。须知韩愈的碑文，就像天地间的元气长驻，此前早已脍炙人口，淌入世人的肺腑。商汤之盘、正考父之鼎，都有铭文刻铸，如今原器不存，其铭文却留传千古。呜呼！圣明的宪宗天子，杰出的宰相裴度，互相成就显赫的功业，让光明在天下流布。倘若韩愈的这篇碑文不能让后人过目，我朝又拿什么来同三皇五帝的盛德比附。我愿千本万本地抄录，千遍万遍地拜读，读得口角流沫，抄得右手上茧子磨出。让雄文传上七十二代，代代不忘先祖，就像封禅玉牒那般，作为明堂祀典的基础。

卷四/七言乐府

燕歌行 并序

高 适

开元二十六年[1]，客有从元戎出塞而还者[2]，作《燕歌行》以示适，感征戍之事，因而和焉。

汉家烟尘在东北[3]，汉将辞家破残贼。
男儿本自重横行[4]，天子非常赐颜色[5]。
摐金伐鼓下榆关[6]，旌旆逶迤碣石间[7]。
校尉羽书飞瀚海[8]，单于猎火照狼山[9]。
山川萧条极边土[10]，胡骑凭陵杂风雨[11]。
战士军前半死生，美人帐下犹歌舞。
大漠穷秋塞草衰[12]，孤城落日斗兵稀[13]。
身当恩遇常轻敌，力尽关山未解围。
铁衣远戍辛勤久[14]，玉箸应啼别离后[15]。
少妇城南欲断肠，征人蓟北空回首[16]。
边风飘飖那可度，绝域苍茫更何有[17]？
杀气三时作阵云[18]，寒声一夜传刁斗[19]。
相看白刃血纷纷，死节从来岂顾勋[20]！
君不见沙场征战苦，至今犹忆李将军[21]。

【题解】

《燕歌行》本属乐府《相和歌·平调曲》名，由魏文帝曹丕创调。内容多模仿思妇口吻，歌咏东北边地征戍之情。这首诗据诗前小序，作于开元二十六年（738）。序中“元戎”一作“张公”，系指当时营州都督、河北节度副使张守珪。据史书记载，这年守珪部属在潢水出击叛乱的奚人余部，先胜后败。守珪却隐瞒实情，谎报战功。高适曾送兵至蓟北，目睹那里军中腐败的状况。后回封丘，即有感而作此诗。

诗通过对平定东北边乱形势的如实描写，热情赞扬了前方将士大敌当前为报效朝廷、英勇杀敌的奋不顾身精神，严厉鞭挞了主帅的荒淫无度和草率轻敌，同时对由此造成战事旷日持久给征人和思妇带来的痛苦寄予深切的同情。全诗写得慷慨激昂，声情悲壮。尤其是层层运用鲜明的对比，更突出了希望整顿边防军事的主旨，喊出了人民期盼早日结束战事、过上和平生活的强烈心声。

【注释】

〔1〕开元二十六年：即公元738年。开元，唐玄宗李隆基年号（713—741）。

〔2〕元戎：军队的主帅，指当时的御史大夫（副丞相）、幽州节度使张守珪。

〔3〕汉家：汉朝，这里是指唐代。　烟尘：指战争。

〔4〕横行：指驰骋沙场。

〔5〕非常：破格。　赐颜色：给好的脸色，赏脸。

〔6〕摐（chuāng）：击打。　金：指军中打击乐器钲。　伐：敲击。　榆关：即山海关，唐代东北的军事关塞。

〔7〕旌旆（pèi）：军旗。　逶迤：蜿蜒不断。　碣石：山名，在今河北昌黎北。

〔8〕校尉：武官名。　羽书：插着鸟羽的紧急文书。　瀚海：大沙漠。

〔9〕单（chán）于：匈奴族首领的称号。　猎火：军队夜战时所持火炬。　狼山：在今内蒙古中部乌拉特旗。

〔10〕极边土：到了边境的尽头。

〔11〕胡骑：指敌人的骑兵。　凭陵：侵犯。　杂：夹杂，混合。

〔12〕穷秋：秋末。

〔13〕斗兵稀：能战斗的士兵已经不多了。

〔14〕铁衣：指穿着铠甲的战士。

〔15〕玉箸（zhù）：喻指女子流泪。箸，筷子。

〔16〕蓟（jì）北：今天津蓟州一带，此泛指东北边境。

〔17〕绝域：与中原隔绝的边远地区。　更何有：什么也没有。

〔18〕三时：指春、夏、秋三季。一说指一天中早、中、晚三个时段。

〔19〕刁斗：军中用来打更的铜器，白天用来烧饭。

〔20〕“死节”句：意思说战士为国捐躯，并不是为了得到功勋。

〔21〕李将军：指西汉名将李广，武帝时的右北平太守，抗击匈奴有功，被誉为“飞将军”。

【译文】

战争的烽烟在汉王朝的东北边境点燃，汉朝的将士们告别家人前去杀敌征战。热血男儿的性格本来就喜爱纵横驰骋，尊贵的天子又打破常规赏赐格外丰赡。大队人马打着金钲敲着战鼓直扑榆关，旌旗一路蜿蜒不绝地行进在碣石山间。校尉带着紧急军书穿越浩瀚的大沙漠，单于把熊熊战火燃烧到了狼居胥山前。山河萧条的景象一直延伸到边境尽头，胡人的铁骑来势凶猛就好像暴风骤雨。战士们在两军对阵拼杀时已伤亡过半，而美人却还聚集在中军帐中轻歌曼舞。深秋季节大沙漠中的野草已一片枯黄，日落时分孤立的城垣上士兵格外稀少。身受朝廷的恩遇从不把敌人放在眼里，在关山间尽力转战仍然未能解除困扰。披着铠甲远在边疆辛勤守卫为时已久，家中妻子离别后的眼泪止不住地长流。居住城南的少妇没有一天不失魂落魄，驻守在蓟北的战士只能苦苦翘首等候。那边地满天呼啸的寒风怎么能够穿越，那辽阔苍茫的极远区域更是一无所有。浓郁的杀气整天都凝结成阴沉的阵云，凛冽的寒风一夜中不停地传送着刁斗。只要看雪亮的刀剑剧烈砍杀鲜血淋漓，就知道为国捐躯从来不是为建立功勋。您没见浴血奋战在沙场多么辛勤劳苦，使人到如今还想起英勇无敌的李将军。

古从军行

李　颀

白日登山望烽火[1]，黄昏饮马傍交河[2]。
行人刁斗风沙暗[3]，公主琵琶幽怨多[4]。
野营万里无城郭，雨雪纷纷连大漠。
胡雁哀鸣夜夜飞，胡儿眼泪双双落。
闻道玉关犹被遮[5]，应将性命逐轻车[6]。
年年战骨埋荒外，空见蒲桃入汉家[7]。

【题解】

从军行，本乐府旧题，属《相和歌辞·平调曲》。这首诗写征戍生活。头两句写士卒紧张忙碌的一天职守，三、四句写夜晚边地军中凄清幽怨的声音，五、六句写旷野扎营、雨雪纷飞的自然景象，七、八句以自然与人事对举，声哀意苦。后四句抒发对朝廷穷兵黩武、视将士性命如儿戏的怨叹。全诗借汉朝喻唐朝，讽刺唐玄宗发动对外战争给人民带来了深重的苦难。此诗多用“纷纷”、“夜夜”、“双双”、“年年”等叠音词，强调了语意，也增加了作品的音色之美。

【注释】

〔1〕烽火：古时边疆在烽火台燃烧柴草或狼粪以报敌情。

〔2〕交河：安西都护府治所，故址在新疆吐鲁番西北。

〔3〕行人：指行军的将士。　刁斗：军中使用的铜炊具，夜间用来敲击巡更。

〔4〕公主琵琶：汉代江都王刘建的女儿刘细君远嫁西域乌孙王时，曾于马上弹奏琵琶，这里指公主所弹的曲调。

〔5〕玉关犹被遮：指皇帝派人把守玉门关，不准罢兵。据《史记·大宛列传》载，汉武帝太初元年（104），命李广利攻大宛，欲取善马。士兵

饥饿，无力征战，请求罢兵，武帝闻之大怒，“使使遮玉门曰：‘军有敢入者，辄斩之！’”玉门关故址在今甘肃敦煌西北。

〔6〕轻车：轻车将军的省称。汉武帝曾以公孙贺为轻车将军，这里泛指领兵的将军。

〔7〕蒲桃：即葡萄，原产于西域，汉武帝时引入内地，种植在离宫旁。

【译文】

白天登上高山遥望连天的烽火，傍晚牵着战马来到交河旁喝水。昏暗的风沙中行人敲响了刁斗，幽怨的琵琶里公主诉说着心扉。在万里望不见城郭的旷野扎营，苍茫的天宇下大沙漠雨雪纷飞。听着胡地离群孤雁的夜夜哀鸣，那胡人的眼泪禁不住双双下坠。听说那玉门关塞至今仍被关闭，只有豁出命去把轻车将军追随。年年都有将士抛骨于荒山野外，空换来西域的葡萄在中原栽培。

洛阳女儿行

王　维

洛阳女儿对门居，才可颜容十五余。
良人玉勒乘骢马〔1〕，侍女金盘脍鲤鱼〔2〕。
画阁朱楼尽相望，红桃绿柳垂檐向。
罗帷送上七香车〔3〕，宝扇迎归九华帐〔4〕。
狂夫富贵在青春〔5〕，意气骄奢剧季伦〔6〕。
自怜碧玉亲教舞〔7〕，不惜珊瑚持与人〔8〕。
春窗曙灭九微火〔9〕，九微片片飞花琐〔10〕。
戏罢曾无理曲时〔11〕，妆成只是熏香坐〔12〕。
城中相识尽繁华，日夜经过赵李家〔13〕。

谁怜越女颜如玉〔14〕，贫贱江头自浣纱〔15〕！

【题解】

梁武帝《河中之水歌》云："河中之水向东流，洛阳女儿名莫愁。"这首诗的题目即由此而来。诗首先写贵族少妇物质生活富足和精神生活空虚所产生的强烈反差，其次写贵族少妇和贫家女子生活境遇存在的巨大反差，由此充分表达了诗人对贵族生活骄奢及世道不公的愤愤不满。

【注释】

〔1〕良人：古代女子对丈夫的称呼。　玉勒：用玉装饰的马络头。骢马：青白色相间的良马。

〔2〕脍：切细的肉。

〔3〕罗帷：丝织帘帐。　七香车：用多种香木制成，专供贵妇乘坐。

〔4〕宝扇：指仪仗中的羽扇。　九华帐：绣有许多图案的彩帐。

〔5〕狂夫：指洛阳女子的丈夫。

〔6〕剧：剧于，超过。　季伦：晋代豪富石崇的字。

〔7〕怜：爱。　碧玉：指洛阳女子。南朝宋汝南王妾名碧玉。乐府《碧玉歌》："碧玉小家女，来嫁汝南王。"

〔8〕"不惜"句：用石崇故事借指"狂夫"的骄奢。《晋书》载，石崇曾与王恺比富，用铁如意击碎王恺的名贵珊瑚，后又赔给他更为珍贵的珊瑚。

〔9〕九微：灯名。有许多枝状灯座，上面点燃蜡烛。《博物志》载汉武帝设九微灯迎会西王母。

〔10〕花琐：指连环形的雕花窗格。

〔11〕曾无：从来没有。　理曲：温习弹琴。

〔12〕熏香：炉内放入香料，用来熏衣被。

〔13〕赵李：指汉成帝的皇后赵飞燕和婕妤李平。这里借指豪富权贵。

〔14〕越女：指西施，原是越国卖柴人之女，这里泛指贫苦女子。颜如玉：形容女子容貌美艳。

〔15〕浣纱：洗纱。《太平寰宇记》载，西施曾在浙江诸暨苎萝山下的水边浣纱。

【译文】

漂亮的洛阳女儿就住在对门，容貌姣好正当十五六岁。郎君骑着配玉嚼口的青色骏马，侍女用金盘端来脍鲈鱼的美味。彩漆的雕花楼阁都彼此相望，红桃绿柳在屋檐下低垂。送上挂有丝织帘帐的七香车，又用宝扇九华帐把她迎归。年轻任性的丈夫大富大贵，骄横奢侈已胜过石崇百倍。爱上如玉美人就亲自教舞，不惜把珊瑚宝树端出来送人。天亮后春窗才熄了九微灯，窗格前九微的灯花飘落纷纷。戏闹完没有了练曲的时间，梳妆好只是坐在香炉旁发愣。城中相识的门第都十分繁华，日夜来往的是贵人赵家李家。有谁可怜那越地美貌的少女，出身贫贱一人独在江边浣纱。

老将行

王　维

少年十五二十时，步行夺取胡马骑〔1〕。
射杀山中白额虎〔2〕，肯数邺下黄须儿〔3〕。
一身转战三千里，一剑曾当百万师。
汉兵奋迅如霹雳，虏骑崩腾畏蒺藜〔4〕。
卫青不败由天幸〔5〕，李广无功缘数奇〔6〕。
自从弃置便衰朽〔7〕，世事蹉跎成白首〔8〕。
昔时飞雀无全目〔9〕，今日垂杨生左肘〔10〕。
路旁时卖故侯瓜〔11〕，门前学种先生柳〔12〕。
苍茫古木连穷巷，寥落寒山对虚牖〔13〕。
誓令疏勒出飞泉〔14〕，不似颍川空使酒〔15〕。
贺兰山下阵如云〔16〕，羽檄交驰日夕闻〔17〕。
节使三河募年少〔18〕，诏书五道出将军〔19〕。
试拂铁衣如雪色〔20〕，聊持宝剑动星文〔21〕。
愿得燕弓射大将〔22〕，耻令越甲鸣吾君〔23〕。

莫嫌旧日云中守〔24〕，犹堪一战立功勋。

【题解】

老将行，是唐代流行的乐府诗题。这首诗用夹叙夹议的方式，描写一位曾在边塞立功的军人，被弃置后一直过着孤寂闲散的生活，直到垂老之年。这时边境烽火再起，他又想赴边为国杀敌。诗人对这位雄心未泯的老将寄予了无限的同情。前人也有说这里面可能有诗人自况的成分，但是并没有确凿的证据。本诗用典多而贴切，叙事抒情融为一体，很具典型意义。

【注释】

〔1〕“步行”句：用西汉初名将李广典故。李广少年时曾被匈奴兵俘获。后于途中见一匈奴骑兵，便飞身上马，推下敌兵，疾驰而回。

〔2〕白额虎：虎中最凶猛的一种。晋名将周处曾射杀南山白额虎，见《晋书·周处传》。

〔3〕肯数：岂肯算。　邺下：曹操封魏王时，建都在邺（今河南临漳西）。　黄须儿：指曹操第二子曹彰，他性刚猛，脸生黄须，曹操曾称赞他“黄须儿竟大奇也”（见《三国志·魏志·任城王彰传》）。

〔4〕崩腾：溃乱。　蒺藜：指铁蒺藜，战地所用的障碍物，有三角形的铁刺。

〔5〕卫青：汉武帝时名将，卫皇后的弟弟。他曾屡次远征匈奴，未遭败绩，因称“有天幸”。事见《史记·卫将军骠骑列传》。

〔6〕李广：汉武帝时名将，屡立战功，但未封侯爵。　数奇：命运不好。数，命运。奇，不偶。古人认为偶为吉兆，奇为凶兆。

〔7〕衰朽：指身体衰弱，武功退废。

〔8〕蹉跎：虚度光阴。

〔9〕飞雀无全目：《文选》鲍照《拟古诗》“惊雀无全目”，李善注引《帝王世纪》故事，说吴贺让羿射雀左目，羿却误中右目。

〔10〕垂杨：即垂柳，柳为“瘤”的借字。《庄子·至乐》记滑介叔左手肘生了一个瘤。这两句今昔对比，说明李广被弃置后的衰朽状况。

〔11〕故侯：指召平，秦时封东陵侯，秦亡后成为平民，在长安城东种瓜，人称“故侯瓜”。事见《史记·萧相国世家》。

〔12〕先生柳：晋代陶渊明弃官归隐后在宅边种五株杨柳，自号“五柳先生”。事见陶渊明《五柳先生传》。

〔13〕虚牖：空窗。

〔14〕疏勒出飞泉：后汉耿恭与匈奴作战，驻守疏勒城（在今新疆），匈奴断水，守城士兵掘井十五丈仍不得水。后耿恭向井祈祷，不久，飞泉涌出。事见《后汉书·耿恭传》。

〔15〕颍川空使酒：颍川，指灌夫，汉景帝时将军，颍阴人，英勇善战，刚直不阿，常在酒醉时意气用事，后被人诬陷灭族。事见《史记·魏其武安侯列传》。

〔16〕贺兰山：山名，在今宁夏灵武西。是唐代西北边防要地，常生战事。　阵如云：形容军队驻守密集。

〔17〕羽檄：军用紧急文书，上插羽毛，表示火急。

〔18〕节使：持节为凭的朝廷使臣。　三河：汉时称河东、河南、河北为三河，在今河南一带。

〔19〕“诏书”句：《汉书·常惠传》：“汉大发十五万骑，五将军分道出。”

〔20〕铁衣：铁制铠甲。

〔21〕聊持：且持，姑且拿起。　星文：宝剑上所刻的七星花纹。

〔22〕燕弓：燕地产的弓，以坚劲闻名。

〔23〕越甲：越国士兵。　鸣：惊动。《说苑·立节篇》载：越兵入齐国，齐国雍门子狄请齐君同意让他自杀，理由是“越甲至，其鸣吾君”。

〔24〕云中守：汉文帝时名将魏尚任云中太守，匈奴不敢侵犯，后因所缴敌首差六级，被削爵为民。冯唐在文帝前为他抱不平，文帝命冯唐持节到云中赦免魏尚，官复原职。事见《史记·张释之冯唐列传》。云中，汉郡名，在今山西大同一带。

【译文】

在十五至二十的少年时，曾徒步夺得胡人的坐骑。弯弓射死山中的白额虎，勇猛不让邺下的黄须儿。一身南北转战三千余里，一剑曾经抵挡百万雄师。汉军奋勇迅疾好比霹雳，敌骑左奔右突就怕蒺藜。卫青没有战败靠天保佑，李广未建功勋时运不济。自从被弃置便日渐衰朽，平生一事无成就白了头。过去飞过的鸟雀没全目，如今像是疡瘤生在左肘。路旁效东陵侯叫卖甜瓜，门前学陶先生栽种杨柳。苍茫的古树连着深街巷，荒寂的寒山对着空窗口。决心让疏勒的井中喷泉，不做颍川灌夫任性酗酒。贺兰山下兵阵如云密布，紧急军书往来日夜可闻。节度使在三河招募青年，诏书令将军分五路出兵。拂弄铁甲露出雪般光亮，手持宝剑闪动七星花纹。真想拉开劲弓射杀敌将，耻让越国兵甲惊动我君。不要嫌弃过去的云中太守，他还能拼死一战建立功勋。

桃源行

王　维

渔舟逐水爱山春，两岸桃花夹古津[1]。
坐看红树不知远[2]，行尽青溪不见人。
山口潜行始隈隩[3]，山开旷望旋平陆[4]。
遥看一处攒云树[5]，近入千家散花竹。
樵客初传汉姓名[6]，居人未改秦衣服。
居人共住武陵源[7]，还从物外起田园[8]。
月明松下房栊静[9]，日出云中鸡犬喧。
惊闻俗客争来集，竞引还家问都邑[10]。
平明闾巷扫花开[11]，薄暮渔樵乘水入[12]。
初因避地去人间[13]，及至成仙遂不还。
峡里谁知有人事[14]，世中遥望空云山。
不疑灵境难闻见[15]，尘心未尽思乡县[16]。
出洞无论隔山水，辞家终拟长游衍[17]。
自谓经过旧不迷，安知峰壑今来变。
当时只记入山深，青溪几曲到云林。
春来遍是桃花水[18]，不辨仙源何处寻。

【题解】

桃花源是晋代诗人陶渊明虚拟的一个理想的乐园。本诗是根据陶渊明《桃花源记》再创作的著名诗篇。与陶渊明原作着意描写没有剥削和压迫，以寄托其在中世纪黑暗时代里的乌托邦理想不同，王维则着意于描写它的优美恬静的自然景色，以抒发他对大自然的热爱。有个版本在诗题下注“时年十九”，如果属实，则由此可知诗人很早就具备了描绘自然景物的卓越才能。本诗行文从容不迫，井然有序，颇见大家风范。清人翁方纲认为“古今咏桃源事者，至右丞而造极”(《石洲诗话》)。

【注释】

〔1〕古津：古渡口。

〔2〕红树：指盛开桃花的桃树。

〔3〕潜行：静悄悄地走。　隈隩（wēi ào）：形容山路曲折幽深。

〔4〕旋：随即。　平陆：平坦的原野。

〔5〕攒（zǎn）：聚集。　云树：茂密如云的树林。

〔6〕樵客：原指樵夫，这里指进入桃源的渔人。古代渔樵并称，常互用。　汉姓名：指汉代皇帝的姓氏。

〔7〕武陵源：即桃花源，相传属武陵郡（今湖南桃源）。

〔8〕物外：世外。　起：营造。

〔9〕栊：窗户。

〔10〕都邑：城镇，指桃源中人以前的家乡。

〔11〕平明：天刚亮时。　闾巷：大街小巷。　扫花开：指打扫落花后开门。

〔12〕薄暮：傍晚。　渔樵：偏义复词，指进入桃源中的渔人。

〔13〕避地：指避开秦时战乱之地。　去：离开。

〔14〕峡里：两山之间，指桃源。　有人事：指有人生活居住。

〔15〕灵境：仙境，指桃源。

〔16〕尘心：俗念。　乡县：指家乡。

〔17〕终拟：又想，还是打算。　游衍：留连徘徊。

〔18〕桃花水：春天桃花开时因雨水多而引起的大水。

【译文】

小渔船追逐着春天的山山水水，不觉来到桃花夹岸的古老渡口。因观看满树缤纷忘了路的远近，不见了人影才知行至青溪尽头。开始在幽曲深邃的山脚下行走，随后山势豁然开朗现出了平地。远望有个地方聚集着云烟树木，走近前去只见家家的花竹披离。打柴人首先报出了汉代的姓名，当地居民却没改变秦时的服饰。他们同住在不为人知的武陵源，还在这尘世外建起了村落田园。月光照着松下的窗口一片静恬，朝阳从云层中升起时鸡鸣狗喧。听说有外客都吃惊地聚在一起，争着领回家中询问故乡的情景。天刚亮街头巷尾都在打扫花径，黄昏时分回返的渔樵沿水而行。当初因躲避秦乱离开尘俗人世，等到成了神仙也就不想再归还。深邃的山谷中谁还知道有人在，人世间远远望去只是一片云山。不再怀疑那仙境难以耳闻目见，只有尘心未尽仍然把家乡思念。出洞后无论山水相隔有多遥远，最终还想辞别家人去长期游览。自以为以前曾经去过不会迷路，哪知道峰峦沟壑如今面貌大变。只记得当时进入了大山的深处，沿青溪转几弯就能见云烟桃林。春天来到后遍地都是桃花流水，难以辨识的仙源能去哪里找寻。

蜀道难

李　白

噫吁嚱[1]，危乎高哉，蜀道之难难于上青天。
蚕丛及鱼凫[2]，开国何茫然[3]！
尔来四万八千岁[4]，不与秦塞通人烟[5]。
西当太白有鸟道[6]，可以横绝峨嵋巅[7]。
地崩山摧壮士死[8]，然后天梯石栈方钩连[9]。
上有六龙回日之高标[10]，下有冲波逆折之回川[11]。
黄鹤之飞尚不得过[12]，猿猱欲度愁攀援[13]。
青泥何盘盘[14]，百步九折萦岩峦。
扪参历井仰胁息[15]，以手抚膺坐长叹。

问君西游何时还，畏途巉岩不可攀[16]。
但见悲鸟号古木，雄飞从雌绕林间。
又闻子规啼夜月[17]，愁空山。
蜀道之难难于上青天，使人听此凋朱颜。
连峰去天不盈尺，枯松倒挂倚绝壁。
飞湍瀑流争喧豗[18]，砯崖转石万壑雷[19]。
其险也如此，嗟尔远道之人胡为乎来哉。
剑阁峥嵘而崔嵬[20]，一夫当关，万夫莫开。
所守或匪亲[21]，化为狼与豺。
朝避猛虎，夕避长蛇，
磨牙吮血，杀人如麻。
锦城虽云乐[22]，不如早还家。
蜀道之难难于上青天，侧身西望长咨嗟。

【题解】

蜀道难，是乐府《相和歌·瑟调曲》旧题，《乐府古题要解》说它“备言铜梁、玉垒（均蜀中山名）之阻”。李白这首诗托名古调，却以描写秦蜀栈道峻险和世路险恶来自创新声。据《本事诗》等书记载，诗人以此诗深得当时名流贺知章的赏识，被誉为“谪仙人”。论者以为从诗中所反映的心态来看，当作于李白二次入长安前后。

用纵横自如的笔调、参差错落的文句，写出想像中由秦入川道路的艰险，从而寓意人生的艰难，把古老的传说与山水奇观、自然景物糅合在一起，使这首诗充满了奇谲瑰丽的浪漫色彩。它很好地运用了《楚辞》的创作手法，以“西当太白”、青泥盘盘、剑阁、锦城为描写线索，又在篇首、中间和结尾用“蜀道之难难于上青天”一唱三叹，形成感情和韵律的抑扬起伏，充分反映了诗人豪放洒脱的个性和卓越不群的才华。

【注释】

〔1〕噫吁嚱：三个都是感叹字，表示惊异叹息。

〔2〕蚕丛、鱼凫：传说中古蜀国的两个国王。

〔3〕茫然：指无法考证确认。

〔4〕尔来：从那时以来。　四万八千岁：极言时间久远。

〔5〕秦塞：秦地，在今陕西省。

〔6〕太白：山名，又名太乙山，秦岭主峰。

〔7〕横绝：横渡。绝，渡过。　峨嵋：山名，在今四川峨眉山市西。巅：山顶。

〔8〕"地崩"句：据《华阳国志》等书记载，秦惠王时嫁五位美女给蜀国，蜀国派五位力士迎接。回到梓潼，见一大蛇入洞中，五力士拽其尾，突然山体崩塌，五个力士被压死，五位美女也变成化石。

〔9〕天梯：形容山路高耸陡峭。　石栈：在山间凿石架木搭成通道。

〔10〕六龙：相传太阳神的驭者（驾车人）羲和驾驭六条龙拉车每天从东向西在空中巡行。　回日：意谓车驾遇到高山只能折返。　高标：指最高处。

〔11〕回川：迂回的川流。

〔12〕黄鹤：即黄鹄，天鹅。

〔13〕猱（náo）：猿类动物。

〔14〕青泥：山岭名，在今陕西略阳。　盘盘：曲折盘旋。

〔15〕扪参（shēn）历井：触摸星辰。参，参星，星宿名。按分野属于蜀地。井，井星，星宿名，按分野属于秦地。

〔16〕畏途：艰险可怕的道路。　巉岩：高耸险峻的山岩。

〔17〕子规：杜鹃鸟，蜀地最多。相传蜀帝杜宇号望帝，死后魂魄化为子规，啼声悲苦。

〔18〕喧豗（huī）：喧闹声。

〔19〕砯（pīng）：山流撞击岩石的声音。

〔20〕剑阁：在今四川剑阁大剑山、小剑山之间，为川陕间主要通道。峥嵘、崔嵬：都是山势高峻的样子。

〔21〕所守：指守关者。　或：倘若。　匪：通"非"。

〔22〕锦城：即锦官城，今四川成都。

【译文】

啊呀呀，多么危险多么高峻啊，蜀地道路的艰难简直比上青天还难。那远古的蚕丛和鱼凫，开国的事迹那么茫然。你到现在已经历了四万八千年，却从不和秦地的边关互通人烟。西面太白山有条鸟才能飞过的小道，从那里可以横跨峨嵋山的峰巅。有了地崩山裂五个壮士的惨死，然后高入云端的石梯栈道才把两地勾连。上面有六龙驾驭的日车也无法通过的绝壁，下面有巨浪翻腾回旋曲折汹涌咆哮的大川。高飞的黄鹤尚且无法通过，善爬的猿猴想过也愁攀援。青泥岭那么回旋纡曲，萦绕着岩峦百步要转九道弯。触摸参星经过井宿抬头不敢呼吸，坐下来用手抚摸着胸口放声长叹。问您西游蜀地什么时候归还，道路险峻岩石壁立不可登攀。只见鸟在古老的树木上悲号，雌的跟着雄的盘旋围绕林间。又听那夜月下子规声声啼鸣，把一腔哀愁洒遍空山。蜀地道路的艰难简直比上青天还难，听到这话就让人红颜凋残。连绵的高峰离天还不满一尺，倒挂的枯松倚附在悬崖峭壁。急流和飞瀑争相翻腾喧嚣，撞崖转石声如万谷响遍惊雷。像这样险要奇绝，慨叹你这个远道而来的人为什么还要来。剑门关地形巍峨高峻，一人镇守着关口，万人也无法打开。把守的如果不是可靠的亲信，就会变成作乱的凶恶豺狼。早晨要躲避猛虎的袭击，晚上要把长蛇提防，磨利牙齿吮吸鲜血，杀人就像砍伐乱麻。锦官城虽然繁华热闹，还不如早日动身回家。蜀地道路的艰难简直比上青天还难，转身向西眺望不禁大声长叹！

长相思 二首

李　白

长相思，在长安。
络纬秋啼金井阑[1]，微霜凄凄簟色寒[2]。
孤灯不明思欲绝，卷帷望月空长叹。
美人如花隔云端，上有青冥之长天，
下有渌水之波澜。

天长地远魂飞苦，梦魂不到关山难。
长相思，摧心肝。

【题解】

长相思，出自汉代《古诗十九首》"上言长相思，下言久离别"，后被用作乐府《杂曲歌辞》篇名。旧作多以"长相思"三字引起和收结，李白这首诗正拟其本格。

诗以为关山阻隔的行人口吻，思念远在长安独处深闺的美人。前半段全由悬想出发，从对方落笔，写出秋夜久对孤灯、望月长叹的情景。后半段则折回，从己方诉说相隔遥远、梦魂难到的无限惆怅。这种笔分两端、又彼此呼应的写法，深化和突出了"长相思"的主题。

【注释】

〔1〕络纬：俗称纺织娘，又名莎鸡。　金井阑：精美的井栏杆。

〔2〕簟（diàn）色寒：竹席显得寒冷有凉意。簟，竹席。

【译文】

长久萦绕的思恋，在那阔别的长安。纺织娘秋夜鸣叫在精美的井栏，凉凉的轻霜使竹席变寒。面对昏暗的孤灯情思缠绵，卷起帷幔抬眼望月不禁长叹。如花似玉的美人被远隔在云端，上有云气苍茫的万里长天，下有绿水浩荡的层层波澜。天漫长地遥远苦了飘飞的归魂，关山险要连梦魂到达也难。长久的思恋啊，摧裂人的心肝。

日色欲尽花含烟〔1〕，月明如素愁不眠〔2〕。
赵瑟初停凤凰柱〔3〕，蜀琴欲奏鸳鸯弦〔4〕。
此曲有意无人传，愿随春风寄燕然〔5〕。
忆君迢迢隔青天〔6〕，
昔日横波目〔7〕，今成流泪泉。
不信妾肠断，归来看取明镜前。

【题解】

这两首《长相思》在《李太白全集》中一在卷三，一在卷六。《唐诗三百首》的编者把它们放在一起，虽不合诗人的本意，但在客观上却使它们有了身处异地的男女双方共抒思念之情的联系。

诗以思妇的幽怨口吻，曲曲道出春夜对月鼓瑟弹琴的悠悠情思。其中“燕然”点明所思之人是远戍者。最后四句的比喻和痴想，在自怨自艾中透出万般无奈。

【注释】

〔1〕花含烟：形容花丛被水气烟雾笼罩。

〔2〕素：白绢。

〔3〕赵瑟：古代赵国人善于弹瑟，有许多弹瑟高手。瑟，弦乐器。凤凰柱：雕有凤凰的弦柱。

〔4〕蜀琴：古代蜀地产的桐木是制作琴的上等材料。　鸳鸯弦：配对的弦。

〔5〕燕然：山名，即杭爱山，在今蒙古国境内。此指遥远的边塞。

〔6〕迢迢：遥远的样子。

〔7〕横波：喻指流动顾盼的眼神。

【译文】

日光即将收尽花上蒙了一层轻烟，月色皎洁如绢使人愁得无法入眠。饰有凤凰柱的赵瑟刚刚停住，就想弹响那蜀琴上的鸳鸯弦。这支乐曲深含情意却无人传递，愿它伴随春风一直寄往燕然山。远远隔着青天把郎君深深思念，以往秋波传情的双眼，如今成了涌淌的泪泉。如果不信我已柔肠寸断，回来时就在明镜前看看我的容颜。

行路难 三首

李　白

金樽清酒斗十千〔1〕，玉盘珍羞值万钱〔2〕。

停杯投箸不能食，拔剑四顾心茫然。
欲渡黄河冰塞川，将登太行雪满山[3]。
闲来垂钓坐溪上[4]，忽复乘舟梦日边[5]。
行路难，行路难，多歧路，今安在。
长风破浪会有时[6]，直挂云帆济沧海[7]。

【题解】

行路难，原是乐府《杂曲歌辞》旧题，多写世道的艰难和离别的伤感。李白《行路难》原作共三首，这是第一首，写的都是旧题本意。李白于天宝初奉诏入京，供奉翰林，不满三年，即因得罪杨贵妃而被排挤出京。诗作于天宝三载（744）诗人被迫离开长安后。

这首诗主要表现诗人首次在仕途遭受重挫后的思想矛盾和复杂感情。其中化用鲍照《拟行路难》“对案不能食，拔剑击柱长叹息”句意和叠用“行路难”，都反映出心情的郁闷和情绪的激烈。而“梦日边”醒后的“济沧海”，又体现了儒家“进则兼济天下，退则独善其身”的典型的处世原则。同时，用豪壮语来抒写理想和现实的对立碰撞，也是诗的一大特色。

【注释】

〔1〕金樽：华贵精美的盛酒器。　斗十千：一斗酒值十千钱。

〔2〕珍羞：珍贵的菜肴。羞，通“馐”，菜肴。

〔3〕太行：即太行山，在今山西东部。

〔4〕“闲来”句：商朝末期吕望（即姜子牙）曾在渭水的磻溪（今陕西宝鸡东南）垂钓，受到周文王赏识，拜为丞相。

〔5〕“忽复”句：夏朝末期伊尹曾梦见自己乘船经过日月旁边，后来遇到商汤，被委以重任。

〔6〕长风破浪：南朝刘宋时少年宗悫，在回答叔父问他日后志向时说：“愿乘长风破万里浪。”

〔7〕直：随即。　云帆：船在海中行驶，天水相连，船帆犹如出没在云海之中，故云。

【译文】

鎏金杯中的美酒一斗就要十千，碧玉盘上的山珍海味价值万钱。停了酒杯搁下筷子无法进食，拔出剑来四下环顾心中茫然。要渡过黄河河道却被冰块堵塞，想攀登太行山路又为大雪堆满。空闲下来就坐在小溪旁垂钓，忽又梦见乘着船儿经过日边。世上的路真难走，世上的路真难走，那么多的岔道，如今又在哪里。会有乘长风破万里浪的大好时机，就挂上高耸入云的船帆横渡沧海。

大道如青天，我独不得出。
羞逐长安社中儿〔1〕，赤鸡白狗赌梨栗。
弹剑作歌奏苦声〔2〕，曳裾王门不称情〔3〕。
淮阴市井笑韩信〔4〕，汉朝公卿忌贾生〔5〕。
君不见昔时燕家重郭隗〔6〕，拥篲折节无嫌猜〔7〕。
剧辛乐毅感恩分〔8〕，输肝剖胆效英才〔9〕。
昭王白骨萦蔓草，谁人更扫黄金台〔10〕？
行路难，归去来！

【题解】

第二首在思想上继承了第一首表现诗人陷于迷惘而不能自拔的脉络。所不同的是，诗人把对梦幻的憧憬，转换成对历史人物的追思。冯驩、邹阳、韩信、贾谊……他们中许多人历尽磨难，在一段时间内受到重用，但是大多数人并没有得到善终。这些史实是一面镜子，让李白感到痛苦，感到没有出路，以至发出“大道如青天，我独不得出”的呐喊。

【注释】

〔1〕社中儿：里巷中的青少年。社，古代二十五家编为一社。此泛指街巷。

〔2〕弹剑作歌：《史记·孟尝君列传》载，孟尝君的门客冯驩不满意自己的待遇，三次弹长铗（即剑）而歌曰："长铗归来乎，食无鱼。""长铗归来乎，出无车。""长铗归来乎，无以为家。"后孟尝君改善了他的待遇，他也为孟尝君办了大事。

〔3〕"曳裾"句：《汉书·邹阳传》载，邹阳在吴王刘濞府中为门客而不得志，在《上吴王书》中说："饰固陋之心，则何王之门不可曳长裾乎？"曳裾王门，指拖着长裙在王府权贵之家为门客。

〔4〕"淮阴"句：《史记·淮阴侯列传》载，西汉开国功臣韩信年轻时，在淮阴街市上受市井恶少羞辱，被迫"出袴下"被人耻笑，但最终成了大器。

〔5〕"汉朝"句：据《史记》载，西汉初洛阳青年贾谊才识出众，被汉文帝破格重用，由此受到一班老臣的忌恨，对他屡进谗言，贾谊终于被贬官。

〔6〕"君不见"句：战国时燕昭王要招贤纳士，谋臣郭隗说可以从我开始。燕昭王采纳了他的建议，天下贤士果然纷纷投奔燕国。

〔7〕"拥篲"句：邹衍从齐国来投奔，燕昭王亲自执扫帚扫尘，表示敬意。篲，扫帚。折节，屈己下人，降低身份。

〔8〕剧辛：从赵国投奔燕昭王的贤士，参与谋划伐齐，后又率军伐赵。 乐毅：从魏国来燕国后，被燕昭王拜为上将军，率诸侯兵连下齐国七十余城，封号昌国君。

〔9〕输肝剖胆：即披肝沥胆，形容无限忠诚。

〔10〕黄金台：燕昭王为招纳贤士所建，故址在今河北易水东南。

【译文】

眼前大道就像头上青天，而我却独自找不到出路。羞于跟随长安那班里巷子弟，赛狗斗鸡用梨栗作赌注。弹铗作歌如当年的冯驩那般哀苦，在王侯门下伺候实在与性情相负。淮阴的市井小人曾将韩信嘲笑，汉朝的公卿权臣也把贾谊忌妒。您不见过去燕昭王怎样看重郭隗，拿着扫帚屈尊迎接没有嫌猜。剧辛乐毅都万分感激他的恩惠，输出自己的肝胆来一展英才。如今昭王的白骨已被蔓草萦绕，有谁还去祭扫当年的黄金台？行路太艰难，不如归去来！

有耳莫洗颍川水〔1〕，有口莫食首阳蕨〔2〕。

含光混世贵无名[3]，何用孤高比云月。
吾观自古贤达人，功成不退皆殒身[4]。
子胥既弃吴江上[5]，屈原终投湘水滨[6]。
陆机雄才岂自保[7]，李斯税驾苦不早[8]。
华亭鹤唳讵可闻[9]，上蔡苍鹰何足道[10]。
君不见吴中张翰称达生[11]，秋风忽忆江东行[12]。
且乐生前一杯酒，何须身后千载名[13]。

【题解】

这一首沿袭上一首的思路，继续对历史人物进行反思。所不同的是，诗人树立了两种相对立的典型：一种是伍子胥、屈原、李斯等“功成不退多殒身”的典型；一种则以见到秋风起马上产生归隐之志的张翰为代表，是“且乐生前一杯酒，何须身后千载名”的典型。诗中倡言“含光混世贵无名”，是道家“和光同尘”、随波逐流思想的自然流露。它反映了李白思想中的道家倾向，同时也揭示了形成这种倾向的社会、历史根源。

【注释】

〔1〕“有耳”句：据《高士传》载，帝尧时高士许由躬耕于颍水之滨，箕山之下，尧想任命他为九州长，许由不愿听，于是跑到颍水边去洗耳朵。颍川，即颍水，淮河最大的支流，流经河南、安徽。

〔2〕“有口”句：《史记·伯夷叔齐列传》载，周武王伐纣，伯夷、叔齐兄弟叩马而谏，武王不听，二人隐居首阳山，不食周粟，采薇蕨而食，终于饿死。首阳，即首阳山，在今河南偃师。蕨，一种野菜，嫩叶可吃。

〔3〕含光：语本《老子》：“和其光，同其尘。”后多指与世沉浮，随波逐流。

〔4〕殒身：死亡。殒，坠落。

〔5〕“子胥”句：春秋时吴国将军伍子胥立有大功，但因忠谏吴王，结果被赐死，弃尸吴江。吴江，太湖最大支流，发源于江苏吴江，流至今上海会合黄浦江入海。

〔6〕“屈原”句：战国时楚国三闾大夫屈原因受谗臣陷害，被楚怀王

放逐，最终含愤投汨罗江自尽。湘水滨，指汨罗江，在湖南东北部。

〔7〕“陆机”句：西晋陆机有才能，是当时著名的文学家。曾为成都王司马颖平原内史，司马颖率军讨长沙王，任为后将军，后战败，奸人进谗，遂被害。

〔8〕“李斯”句：秦始皇的丞相李斯是秦朝的开国功臣，后被奸臣赵高诬陷，遭杀害。税驾，解下驾车的马匹休息，此指功成身退。

〔9〕“华亭”句：陆机被害前曾叹道：“华亭鹤唳，岂可复闻乎？”华亭，今上海松江，陆机的故乡。

〔10〕“上蔡”句：李斯是上蔡人，临刑时曾对儿子说：“我想再和你一起牵着黄狗、臂带苍鹰出上蔡东门去打猎，已经不可能了。”上蔡，今属河南。

〔11〕张翰：西晋人，字季鹰，吴郡吴（今苏州吴中）人。　达生：达观知命的人。

〔12〕“秋风”句：张翰曾在齐王司马冏执政时任大司马东曹掾。一天秋风起，忽动思乡之念，便辞官归隐江东故居。江东，指吴中所在的长江下游南岸地区。

〔13〕“且乐”二句：张翰归隐后，有人问他：“你纵然适志一时，难道不为身后名想一想吗？”他回答说：“使我有身后名，不如即时一杯酒。”

【译文】

有耳不要去洗颍川的水，有口不要去吃首阳的蕨。收敛了光芒混同于世贵在无名，为什么要独命孤高自比云月。我看自古以来的贤达人士，功成不退都难免惹祸丧身。伍子胥的尸体被抛弃在吴江，屈原最终也投身于湘江之滨。陆机虽有雄才又怎能自保，李斯想停车休息也没趁早。华亭的鹤鸣怎能再次听闻，上蔡的苍鹰也已微不足道。您没有见吴中的张翰向称旷达，秋风起时忽然想到江东之行。且尽情享用这生前一杯美酒，又何必去考虑身后千年声名。

将进酒

李　白

君不见黄河之水天上来，奔流到海不复回。

君不见高堂明镜悲白发[1]，朝如青丝暮成雪[2]。
人生得意须尽欢，莫使金樽空对月。
天生我材必有用，千金散尽还复来。
烹羊宰牛且为乐，会须一饮三百杯。
岑夫子[3]，丹丘生[4]，将进酒，杯莫停。
与君歌一曲，请君为我倾耳听！
钟鼓馔玉不足贵[5]，但愿长醉不愿醒。
古来圣贤皆寂寞[6]，惟有饮者留其名。
陈王昔时宴平乐，斗酒十千恣欢谑[7]。
主人何为言少钱，径须沽取对君酌。
五花马[8]，千金裘[9]，
呼儿将出换美酒[10]，与尔同销万古愁。

【题解】

将进酒，是汉乐府鼓吹曲铙歌曲调名。李白沿用乐府旧题而有所创新。这首诗作于李白第一次离开长安之后，时间在天宝十一载（752）。当时诗人在嵩山元丹丘的隐居处。诗痛快淋漓地表现了诗人内心的悲愤以及对权贵的蔑视，同时也表现了诗人的自信和对功名利禄的淡薄。诗人在《上安州裴长史书》中曾说，当初他东游扬州，一年间“散金三十余万”，遇到落魄的文士，都要解囊周济，由此可见诗中表达的诗人轻财好施的性格，并非虚言。诗中体现的虚无消沉和自负不凡的矛盾心态，是李白诗歌中一个突出的鲜明特征。全诗气势磅礴，音调高亢，一气呵成，如大河奔流，令人振奋。

【注释】

〔1〕高堂：指父母。
〔2〕青丝：黑发。
〔3〕岑夫子：即岑勋，南阳人，有文才。李白好友。

〔4〕丹丘生：即元丹丘，也是李白好友，好道学谈玄，李白称他为“逸人”。

〔5〕钟鼓馔（zhuàn）玉：指豪门贵族之家的音乐美食，代指豪门权贵。

〔6〕寂寞：此指湮没无闻。

〔7〕“陈王”二句：意为昔日陈王曹植在平乐观宴请友人，纵情饮酒，恣意欢乐。陈王，即曹植，曾封陈王。平乐，即平乐观，故址在今河南洛阳。斗酒十千，一斗酒值十千钱。曹植《名都篇》：“归来宴平乐，美酒斗十千。”恣，任性，纵情。欢谑（xuè），欢乐戏笑。

〔8〕五花马：毛色呈五种花纹的名马。

〔9〕千金裘：价值千金的皮衣。

〔10〕儿：指年轻的仆人。　将：拿。

【译文】

您没看见黄河水从遥远的天上滚滚而来，一路奔腾着流入大海不再复返。您没看见老人家面对明镜悲叹满头白发，早晨还像青丝晚间却成了霜雪。人生在得意时应该尽情欢乐，不要手持酒杯空对一轮明月。天生了我的才能必然会有用，散尽了千两黄金还会再回来。不妨煮上羊宰了牛共同作乐，应该能一口气喝它个三百大杯。岑老夫子，丹丘先生，斟上美酒，杯不要停。给你们唱上一曲，请你们为我倾耳聆听。鸣钟击鼓炊珠食玉有什么值得珍贵，只盼望长久醉去不要清醒。自古以来圣人君子都很寂寞，只有爱喝酒的才能百世留名。过去陈思王曹植平乐观大宴，一斗酒值十千任意欢乐娱戏。主人为什么推说钱少，尽管去买来和你们喝个痛快淋漓。五花宝马，千金衣裘，招呼孩儿们快拿出来去换美酒，要与你们一起消除那万古忧愁。

兵车行

杜　甫

车辚辚〔1〕，马萧萧〔2〕，行人弓箭各在腰。

耶娘妻子走相送[3]，尘埃不见咸阳桥[4]。
牵衣顿足拦道哭，哭声直上干云霄。
道旁过者问行人[5]，行人但云点行频[6]。
或从十五北防河[7]，便至四十西营田[8]。
去时里正与裹头[9]，归来头白还戍边。
边庭流血成海水，武皇开边意未已[10]。
君不见汉家山东二百州[11]，千村万落生荆杞[12]。
纵有健妇把锄犁，禾生陇亩无东西[13]。
况复秦兵耐苦战[14]，被驱不异犬与鸡。
长者虽有问[15]，役夫敢伸恨？
且如今年冬[16]，未休关西卒[17]。
县官急索租[18]，租税从何出？
信知生男恶，反是生女好。
生女犹得嫁比邻[19]，生男埋没随百草。
君不见青海头[20]，古来白骨无人收。
新鬼烦冤旧鬼哭[21]，天阴雨湿声啾啾[22]。

【题解】

这是诗人在安史之乱前写的著名七言叙事诗，作于玄宗天宝十载（751）。据司马光《资治通鉴》记载，“天宝十载四月，剑南节度使鲜于仲通讨南诏蛮，大败于泸南。时仲通将兵八万……军大败，士卒死者六万人，仲通仅以身免。杨国忠掩其败状，仍叙其战功。……制大募两京及河南北兵以击南诏。人闻云南多瘴疠，未战，士卒死者什八九，莫肯应募。杨国忠遣御史分道捕人，连枷送诣军所。……于是行者愁怨，父母妻子送之，所在哭声振野”。这段记载正可以作为这首诗的时代背景。作为乐府诗，诗人没有沿用反映兵灾之祸的旧题《从军行》，而是即事名篇，自创新题，集中再现了当时的社会现实。

诗人托汉讽唐，揭露和谴责了天宝以来，统治集团连年用兵给边疆少数民族和中原广大人民带来的深重灾难。诗歌的现实主义表现手法对中唐兴起的新乐府运动产生过深刻的影响。

【注释】

〔1〕辚辚（lín）：车行声。《诗经·秦风·车邻》："有车邻邻。"辚，同"邻"。

〔2〕萧萧：马鸣声。《诗经·小雅·车攻》："萧萧马鸣。"

〔3〕耶娘：即爷娘。

〔4〕咸阳桥：古代渭河有三座桥，即东渭桥、中渭桥和西渭桥，均通咸阳。这里指西渭桥，是当时长安通往西北或西南的必经之路。

〔5〕过者：过路人。这里是诗人自称。

〔6〕但云：只说。 点行：按户籍名册强行征调丁壮入伍。

〔7〕或：有的人。 防河：又叫"防秋"。唐开元以来，吐蕃于秋高马肥时侵扰边境，唐王朝曾征调关中、陇右、朔方等地大批兵丁驻守河西（今甘肃、宁夏一带），保护秋禾。因地处长安之北，故又称"北防河"。

〔8〕西营田：到西边去驻防屯田。营田，即屯田。汉代军队实行屯田制，平时种地，战时打仗。这里以汉喻唐。

〔9〕里正：即里长，百户之长。唐制百户为一里，里设里正一人，掌管户籍、赋税等。 裹头：包头。古代以皂罗三尺裹头。这里说被征入伍的新兵年龄太小，由里正代为裹头。

〔10〕武皇：指汉武帝刘彻。因唐玄宗用武力开拓疆土，与汉武帝相同，所以用武皇借指唐玄宗。

〔11〕汉家：喻指唐王朝。 山东：这里指华山以东广大地区。 二百州：《十道四蕃志》："关以东七道，二百一十一州。"这里取其整数。

〔12〕荆杞：荆棘、杞柳，两种野生灌木。

〔13〕陇亩：即垄亩，分畦分行的田亩。 无东西：指阡陌混乱，垄亩不整。

〔14〕秦兵：秦地的士兵，即关中兵。

〔15〕长者：被征士卒对杜甫的尊称。用反问语气表达了役夫敢怒不敢言的悲愤心情。

〔16〕今年冬：指天宝十载（751）冬。

〔17〕关西卒：即指秦兵、关中兵。关西，指函谷关以西。

〔18〕县官：古代指天子或国家，诗中指朝廷、官府。

〔19〕比邻：近邻。唐制百户为里，五里为乡，四家为邻，五家为保。

王勃《杜少府之任蜀州》:“海内存知己，天涯若比邻。”

〔20〕青海头：即青海边。在今青海西宁以西有海，名叫青海。原为吐谷（yù）浑之地，唐高宗龙朔三年（663）为吐蕃所占。后来的几十年间与吐蕃的战争大都发生在这一地区，唐军伤亡惨重。

〔21〕烦冤：烦躁愤懑。

〔22〕啾啾（jiū）：想像中冤鬼的哭叫声。

【译文】

辚辚的车声，伴着萧萧马鸣，腰间佩着弓箭的士兵就要远行。妻子扶着爹妈带着儿女赶来相送，滚滚的尘埃使人望不见咸阳桥影。拉衣跺脚拦住道路嚎啕大哭，那哭声直冲天上飘浮的层云。道边的过路人纷纷询问打听，行人只说征发多次按册点名。有的十五岁就北上驻守河西，即使到了四十还在西北屯田。去时年纪尚小里长为他裹头，回来头发已白仍要应征戍边。边疆流的鲜血已汇成了海水，武帝开拓疆域之意还未停息。您没听说汉家华山以东二百个州县，千万个村落都布满了荆棘。就是有健壮的农妇手把锄犁，田垄中的禾苗也长得不分东西。何况秦地的兵勇最能吃苦征战，被人任意驱遣和鸡狗无异。老人家虽然一再询问，服役人怎敢把心中积怨吐露？就像今年到了冬天，还没停止征调关西士卒。县衙门却急着催要租税，可租税又从哪里去出？这才明白生男实在糟糕，反而是生女来得更好。生了女儿还可以嫁给邻居，生了男孩只能葬身野地荒草。您没看见空旷的青海湖边，磷磷白骨自古以来就没人去收。新鬼饱含冤屈旧鬼放声啼哭，阴天下雨时声音一片凄惨哀愁。

丽人行

杜　甫

三月三日天气新〔1〕，长安水边多丽人〔2〕。
态浓意远淑且真〔3〕，肌理细腻骨肉匀〔4〕。

绣罗衣裳照暮春，蹙金孔雀银麒麟[5]。
头上何所有？翠微匎叶垂鬓唇[6]。
背后何所见？珠压腰衱稳称身[7]。
就中云幕椒房亲[8]，赐名大国虢与秦[9]。
紫驼之峰出翠釜[10]，水精之盘行素鳞[11]。
犀筯厌饫久未下[12]，鸾刀缕切空纷纶[13]。
黄门飞鞚不动尘[14]，御厨络绎送八珍[15]。
箫鼓哀吟感鬼神[16]，宾从杂遝实要津[17]。
后来鞍马何逡巡[18]，当轩下马入锦茵[19]。
杨花雪落覆白蘋[20]，青鸟飞去衔红巾[21]。
炙手可热势绝伦[22]，慎莫近前丞相嗔[23]！

【题解】

这首诗作于唐玄宗天宝十二载（753）春。丽人，指贵族妇女。诗人借三月三日长安曲江边所见，对唐王朝的腐败政治和杨氏兄妹的荒淫骄奢，作了深刻的揭露和辛辣的讽刺。它在艺术上的特点，正如浦起龙《读杜心解》所说，通篇“无一刺讥语，描摹处，语语刺讥；无一慨叹声，点逗处，声声慨叹”。作为一首“即事名篇”的新乐府，它在历史上有广泛的影响。

【注释】

〔1〕三月三日：即上巳节。古代习俗，人们在这一天要到水边去洗除不祥。后来就演变成到水边宴饮、游春的一个节日。

〔2〕水边：指长安城东南郊的曲江池。为汉武帝时所开，唐开元中曾修建，是当时一处游览胜地。

〔3〕态浓：姿态妆扮浓艳。　意远：神情高雅。　淑且真：端庄而又美好。

〔4〕肌理细腻：皮肤丰润细嫩。理，纹理。　骨肉匀：胖瘦适中，身段匀称。

〔5〕蹙（cù）金：又叫拈金，刺绣的一种方式。用拈紧的金线刺绣，使刺绣品的纹路皱缩起来，形成凸起状。

〔6〕翠：翡翠。 㔩（è）叶：古代妇女的发饰㔩彩上的花。㔩彩，妇人头花髻饰。 鬓唇：鬓边。

〔7〕珠压腰衱（jié）：即在裙带下沿缀饰玉珠，使裙带下垂。腰衱，裙带。

〔8〕云幕：指宫室内层层轻薄的幕帐。 椒房：后妃的宫室。以椒和泥涂壁，取其温暖，辟除邪气。 亲：亲属。这里指杨氏姐妹。

〔9〕“赐名”句：指赐封杨贵妃的三个姐姐。大姐封韩国夫人，三姐封虢国夫人，八姐封秦国夫人。因限于字数，这里举二以概三。

〔10〕紫驼之峰：即驼峰炙。用骆驼的肉峰做成的食品，唐代贵族享用的珍肴。 翠釜：镶有翠玉的锅。釜，无脚之锅。

〔11〕水精：水晶。 行：传递。 素鳞：一种名贵的白鳞鱼。

〔12〕犀筯：用犀牛角制成的筷子。 厌饫（yù）：吃腻了。

〔13〕鸾刀：柄部系有小铃的刀。

〔14〕黄门：指宦官，太监。 鞚（kòng）：有嚼口的马络头。这里指代马。

〔15〕御厨：皇帝的专用厨房。 络绎：接连不断。 八珍：泛指各式各样的山珍海味。

〔16〕哀吟：指婉转缠绵、优美动听的乐声。

〔17〕宾从：宾客与随从。 杂遝（tà）：众多的样子。 实：充满，占据。 要津：重要的渡口。这里语涉双关，表面说杨氏姐妹游春队伍拥塞通途要道，实际暗示杨家兄妹窃据朝廷要职。

〔18〕后来鞍马：指贵妃的堂兄杨国忠骑马姗姗来迟。 逡（qūn）巡：原意是欲进不进、迟疑不决，这里指杨国忠神气十足，缓辔徐行。

〔19〕轩：指堂前平台，也称敞厅。 锦茵：织锦地毯。茵，地毯。

〔20〕“杨花”句：影射杨国忠与虢国夫人关系暧昧。《广雅》有“杨花入水化为萍”的说法。《尔雅翼》又说：“萍之大者曰蘋，五月有花，白色谓之白蘋。”这样，杨花、浮萍、白蘋虽属三物，而实如一体。暮春三月正是杨花飞落的时节，杜甫用杨花覆盖白蘋，暗喻杨氏兄妹的淫乱。

〔21〕青鸟：神话传说中的西王母的使者。 红巾：贵族妇女用的红色手帕或饰物。

〔22〕炙手可热：热得烫手。比喻权势大、气焰盛。炙（zhì），熏烤。 绝伦：超过同辈。这里是无人可比的意思。

〔23〕丞相：指杨国忠。 嗔（chēn）：发怒。

【译文】

三月三日的天气温暖清新，长安曲江边满是绝色佳人。姿态艳丽神情高雅文静真诚，肌肤细腻身材又是那么匀称。绣花绸衣照亮了暮春之景，还有金线银丝绣出孔雀麒麟。她们头上戴着什么？轻薄的翡翠花叶低垂在双鬓。她们背后看到什么？缀有珍珠的裙带紧贴着腰身。其中云彩幕下是出自后宫的皇亲，虢国夫人秦国夫人是她们的赐名。翠绿锅中盛出紫驼峰的嫩肉，水晶盘上端来白鳞鱼的须唇。常腻肥甘的犀角筷长久未下，使精挑细切的鸾刀空忙一阵。黄门中的轻骑快马尘埃不扬，御膳房不断送上美味的八珍。低回宛转的箫鼓能感动鬼神，要道站满了杂乱的随从来宾。后到的鞍马为什么迟疑不进，来到车前翻身下马直入大厅。雪白的杨花落下覆盖了白蘋，多事的青鸟飞去口衔红手巾。无法比拟的权势热得烫手，切勿近前让丞相怒气填膺。

哀江头

杜　甫

少陵野老吞声哭[(1)]，春日潜行曲江曲[(2)]。
江头宫殿锁千门[(3)]，细柳新蒲为谁绿？
忆昔霓旌下南苑[(4)]，苑中万物生颜色。
昭阳殿里第一人[(5)]，同辇随君侍君侧[(6)]。
辇前才人带弓箭[(7)]，白马嚼啮黄金勒[(8)]。
翻身向天仰射云，一笑正坠双飞翼[(9)]。
明眸皓齿今何在[(10)]？血污游魂归不得[(11)]。
清渭东流剑阁深[(12)]，去住彼此无消息[(13)]。
人生有情泪沾臆，江水江花岂终极[(14)]？
黄昏胡骑尘满城[(15)]，欲往城南望城北[(16)]。

【题解】

这首诗作于唐肃宗至德二载（757）春，当时杜甫被安禄山叛军所俘，身陷长安。江头，指曲江边。因其水流屈曲，故称曲江。这里秦代为宜春苑，汉代是乐游园。唐代开元年间又加疏凿，遂为当时名闻遐迩的一处游览胜景，其南有紫云楼、芙蓉苑，其西有杏园、慈恩寺。江侧菰蒲葱翠，柳荫四合，碧波红蕖，依映可爱。安史之乱前这里游人如织，美景如画，而如今诗人独自潜行，所见一片萧条冷落，完全没有了往昔的热闹和繁华，这不能不使诗人神情恍惚，一时连回家的路也认不清了，因而不禁失声哽咽，泪下沾襟。

【注释】

〔1〕“少陵”句：汉宣帝葬杜陵，汉宣帝许后葬少陵，杜甫曾在杜陵和少陵住过，所以常自称“杜陵布衣”、“少陵野老”。

〔2〕潜行：偷偷行走。在叛军窃据的长安，因怕惹祸上身，春游曲江只能隐蔽潜行。　曲江曲：这里指曲江的僻静处。后一“曲”字表示曲江的深奥处。

〔3〕锁千门：暗示昔日宫殿众多，如今却一律上锁，一片萧条冷落。

〔4〕霓旌：皇家仪仗中的五色彩旗。　南苑：即曲江南边的芙蓉苑。

〔5〕昭阳殿：汉成帝时宫殿名，为成帝皇后赵飞燕所居。这里借指杨贵妃生前住处。　第一人：以汉成帝宠幸的赵飞燕喻指杨贵妃。

〔6〕同辇（niǎn）随君：事出《汉书·外戚传》。成帝游于后庭，欲与班婕妤同辇。班婕妤拒绝说：“观古图画，圣贤之君，皆有名臣在侧，三代末主，乃有嬖女。今欲同辇，得无近似之乎？”辇，皇帝乘坐的车子。

〔7〕才人：宫中女官名。　带弓箭：唐制，皇帝巡幸，宫中扈从者戎装骑马挟弓矢侍卫。

〔8〕嚼啮（niè）：嚼咬，口衔。　黄金勒：以黄金为饰的马笼头。勒，带嚼口的马笼头。

〔9〕一笑：指才人射中一对飞鸟，贵妃为之一笑。

〔10〕明眸皓齿：代指杨贵妃。眸，本指瞳仁，即眼珠，这里指眼睛。

〔11〕血污游魂：指杨贵妃缢死马嵬驿（在今陕西兴平）事，时年三十八岁。据《新唐书·后妃传》：“安禄山反，以诛国忠为名。及西幸，过马嵬，陈玄礼以天下计诛国忠。已死，军不解，帝遣力士问故，曰：‘祸本尚在。’帝不得已，与妃诀，引而去，缢路祠下。”

〔12〕渭：渭水，流经马嵬驿。　剑阁：在今四川剑阁北，是玄宗入

蜀所经之地。　深：这里有远和险的意思。

〔13〕去住：走的和留下的。去指唐玄宗，住指杨贵妃。这里也可理解为生与死。

〔14〕终极：穷尽。

〔15〕胡骑：指安禄山叛军的马队。

〔16〕城南：指诗人当时在长安南城住处。　望：即向。陆游《老学庵笔记》云："北人谓'向'为'望'。"

【译文】

少陵的村野老夫忍着声痛哭，春天里暗暗来到曲江的僻静处。江边千扇宫门都被上了铁锁，那细柳和蒲草的新绿为谁染出。回想以往云旗逶迤直下南苑，苑中万物的颜色因此格外悦目。昭阳殿里最受宠爱的第一人，随从车驾时刻在旁服侍着君主。御车前宫内才人都带了弓箭，骑着的白马都用黄金衔口勒住。返身弯弓向空中的云间射去，一笑之间已把双飞的鸟儿一起射落。明眸皓齿的美人如今在哪里，回不来了那血污中的游荡魂魄。渭水东流而去剑阁远在天外，走的走留的留彼此心事向谁去说。人生有情意想来都会泪下沾衣，江水自流江花自开哪里还会嫌多。黄昏城中满是胡骑扬起的尘埃，想往城南去却往城北走把路认错。

哀王孙

杜　甫

长安城头头白乌〔1〕，夜飞延秋门上呼〔2〕。
又向人家啄大屋，屋底达官走避胡〔3〕。
金鞭断折九马死〔4〕，骨肉不得同驰驱。
腰下宝玦青珊瑚〔5〕，可怜王孙泣路隅〔6〕。
问之不肯道姓名，但道困苦乞为奴。
已经百日窜荆棘〔7〕，身上无有完肌肤。

高帝子孙尽隆准[8]，龙种自与常人殊[9]。
豺狼在邑龙在野[10]，王孙善保千金躯。
不敢长语临交衢[11]，且为王孙立斯须[12]。
昨夜东风吹血腥，东来橐驼满旧都[13]。
朔方健儿好身手，昔何勇锐今何愚[14]。
窃闻天子已传位[15]，圣德北服南单于[16]。
花门剺面请雪耻[17]，慎勿出口他人狙[18]。
哀哉王孙慎勿疏，五陵佳气无时无[19]。

【题解】

这是杜甫在现实主义思想指导下创作的一首以“即事名篇，无复依傍”为特色的新乐府诗。王孙，指帝王的子孙，又特指李唐王室的子孙。天宝十五载（756）六月，安禄山叛军攻破潼关，随即进入长安。当时玄宗仓皇出奔西蜀，有不少王公贵戚来不及相随，被叛军所杀。杜甫这首诗作于长安被占领后的百余天，大约也就是在当年的九十月间，诗中所写王孙是劫后余生者。

这首诗的最大特点是纪实，即以真实的笔墨记录了当时社会大动乱的现实。诗人选取了在这场历史浩劫中得以幸存却流落街头、饱受折磨的王室后代来加以表现，具有很强的典型意义。同时他对落魄王孙的反复叮咛，口吻亲切自然，既渲染了恐怖气氛、险恶环境，又表示出对唐王朝的一片忠诚。全诗无论图貌、叙事，还是对话，都平实浅易，且安排精细。因此它在继承汉魏乐府古朴自然的同时，也融入了唐诗在结构、语言方面的技巧。

【注释】

〔1〕头白乌：白头乌鸦，被视为不祥之物。

〔2〕延秋门：唐宫苑西门。天宝十五载六月，唐玄宗带着杨贵妃等少数嫔妃出此门西行避安禄山之乱。

〔3〕达官：朝廷中权位显要的官员。　胡：指安禄山叛军。

〔4〕“金鞭”二句：意思说唐玄宗为了逃命，拼命用鞭打马，连自己

的骨肉亲人也顾不上了。九马，皇帝有九匹御马。

〔5〕玦：有缺口的环形玉佩。

〔6〕王孙：这里指唐王室子弟。　路隅：路边角落。

〔7〕窜荆棘：逃窜躲避在荆棘中。

〔8〕高帝：汉高祖。《史记·高祖本纪》说汉高祖刘邦“隆准而龙颜”。这里喻指唐高祖。　隆：高起。　准：鼻子。

〔9〕龙种：喻指王室后代。

〔10〕豺狼在邑：指安禄山叛军入据长安。　龙在野：指玄宗出奔蜀地。

〔11〕交衢：四通八达的交通要道。

〔12〕斯须：一会儿。

〔13〕东来橐（tuó）驼：指从东面来的安禄山叛军。橐驼，即骆驼，安禄山胡兵所骑。　旧都：诗人写此诗时唐肃宗已在灵武即位，故称长安为旧都。

〔14〕“朔方”二句：指唐将哥舒翰指挥的河陇、朔方二十万大军，在潼关被安禄山叛军大败的事。朔方，西汉时置郡，在今内蒙古。

〔15〕“窃闻”句：指天宝十五载（756）八月玄宗禅位于皇太子李亨。窃，表示恭谦的说法。

〔16〕“圣德”句：后汉光武帝时，匈奴分为南北两部，南匈奴单于遣使向汉朝称臣。这里指肃宗李亨即位后，回纥曾遣使表示友好，愿助唐平乱。单（chán）于，匈奴首领。

〔17〕花门：即花门山堡，在居延海北三百里，当时是回纥骑兵集结地。此借指回纥。　剺（lí）面：割面，匈奴风俗，表示哀痛或忠诚要割面流血。

〔18〕慎勿出口：当时投降安禄山的朝臣中，有人甘为叛军作耳目，侦伺唐朝皇宗成员以献叛军，所以诗人劝王孙不要随便说话。　狙（jū）：一种猕猴，善于暗中窥伺攫食。

〔19〕“五陵”句：意思说唐朝的气数还在，随时可能中兴。五陵，西汉时咸阳原有五陵：汉高祖长陵、惠帝安陵、景帝阳陵、武帝茂陵、昭帝平陵。唐玄宗以前唐代在长安正好也有五陵：唐高祖献陵、太宗昭陵、高宗乾陵、中宗定陵、睿宗桥陵。这里是指帝王家的宗统。佳气，祥瑞之气。

【译文】

长安城的城头落了一群白头乌鸦，夜间飞到延秋门上呱呱乱叫。又专拣大户人家的屋子啄食，为躲避胡兵屋内的达官决定逃跑。抽断了金鞭累死了九匹骏马，慌忙中骨肉至亲也不能相携同道。腰间还挂着缺口环珮和青色珊瑚，可怜的公子王孙在路边哭号。问他还不愿说出自己的姓名，只是说因困苦求为人奴不辞辛劳。已经藏身在荆棘中过了百日，肌肤浑身上下早已没有一处完好。汉高祖子孙的鼻梁大都高高隆起，龙种自有与常人不同的相貌。豺狼占据着京城而龙却在野，公子王孙保养好千金之躯最重要。不敢在大街上说这么多的话，暂且为了公子王孙在这里停停脚。昨夜一阵东风吹来浓烈的血腥味，东来的骆驼在旧都满地撒尿。北方的健儿生来就有好身手，过去何等骁勇如今怎么这样糟糕。听说天子已经禅让了尊贵的皇位，圣上恩德使得南单于臣服来朝。在花门割面求助一洗奇耻大辱，千万不要轻易说出让人暗中听到。可哀的王孙啊千万谨慎不要疏忽，五陵的葱郁之气无时不在腾绕。

卷五/五言律诗

经邹鲁祭孔子而叹之

唐玄宗

夫子何为者？栖栖一代中〔1〕。
地犹鄹氏邑〔2〕，宅即鲁王宫〔3〕。
叹凤嗟身否〔4〕，伤麟怨道穷〔5〕。
今看两楹奠，当与梦时同〔6〕。

【题解】

这首诗的作年有两种说法：一说是作于唐玄宗登基（712）之前，他作为睿宗的第三子，曾被封为临淄郡王，封地就在今山东境内。另一说是他当上皇帝后，于开元十三年（725）十一月东封泰山，曾到孔子故宅亲设祭奠。总之，从题目看，这是一首在曲阜祭孔的即景之作。

这首五律的警华绝异之处，就在题中的“叹”字。“祭孔子”而“叹之”，立意命笔，便自不同。诗中的“栖栖”、“两楹奠”，分别用了《论语》“丘何为是栖栖者欤？……疾固（痛恨现实）也”及《檀弓》孔子自言“梦坐奠于两楹之间……予殆将死也”的语意；叹凤、伤麟、鲁王坏宅，都是孔子生前或死后郁郁不得志的掌故。从而从恓遑不遇中，见出孔子毕生“知其不可为而为之”的理想信念与实践精神，句句是“叹”，更句句是颂。孔子被追谥为“文宣王”，正是在玄宗当政的开元二十七年。一诗、一谥，都可见出唐玄宗对孔子由衷而一贯的尊崇。

【注释】

〔1〕栖（xī）栖：忙碌不安的样子。

〔2〕鄹（zōu）氏邑：即鄹邑，春秋时鲁国的城邑，孔子之父叔梁纥曾任鄹邑大夫，孔子出生于此。

〔3〕鲁王宫：西汉时鲁恭王要拆毁孔子旧宅来扩建王宫，走到厅堂上忽然听到金石丝竹之音，就没敢继续下去。

〔4〕叹凤：《论语·子罕》载："子曰：凤鸟不至，河不出图，吾已矣夫！" 否（pǐ）：穷，不通。

〔5〕伤麟：春秋时，鲁哀公西狩（打猎）获麒麟，孔子叹曰："吾道穷矣。"他编的《春秋》也至获麟而中止。

〔6〕"今看"二句：《礼记·檀弓上》说：孔子曾对弟子子贡说："予畴昔之夜，梦坐奠于两楹之间。……予殆将死也！"两楹，殷制，人死后灵柩停在殿堂的两根楹柱之间。奠，致祭。

【译文】

夫子啊夫子，你究竟是为了什么原因？在你生活的时代里，始终奔走不停。你的故乡鄹邑，仍然生息着鄹氏子孙，你的旧宅，却一度被鲁恭王建宫兼并。凤鸟不来，你嗟叹坎坷的运命，麒麟被捉，你怨伤正道的难行。如今你端坐在两柱之间，接受祭品，这难道不就是你行将去世前的梦境。

望月怀远

张九龄

海上生明月，天涯共此时。
情人怨遥夜，竟夕起相思[1]。
灭烛怜光满[2]，披衣觉露滋。
不堪盈手赠[3]，还寝梦佳期。

【题解】

这是一首客旅中写成的诗，怀远指怀念远方的妻子。唐人诗题的“怀远”，常常是“怀内”的婉转说法。本诗抒写“情人”（有情之人）望月怀亲、在相思中度过“遥夜”、“竟夕”的情状，可以解释为诗人自况，也可以理解成对远方妻子此夜举止的悬想，恰恰表明了诗人与妻子情投意合、心念相通的深挚感情。

诗的上半四句两两运用了对仗，但平易如话，一气贯注，几乎使人以为这是首古体诗，这正是初唐律诗承祧六朝五言古风的一种特征。而这四句，将“望月怀远”的四字题面，从背景到内涵，都清晰地点明出来。下半四句加写了出屋复又回屋的情景，同样不离“望月”和“怀远”的主旨。其中第三联（颈联）格外细腻，对仗色彩浓厚。独于颈联加倍着力，这也是“古体化律诗”写作的常法。

【注释】

〔1〕竟夕：整夜。

〔2〕怜：爱。

〔3〕盈手：满手，捧的意思。

【译文】

一轮明月生起在海上，这一刻，天下的离人都在把它眺望。多情的我怨怅这长夜实在太长，整整一晚都在把你念想。我爱这皎洁的月夜，故意熄灭了蜡烛的光亮；披衣出户，才发现露水又重又凉。月光满把，我却不能捧着送向远方，且回到床上，在梦里迎接重逢的好时光。

杜少府之任蜀州

王　勃

城阙辅三秦〔1〕，风烟望五津〔2〕。

与君离别意，同是宦游人。

海内存知己，天涯若比邻〔3〕。
无为在歧路，儿女共沾巾。

【题解】

这是王勃送一位姓杜的县尉（少府，一说杜少府即杜审言，曾在蜀川任职）从长安前往四川赴任的赠别诗。起首两句，“城阙辅三秦”，是送别之地，三秦辽阔的原野山峦，拱卫着长安京城壮丽的城垣、宫阙；“风烟望五津”，是在城楼上遥望杜少府宦游的目的地蜀州，而为茫茫的风烟所隔。别绪迷渺，但却心宇浩茫，这就为全诗定下了“壮行”的基调。一秦一蜀，劳燕分飞，“同是宦游人”，自不免微露伤感。然而“海内存知己，天涯若比邻”，十字慷慨发挥，顿时化惜别为奋励，改无奈作有为，意气高华，不愧为千古名句。这一联本意为流水对，却又可读作并列的两句，两种读法有慰勉和共勉的不同效果，颇可玩味。后半四句，从曹植《赠白马王彪》“丈夫志四海，万里犹比邻”、“忧思成疾疢，无乃儿女仁”化出，不过曹植诗是故作达语而愈见离情之苦，本诗则是拈出伟词而一洗悲酸之态。初唐诗歌的气骨、兴象，在这首作品中得到了淋漓的体现。

【注释】

〔1〕城阙：指长安城。　三秦：秦汉之际，项羽灭秦后，将秦国故地分为雍、塞、翟三国，分别封给章邯、司马欣和董翳，称为三秦，在今陕西一带。

〔2〕风烟：风景。　五津：五个渡口，指四川岷江从湔堰到犍为的白华津、万里津、江首津、涉头津、江南津。

〔3〕比邻：近邻。

【译文】

在秦陕原野拱卫的长安城楼上，迷茫中我仿佛望见蜀川遥远的景象。此时我同你之所以沉浸于离别的惆怅，正因我们都求宦做官，奔波在他乡。四海虽广，只要有知音保持交往，哪怕天涯远隔，也如同近邻相处一样。可不要在临别分手的路旁，像那些软弱的青年男女，只一味眼泪汪汪。

在狱咏蝉 并序

骆宾王

余禁所禁垣西[1]，是法厅事也[2]，有古槐数株焉。虽生意可知，同殷仲文之古树[3]；而听讼斯在，即周召伯之甘棠[4]。每至夕照低阴，秋蝉疏引[5]，发声幽息[6]，有切尝闻[7]；岂人心异于曩时[8]，将虫响悲于前听[9]？嗟乎！声以动容，德以象贤。故洁其身也[10]，禀君子达人之高行[11]；蜕其皮也[12]，有仙都羽化之灵姿。候时而来，顺阴阳之数；应节为变，审藏用之机[13]。有目斯开[14]，不以道昏而昧其视；有翼自薄，不以俗厚而易其真。吟乔树之微风[15]，韵资天纵；饮高秋之坠露，清畏人知[16]。仆失路艰虞[17]，遭时徽纆[18]。不哀伤而自怨，未摇落而先衰。闻蟪蛄之流声[19]，悟平反之已奏；见螳螂之抱影[20]，怯危机之未安。感而缀诗[21]，贻诸知己[22]。庶情沿物应[23]，哀弱羽之飘零[24]；道寄人知，悯余声之寂寞。非谓文墨，取代幽忧云尔[25]。

西陆蝉声唱[26]，南冠客思深[27]。
那堪玄鬓影[28]，来对白头吟[29]。
露重飞难进，风多响易沉。

无人信高洁，谁为表予心？

【题解】

唐高宗调露元年（679），骆宾王因屡次上书讽谏，遭受诬陷，以“贪赃”的罪名被投入监牢。他在狱中听到蝉鸣，有感而作此诗。蝉踞于高枝，餐风吸露，被古人视为高洁的象征，所以诗人借以诉怀。

诗写秋蝉高唱，激起了诗人的感慨和悲伤。但露重风高，不得自由飞鸣，自己也像秋蝉那样，高洁不能为人所知。全篇咏物与寄慨打成一片，八句中有六句用影射手法，意含双关。“不堪玄鬓影，来对白头吟”十字，组成流水对，既有见秋蝉玄鬓而自伤老大之意，又取《白头吟》“清正芬芳，而遭铄金玷玉之谤”（《乐府古题要解》）的本旨以喻鸣冤。这种对律句工警的刻意追求，反映了初唐时近体诗的脱颖与成熟。

【注释】

〔1〕禁所：囚所。　垣：矮墙。

〔2〕法厅事：又作“法曹厅事”，原指政府办公的地方，这里指庭院中。

〔3〕“虽生意”二句：据《世说新语》载，东晋时殷仲文见大司马桓温府中的老槐树，叹息说：“此树婆娑，无复生意。”生意，树木的生机。

〔4〕“而听讼”二句：传说周代召伯在民间处理诉讼而不劳烦百姓，就在甘棠（即棠梨）树下断案，后人便互相提醒不要损伤此树。召伯，周代燕国的始祖，名奭，因封邑在召（今陕西岐山西南）而得名。

〔5〕疏引：导唱。

〔6〕幽息：气息轻幽。

〔7〕有切尝闻：意思是说蝉唱的音调凄切，超过以往曾经听到过的声音。

〔8〕曩（nǎng）时：以前的时候。

〔9〕将：抑或，表选择的副词。

〔10〕洁其身：古人认为蝉餐风饮露，秉性高洁。

〔11〕达人：通达知命的人。

〔12〕蜕其皮：蝉在生长过程中要不断蜕皮，道家把蜕质视作是解脱，可羽化升仙。

〔13〕藏用：士人的退隐和出仕。《论语·述而》:“用之则行，舍之则藏。”

〔14〕斯：则，就。

〔15〕乔树：高枝。

〔16〕清畏人知：怕别人知道自己的清忠。《晋书·胡威传》载晋武帝器重荆州刺史胡质的清忠，问其子胡威：你与你的父亲谁更清忠？胡威说:“臣不如也。臣父清恐人知，臣清恐人不知。”

〔17〕仆：古人自称的谦辞。　艰虞：艰难忧患。

〔18〕徽纆：捆绑罪犯的绳索。这里是被囚禁的意思。

〔19〕蟪蛄：指寒蝉。

〔20〕螳螂之抱影：据《说苑·正谏》，蝉在高枝饮露悲鸣，螳螂则委身曲附，准备对蝉进行袭击捕食。

〔21〕缀诗：写成诗。

〔22〕贻：赠给。　诸：之于。

〔23〕庶：希冀之词，大概可以。

〔24〕弱羽：指蝉。

〔25〕云尔：语末助词，好比说“如此而已”。

〔26〕西陆：指秋天。《隋书·天文志》:“日循黄道东行，行西陆谓之秋。”

〔27〕南冠：指囚徒。南冠原是楚人的帽子名，又称楚冠。《左传·成公九年》:“晋侯亲于军府，见钟仪，问之曰:‘南冠而縶者谁也?’有司对曰:‘郑人所献楚囚也。’”后来便以南冠代指囚徒。

〔28〕玄鬓：蝉的黑色翅翼。

〔29〕白头吟：乐府曲名。汉刘歆《西京杂记》说，司马相如打算娶茂陵人的女儿为妾，卓文君便作《白头吟》以自绝，相如乃止。后人作此曲，大都表达哀怨的感情。

【译文】

秋天里，传来了知了的嘶鸣，勾动了我这囚徒思乡的深情。怎受得了知了——它的翅翼如美人的青鬓——对着我这白发之人，唱起诉怨的歌声。露水浓重，它难以随意地飞行，秋风强劲，它的悲诉总归于埋沉。没人相信我像它一样地高洁清正，又有谁为我表白无瑕的内心。

和晋陵陆丞早春游望

杜审言

独有宦游人[1]，偏惊物候新[2]。
云霞出海曙[3]，梅柳渡江春。
淑气催黄鸟，晴光转绿苹。
忽闻歌古调[4]，归思欲沾巾。

【题解】

垂拱四年（689），诗人任职江阴（今属江苏），此诗作于此后一两年的春间。邻县晋陵（今江苏常州）有位姓陆的县尉写了首《早春游望》，引起了诗人的共鸣，于是写了这首和作。

起联“独有宦游人，偏惊物候新”，是全诗的机括，它既是对陆丞原唱的概括评价，也掺入了诗人自身“早春游望”的切身感受。中间四句“出”、“渡”、“催”、“转”的句眼，状写出物候之新，也即扣现出“早春”之“早”。这四句写的是眼前游望所见，实质上处处在以中原家乡的物候景色为比照，暗传出思乡之情。江南的春光越是旖旎，对宦游人来说越是残酷，“归思欲沾巾”，揭出了倡和双方的共同主旨。全作景中融情，意在言外，被后人推为“初唐五律第一”。

【注释】

〔1〕宦游人：在外做官的人。

〔2〕物候：景物，风物。大自然的景物会随着节候变化而变化，所以称“物候”。

〔3〕海曙：海边的晓色。海，古人亦以浩阔的江面为海。

〔4〕古调：古代的曲调，这里是指陆丞的原作。称友人的诗为“古调”，带有推崇的意思。

【译文】

也许这是出外做官的独特习惯，对景物和节候的变化格外敏感。大江上曙光从云霞间骤然探现，梅柳间春色自江南向江北渡延。和暖的气候催动黄莺声声鸣啭，阳光在水苹的绿叶上晃动眩闪。忽然间听到你《早春游望》的华篇，归心涌动，衣巾被我的泪水沾满。

杂　诗

沈佺期

闻道黄龙戍〔1〕，频年不解兵〔2〕。
可怜闺里月，长在汉家营。
少妇今春意，良人昨夜情〔3〕。
谁能将旗鼓〔4〕，一为取龙城。

【题解】

汉魏六朝文人诗常以“杂诗”标题，意谓随感而发，难以定类。《文选》选诗，在“咏史”、“游仙”等门别之外，亦专设“杂诗”一类。初唐诗继武六朝，沈佺期作《杂诗三首》，本诗为其中之一，就多少含有乐府诗的意味。

全诗代思妇设想，由“黄龙戍”的敏感地名，揭示了思念征人的主旨。中间的两联对仗尤其佳妙：先以明月系联闺阁和军营，绾结住暌隔的空间；复以思梦系联“今春”与“昨夜”，补缀起今昔的时光。在不露声色地叙出思妇与征人的绵绵深情后，推出双方共同的心愿：“一为取龙城”，使读者便有人同此心之感。全诗圆融婉转，尤其是中间两联俱用流水对，更增强了这一效果。

【注释】

〔1〕黄龙：即龙城，又称龙庭，汉代匈奴每年五月在此举行祭祀祖先、天地、鬼神的大典，在今蒙古国鄂尔浑河境。一说在今内蒙古锡林郭

勒盟境。　戍：边防要塞的城堡。

〔2〕解兵：休战。

〔3〕良人：古时妇女对丈夫的称呼。

〔4〕将：持，拿。

【译文】

听说北地前沿上驻守的边关，接连好多年战事不断。可怜闺中人所凝注深情的月亮，总是在王师的兵营上方高悬。少妇此时的所思所念，正是丈夫昔日分手一幕的再现。谁能持带军旗战鼓一往直前，一举攻克敌人最后的据点。

题大庾岭北驿

宋之问

阳月南飞雁〔1〕，传闻至此回。
我行殊未已〔2〕，何日复归来。
江静潮初落，林昏瘴不开〔3〕。
明朝望乡处，应见陇头梅〔4〕。

【题解】

大庾岭，为“五岭”之一，在今江西大余南、广东雄县之北。驿，为古代供邮传与过往官员旅宿的处所。神龙元年（705）张柬之等杀武则天宠臣张易之、张昌宗，拥立太子李显为中宗，武则天被迫退位。宋之问因谄事张易之而遭流放泷州（今广东罗定），诗即过大庾岭时所作。

古人视大庾岭为南北分界，因传北雁至此不再南行，又传岭上梅花南枝落北枝开。本诗即以雁、梅体现地域特征，且皆为虚写：雁为“传闻”，带出人不如雁能北回的嗟伤；梅为揣想，反照江静林昏瘴不开的悲凉。按宋之问南赴贬所，有《途中寒食（三月初三）题黄梅（今湖北黄梅）临江驿》诗，可以推知其过大庾岭时尚未至“阳月”。本篇中实景、虚想交错，凄婉悲凉，真实地反映了诗人贬谪南荒哀肠百转、愁感丛集的心情。

【注释】

〔1〕阳月：农历十月称阳月。

〔2〕已：止，尽。

〔3〕瘴：瘴疠之气。南方山林间湿热，人易生病，当时人就认为是瘴疠之气所致。

〔4〕陇头梅：据《荆州记》载，陆凯和范晔关系很好，一次，陆凯从江南寄了一枝梅花到长安给范晔，并且赠诗一首说：“折梅逢驿使，寄与陇头人。江南无所有，聊赠一枝春。”陇，通“垄”，高地。

【译文】

夏历十月南飞过冬的大雁，相传到这里就回头不再向前。我流放的行程还有很远很远，要是能再回来，不知要等到哪天。静寂的江上潮水刚刚退完，林木昏暗，瘴气结聚不散。明天当我回首把故乡眺念，这里寄托相思的梅花，定会在眼前浮现。

次北固山下

王　湾

客路青山外，行舟绿水前。
潮平两岸阔，风正一帆悬〔1〕。
海日生残夜〔2〕，江春入旧年〔3〕。
乡书何处达，归雁洛阳边〔4〕。

【题解】

北固山，在今江苏镇江，俯临长江。次，停泊之意。王湾是洛阳人，于玄宗先天元年（712）中进士，在此之前曾长期客游吴楚，所以这首诗可能是他早年的作品。

诗中“潮平”一联是妙语，写出了北固山下长江的开阔，以浩茫的江景托现浩茫的心宇。“海日”一联更是妙语，写出了客中游子对时序格外敏感的心态，将题面中的“次”字表现得神完意足。殷璠《河岳英灵集》收评本诗时指出：“‘海日生残夜，江春入旧年’，诗人已来，少有此句。”可见唐人对此就有极高的评价。其实，唐诗人在运用常用的对仗字时，往往有意扩大双方意象的距离（如本诗中的“日”与“夜”、“春”与“年”，并不全取其代表时间的本义），这正是不少妙联成功的法门。

【注释】

〔1〕风正：风顺。

〔2〕海日：古人称大江也叫海。这里的“海日”，其实是指长江在镇江一段的日出。

〔3〕“江春”句：意思是江上的春天来得早，旧年还没尽，就已经有春意了。因为立春节气大都在农历前一年的年底。

〔4〕归雁：大雁每年定时南飞北往，人们就以帛系雁足来传送书信。这里的归雁，即指用雁传送书信。

【译文】

一路远航，临近了青翠的北固山，客船行驶在长江的碧流间。潮水满涨，更显得两岸阔远，江风顺足，孤帆仿佛在天水间飘悬。残夜未尽，海上的朝阳已经跃现，岁前立春，在江南的感觉特别明显。怎样才能寄送我给北方家里的信件，拜托了，那返回故乡洛阳的大雁。

题破山寺后禅院

常 建

清晨入古寺，初日照高林。
曲径通幽处，禅房花木深〔1〕。

山光悦鸟性，潭影空人心。
万籁此俱寂，惟余钟磬音[2]。

【题解】

破山寺，即兴福禅寺，在今江苏常熟城内虞山北麓，因虞山又名破山而称。后禅院，是寺内的一组建筑，为寺僧居住之处。

诗题“后禅院”，诗人却从“入古寺”写起，一路迤逦行来，细细纵赏，及至目的地前，便戛然而止，使“后禅院”在若有若无之间。全篇掇拾种种清景美物，层层累积，直至诗末结处却惟闻佛音，使万象皆化作禅意。这一切，就使全诗带上了安谧空灵的韵味，让读者不仅分享了诗人所观赏到的寺景，同时也领会了诗人所获得的审美愉悦。尤其是“曲径通幽处，禅房花木深”两句，是神遇之境，又是化工之笔，这种自然到十分、又妙融到极致的句子，可以说是诗笔中的上乘。

【注释】

〔1〕禅房：僧人念经的房间。
〔2〕磬（qìng）：寺庙中的铜乐器。

【译文】

清晨我进入古老的破山寺院，旭日初升，在高高的树林上耀现。曲曲弯弯的小路通向窈深的地点，寺中经堂边花木繁茂一片。明媚的山光令鸟儿任情腾欢，潭中水影涤除了人心的杂念。天地间群响止息，一派安恬，只有钟磬的余音，传得悠悠远远。

寄左省杜拾遗

岑　参

联步趋丹陛[1]，分曹限紫微[2]。

晓随天仗入，暮惹御香归。
白发悲花落，青云羡鸟飞。
圣朝无阙事[3]，自觉谏书稀。

【题解】

左省，指唐代的门下省，因在禁中之左故称。杜拾遗，即杜甫，时任门下省左拾遗（谏官官职名）。本诗作于唐肃宗乾元元年（758），当时岑参担任中书省右补阙，补阙也属于谏官。中书省居殿庑之右，习称右省，两人分左右同行上朝，所以诗中有“联步趋丹陛，分曹限紫微”之句。

唐诗体类有“朝省诗”，以铺叙宫廷礼仪气象为内容，要求措辞富丽，对仗精工，且用得体的颂德字面。本诗不失此等堂庑，显示了岑参诗作雍容潇洒的个人风格。而尤可注意的是诗人在第三联打破了典雅铺扬的常规，借机自嗟年华老大及不入时宜，这就不仅抒现了真实性情，也使尾联的应景颂圣，带上了隐含微词的双关意味。

【注释】

〔1〕趋：小步走叫趋，表示恭谨。　丹陛：用红漆漆过的石阶。

〔2〕分曹：官署分部办公。　限：界限，阻隔。　紫微：本指天上的星座。唐开元元年改中书省为紫微省，总管全国政务。

〔3〕阙事：指朝政的过失。阙，通“缺”。

【译文】

上殿时我同你并肩前往，你我的官署，分列在中书省两旁。清晨入朝，随着皇家的仪仗，黄昏回家，沾着宫廷的炉香。白发人见落花更觉悲伤，青云上羡鸟儿尽兴翱翔。圣明的朝代没有什么处置失当，自然很少有臣下谏劝补失的奏章。

赠孟浩然

李　白

吾爱孟夫子〔1〕，风流天下闻〔2〕。
红颜弃轩冕〔3〕，白首卧松云。
醉月频中圣〔4〕，迷花不事君〔5〕。
高山安可仰〔6〕，徒此揖清芬〔7〕。

【题解】

这首赠作富有诗意地表现了作者的好友、诗人孟浩然高洁不群的高雅气度和傲岸精神，同时也有李白自况的成分。孟浩然于开元二十三年（735）自长安归襄阳，开元二十八年去世，本篇是李白于孟浩然归襄阳后所作。

【注释】

〔1〕夫子：古代对男子的敬称。

〔2〕风流：指能诗善饮、潇洒倜傥的生活方式。

〔3〕轩冕：轩，华美的车子；冕，高级官员之帽。后以轩冕为高官的代称。

〔4〕中圣：古时嗜酒之人将清酒叫圣人，浊酒叫贤人。中圣就是中酒（喝醉了）的隐语。

〔5〕迷花：迷恋花卉，指过隐居生活。

〔6〕“高山”句：《诗经·小雅·车舝》：“高山仰止，景行行止。”这里以高山比喻孟浩然的高尚品格。

〔7〕揖：表示崇敬。　清芬：高洁的品格。

【译文】

我喜爱你，孟浩然孟先生，你风流的举止早已天下闻名。少年时你就放弃了仕进，到老了便安详地退隐山林。月下饮酒，多次酣醉醺醺，迷恋赏花，不去服务朝廷。你像高山，我怎能仰见山顶，惟有在此向你的高风清韵致敬。

渡荆门送别

李　白

渡远荆门外，来从楚国游[1]。
山随平野尽，江入大荒流[2]。
月下飞天镜，云生结海楼[3]。
仍怜故乡水[4]，万里送行舟。

【题解】

诗作于玄宗开元十四年（726），当时李白二十六岁。诗歌表现了青年诗人飞扬的气势和横溢的才情。“山随平野尽，江入大荒流”，与杜甫“星垂平野阔，月涌大江流”（见本卷《旅夜书怀》）相近，而李诗超脱豪逸，一气呵下，与杜诗的深沉锤炼有别，诚所谓“太白诗佳处在不着纸，少陵诗佳处在力透纸背”（《北江诗话》）。荆门，山名，在湖北宜都西北长江南岸，与北岸虎牙山相对，形势险要。

【注释】

〔1〕楚国：今湖北一带地方，春秋战国时属楚国。

〔2〕大荒：广阔无际的原野。

〔3〕海楼：即海市蜃楼，这里以此形容江上云彩的变幻。

〔4〕“仍怜”句：长江自蜀东流，李白是蜀地人，故称之为故乡水。怜，爱。

【译文】

我远出荆门山外，渡过大江，从此游历在古代楚国的地方。随着平原的出现，山影一扫而光，长江涌入大野而尽情奔淌。月影落水，仿佛是天镜从空飞降，云朵生起，结成了海市蜃楼的景象。我始终珍爱来自故乡的江水泱泱，它奔流万里，一直伴送在我的船旁。

送友人

李 白

青山横北郭〔1〕，白水绕东城。
此地一为别〔2〕，孤蓬万里征〔3〕。
浮云游子意，落日故人情。
挥手自兹去，萧萧班马鸣〔4〕。

【题解】

本诗大约是李白在安徽宣城时所作，被送友人不详。此诗语言流畅而情意蕴藉，青山、白水、浮云、落日、孤蓬、嘶马，烘托出“故人”送别“游子”的悲凉氛围。颈联借景抒意，不事雕凿，而自成大家手笔。读完掩卷，余味无穷。

【注释】

〔1〕北郭：指城的北郊。古代内城叫城，外城叫郭，合称城郭。

〔2〕一：加强语气的助词。　为别：作别。

〔3〕孤蓬：蓬草，一名飞蓬，常随风飘转。这里用来比喻远行的友人。

〔4〕“萧萧”句：是说自己与友人分手时，双方的马似乎也不忍离别而引颈长鸣。萧萧，马嘶声。班马，离群之马。庾信《哀江南赋》:“失群班马，迷轮乱辙。”

【译文】

一道青山，横亘在小城的北首，城东是清澄的河水，蜿蜒淌流。在这里我们一旦分手，你就像孤蓬那样，去开始万里浪游。浮云无定，是游子免不了的念头，落日苍茫，代表了故人的挽留。你挥手作别，就此远走，只传来失伴马儿咻咻的嘶吼。

听蜀僧濬弹琴

李　白

蜀僧抱绿绮〔1〕，西下峨嵋峰〔2〕。
为我一挥手〔3〕，如听万壑松〔4〕。
客心洗流水〔5〕，余响入霜钟。
不觉碧山暮，秋云暗几重。

【题解】

蜀僧濬，即法名为“濬”的四川和尚。李白另有《赠宣州灵源寺仲濬公》，称道寺僧仲濬“风韵逸江左，文章动海隅。观心同水月，解领得明珠”，两者很可能是同一人。

全诗从僧濬抱琴飘然而来，到琴声奏响，再到引发的心理效果，再到琴终的袅袅余音，一气直下，如行云流水，令人身临其境。诗中正面叙述弹琴曲声的，只有“如听万壑松”一句，其余都是遗象存神，以其作为李白听琴的心神契合，来代为僧濬的演奏传真。而读者欣赏李白这首诗作，感受正与李白听琴相同：一样的音节铿锵，一样的气韵飞动；一样的澄怀涤胸，一样的余味隽永。全诗诚所谓“累累如贯珠，泠泠如叩玉”（清高宗《唐宋诗醇》），表现了李白五律夭矫天纵、清新明快、一气流走而韵远味永的风格特色。

【注释】

〔1〕绿绮：古琴名。晋傅玄《琴赋序》说：“司马相如有绿绮，蔡邕有燋尾，皆名琴也。”

〔2〕峨嵋：即峨眉山，在今四川峨眉山市西南，是我国佛教四大名山

之一。

〔3〕挥手：指弹琴。

〔4〕万壑松：千山万壑的松涛声。古琴曲有《风入松》。

〔5〕流水：相传春秋时钟子期能听出伯牙琴声中的曲意，时而志在高山，时而志在流水，伯牙乃视钟子期为“知音”。古琴曲有《流水》。

【译文】

蜀僧仲濬将名贵的古琴怀带，离了高高的峨眉山向东行来。他为我拨动琴弦，手法自在，顿时像万山中松涛澎湃。淙淙的曲声澄涤了客中的情怀，悠悠的余音在晚钟声里漾开。不知不觉间青山已被暮色遮盖，望秋空又增深了几道昏霭。

夜泊牛渚怀古

李　白

牛渚西江夜〔1〕，青天无片云。
登舟望秋月，空忆谢将军〔2〕。
余亦能高咏〔3〕，斯人不可闻。
明朝挂帆去，枫叶落纷纷。

【题解】

牛渚，山名，在今安徽当涂西北二十里长江畔，其北麓突入江中，名采石矶，又名牛渚矶。诗人于诗题下自注：“此地即谢尚闻袁宏咏史处。”据《晋书·袁宏传》载：东晋袁宏有逸才，曾作咏史诗多首以寄情，然家贫，在江上以运租为生。当时镇西将军谢尚镇守牛渚，秋夜泛舟江上赏月，闻袁宏在运租船上诵所作咏史诗，大为赞赏，即邀袁过舟倾谈直至天明。后来谢尚为安西将军、豫州刺史，便引袁宏参其军事，袁宏于是名声大振，官至吏部侍郎、东阳太守，著有《三国名臣颂》、《东征赋》等，为世所称。此诗借史事抒发怀才不遇的感慨。格律上脱去町畦，不重对句（颈联“能高咏”、“不可闻”半句作对，隐现律诗本色），更有行云流水、天马脱羁之感。

【注释】

〔1〕西江：今南京以西至江西省境的一段长江，古称西江。

〔2〕谢将军：指东晋镇西将军谢尚。

〔3〕高咏：意为吟得高妙的诗句。

【译文】

抵达牛渚、泊舟长江的这个晚上，青色的天宇万里无云，一派清朗。我登上船头，眺望秋空的月亮，徒然想念在此赏拔袁宏的将军谢尚。我也像袁宏那样满腹文章，可像谢尚般的知音现今已绝无影响。我惟有明早开船离去，继续流浪，任枫叶在深秋中坠落，纷纷扬扬。

春　望

杜　甫

国破山河在〔1〕，城春草木深〔2〕。
感时花溅泪，恨别鸟惊心。
烽火连三月〔3〕，家书抵万金。
白头搔更短，浑欲不胜簪〔4〕。

【题解】

这首诗作于唐肃宗至德二载（757）三月。其时杜甫已被安史叛军所俘，困居长安。春日登临远望，触景生情，有感于山河依旧、物是人非的现状，赋诗抒发了乱离中忧念时事的感触，警句迭出。前四句描写“望”中所见与所感间的巨大反差，意在“感时”。

后四句抒写“望”后之叹，重在“恨别”。先国后己，显示了诗人一贯心系天下、忧国忧民的博大胸怀。

【注释】

〔1〕国破：指唐都长安被叛军占领。国，都城。

〔2〕草木深：暗示长安城中人迹稀少，杂草丛生。

〔3〕三月：指至德二载（757）的正月、二月、三月，即春季三个月。

〔4〕不胜簪：插不住头簪。古代男子成年束发，簪是头顶束发的饰具。

【译文】

都城沦陷，山河还是旧时的模样，春到长安，草木在荒乱中丛生自长。时事艰危，春花也使人流泪感伤，妻离子散，鸟声也令人心旌震荡。九十天的春光里始终战火纷攘，这时候一封家书，顶得过白银万两。搔首踟蹰，白发更加短少于往常，简直连发簪也几乎安插不上。

月　夜

杜　甫

今夜鄜州月〔1〕，闺中只独看〔2〕。
遥怜小儿女，未解忆长安。
香雾云鬟湿〔3〕，清辉玉臂寒。
何时倚虚幌〔4〕，双照泪痕干。

【题解】

天宝十五载（756）五月，杜甫从奉先移家潼关以北的白水。六月，潼关失守，玄宗奔蜀，杜甫携眷北行，至鄜州（今陕西富县）暂住。七月，唐肃宗李亨在灵武（在今宁夏回族自治区）即位，改元至德，杜甫只身投效，途中被安史叛军掳至长安。此诗即八月写于沦陷中的长安。这首诗表达了诗人对远在他乡的妻子儿女的深深怀念，同时也从侧面反映了战乱给广大百姓带来的妻离子散的痛苦。诗中的感触、摹想，无不带有“月夜”特有的凄清的况味。

【注释】

〔1〕鄜州：地名，今陕西富县。

〔2〕看（kān）：守护，看护。

〔3〕云鬟：古代妇女环形如云状的髻。

〔4〕虚幌（huǎng）：薄而透明的帷幔。虚，透明的样子。

【译文】

今夜高挂在鄜州天空的月轮，只有妻子她独自在守对伤神。可怜我的孩子们稚嫩天真，还不懂得怀念远在长安的父亲。沾香的夜雾打湿了妻子的云鬟，洁白的双臂在月光下更觉冰冷。哪一天才能在透薄的帐边并肩倚定，让夜月同照着你我拭干的泪痕。

春宿左省

杜　甫

花隐掖垣暮〔1〕，啾啾栖鸟过〔2〕。
星临万户动，月傍九霄多。
不寝听金钥〔3〕，因风想玉珂〔4〕。
明朝有封事〔5〕，数问夜如何〔6〕。

【题解】

本诗是杜甫于肃宗乾元元年（758）春在京都长安所写，表现了诗人忠勤为国的尽职精神。前半四句写景清美奇警，形象地衬托出诗人“春宿左省”的“不寝”。末句用《诗经》语，扣合杜甫的官员身分。宿，值夜。左省，即门下省。诗人当时任左拾遗，属门下省。宣政殿前有两庑，门下省居殿庑之左，所以又称为“左省”或“左掖”。

【注释】

〔1〕掖垣（yè yuán）：皇宫的旁垣。这里指左掖（门下省）的矮墙，借指诗人值夜的所在地。

〔2〕啾（jiū）啾：象声词，小鸟齐鸣的声音。

〔3〕金钥：金锁。

〔4〕玉珂：马络头上贝壳、玉石所制的装饰物。此指马铃。

〔5〕封事：密封的奏疏。古时臣下上书奏事，防有泄漏，用袋封缄，称为“封事”。左拾遗掌供奉讽谏，大事廷诤，小事上封事。

〔6〕数（shuò）：多次。　夜如何：语本《诗经·小雅·庭燎》:“夜如何其？夜未央。”

【译文】

官署前的花影在暮夜中隐没，栖鸟的喳喳声不时把静寂打破。宫中的千门万户随着星光闪烁，禁城群殿沐受的月色最满最多。我不敢安睡，谛听着等候朝门启锁，风声令我联想起上朝车马的阵阵铃铎。明早有重要书奏要上达帝所，我多次惊问:“这夜过去了么？”

至德二载甫自京金光门出间道归凤翔乾元初从左拾遗移华州掾与亲故别因出此门有悲往事

杜　甫

此道昔归顺，西郊胡正繁〔1〕。

至今犹破胆，应有未招魂〔2〕。

近侍归京邑[3]，移官岂至尊[4]？
无才日衰老，驻马望千门[5]。

【题解】

金光门，为长安外城的西门。本篇诗题犹如小序，叙述了与金光门有关的两件事实：至德二载（757）四月，杜甫从金光门潜出长安，冒死逃离了安史叛军的魔掌，千辛万苦前往凤翔投奔唐肃宗，被授左拾遗的官职。同年十月长安光复，肃宗回京，次年改元乾元。然而就在乾元元年（758）六月，杜甫因直言进谏，贬为华州司功参军，不得已告别亲友，再度从金光门离开长安。

全诗为此而作，于“悲往事”着手，一笔带过此番的“移官”。但末句“驻马望千门”的留恋和怨望，却暗示出诗人写此诗实为有感于报国无门，“有悲”的是今事而非“往事”。言于此而意在彼，这就是古人所说的“浅深虚实之法”。

【注释】

〔1〕胡：指以胡兵为主体的安禄山叛军。

〔2〕未招魂：指野魂。古代人死后，家人举行招魂仪式，祈求亡魂的安定。

〔3〕近侍：接近天子的侍层，指拜左拾遗。

〔4〕移官：指杜甫被贬官为华州司功参军。　至尊：天子，指唐肃宗。

〔5〕千门：宫中的千门万户，此代指皇宫。

【译文】

当年我投奔朝廷，曾经路过这里，那时西郊的叛军，多得不可胜计。回想脱险的一幕，至今还心有余悸，战火中又有多少冤魂命丧野地。回到长安，我有幸就近为肃宗效力，这回调职，难道真是皇上的本意。我虽才能浅疏，老境又一天天进逼，却仍然回望宫门，勒住马不忍远去。

月夜忆舍弟

杜 甫

戍鼓断人行〔1〕，边秋一雁声。
露从今夜白〔2〕，月是故乡明。
有弟皆分散，无家问死生。
寄书长不达，况乃未休兵！

【题解】

舍弟，对自己弟弟的谦称。本诗作于唐肃宗乾元二年（759）秋白露节。当时杜甫与五弟杜占寄寓秦州，二弟杜颖、三弟杜观、四弟杜丰散处河南、山东等地。时值战事频仍，史思明引兵南下，攻陷汴州，西进洛阳，河南、山东处于战乱之中，引起杜甫对众多兄弟生死安危的强烈忧虑和思念。全诗前半侧重写景，后半侧重抒情，情景交融，结构严谨，首尾呼应。中间两联，用语平易而意味新警，“白露从今夜，明月是故乡”，将“露”“月”前提、“白”“明”殿后，倒装的句式顿收奇崛之效。

【注释】

〔1〕戍鼓：戍楼上的更鼓。　断人行：禁止行人走动。这里指战乱期间，实行宵禁。

〔2〕“露从”句：意谓此夜是白露。白露，二十四节气之一，阳历每年九月八日前后开始。《月令七十二候集解》：“八月节……阴气渐重，露凝而白也。”

【译文】

戍楼上的更鼓将人踪阻断，秋夜的边境上，孤雁的叫声凄然。今宵是白露节，露水从此更寒，头上的明月，哪比得上故乡的灿烂。我虽有众多兄弟，全都萍飘星散，天涯无家，亲人的下落没法打探。

寄送的书信总是到不了手边，何况战事未息，还是烽火连天。

天末怀李白

杜　甫

凉风起天末，君子意如何？
鸿雁几时到[1]？江湖秋水多！
文章憎命达[2]，魑魅喜人过[3]。
应共冤魂语[4]，投诗赠汨罗[5]。

【题解】

乾元元年（758）李白因坐永王李璘事而流放夜郎（今贵州正安西北），次年二月李白行至巫山遇赦放还，游湖南。杜甫其时流寓秦州（今甘肃天水），但知李白被罪而尚不知已赦回，因写了这首诗，对李白表示了深深的怀念和同情。天末为天边之意。秦州地处西北边陲，所以说天末。

【注释】

〔1〕鸿雁：古有雁足传书之说，这里喻指捎信人。

〔2〕命达：命运通达、显贵。达，畅通，显贵。

〔3〕“魑魅（chī mèi）”句：对于这句的理解，意见不一。仇兆鳌认为：“山鬼择人而食，故喜人过。”这里的“过”，作“经过”讲，全句提醒李白在途经山鬼处时要多加提防，不要被其吃掉。《杜臆》则认为：“四裔魑魅之乡，名人斥谪至此，则千载借光，‘魑魅喜人过’也。”这里的“过”作“到来”讲。而“过”又有“过失”之意，“命达”对“人过”，可采此解。

〔4〕冤魂：指屈原，战国时楚国的贤臣，伟大的爱国诗人。因被谗见放，自沉汨罗而死，故称“冤魂”。

〔5〕汨（mì）罗：汨罗江，在今湖南湘阴东北。传说屈原即投此水自沉。

【译文】

西风吹起在荒远的天涯，不知你近来有什么想法。鸿雁何时能给你捎去我的书札，江湖秋水茫茫，更难以安然抵达。文章才华，从来得不到命运的青睐相加，山精水鬼，最喜欢正人遭受谪罚。想来你途中当和屈原的冤魂对话，把诗篇投送到汨罗江下。

奉济驿重送严公四韵

杜　甫

远送从此别，青山空复情。
几时杯重把？昨夜月同行〔1〕。
列郡讴歌惜〔2〕，三朝出入荣〔3〕。
江村独归处〔4〕，寂寞养残生。

【题解】

这首送别诗写于代宗宝应元年（762）六月。严公，即严武，曾两度为剑南节度使。四韵，律诗的八句。杜甫在蜀地时，生活上受到严武的多方关照，因此对严武十分感激。严武应召入京，杜甫从成都伴送到三百里的绵州，又从绵州相送到三十里外的奉济驿，本诗即深切地表现了“送君千里，终须一别”的分手之情。之前杜甫《奉送严公入朝》有句云：“此生那老蜀，不死会归秦。公若登台辅，临危莫爱身。”其前两句为自叙。本诗三、四联亦是如此，两句写严武，两句写自己，显示出诗人心目中两人知交之深。

【注释】

〔1〕“几时”二句：用倒装法，把今日一别，后会难期的离情曲折地表现了出来，收到平中见奇的效果。仇兆鳌说：“语用倒挽，方见曲折。若提昨夜句在前，便直而少致矣。”（《杜诗详注》）杯重把，即重把杯，指再相见，再在一起饮酒叙谈。月同行，指在月下一同漫步谈心。

〔2〕列郡：指东、西两川各郡。

〔3〕出：指出守外郡（地方官吏）。 入：指入处朝廷（中央官员）。荣：荣居高位。

〔4〕江村：指成都西郊的浣花溪草堂。

【译文】

送君千里，终须从此各登前途，青山啊枉自寄托了太多的情愫。何时才能举起酒杯重新欢晤，昨夜我还曾同你在月下一起漫步。数州百姓作歌，怀念你的政务，玄、肃、代三朝，以京官或外任委付。而我踽踽凉凉，只能回江村的居处，在寂寞中把剩下的光阴消度。

别房太尉墓

杜　甫

他乡复行役〔1〕，驻马别孤坟。
近泪无干土，低空有断云。
对棋陪谢傅〔2〕，把剑觅徐君〔3〕。
唯见林花落，莺啼送客闻。

【题解】

房太尉，即房琯，玄宗时拜相，有爱士之清名。肃宗至德二载（757）因陈陶（在今陕西凤翔）兵败论罪，杜甫曾上疏力救，为此几险遭不测。最终房琯遭贬职处分，于代宗广德元年（763）卒于四川阆州僧舍。死后赠太尉。杜甫于广德初避兵东川，往来于梓州、阆州一带，此诗即作于房琯去世当年。

全诗以“孤坟”锁定基调，上半坟前哀悼，下半临别留连。临墓哀泣、断云低空已足以怆怀，追忆宿昔、感伤身后又推进一层，而结末花落莺啼，关映“孤坟”寂寞，就更使悲意绵延不尽。此时代宗虽已继位，但房琯还是个刚获“平反”的敏感人物，杜甫在诗中渲染“孤坟”悲郁的氛围，正是含蓄地表现出了对政局、国事的感慨和殷忧。

【注释】

〔1〕复行役：指一再在外奔波。

〔2〕“对棋”句：东晋宰相谢安喜下围棋。据《晋书·谢安传》载，太元八年（383）苻坚率百万大军攻晋，谢安被加封征讨大都督率军抵御，在淝水之战中大破苻坚。其时谢安运筹帷幄，正在家中与别人下围棋。谢安死后追赠太傅，故称“谢傅”。

〔3〕“把剑”句：据《史记·吴太伯世家》载，春秋时吴国公子季札出使途中，在徐国结识徐君，看出徐君非常喜欢自己的佩剑，因公务在身，不便相赠。后来季札回国途中又经过徐国，但徐君已死，季札便将佩剑挂在徐君的墓树上而去。

【译文】

已是作客多年，又要奔走于风尘之间，我来向你告别，驻马在你孤独的坟前。坟旁的泥土，已经被我的泪水洒满，压抑的天空中，更缀着几朵残云惨淡。你好比谢安，我曾陪同你下棋手谈，你好比徐君，可怎样把佩剑交你收作纪念。四周没有人影，只见林树不时地坠下花瓣，黄莺唱着它的歌，故意要让我听见。

旅夜书怀

杜　甫

细草微风岸，危樯独夜舟〔1〕。
星垂平野阔，月涌大江流。
名岂文章著，官应老病休。
飘飘何所似〔2〕，天地一沙鸥。

【题解】

代宗永泰元年（765），杜甫辞去严武幕府职务，不久严武又去世，杜甫在蜀地的友人凋零已尽。五月间，他携全家离开成都草堂，乘舟东经渝州、忠州，到云安（今重庆云阳）暂居。此诗即是在旅程的某夜间，咏抒自己的内心感受。

此诗前半写景，后半抒感，沉郁之中，仍勃露出一种劲气。杜甫五律以雄劲见称，而在晚年常表现为苍劲。雄劲是开阔与雄浑，态与气或态与势的结合；苍劲是开阔与峭严，态与骨或态与力的结合。雄劲是正剧美，苍劲是悲剧美。杜甫如同吟《离骚》、《天问》之屈原，最擅于在天地山川的苍茫背景下敞开心灵的孤愤，而其孤愤也足以撑拄于天地山川间，所谓"乾坤间独见此老俯仰一身"。本诗的第二、第四联，都足以体味出这一点。

【注释】

〔1〕危樯：高耸的桅杆。

〔2〕飘飘：飘泊不定的样子。

【译文】

岸边的小草随着微风摇曳，高耸的船桅在静夜中兀立。平野广阔，显得星点更低，大江挟着涌出的月轮奔流不息。我的名声难道是因文章才鹊起，又老又病，想来就是罢官的依据。飘泊无定，该用什么比拟，就像一只沙鸥，独自托身于天地。

登岳阳楼

杜　甫

昔闻洞庭水〔1〕，今上岳阳楼〔2〕。
吴楚东南坼〔3〕，乾坤日夜浮。
亲朋无一字，老病有孤舟。
戎马关山北〔4〕，凭轩涕泗流〔5〕。

【题解】

诗写于代宗大历三年（768）十二月。这一年的正月，杜甫由夔州出三峡，经江陵、公安（今均属湖北）沿江东下，泊舟于岳阳（今属湖南）城下。诗人登楼远眺，触景伤怀，写下这首五言律诗。诗的前半写洞庭湖烟波浩渺，宏伟壮阔的气象；后半写自己身世飘零，感叹干戈不已，国家多难，抒发忧国忧时的感慨。“吴楚”一联，与孟浩然“气蒸云梦泽，波撼岳阳城”（《临洞庭上张丞相》）及刘长卿“叠浪浮元气，中流没太阳”（《岳阳馆中望洞庭湖》）同称为咏洞庭湖水的三大名联，但孟、刘两诗于此气力用尽，而杜诗下文仍绰有余力。高立云霄，纵怀身世，胸襟气象，一等相称，故后人至推本诗为“盛唐第一”（胡应麟《诗薮》）。

【注释】

〔1〕洞庭水：即洞庭湖，在湖南北部，长江南岸。号称八百里洞庭，是我国第二大淡水湖。

〔2〕岳阳楼：湖南岳阳城西门城楼，高三层，下临洞庭湖，唐代张说谪岳州时修筑，宋代又重修。

〔3〕坼（chè）：分开。

〔4〕戎马：军事，这里喻指战乱。是年秋冬，吐蕃侵扰陇右、关中一带，长安戒严，官军调兵防卫。

〔5〕涕泗：眼泪、鼻涕。目出曰涕，鼻出曰泗。

【译文】

很久前，我就听说了洞庭湖水的景象，如今终于亲身把岳阳楼登上。巨湖将吴楚大地分割于东方南方，天地宇宙日夜在水面上浮荡。亲戚朋友不见片言的书信来往，老病交加，只有一条小船可以依傍。北方的关山又见干戈纷攘，倚着楼窗，我禁不住悲泪流淌。

辋川闲居赠裴秀才迪

王　维

寒山转苍翠，秋水日潺湲[1]。
倚杖柴门外，临风听暮蝉。
渡头余落日，墟里上孤烟[2]。
复值接舆醉[3]，狂歌五柳前[4]。

【题解】

辋川，在陕西蓝田西南二十里的辋谷川口，王维筑别业于此。裴迪为王维的至友，王维与他常在辋川别业“浮舟往来，弹琴赋诗，啸咏终日”(《旧唐书·王维传》)。秀才，优异之才，对文士的敬称。本诗写景：寒山苍翠、秋水潺湲、渡头落日、墟里孤烟，以密集之意象写阔大清朗的境界；本诗写人：主人倚仗听蝉，客人醉酒狂歌，动作、性格相异，却都归到一个“闲”字。全诗以景衬人，抒写出诗人怡然自得、恬淡闲适的心情。王维田园诗绪承六朝古体尤其是陶渊明自然淡远的传统，诗中“渡头”一联，即从陶诗“暧暧远人村，依依墟里烟”(《归园田居》) 脱化。

【注释】

〔1〕潺湲：水流不绝的样子。

〔2〕墟里：村庄。

〔3〕接舆：春秋时楚国隐士陆通，字接舆，他佯狂避世，曾作歌嘲笑孔子，人称“楚狂”。这里借指裴迪。

〔4〕五柳：陶渊明曾作《五柳先生传》自况，人称为“五柳先生”。这里借指诗人本人。

【译文】

秋天的群山依然含绿，郁郁苍苍，秋天的溪水终日里缓缓流淌。我在简陋的木门外，扶着手杖，对着清风，听秋蝉声声鸣唱。渡口剩下了西沉的半个太阳，村落里炊烟一缕，袅袅直上。又碰上你这位高士酒兴正狂，尽情地在我面前醉歌你的诗章。

山居秋暝

王　维

空山新雨后，天气晚来秋。
明月松间照，清泉石上流。
竹喧归浣女，莲动下渔舟。
随意春芳歇，王孙自可留[1]。

【题解】

本诗作于诗人晚年闲居辋川别业时期，是王维山水田园诗的代表作之一。明月清泉，松石竹莲，这些视觉上的自然界意象与泉流、竹喧、船动之声等听觉上的音响相结合，加上山居村民欢快亲切的日常活动，共同构成了一幅至纯至美的雨后山村图画，体现出诗人对理想境界的追求。全诗语言朴素自然，不事雕饰；景物描绘宛然如绘，体现了“诗中有画”的特色。

【注释】

〔1〕“随意”二句：反用《楚辞·招隐士》“王孙游兮不归，春草生兮萋萋”和“王孙兮归来，山中兮不可以久留”之意，写秋天的山中，尽管没有春天的花草，但景色也很美，可使游子留居山中，以此暗寓自己坚定的归隐之心。王孙，贵族公子，此指游子。

【译文】

清旷的山中一场雨刚刚下完，天色渐晚，秋意也愈加彰显。明月把清光投向松林之间，清泉从石上漫过，流得更欢。女伴们洗衣归来，竹林中笑语不断，渔船划开，摇动了水上的白莲。春天的繁华久已消歇，尽随它的便，这样的秋景，一样使游子留恋。

归嵩山作

王　维

清川带长薄〔1〕，车马去闲闲〔2〕。
流水如有意，暮禽相与还。
荒城临古渡，落日满秋山。
迢递嵩高下〔3〕，归来且闭关。

【题解】

嵩山，在今河南登封北，为五岳中的中岳。本诗作于开元二十二年（734）秋诗人归隐嵩山时。诗笔一路闲写“归嵩山”光景，直到“归来且闭关”，淡泊天然，荣辱不惊，既冲和平静，又兴足意满。全诗寓情于景，营造出一派闲适野旷的气氛，表现了诗人远避尘嚣、决意隐居的心境。

【注释】

〔1〕清川：清清的河水。　薄：草木丛生的地方。
〔2〕闲闲：从容自得的样子。
〔3〕嵩高：即嵩山。

【译文】

连绵的草木丛是清川的襟带，车马打这里经过，从容自在。流水一路迎送，含情脉脉，飞鸟结伴回巢，冲开了暮霭。荒城俯临的渡口，经历了多少年代，落日的余晖将秋山涵盖。沿着嵩山山脚遥遥行来，到了家关上房门，便不再打开。

终南山

王 维

太乙近天都[1]，连山到海隅[2]。
白云回望合，青霭入看无。
分野中峰变[3]，阴晴众壑殊。
欲投人处宿，隔水问樵夫。

【题解】

终南山，即秦岭，在今陕西西安南，唐代时文人多隐居此山。本诗作于开元二十九年至天宝元年（741—742）诗人隐居终南山时，是王维山水田园诗的代表作之一。诗人融“以大观小”的画理画法入诗，以流动的视角，分层次地描绘终南山之壮阔、高峻、神奇、深邃，向读者展示了一幅终南全景的长卷。最后二句以“隔水问樵夫”突出终南山的人烟稀少，可谓别出蹊径，手法高明。

【注释】

〔1〕太乙：山名，亦作太一，是终南山的主峰。 天都：天帝居住地，比喻极高远的地方。

〔2〕海隅：海边。

〔3〕分野：与星座相对应的地域。古代以天上的星座对应地上的州国，划成不同的区域。

【译文】

以太乙为主峰的终南山，靠近天帝的京城，一座座峰岭牵连绵亘，一直向大海延伸。被岭头割开的白云，入山回望便合为一身，弥漫着的青色岚雾，身临其间便了然无痕。中央的山脊，将星宿的辖域各自划分，众多的山谷，互相具有不同的阴晴。人烟稀少，我找不到可以借宿的山村，只能隔着溪水，向对岸的樵夫探问。

酬张少府

王　维

晚年惟好静，万事不关心。
自顾无长策[1]，空知返旧林。
松风吹解带，山月照弹琴。
君问穷通理，渔歌入浦深[2]。

【题解】

酬，以诗词酬答。张少府，唐人称县尉为少府。从“君问穷通理”句看，张少府亦是诗人同道之人。本诗“松风”两句，情景浑成，物我两忘，以动写静，以声显寂，为高人达士作了传神的写照。这应该是王维晚年的作品，诗中前四句隐含牢骚，就与他不满当时的朝政有关。

【注释】

〔1〕顾：看，看到。　长策：好的办法，出色的谋略。

〔2〕“君问”二句：俞陛云《诗境浅说》:“言穷通之理，只能默喻。君欲究问，无以奉答。试听浦上渔歌，则乐天知命，会心不远矣。”穷通理，命运窘困和显达的原由。

【译文】

人到晚年，宁静成了我唯一的志趣，世间万事都不再触动我的心绪。我知道自己没有什么高明的才具，只懂得返回故土的山林隐居。宽散衣带，享受着松风的吹煦，在山月朗照之下悠然地弹奏琴曲。你要问人生穷通得失的规律，就听听渔歌吧，听它在水面上远远散去。

过香积寺

王 维

不知香积寺，数里入云峰。
古木无人径，深山何处钟？
泉声咽危石〔1〕，日色冷青松。
薄暮空潭曲〔2〕，安禅制毒龙〔3〕。

【题解】

香积寺，在陕西长安东。过，为访问之意。本诗前六句写访寺途中自然景状的幽静、深僻。末二句以禅语作结，谓寂静的境界正可制伏世俗的妄念。诗歌写寻访香积寺的过程，开始固然不知目标究竟在什么地方，却神定气闲，信步深入；及至听到钟声，才点明寺庙正坐落在这高峰入云、古木荒径、泉清松青的环境之中，构思巧妙，手法不凡。“不知”两字率领全篇，最妙。

【注释】

〔1〕咽（yè）：声音滞涩。

〔2〕潭曲：水潭。

〔3〕安禅：指身心安然入于清寂宁静之境。 毒龙：佛教故事中说，佛本身曾作大力毒龙，众生受害，而在受戒之后，改邪归正，忍受猎人剥皮，小虫食用，以至身干命终，后来终于成佛（见《大智度论》）。后以“毒龙”喻世俗妄念。

【译文】

香积寺在哪儿？我不知道，只是在云峰里登行了数里之遥。古树下蜿蜒着不见人迹的小道，深山中是何处在把钟敲？溪泉为危石所阻，降低了声调，日光透过深密的青松而显得冷峭。黄昏的山潭空澄深杳，带我进入禅境，将妄念和杂虑尽消。

送梓州李使君

王　维

万壑树参天，千山响杜鹃〔1〕。
山中一夜雨，树杪百重泉〔2〕。
汉女输橦布〔3〕，巴人讼芋田〔4〕。
文翁翻教授〔5〕，不敢倚先贤〔6〕。

【题解】

梓州，唐东川州名，治所在今四川三台。李使君，不详名字，一说指李叔明，曾任东川节度使、遂州刺史，后任梓州刺史。使君，刺史的别称。本诗属送赠诗，故后二句表示与李使君共勉，步武先贤。但可贵处在于前六句写蜀地景物民情传神细腻，融入画理画法。“千山响杜鹃”，展示如山水画那样充满音乐感的空间境界；“树杪百重泉”，移远就近，愈远愈上，运用的是山水画的传统技法。颈联深入人物活动，俱用《蜀都赋》语典，遂以往古之思推出结语。后人对本诗的前四句评价很高，如清人纪昀就说：“起四句高调摩云。”其实后半更见诗人工力。

【注释】

〔1〕杜鹃：鸟名，蜀地所产，其鸣声像“不如归去”。

〔2〕树杪（miǎo）：树梢。

〔3〕汉女：指蜀地少数民族女子，嘉陵江古代亦称西汉水，故称蜀女为“汉女”。　输：指向官府缴纳。　橦（tóng）布：橦木花织成的布，左思《蜀都赋》：“布有橦花。”

〔4〕巴人：蜀人。巴，古蜀地之国名，后为郡名。在今四川东部。　芋田：种植芋头的田。蜀地产芋，左思《蜀都赋》：“瓜畴芋区。”

〔5〕文翁：汉景帝时蜀郡太守。曾在蜀地建造学宫，培训人才，使巴蜀得以开化。　翻：翻新。　教授：教育开化。

〔6〕倚：仰仗。

【译文】

万山谷中长满了参天大树，千条岭间杜鹃鸟争相啼鸣不住。山里一整夜大雨如注，第二天树梢上方就挂出百道瀑布。蜀女交纳土布代替租赋，巴人为农田事告到官府。汉代文翁的教化，还仗你振新接武，不敢依赖前贤的功劳而无所进步。

汉江临眺

王　维

楚塞三湘接〔1〕，荆门九派通〔2〕。
江流天地外，山色有无中。
郡邑浮前浦〔3〕，波澜动远空。
襄阳好风日〔4〕，留醉与山翁〔5〕。

【题解】

汉江，即汉水，源出陕西宁强嶓冢山，经湖北襄阳流入长江。本诗作于开元二十八年（740）十月王维以殿中侍御史身份知南选（赴岭南考察、选补地方官吏）途经襄阳时。诗写汉江景象，疏密有致，虚实相间，前后、远近、浓淡、静动均处理神妙。特别是“江流”一联，以王维所开创的水墨渲染画法入诗，状难写之景如在目前，向来被诗评家称赞，明代王世贞誉之为“诗家极俊语，却入画三昧”(《弇州山人稿》)。诗题《王右丞集》作《汉江临泛》，从五、六两句来看，似确是“泛”（泛舟）字更切。

【注释】

〔1〕楚塞：古代楚国边界，这里指汉江流域一带。　三湘：沅湘、蒸湘、潇湘的合称，在今湖南境内。

〔2〕荆门：山名。在今湖北宜都，北临长江。　九派：长江的九条支流。

〔3〕郡邑：州郡所在的城市。　浦：宽阔的水面。
〔4〕风日：风光。
〔5〕山翁：指晋代山简，曾镇守襄阳，有政绩。地方太平无事，山简常到姓习的豪族的园池去喝酒，每次都大醉而归。

【译文】

沅湘、潇湘、蒸湘，都通连楚国此处的边疆，荆门山下，九条支流分别汇入长江。汉江浩荡，仿佛在天地外流淌，若隐若现，是那遥远的山光。县城浮起在前方宽阔的水面上，波澜起伏，连远处的天空也随着动荡。襄阳的风景，美得令人神往，好像是专门为山简安排的醉乡。

终南别业

王　维

中岁颇好道〔1〕，晚家南山陲〔2〕。
兴来每独往，胜事空自知。
行到水穷处，坐看云起时。
偶然值林叟，谈笑无还期〔3〕。

【题解】

终南，指终南山，又名南山，在今陕西西安南。别业，别墅之意。终南别业，即王维的辋川别墅。王维在开元二十九年（741）春自岭南归长安后，到天宝二年（743）官左补阙时以前，曾在此隐居。本诗描写他隐居时的生活情状和闲适心情，句句含有禅味。“行到水穷处，坐看云起时”，抒写出诗人与大自然相亲相依的情怀，对终南景色仅作略微点染，其余则全付之于读者想象。清人查慎行评此二句“有无穷景味”(《瀛奎律髓评》)。

【注释】

〔1〕好道：喜欢佛理。也指向往出世隐居。

〔2〕“晚家”句：王维自张九龄在开元二十五年（737）贬官荆州后，就有出世隐居之想，后来忙于奉命出使凉州及赴岭南知南选，至开元二十九年自岭南北返长安后才得以在终南山隐居，故有此言。陲（chuí），边。

〔3〕无还期：没有回去的时候。一说不定准下回再来的约会，如沈德潜《唐诗别裁集》云：“末语‘无还期’，谓不定还期也。”如此益觉恬淡。

【译文】

中年我颇有追求逍遥自在的愿心，到晚年终于在终南山下安身。兴致来时，我每每出外独自游行，快意的事只有自己才能心领。沿着溪水散步，一直到水源穷尽，坐下来闲着候看山中浮起白云。偶然遇到山林中的当地老人，说说笑笑，也不作下回的约定。

临洞庭上张丞相

孟浩然

八月湖水平〔1〕，涵虚混太清〔2〕。
气蒸云梦泽〔3〕，波撼岳阳城〔4〕。
欲济无舟楫，端居耻圣明〔5〕。
坐观垂钓者，空有羡鱼情〔6〕。

【题解】

诗作于开元二十一年（733）张九龄拜相后的几年间。在此之前，诗人应举不第，曾以数年时间漫游吴越，归家时当经过洞庭湖。

这是一首希望张九龄援引的干谒诗，却能自占身份，不卑不亢，写法上更是不落常套。题目中“临洞庭”是览胜，“上张丞相”

是请托，两者本风马牛不相及。而诗人从状写洞庭湖势着笔，以欲济须仗舟楫，及“临渊羡鱼，不如退而结网”，将题目的上下不露痕迹地绾合为一，章法可谓出神入化。尤其是“气蒸云梦泽，波撼岳阳城”十字，雄阔高浑，与诗人的抱负及不平心态暗暗相应。如此胸次，如此才力，宜乎效毛遂自荐；而张九龄于开元二十五年（737），将孟浩然表为荆州从事，也不愧为赏曲知音。

【注释】

〔1〕湖水平：湖水涨得与岸相平。

〔2〕涵虚：水气弥漫充盈的样子。　太清：青天。

〔3〕云梦泽：古代大泽名，在今湖北、湖南一带。

〔4〕岳阳城：今湖南岳阳，在洞庭湖东岸。

〔5〕端居：安居，闲居。　耻圣明：有愧于圣明之世。

〔6〕羡鱼情：古语有“与其临渊羡鱼，不如退而织网”的说法，语本《淮南子·说林训》。

【译文】

八月的洞庭湖湖水涨得满满，茫茫雾气同天空混作一片。水气蒸腾，仿佛整个云梦地区都被牵连，波涛激荡，仿佛岳阳城也随着摇撼。我想渡到对岸，可惜没有舟船，在圣明的时代闲居，实在感到羞惭。只因看到渔夫们抛下钓竿，他们能得到鱼，使我徒然艳羡。

与诸子登岘山

孟浩然

人事有代谢〔1〕，往来成古今。
江山留胜迹，我辈复登临。
水落鱼梁浅〔2〕，天寒梦泽深〔3〕。
羊公碑尚在〔4〕，读罢泪沾襟。

【题解】

诸子，诸位友人。子，古代对男子的敬称。岘山，又叫岘首山，在襄阳城南九、十里处。本诗写秋登岘山见先贤遗迹而引起的对古今交替、世事变幻的感叹。前四句宏观，后四句细部，胸中气象已胜人一筹。诗中不着意写景，而觉情景交融；律诗而取法古体，工巧而不失朴实。以旷放出，以动情结，语意沉着而撼动人心。

【注释】

〔1〕代谢：更替变化。

〔2〕鱼梁：洲名，在岘山附近汉江之滨。

〔3〕梦泽：指云梦泽，古大泽名。在今湖北境内。跨长江南北，南称梦，北称云，面积近九百里。后淤积成陆地。唐时云梦泽已不存。

〔4〕羊公碑：晋人羊祜，镇守襄阳有很多政绩，死后百姓为他立碑建庙。望其碑，莫不流泪，称堕泪碑。事见《晋书·羊祜传》。

【译文】

人间万事旧的衰谢，新的前来替换，往往来来，形成了古今的推迁。惟有江山留下胜迹历久不变，使我们这些后人能够重新登览。沔水低落，鱼梁洲因而浅浅浮显，天气幽寒，云梦泽更加深邃难探。羊祜的堕泪碑至今还在山间，读完碑记，禁不住满襟泪点。

宴梅道士山房

孟浩然

林卧愁春尽〔1〕，搴帷览物华〔2〕。
忽逢青鸟使〔3〕，邀入赤松家〔4〕。
金灶初开火〔5〕，仙桃正发花〔6〕。
童颜若可驻，何惜醉流霞〔7〕。

【题解】

此诗作于襄阳。梅道士，为诗人友人，其名不详。山房，山中的房舍，也可代指寺院或道院。

全诗写诗人正当春日惆怅时，接到了梅道士的邀请，前往他的“山房”，为那里一种出世的氛围所陶醉，于是同主人一起畅酣饮酒。这一段过程，表述的手法很巧妙：巧用典故，转入正题；巧用道家习语，切合主人身份。但全诗妙处不尽于此，而在于字面外的一股逸气：因“愁春尽”，乃思“览物华”；因出门逢使，乃欣然就邀；因宾主尽欢、良辰难得，乃不辞酕醄一醉。天马行空，随心所欲，飘然处世，惟意之自适。孟浩然诗耐读，“讽咏之久，有金石宫商之声”（严羽《沧浪诗话》），就是因为逸气贯于篇中的缘故。

【注释】

〔1〕林卧：高卧林下的意思。

〔2〕搴（qiān）：揭，掀。　物华：美好的景物。

〔3〕青鸟使：据《汉武故事》，西王母将见汉武帝，先有青鸟飞到殿前报信。后人遂将送信使者称作青鸟使。

〔4〕赤松：即赤松子，传说中的得道仙人。

〔5〕金灶：道家炼丹的炉灶。

〔6〕仙桃：据《汉武帝内传》载，西王母赠仙桃给汉武帝，说此桃三千年一熟。

〔7〕流霞：仙酒名。

【译文】

隐居中正愁春天将要去远，揭开门帘，打算出外观赏自然。忽然遇到你派出使者送来请柬，把我邀请到你的山房里边。炼丹的药灶炉火刚刚点燃，手种的桃树花朵开放正艳。如果仙酒真能永葆青春的容颜，我又何惜同你开怀畅饮，痛醉一番。

岁暮归南山

孟浩然

北阙休上书[1]，南山归敝庐。
不才明主弃[2]，多病故人疏。
白发催年老，青阳逼岁除[3]。
永怀愁不寐[4]，松月夜窗虚。

【题解】

本诗作于开元十八年（730）孟浩然落第离长安后。南山，一说为长安城外的终南山，以为孟浩然出京后曾在此暂栖；一说即如陶渊明“采菊东篱下，悠然见南山”的“南山”，泛指隐居处，当指襄阳岘山，岘山附近有孟浩然的旧居涧南园。诗前四句写归隐之故，后四句写不遇之愁。“不才”两句，怨愤而出之以婉曲。结尾两句，缠绵含蓄，意境深妙。诗家评此诗为“一生失意之诗，千古得意之作”（《瀛奎律髓》冯舒评语）。“失意之诗”的典故，《新唐书·文艺列传》载：“维（王维）私邀入内署，俄而玄宗至，浩然匿床下。维以实对，帝喜曰：‘朕闻其人而未见也，何惧而匿！’诏浩然出。帝问其诗，浩然再拜，自诵所为，至‘不才明主弃’之句，帝曰：‘卿不求仕，而朕未尝弃卿，奈何诬我？’因放还。”此事虽不可信（王维其时已移居淇上），却可见本诗的社会影响。

【注释】

〔1〕北阙：建于宫殿北边的楼观，常用来泛指朝廷。　上书：向皇帝上书表示政见或请求任用。诗人在应试落第后仍想献赋上书求官，他的《题长安主人壁》有“欲随平子去，犹未献《甘泉》”可为证。

〔2〕不才：无才。　明主：英明的君主，指唐玄宗。

〔3〕青阳：指春天。《尔雅·释天》：“春为青阳。”　岁除：一年过去。

〔4〕永怀：长怀，指长怀仕途失意的悲愁。

【译文】

再不向朝堂上把奏章呈献，我回到南山下敝陋的舍间。才能短欠，得不到圣明天子的青眼，身体多病，连旧时朋友也同我疏远。头上添生白发，催人进入老年，旧岁又将结束，一步步逼近了春天。怀着难消的忧愁，我不能入眠，松下的窗牖，空留下月影一片。

过故人庄

孟浩然

故人具鸡黍〔1〕，邀我至田家。
绿树村边合，青山郭外斜〔2〕。
开轩面场圃〔3〕，把酒话桑麻〔4〕。
待到重阳日，还来就菊花〔5〕。

【题解】

过，访。故人，友人。从诗中看，这是一位农村朋友。本诗写应邀到农家欢饮的情景，显示了主客双方诚挚的交谊与旷达的情怀。孟诗的诸多特色集于此诗：清淡至极而情趣浮动；不假绮语而美景满眼；语如脱口而出，又对仗工稳，无处不合律；虚实相生，以已然之实景推出未然的虚景……故此诗向来为评家赞誉，脍炙人口，千年而不衰，是孟浩然山水田园诗代表作之一。

【注释】

〔1〕鸡黍：鸡和黄米。《论语·微子》载荷蓧丈人留子路住宿，杀鸡作黄米饭款待他。后用来表示农家待客之真情厚谊。

〔2〕郭：外城称郭，这里泛指城墙。

〔3〕轩：窗户。 场：打谷场。 圃：种植蔬菜、花草、瓜果的园子。

〔4〕话桑麻：指闲谈桑麻等农作物种植、收获一类的农事。化用陶渊明《归园田居》其二“相见无杂言，但道桑麻长”句意。

〔5〕菊花：指花卉之菊花，或指菊花酒。

【译文】

老朋友备办了丰盛的菜饭，邀请我来到他乡间的田园。绿树环合在村庄的周边，青山在城墙外斜斜地铺展。谷场和园地开窗就能看见，握着酒杯，畅谈着农家的生产。等到九月九日重阳节那天，我还要来这里一起把菊花赏览。

秦中寄远上人

孟浩然

一丘常欲卧〔1〕，三径苦无资〔2〕。
北土非吾愿〔3〕，东林怀我师〔4〕。
黄金燃桂尽〔5〕，壮志逐年衰。
日夕凉风至，闻蝉但益悲。

【题解】

秦中，关中，指长安。远上人，法名为“远”的和尚。本诗作于开元十七年（729）秋，其时诗人应试落第后滞留在长安。诗歌写自己困居长安，穷愁潦倒，不禁产生对远离尘世的佛门子弟的羡慕。措辞愁苦，情调悲凉，但情怀真挚，且不乏“达则兼济天下，穷则独善其身”的心志。

【注释】

〔1〕一丘：一座小山，指归隐之地。《汉书·叙传上》：“栖迟于一丘，则天下不易其乐。”

〔2〕三径：三条小路，指隐居者的家园。语出晋人赵岐《三辅决

录·逃名》:“蒋翊归乡里……舍中有三径，不出，唯求仲、羊仲从之游。”

〔3〕北土：指长安。

〔4〕东林：指庐山东林寺，晋高僧慧远居此寺。这里借指远上人所居之寺。

〔5〕燃桂：指长安柴木昂贵，燃料贵如桂枝。

【译文】

我常想隐居在一方山林，苦于没有营建家园的资金。到长安做官素非我的本心，我只深切地怀念您这位高僧。黄金随着腾贵的物价用尽，壮志伴着年华一天天消沉。黄昏秋风吹凉了我的全身，听到蝉鸣只增添了心中的悲辛。

宿桐庐江寄广陵旧游

孟浩然

山暝听猿愁，沧江急夜流〔1〕。
风鸣两岸叶，月照一孤舟。
建德非吾土〔2〕，维扬忆旧游〔3〕。
还将两行泪，遥寄海西头〔4〕。

【题解】

桐庐江，又名桐江，即钱塘江流经今浙江建德至桐庐的一段江面。广陵，即今扬州。本诗为开元十八年（730）诗人求仕无成，出长安经洛阳回南，途宿桐庐江所作。诗人入长安前曾一度游广陵，因以之遥寄故友。中心思想是他乡虽好，毕竟不如故土。前四句写秋江寥落凄清，以声写景，尤为精奇；后四句写客途思友之情，情深语挚。

【注释】

〔1〕沧江：暗绿色的江，指夜晚之桐庐江。

〔2〕建德：今属浙江，在桐庐江上游。　非吾土：不是我的家乡。语出三国魏王粲《登楼赋》："虽信美而非吾土兮。"

〔3〕维扬：扬州的别称。

〔4〕海西头：指扬州。扬州在东海之西。隋杨广《泛龙舟歌》："借问扬州在何处？淮南江北海西头。"

【译文】

山色昏暗，猿啼更增添客中的愁肠，入夜的桐庐江，苍茫的江流湍急地奔荡。风声将两岸的树叶吹得沙沙作响，明月高照在孤零零的小船上。建德毕竟不是我的故乡，扬州的旧日朋友，勾起了我的怀想。还把双眼滚滚流下的泪行，远远地寄往大海西边的维扬。

留别王维

孟浩然

寂寂竟何待？朝朝空自归。
欲寻芳草去[1]，惜与故人违。
当路谁相假[2]，知音世所稀。
只应守寂寞，还掩故园扉。

【题解】

开元十七年（729）冬，孟浩然科举不第，上书献赋未成而返襄阳旧居，本诗为临别时赠王维之作。王维亦作《送孟六归襄阳》赠之。古人以为"维见其胜己，不肯荐于天子"，故孟浩然有"当路"两句（见宋人葛立方《韵语阳秋》），其实纯为无稽之谈。王维《送孟六归襄阳》中有云："杜门不欲出，久与世情疏。以此为长策，劝君归旧庐。"表现了自己闲居无权引荐的无奈心态。本诗写怀才不遇、拂袖而去的悲愤和与挚友难舍难离的惜别心情，层层转进，语言平易自然，却内涵着激越复杂的情感。“欲寻芳草去，惜与故人违”的巧妙对仗，弥补了一味诉怀而可能产生的枯燥之嫌。

【注释】

〔1〕寻芳草：比喻隐居田野。

〔2〕当路：当权在位者。　相假：给予帮助。假，借，助。

【译文】

冷寂中我总像在把谁苦等，每天徒劳地回返，依旧孑然一身。我多想沿着芳草去往远方归隐，可惜的是这一来就离开了故人。朝中的当权者有谁会对我怜悯，这世界上最缺少的就是知音。我只该把配属于我的寂寞守定，回到乡园，将柴门关得紧紧。

早寒有怀

孟浩然

木落雁南渡，北风江上寒〔1〕。
我家襄水曲〔2〕，遥隔楚云端〔3〕。
乡泪客中尽，孤帆天际看。
迷津欲有问，平海夕漫漫〔4〕。

【题解】

早寒，指秋冬之交时节。诗写飘泊于早寒江上，思乡心情和人生的迷茫失意一齐袭来，犹如无边无际涌动的江涛。诗人用落叶、归雁、北风、寒江、孤帆、迷津这一系列景物，来衬托诗人飘泊他乡的迷惘、悲凉心境，收到很好的效果。中间二联，语言平淡而含味隽永，尤其是颔联的流水对，被清人举为盛唐“高古”的一则典范。

【注释】

〔1〕“木落”二句：语本鲍照《登黄鹤矶》:“木落江渡寒，雁还风送秋。”木，指树叶。

〔2〕襄水曲：襄水弯曲处。襄水，汉江流经襄阳的一段。诗人旧居涧南园，在襄水曲。

〔3〕楚：湘北襄阳一带，古属楚国。

〔4〕平海：形容江水与岸平齐，宽阔如海。 漫漫：无边无际。

【译文】

木叶尽脱，大雁向南飞过长江，江上吹起北风，更觉寒冷难当。我老家住在襄水西岸之旁，远远被楚天浮云的尽头阻挡。作客日久，已再无思乡的泪珠可淌，只能一回回把天际的孤舟凝望。就像找不到渡口，总想请人指点方向，可入夜后，但只见江水茫茫。

秋日登吴公台上寺远眺

刘长卿

古台摇落后〔1〕，秋入望乡心。
野寺来人少，云峰隔水深。
夕阳依旧垒，寒磬满空林〔2〕。
惆怅南朝事〔3〕，长江独至今。

【题解】

诗题下原有注：“寺即陈将吴明彻战场。”吴公台，在今江苏江都城外，本名鸡台。南朝陈宣帝时名将吴明彻攻打北齐，围困江都，筑高鸡台以向城内发射弩箭，因得攻克。后人于是将台改称“吴公台”。刘长卿任转运使判官时，曾驻扬州，本诗即作于其时。

昔日兵戈相争的弩台，如今为僧寺替代，诗作通过对荒衰秋景洗炼的描写，将吴公台的这一特征强烈地突现出来。南朝兴废，人事沧桑，唯余下长江不改，结末的感慨，又真切地表现了诗人登临远眺的苍茫心态。全诗情景交融，今古妙合，体现出刘长卿五言律诗“苍秀接盛唐之绪”（贺贻孙《诗筏》）的创作风格。

【注释】

〔1〕摇落：零落，凋残。

〔2〕磬（qìng）：寺庙中敲击的乐器。

〔3〕南朝：指建都金陵的宋、齐、梁、陈四个朝代。

【译文】

古台的草木一派零落衰飒之气，使我这望乡的人儿感到了秋意。山野的寺庙很少有人随喜，隔着溪水，深邃的群峰入云屹立。这里是旧时的营垒，夕阳满地，平林叶落，更显得清冷的磬声回荡不已。惆怅南朝的历史已物换星移，惟有长江至今不易。

送李中丞归汉阳别业

刘长卿

流落征南将，曾驱十万师。
罢归无旧业〔1〕，老去恋明时〔2〕。
独立三边静〔3〕，轻生一剑知。
茫茫江汉上〔4〕，日暮欲何之？

【题解】

李中丞，名不详。中丞指御史中丞，为御史台副官。唐代镇将常加御史中丞衔，因而“中丞”多作为对地方军事长官的敬称。别业，即在定居地以外的房产。

题称“归汉阳别业”，诗中则云“罢归无旧业”，看来汉阳别业只是一处聊可栖身的小小居屋，李中丞在当时的镇将边帅中，当是属于潦倒的一位。诗人在本作中对他表示了极大的同情。全诗八句，既见其纵武震威的昔日雄姿，又见其流落失意的暮年身影，尤其“独立”一联，将主角的形神风概、行藏功业一网打尽，“茫茫江汉”遂成绝妙的背景。通篇时空交织回互，形成了强烈的对比和嗟伤。气格沉郁，骨力苍老，刘长卿有“五言长城”之誉，此诗尤为其力作。

【注释】

〔1〕旧业：祖上传下来的产业。

〔2〕明时：政治清明的时代。

〔3〕三边：汉代称幽、并、凉三个边远的州为三边。此处泛指边塞之地。

〔4〕江汉：长江和汉水，也可以理解为汉江。

【译文】

流离落魄的征南将军，曾经指挥过十万士兵。罢职归田，家乡没有一点产业置存，年华老去，仍怀念辉煌时代的旧日光阴。独身挺立的威姿曾使边境宁靖，不惜生命报效国家，随身的宝剑最为知情。江汉水上一片茫茫烟景，天晚了，你又打算去往何处存身？

饯别王十一南游

刘长卿

望君烟水阔〔1〕，挥手泪沾巾。
飞鸟没何处，青山空向人。
长江一帆远，落日五湖春〔2〕。
谁见汀洲上，相思愁白蘋〔3〕。

【题解】

王十一，名不详，“十一”为其排行。他出发游历江南，诗人设宴送行，并写下了这首赠诗。刘长卿自至德三载（758）起一直游宦南方，从题中“南游”二字看，本诗应作于此年之前。

本诗以气韵胜，无论是前半对送别景象的描写，还是后半对友人行况的悬想，都弥漫着一种悲怅依恋的情味。“长江一帆远，落日五湖春”，有苍阔的背景，有可感的形象，地名、数词、句眼三者兼备，结构、意境、风调，都最为典型地体现了唐诗的特征。后人（尤其是明清诗人）习唐，多从模仿这一类诗句入手。

【注释】

〔1〕“望君”句：指王十一的船已在烟波茫茫的远方。

〔2〕五湖：太湖的别称。

〔3〕“谁见”二句：用梁朝柳恽《江南曲》“汀洲采白蘋，落日江南春”句意。汀洲，水中或水边的平地。白蘋，一种水草，花白色，故称白蘋。

【译文】

你的船已驶向烟水，距离越来越长，我们互相挥手，衣巾上闪满泪光。远处的飞鸟消失在何方，对面的青山向人，徒然送来惆怅。你鼓帆南游，直下万里长江，日落时便能领略太湖春天的景况。可谁知道长满白蘋的汀洲上，采蘋的人儿为相思而断肠。

寻南溪常道士

刘长卿

一路经行处，莓苔见屐痕〔1〕。
白云依静渚〔2〕，芳草闭闲门。
过雨看松色，随山到水源。
溪花与禅意〔3〕，相对亦忘言〔4〕。

【题解】

《全唐诗》题作《寻南溪常山道人隐居》，似是。“道人”是得道之人，可指僧人（如卷一《晨诣超师院读禅经》即有“道人庭宇静”句），符合本诗“禅意”之语。从《全唐诗》题来看，常山道人应是一位居士（在家修行的释教徒）。

诗写诗人寻访常山道人，沿着南溪一路前行，领略了周遭的景色，结果虽未寻见主人，却已享受了禅悦。唐诗中寻方外人不遇的诗作不下数十首，大多采用了这种借景悟道（或悟得对象风神）的写法，而本诗的悠恬细密则出于他作之上。尤其是“过雨看松色，随山到水源”，与王维“行到水穷处，坐看云起时”（见本卷《终南别业》）同擅胜场，以艺术观之则富诗味，以人生观之则寓哲理，是人与山水在精神上契合为一的精产品。

【注释】

〔1〕莓苔：青苔。　屐：木屐。古人游山多穿木屐。

〔2〕渚（zhǔ）：水中小洲。

〔3〕禅意：佛教提倡的清寂凝定的心境。

〔4〕忘言：心领神会，无须用言语来表达。《庄子·外物》：“言者所以在意，得意而忘言。”另外，陶渊明《饮酒》诗：“此中有真意，欲辩已忘言。”

【译文】

沿着小径，我一路寻找着你，莓苔上分明留下了你木屐的印迹。静谧的小洲上，白云依偎不去，丛丛芳草把你隐居的柴门幽闭。新雨初过，乘机将青翠的松色看个仔细，随山而行，一直来到南溪的源起。溪畔的山花给了我禅味的妙谛，对着它们，一切言语都显得多余。

新年作

刘长卿

乡心新岁切，天畔独潸然〔1〕。

老至居人下，春归在客先。
岭猿同旦暮[2]，江柳共风烟。
已似长沙傅[3]，从今又几年？

【题解】

肃宗至德三载（785）春，刘长卿因事由长洲（今江苏苏州）尉贬为南巴（今广西博贺）尉，此诗作于贬所。

全诗以贬谪天涯的刻骨乡思为起点，诉出了新年来临的种种痛苦感受：位居人下，而老境将至；春归有时，而迁客无期；环境悲凉而孤寂；前程险恶而无望。诗中两联，都以简淡而精准的笔触，铸成耐人寻味的妙句："老至居人下，春归在客先"，是新年切时切身、最易获得的感受，也是千思百量、最难提炼的痛语；"岭猿同旦暮，江柳共风烟"，所"同"所"共"者，俱是无情、无定的异乡景物，天涯作客的孤独境况便不言自明。前人评刘长卿"工于铸意"，这两联都是很好的例证。

【注释】

〔1〕潸（shān）然：流泪的样子。

〔2〕岭：指岭南，在今两广一带。

〔3〕长沙傅：指西汉贾谊，他年轻而有才识，受到汉文帝的器重，后被大臣所忌，贬为长沙王太傅。

【译文】

每到新年，思家的心情就格外迫促，天涯的我独自泪流满目。人到老境，摆不脱久居人下的困苦，年年春归，总是比客子先行一步。岭南的哀猿伴我送走朝朝暮暮，江边的烟柳是我唯一可见的风物。我已经像西汉的贾谊那样贬谪远处，在这里从今后还要把多少年华消度。

送僧归日本

钱　起

上国随缘住[1]，来途若梦行[2]。
浮天沧海远，去世法舟轻[3]。
水月通禅寂[4]，鱼龙听梵声[5]。
惟怜一灯影[6]，万里眼中明。

【题解】

这首诗是钱起在长安时，为来华的日本僧人返国所作的一首别离诗。诗中对日僧不畏艰难，远渡重洋来华学习的精神深表敬重，热情地赞颂了日本高僧道行的高尚，并以佛理本源慰送他登上万里海程。因为此诗为送僧人而作，故全诗带有浓重的禅理风格，遣词造句显得极为融洽，足见诗人渊博的学识与扎实的艺术功力。

【注释】

〔1〕上国：旧指中国为上国。　随缘：佛家语，随其机缘，不加勉强之意。

〔2〕来途：即将到来的路途。

〔3〕去世：离开尘世，此指僧人修行的一种境界。　法舟：指受佛法庇护的船，这里是对日本僧人所乘船只的美称。

〔4〕水月：佛教以水中月比喻万事皆空。　通：通晓，明白。　禅寂：佛教中清静寂定的境界。

〔5〕鱼龙：水中鳞介。　梵声：指读诵佛经之声。

〔6〕一灯：佛家用语，比喻智慧。《华严经》七十八："比如一灯入于暗室，百千年暗，悉能破。"这里的灯语意双关，既指航灯，又指人心中的智慧之灯。

【译文】

你随着缘分，在中国住了一段时间，来日将登的途程，对你恍若梦境一般。大海是那么辽远，你仿佛浮在天边，座船就如离弃尘世那样轻捷灵便。水中的月亮同你禅定的境界意象通连，海里的水族倾听你把经文诵念。我最爱的是你船上那明灯一盏，虽然远去万里，还时时在我眼前浮现。

谷口书斋寄杨补阙

钱　起

泉壑带茅茨[1]，云霞生薜帷[2]。
竹怜新雨后，山爱夕阳时。
闲鹭栖常早，秋花落更迟。
家僮扫萝径[3]，昨与故人期。

【题解】

谷口，或指蓝田（今属陕西）辋川谷口，钱起在此建有别墅。杨补阙，生平不详。补阙，为谏官名，中书省、门下省俱置，有左右之分，职责是向皇帝进谏和荐举人才。这首诗是为邀请杨补阙来书斋一叙而写。前三联极力铺写谷口书斋四周的景物，句法工整，言词隽秀，具有诗情画意，而写景实在于暗衬宾主的人格。特别是"竹怜新雨后，山爱夕阳时"一联，非但秀色可餐，且有与时俯仰、晴雨咸宜之意，颇为后人传颂。末两句点明了诗人本意，构思精巧别致，尤见盛待客人之情。

【注释】

〔1〕茅茨：原指用茅草盖的屋顶，此指茅屋。

〔2〕薜帷：用薜荔做成的帷幕。《楚辞·九歌·湘夫人》："罔薜荔兮为帷。"薜，即薜荔，植物名，一种常绿灌木。

〔3〕萝：地衣类植物，亦名松萝。

【译文】

流泉林谷映带在我茅屋的四边，透过薜荔的帷帘，可见到云霞百变。新雨后的青竹最是令人爱怜，夕阳时的群山特别让我留恋。白鹭悠闲无事，很早就栖宿入眠，谷口地气温暖，秋花飘落得更晚。家僮把布满女萝的小径打扫了一遍，因为我招请你光临已是有约在先。

淮上喜会梁州故人

韦应物

江汉曾为客[1]，相逢每醉还。
浮云一别后[2]，流水十年间。
欢笑情如旧，萧疏鬓已斑。
何因不归去？淮上对秋山。

【题解】

此诗作于韦应物滁州刺史任上（784年）。淮上，滁州在淮水之南，可称淮上。梁州，即今陕西汉中。韦应物于776年左右自洛阳丞转调长安京畿任宰令，有结识“梁州故人”的机会。这样看来，诗中的“流水十年间”当是举成数而言。

诗中前半叙同梁州友人们交往的经历，后半写“喜会”的情状。而前半本身又含有相逢话旧的意味，所以全篇合读如行云流水，一气呵成。其中“浮云一别后，流水十年间”一联最为脍炙人口，十字上承“曾为客”，下启“鬓已斑”，别后心地，见时话语，感慨欣喜，甜酸苦辣，种种尽包蕴其中。这一联是流水对，唐五律诗常在第二联使用流水对，造出气脉贯畅、承上启下的效果。

【注释】

〔1〕江汉：指汉江，流经梁州。

〔2〕浮云：比喻人的聚散无常。

【译文】

我们曾一起客居在汉水边的梁州，每回相聚，分手前是不醉不休。自从大家像无定的浮云那样一别之后，整整十年的时光犹如江水东流。如今重逢，欢谈笑语情谊如旧，只是鬓发已经稀疏，斑白满头。我们没有回乡隐居，是什么缘由？是因为淮上妩媚的秋山把我们挽留。

赋得暮雨送李曹

韦应物

楚江微雨里〔1〕，建业暮钟时〔2〕。
漠漠帆来重〔3〕，冥冥鸟去迟〔4〕。
海门深不见〔5〕，浦树远含滋。
相送情无限，沾襟比散丝〔6〕。

【题解】

古人按指定的诗题作诗时，在诗题上加“赋得”二字。李曹，在韦集中作“李胄”。本诗既云“赋得”，则可能是虚拟之作（韦集中此诗杂于韦应物居洛阳诸诗间）。诗写在建业（今南京）附近的江边暮雨中，送友人远行。诗紧扣“暮雨”，首二句点出“暮”、“雨”二字；三、四句写帆带雨觉重，鸟冒雨飞迟；五、六句写因暮而海门不见，因雨而远树含滋。结尾写雨如散丝，泪亦如散丝，景情融合，自然的暮雨好比心头的暮雨，从中透出送友之无限情意、无限怅惘。全诗意脉贯通，言简意丰，这种层层的点染增饰即所谓“加一倍写法”。

【注释】

〔1〕楚江：指长江。古时楚国强盛，其疆土曾扩张至今江苏，故江苏境内的长江，古诗文中亦称楚江。

〔2〕建业：今江苏南京。

〔3〕漠漠：水气浓密的样子。

〔4〕冥冥：雨色迷漫的样子。

〔5〕海门：长江入海处。

〔6〕散丝：代指细雨，晋张协《杂诗》："密雨如散丝。"

【译文】

下游的长江江面，微雨濛濛，南京城里，敲响了报时的晚钟。水气密布，驶来的帆樯显得那么滞重，飞鸟缓缓地消失在昏雨之中。海门遥遥，望不见它的影踪，江边的树影远伸，却依然郁郁葱葱。雨中相送，离别的深情无止无穷，我的泪水飘洒，跟雨丝没什么不同。

酬程近秋夜即事见赠

韩　翃

长簟迎风早〔1〕，空城澹月华〔2〕。
星河秋一雁，砧杵夜千家〔3〕。
节候看应晚，心期卧亦赊〔4〕。
向来吟秀句〔5〕，不觉已鸣鸦。

【题解】

程近（一本作"程延"），为诗人友人，具体情况不详。这首诗是诗人对程近赠诗的酬答。前四句写秋夜，绘景言情，凝炼隽永。后四句写怀念友人，情真意切。诗中"空城"何指，缺乏详实的背景材料，但从"星河"一联中，不难细味出是客中人语。由此可见程近“秋夜即事”的原唱，也必然以感秋思乡为内容。

【注释】

〔1〕簟（diàn）：竹名，可制席。此代指席子。

〔2〕滄：水摇动的样子。此指月光流照。　月华：月光，月色。

〔3〕砧杵：此指捣衣声。砧，捣衣石。杵，捣衣棒。

〔4〕心期：指两心相通。　赊（shē）：迟。

〔5〕向来：近来。

【译文】

竹席上很早就感觉到秋风的来临，如水的月光淡漾着空寂的小城。银河下一只秋雁在孤独地行进，夜色中家家户户响起了捣衣声声。算算节令，已该是一年将尽，我遥念着你，耽误了上床的时辰。这一晚来把你秀美的诗句诵吟，不知不觉间已传来了清晨的鸦鸣。

阙　题

刘昚虚

道由白云尽，春与青溪长。
时有落花至，远随流水香。
闲门向山路〔1〕，深柳读书堂。
幽映每白日，清辉照衣裳。

【题解】

此诗原题佚失，唐人《河岳英灵集》辑入此诗，标作“阙题”。阙，通“缺”。诗歌写的是一处有山有水、富于诗情画意的“读书堂”。从唐人的表现习惯来看，此诗不属于“自遣”，而属于“酬赠”，当是对友人居所的赞美。

盛唐诗气象的一大表现特征为“雍容”，即无论何等题材内容，都显示得俊逸明快，自然而不简率，精整而无斧凿，有骨有态，落落大方。诗僧皎然曾批评中唐诗人“窃占青山、白云、春风、芳草以为己有，吾知诗道初丧”，意思是说他们一味以刻意制作为能事，脱离真实而胡乱堆垛意象，破坏了清新轩朗的唐诗传统。本诗中多用上这一类字面，却不会让人产生“窃占”之感，这正是“雍容”两字的最好说明。

【注释】

〔1〕闲门：寂静的院门。闲，安闲，寂静。

【译文】

山路延伸，消失在白云的尽头，春光伴着青青的溪水长流。常有一两片落花飞来，在水面漂浮，随溪水远去，清香却依然驻留。很少有人光顾的大门，就对着这路口，读书堂的四周，栽满了丛丛杨柳。每每阳光照射，柳林下有明有幽，滤过的清辉，在主人的衣襟上聚投。

江乡故人偶集客舍

戴叔伦

天秋月又满，城阙夜千重〔1〕。
还作江南会，翻疑梦里逢〔2〕。
风枝惊暗鹊，露草泣寒虫。
羁旅长堪醉〔3〕，相留畏晓钟。

【题解】

这是诗人客居长安城的作品。诗人为江南润州金坛（今江苏金坛）人，安史之乱期间曾避居江西，“江乡故人”正是指来自这些地方的亲朋好友。他乡遇故旧，而且多人不期而逢，集聚在一堂，这种机会是极其罕少的。诗题中的“偶”字，就显示了诗人的某种感慨，即诗中所谓“翻疑梦里逢”。

此诗着力之处，正在题中的“偶集”一语：首联从时地见偶集之不易，次联从感想写偶集之意外。偶集生伤感，故枝鹊草虫，无不惊心；偶集宜珍惜，故虽欲图醉，终畏宵短。“更为后会知何地？忽漫相逢是别筵。”（杜甫《送路六侍御》）全诗将这种久别偶逢、复又伤别畏别的场景、心情，刻画得真切动人。

【注释】

〔1〕城阙：指京城长安。阙，宫门前的望楼。

〔2〕翻：义同“反”。

〔3〕羁旅：在异乡旅居。

【译文】

时当秋季，又是月满十分的佳夕，千万重楼阁，掩映在长安的夜里。江南的故友还能在这儿会集，反使人产生了梦里相逢的怀疑。风动树枝，把暗中的栖鹊惊起，秋虫在沾满露水的草丛间悲泣。客居他乡，借醉消愁最为适宜，我们互相挽留，就怕晨钟催人分离。

送李端

卢　纶

故关衰草遍，离别正堪悲。
路出寒云外，人归暮雪时。
少孤为客早〔1〕，多难识君迟。
掩泪空相向，风尘何所期〔2〕。

【题解】

李端，字正己，赵州（今河北赵县）人。大历五年（770）进士，官至杭州司马。而卢纶则是大历六年进士，两人都属于“大历十才子”的成员。从本诗内容来看，当作于两人未贵显时的安史之乱后期。

诗作前四句借景抒情，极力渲染离别的惨淡凄怆。第五、六句离题抒发感慨，实是在抒写离情别状的进程中补插一笔，以见出“离别正堪悲”的原委。一“早”一“迟”，出相见恨晚之意，使送别更觉悲凉。这种中途阑入、倒插补叙的行文，在诗法上称为“逆挽”，是唐人律诗避免平衍的有力手段。

【注释】

〔1〕少孤：少年丧父。

〔2〕风尘：风尘扰攘，时代纷乱。　何所期：不知后会何期。

【译文】

古旧的城关枯草长遍，离别的人更增添了悲酸。前方的道路向着寒云伸展，你回归时，正值暮雪纷乱。我从小失去父亲，很早就离开家园，时事多难，认识你总感到相知恨晚。我掩面悲泣，同你互相默对无言，风尘扰攘，不知哪天才能再见面。

喜见外弟又言别

李　益

十年离乱后，长大一相逢。
问姓惊初见，称名忆旧容。
别来沧海事〔1〕，语罢暮天钟。
明日巴陵道〔2〕，秋山又几重。

【题解】

这首诗记录了诗人同他表弟久别后邂逅、又无奈分手的动人一幕。诗中“离乱”指安史之乱，“十年”是约略之数。李益安史之乱时才十岁左右，作此诗时，估计为二十来岁。

诗作前半写“喜见外弟”，久别倏逢情状，宛然在目。一“问”一“称”，一“惊”一“忆”，真实细腻，意外的发现和证实自然衬出了字面外的“喜”。而后半写“又言别”，也颇耐人寻味。“别来”一联，固然是为由重逢到再别作过渡，而“十年”的“沧海事”本难尽述，结果竟然“语罢”于暮天钟时，正表明了两人即使在交谈之时，心中也刻刻摆脱不去“别”的阴影。于是后四句又衬出了字面外的“悲”意。由惊而喜，复形喜实悲，离合聚散的刻画各臻其至，这正是本诗的过人之处。

【注释】

〔1〕沧海事：指世间发生的巨大变化。沧海，即“沧海桑田”，据《神仙传·王远》:“麻姑自说云：‘接侍以来，已见东海三为桑田。’”

〔2〕巴陵：唐朝郡名，治所在今湖南岳阳。

【译文】

十年战乱中彼此音讯不通，你长大了，到今天才偶然相逢。问你姓氏，惊讶同姓如何这样陌生，说出名字，才回忆起你旧日的音容。一别间世事沧桑难以述尽，交谈结束已传来了黄昏的钟声。明天将要踏上巴陵一带的行程，在我们之间又阻隔着多少秋日的山峰。

云阳馆与韩绅宿别

司空曙

故人江海别，几度隔山川。
乍见翻疑梦[1]，相悲各问年。

孤灯寒照雨，深竹暗浮烟。
更有明朝恨，离杯惜共传。

【题解】

云阳馆，云阳的馆驿，云阳在今陕西泾阳西北。韩绅，《全唐诗》又作“韩升卿”，疑即韩绅卿，为韩愈叔父，曾官泾阳县令。韩绅卿与司空曙同时。可能是司空曙途经云阳，韩绅卿去拜望这位分别多年的旧友，并陪同在驿馆中连床夜话，住了一宿。于是诗人临别时作了这首诗。

全诗细腻地写了旧识、重逢、夜话、伤别的过程，这种细腻是大历诗风的特点。从“几度隔”到“明朝恨”，诗人始终摆脱不了别易会难的阴影，写成了久别忽逢、乍逢又别的绝唱。“乍见翻疑梦，相悲各问年”，尤其撼人心弦。这两句可与前篇李益《喜见外弟又言别》“问姓惊初见，称名忆旧容”对读：同是重逢动情，李诗是不识而惊，惊后转喜；本诗是明知而疑，疑后转悲。这两句又可与本卷戴叔伦《江乡故人偶集客舍》“还作江南会，翻疑梦里逢”对读：同是相见如梦，戴诗是先晤谈而后感慨，本诗是先感慨而后晤谈。三者俱是情真言切、曲尽别意的名句，却因时地对象的不同各臻其妙，分树一帜。

【注释】

〔1〕乍见：初见。　翻：义同“反”。

【译文】

我同你分别在江海之上，间隔着多少道河流山岗。初一相逢，反怀疑是梦中景象，互相悲悯，询问这些年来各自的境况。窗外的雨在孤灯映照下闪着寒光，幽幽的竹丛昏黑，像蒙起烟团一样。到明天还有再度分手的悲怅，我们一起珍惜地举起辞别的杯觞。

喜外弟卢纶见宿

司空曙

静夜四无邻，荒居旧业贫[1]。
雨中黄叶树，灯下白头人。
以我独沉久[2]，愧君相见频。
平生自有分[3]，况是霍家亲[4]。

【题解】

卢纶，是大历十才子之一，本书收有其律诗、绝句多首。外弟，即表弟，卢纶是司空曙姑母的儿子。见宿，承允同宿，“见”是表示受人恩惠的谦抑性助词。此诗作于司空曙晚年赋闲家居时。

“雨中黄叶树，灯下白头人”，与白居易《途中感秋》“树初黄叶日，人欲白头时”同一机杼。然而白诗侧重于感受，此诗则为纪实。它在首联所述僻处无偶、荒居度贫的困厄中，又添上了衰老与无望的不堪。在这样的前提下，便衬现出诗人对卢纶不弃故人、惠然访宿的惊喜与感激。本诗第二联采用富于形象的特写式，而第三联则用直白朴素的叙述式，两相交融，情真意切，如见肺腑。所以全诗虽没有任何与“喜”相关的词语，诗人的欣慰心情却是不言自明的。

【注释】

〔1〕旧业：祖上留下来的家业。

〔2〕沉：沉沦下位，不得志。

〔3〕分（fèn）：情分，情谊。

〔4〕霍家亲：用西汉名将霍去病与卫青是甥舅关系的典故，因诗人与卢纶也是表亲。

【译文】

黑夜一片静寂，四周不见邻里，我独自僻居，没有什么家基。缀满黄叶的秋树受着夜雨冲洗，灯下的我一头白发，已经垂垂老矣。因为我孤身沉沦，早非一朝一夕，对你的频频来访就不禁生出了愧意。我们这一生自有注定的情谊，何况还存在着中表的亲戚关系。

贼平后送人北归

司空曙

世乱同南去[1]，时清独北还。
他乡生白发，旧国见青山[2]。
晓月过残垒，繁星宿故关。
寒禽与衰草，处处伴愁颜。

【题解】

贼平，指安史之乱平定。当时司空曙约四十岁，流寓江南。从诗意来看，诗人所送之人当是同乡。北归，是回返家乡广平（今河北永年）。

两人本是一同避乱南来，如今战乱虽然平息，诗人却不得不继续滞留客乡，送友人独自踏上归途，其间诗人复杂的情感，不难想见。“他乡生白发，旧国见青山”，上句两人共写，下句独照友人，就反映出诗人悲羡交集、触景伤情、惜别悯离的种种情怀。以下四句悬想友人北归途中情景，是对友人的体贴关怀，更是诗人身世意识的投入。可以说他是以自己虚幻中的返乡情状来写这四句的，而“贼平后”依然是满目疮痍的劫余现实，也正是他不能随同友人北归的客观原因。

【注释】

〔1〕世乱：指安史之乱。

〔2〕旧国：故乡。

【译文】

战乱中我们一同避难南奔，如今时局平定，你却独自踏上北归的途程。他乡漂泊，满头白发丛生，你回到故土，所见惟有青山长存。晓月中你经过残破的兵营，繁星下你寄宿在来时走过的旧城。衰飒的野草，萧瑟的飞禽，一路上处处伴随着你这伤心人。

蜀先主庙

刘禹锡

天地英雄气，千秋尚凛然〔1〕。
势分三足鼎〔2〕，业复五铢钱〔3〕。
得相能开国〔4〕，生儿不象贤〔5〕。
凄凉蜀故伎，来舞魏宫前〔6〕。

【题解】

这首诗是诗人任夔州刺史时凭吊蜀先主庙之作。蜀先主，谓刘备。其庙在夔州（治所今四川奉节）。诗人自称是汉朝中山靖王的后代，乃刘备的本族。诗歌赞颂了刘备的英雄气概和历史功绩，对孱弱无能的后主刘禅则表示了讥刺和慨叹。全诗运用典故和对仗都非常警辟工整，显示了诗人高超的修辞手法和深厚的文字功底。

【注释】

〔1〕“天地”二句：意思是刘备的英雄气概，千年之后仍让人肃然起敬。《三国志·蜀志·先主传》载，曹操曾对刘备说，天下英雄只有刘备和他曹操。

〔2〕“势分”句：指刘备完成三国鼎立的大业。

〔3〕“业复”句：指刘备志在复兴汉朝。五铢钱，汉代的钱币。

〔4〕得相：指得贤相诸葛亮。

〔5〕“生儿”句：指刘备之子刘禅无能无德，终致亡国。象贤，能效法先人的贤德。

〔6〕“凄凉”二句：魏国灭蜀后，魏相司马昭令蜀地的歌舞伎给刘禅表演歌舞，刘禅竟喜笑自若，令人感慨。伎，歌舞伎。魏宫，刘禅投降魏国以后，被迁移到洛阳，住在魏国的宫室中。

【译文】

你一股英雄气概在天地间撑拄，千载之下依然使人凛然敬慕。你改变时势，造成天下三分鼎足，平生致力于光复汉朝的王室和制度。你有丞相诸葛亮，能担开国的重负，你生的儿子阿斗却实在不肖其父。最悲惨的是蜀国的女伎当了俘虏，在魏国的宫廷里出场翩翩起舞。

没蕃故人

张　籍

前年戍月支〔1〕，城下没全师〔2〕。
蕃汉断消息，死生长别离。
无人收废帐，归马识残旗〔3〕。
欲祭疑君在，天涯哭此时。

【题解】

中晚唐时唐朝与吐蕃常常在西北边境上用兵，本诗就是为吊念一名与吐蕃作战中阵亡失踪的友人而作。没，陷没，死亡。蕃（bō），吐蕃，古代藏族建立的地方政权。

唐代边帅隐匿败绩不报的情形时有发生，“前年”全军覆没而诗人至今才得知闻，其间隐情颇令人玩味。而本篇这种过期的追悼，适足增添了全诗的悲剧性。正因为是“前年”的事件，所以有

“断消息”的感受，有“疑君在”的幻想，痛慨、痴情，愈觉惨深。废帐残旗，归马蹀凉，是诗人的揣想，却真实地再现了“没蕃”的战罢情景，使全诗的气氛更加深痛悲凉。

【注释】

〔1〕戍：戍边，此作出征解。　月支：汉代时西域国名，又称月氏。这里借指吐蕃。

〔2〕没全师：全军覆没。

〔3〕识残旗：春秋时卫懿公与狄人作战战死，大夫弘演借残旗收得尸骸。

【译文】

前年你出征，进入吐蕃的地界，城下一战，全军惨遭覆灭。吐蕃和唐朝间本来就消息断绝，死者与生者从此就成了永久的离别。废弃的营帐无人前来收拾，恐怕归城的马还认得残破的旗帜。我想为你祭祀，又怀疑你没死，此刻禁不住在天涯替你哭泣不止。

草

白居易

离离原上草〔1〕，一岁一枯荣。
野火烧不尽，春风吹又生。
远芳侵古道〔2〕，晴翠接荒城〔3〕。
又送王孙去，萋萋满别情〔4〕。

【题解】

据唐人笔记《幽闲鼓吹》记载，白居易早年进京应举，以诗谒见著作郎顾况。顾况见他姓名，先说“长安‘居’亦不‘易’”，及至读到本诗，不禁叹赏道：“道得个语，居亦易矣。”这段记载如果属实，那么这首诗就是白居易十六岁前所作。

诗题全称作《赋得古原草送别》。作为“赋得体”，必须将咏赋对象的物状内质曲曲绘出；而加上“送别”，又须引向人事。诗人将这两方面的内容，一表一里，完满地结合起来。春草与别情，早在《楚辞》时代就建立了联系。本诗以“野火烧不尽，春风吹又生”的流水对，酣满地表现出春草顽强的活力；以“远芳”、“晴翠”，作为“古道”、“荒城”生命的恢复，从而昭示了弥合离别这一生活缺陷的理想和信念。借咏物而抒发性灵，游刃有余，不落常套。“野火烧不尽，春风吹又生”，由于细得物象而带上了哲理，成为脍炙人口的名句，被赋予劫后重兴、生生不息的别解。在唐诗中，这种因传达生动而使表现内涵扩延出本体的妙句佳例，是屡见不鲜的。

【注释】

〔1〕离离：草繁密茂盛的样子。

〔2〕远芳：指远方的草。

〔3〕晴翠：晴朗的天气里青翠的草色。

〔4〕“又送”二句：化用《楚辞·招隐士》“王孙游兮不归，春草生兮萋萋”句。王孙，贵族公子，此指游子。萋萋，草木繁茂的样子。

【译文】

原野上的青草总是那样的茂密，一年一度，完成着枯萎和兴盛的交替。野火的焚烧不能使它绝迹，春风一吹，又恢复了蓬勃的生机。古道漫漫，一路上沾入了它的气息，阳光下一片翠色，同荒城接在一起。又一次伴送游子踏上天涯行旅，绿油油的春草啊，饱含着离情别意。

旅　宿

杜　牧

旅馆无良伴，凝情自悄然〔1〕。

寒灯思旧事，断雁警愁眠[2]。
远梦归侵晓[3]，家书到隔年。
沧江好烟月[4]，门系钓鱼船。

【题解】

本诗写客旅中一夜的情景，表现客愁乡思，是唐诗中常见的题材，值得读者注意的其针线的细密。起首两句即从“旅”字入手，写出旅况的寂寞，“凝情自悄然”，在黯然神伤中已度过了不少时间。以下两联进入“宿”，又分两个层次，一是欲宿而难以成眠，一是入睡而归梦倏短。这两联浓缩了旅宿中种种悲凄的意象，景、情凝炼，所以蘅塘退士在《唐诗三百首》中说此“中二联当作二十层看”。“二十层”即一字一意，固然有些过分；他的意思，当是强调这二十字宜一字一读。一字一读，便觉一字一泪。末联看起来是对家乡的悬想，带着某种画饼充饥式的悲酸，但又非完全如此。它其实是旅馆外早晨风物的实景，告诉我们诗人的这一“旅宿”，是在“思旧事”的久不成寐与极短暂的归梦后捱到了天明。全诗将时间的流程或实或虚纳入不同的旅况之中，悱恻凄绝，令人动容。

【注释】

〔1〕悄然：这里是形容郁郁寡欢的样子。
〔2〕断雁：失群的雁。　警：惊醒。
〔3〕侵晓：天色破晓。
〔4〕沧江：水色青绿的江。

【译文】

旅馆里没有要好的朋友，我沉浸在思绪中，独自黯然伤忧。昏黄的灯光下将往事一一回首，不能安睡，孤雁的凄鸣更使人心揪。直到破晓，才把回乡的梦儿拼凑；家信到手，已经是下一个年头。馆外沧江的夜景真让我羡慕不休，你看那些打鱼船，都泊在自家门口。

秋日赴阙题潼关驿楼

许　浑

红叶晚萧萧，长亭酒一瓢[1]。
残云归太华[2]，疏雨过中条[3]。
树色随山迥[4]，河声入海遥。
帝乡明日到[5]，犹自梦渔樵。

【题解】

赴阙，即进京。阙，为宫门前的望楼，指代京城。唐代地方官员调官赴任前，例须进京述职，接受吏部考核，亦称赴选。本作即是许浑任润州司马前入长安赴选，经过距长安二百里外的潼关，在官方设立供给寄宿的驿楼上所题的诗篇。

诗中“红叶”应“秋日”，“长亭”应“驿楼”，中间两联是潼关所见的本地风光。“赴阙”两字仅落实在“帝乡明日到”一句中，但诗人的心情仍系留于江湖之上，所以全诗写得直如一首游览诗。全作照应题面干净利落，错落有致，四十字无一冗费的迹象。不止是“梦渔樵”的自白，诗中对潼关景色的高华雄浑的咏写，也可见出诗人胸怀的豪逸清旷。

【注释】

〔1〕长亭：古代有“十里一长亭，五里一短亭”之说，用作行人休息之处。

〔2〕太华：即西岳华山，为与华山西南的少华山区别，故称华山为太华山。

〔3〕中条：即中条山，在今山西永济。

〔4〕迥（jiǒng）：远。

〔5〕帝乡：帝王之乡，指京城。

【译文】

火红的枫叶，在晚风中沙沙抖索，一瓢水酒，伴着长亭里的我。华山的峰腰收留了残剩的云朵，稀疏的雨点在中条山上方飘过。树影排列延长，同遥遥的关城融和，黄河的涛声向着大海远播。明日就到长安的官家场所，我却仍然萦念山林隐居的生活。

早　秋

许　浑

遥夜泛清瑟[1]，西风生翠萝。
残萤栖玉露，早雁拂金河[2]。
高树晓还密，远山晴更多。
淮南一叶下[3]，自觉洞庭波[4]。

【题解】

早秋，即初秋。唐诗以时令为题，多属于节候诗，要求反映出与之相应的景物与特征。本诗前半四句的“清瑟”、“西风”、“残萤”、“玉露”、“早雁”，都与早秋相关，符合上述要求。但节候诗要成为为人传诵的佳作，还必须符合两个条件，一是象出新意，二是情见于辞。

本诗后半即渐现佳境。五句“高树晓还密”从高树的无恙说明秋还属早期，六句“远山晴更多”以远山的层翠隐示初秋的高爽，都是细察物理、不落常套的构思。结末两句更是异军突起，借“洞庭波兮木叶下”、“一叶落知天下秋”的成句，既将“早秋”的题面添向圆足，又透现出诗人身临初秋苍凉而敏感的心绪。

【注释】

〔1〕遥夜：长夜。　瑟：古代一种类似琴的弦乐器。

〔2〕金河：秋天的银河。古代五行说以秋属金，此处金即指秋天。

〔3〕“淮南”句：语出《淮南子·说山》：“见一叶落而知岁之将暮。”
〔4〕洞庭波：典出《楚辞·九歌·湘夫人》：“洞庭波兮木叶下。”

【译文】

清冷的瑟声回荡于漫漫的秋夜，西风吹起，树上的女萝不住摇曳。白露上驻留着几点残萤明灭，银河下方掠过了最初的雁列。高大的乔木在晓色中依然枝叶相接，初阳下远山更显得重重叠叠。当淮南坠下了第一片落叶，就有了洞庭水波生秋的感觉。

蝉

李商隐

本以高难饱〔1〕，徒劳恨费声。
五更疏欲断，一树碧无情。
薄宦梗犹泛〔2〕，故园芜已平〔3〕。
烦君最相警，我亦举家清〔4〕。

【题解】

这是一首咏物名篇，托蝉寓怀的立意显明，诗中蝉的形象，也即诗人自我形象的生动写照。以蝉喻人，或者刻画人格化的蝉的形象，初唐虞世南已写有《蝉》篇，骆宾王又有《在狱咏蝉》，李商隐此诗所写与前人不同。他突出了这种人化的蝉的两种内在特点：一是高洁，二是穷困。困穷难饱固然与自身高洁不无关系，但“徒劳恨费声”，更根本的原因还在于“一树碧无情”的冷酷环境。所以诗的后半转入自况，就不会使人感到突兀。

【注释】

〔1〕以：由于。　高难饱：古人认为蝉居高树，吮吸清露为生，高处露水少，所以难以饱腹。同时，“高”字也含有高洁的意思。

〔2〕薄宦：薪俸微薄的官职。　梗犹泛：据《战国策·齐策三》载：土偶（泥塑偶像）对桃梗说："今子东国之桃梗也，刻削子以为人，降雨下，淄水至，流子而去，则子漂漂然者将何如耳?"后世常用"梗泛"形容生活漂泊不安。梗，树枝。泛，漂浮。

〔3〕芜已平：杂草已经一望无际了。

〔4〕举家清：全家一贫如洗。

【译文】

你栖在高处，本来就难得温饱，声声苦诉不平，岂不是一场徒劳。五更时疏疏落落，好像要停止鸣叫，那大树依然苍润，不理你的烦恼。我已是官职卑微，还要在四方萍飘，故乡的家园早已长满了荒草。难为你不时提醒，不啻为我警告，我全家也已经同你一样，清贫而清高。

风　雨

李商隐

凄凉宝剑篇〔1〕，羁泊欲穷年〔2〕。
黄叶仍风雨，青楼自管弦〔3〕。
新知遭薄俗，旧好隔良缘。
心断新丰酒〔4〕，销愁又几千〔5〕。

【题解】

本诗按清人冯浩的推考，断为宣宗大中十一年（857）诗人游江东时的作品。如果这一推断成立，那么在诗成的第二年，诗人的生命就走到了尽头。

诗题《风雨》，但全作仅"黄叶仍风雨"一句实透题面，其余皆是凄凉氛围下对侘傺遭际的愁懑心声。立题而仅取其象征意味成篇，是李商隐的独创。诗题虚化的极端便是无题，而本诗寓寄托于意象的手法，也实与诗人多首《无题》诗一般无二。不过从首尾俱用唐初贤才不得其志的典故来看，此诗当属于政治寓怀诗，可能同诗人被卷入牛李党争、辞弘农尉、游幕寄居人下的种种经历有关。

【注释】

〔1〕宝剑篇：据《新唐书·郭震传》载，郭震少有大志，武则天召见他，向他索取诗文，他便把自己写的《宝剑篇》呈上。这是一篇托物言志的诗作，武则天看后大为赞赏。

〔2〕羁泊：在他乡羁旅漂泊。　穷年：终年。

〔3〕青楼：指富贵人家的高楼。

〔4〕心断：犹言绝望。　新丰酒：据《新唐书·马周传》载，唐太宗的中书令马周，贫贱时宿于京城长安的新丰客店，店主人对他很冷淡，他要了一斗八升酒悠然独酌。后来受到唐太宗的赏识而被重用。

〔5〕几千：指买酒钱。

【译文】

郭震的《宝剑篇》，到今天已不会得到重视，我旅居飘泊，就这样一天天打发日子。深秋的黄叶仍然在忍受着风雨的恣肆，富家自管在高楼上歌舞贪欢，醉生梦死。新交的朋友遭到浇薄时俗的排斥，同旧日欢好间的良缘也因阻隔而中止。我早已不信马周在新丰饮酒而腾达的故事，但为了销愁，却又出了几千文酒资。

落　花

李商隐

高阁客竟去，小园花乱飞。
参差连曲陌〔1〕，迢递送斜晖〔2〕。
肠断未忍扫，眼穿仍欲归。
芳心向春尽〔3〕，所得是沾衣〔4〕。

【题解】

这是一首借落花以寓身世飘零之作，但又与完全的寓意咏物诗不同。落花不单是身世的象征物，同时又是独立的歌咏对象。诗人主体的感受，犹如撮盐入水一般交融到了落花的意象之中。诗的情调较为沉重，故有人将它读作悼亡诗，也别有一番况味。

【注释】

〔1〕参差（cēn cī）：错落不齐的样子。　曲陌：曲折的小路。

〔2〕迢递（tiáo dì）：高远的样子，指落花飘舞之高远者。

〔3〕芳心：双关语，既指花的精神灵魂，又指诗人惜花之心境。

〔4〕沾衣：也是双关语，既指落花依依沾人服装之上，又指惜花人情伤抛洒的眼泪沾湿衣襟。

【译文】

高阁中的客人竟然一走而光，留下小园的落花狂飘乱荡。它们无序地散布，随着曲径的走向，一路上铺得远远，泣送着残阳。我不忍心去扫花，只觉寸断肝肠，眼巴巴盼来了春天，它仍要归向远方。临到晚春，我心中依然情绵意长，换得的却只是泪水沾湿衣裳。

凉　思

李商隐

客去波平槛〔1〕，蝉休露满枝。
永怀当此节〔2〕，倚立自移时〔3〕。
北斗兼春远〔4〕，南陵寓使迟〔5〕。
天涯占梦数〔6〕，疑误有新知。

【题解】

本诗从“南陵（今属安徽）寓使迟”句意来看，当作于宣城、南陵一带。大中九年（855）间，李商隐曾到今安徽江南一带游历，诗或作于此时。唐人诗题中的“思（sì）”字，有“之意”和“有感”二意，“凉思”就是“秋凉意象”或“秋凉有感”的意思。而在本诗中，题目又可读为“凉思（sī）”，即秋凉起时的怀人心曲。

全篇渲染了“凉”、“思”二意：凉是凉秋，而写得清疏沉冷，直影心绪；思是怀思，而写得一往情深，几近缠绵。诗人集中另有《和韦潘前辈七月十二日夜泊池州（在南陵附近）城下》，亦作于大中九年。由此看来，诗中所谓“疑误有新知”，当与当时牛李党争的政治背景有关。

【注释】

〔1〕波平槛：潮水涨得很高，已经平了水槛。槛，带栏杆的建筑。

〔2〕永怀：长想。

〔3〕移时：指经历较长时间。

〔4〕北斗：指客所在之地。北斗的分野在京城长安。

〔5〕南陵：唐代县名，即今安徽南陵。是诗人客寓之地。

〔6〕占梦：占卜梦境。　数（shuò）：多次，屡次。

【译文】

你走时春水涨溢，同水亭栏杆齐平，如今已蝉声消歇，满树白露泠泠。我久久思念着你，在这秋天的时令，倚栏伫立，不知过了多少时辰。你在长安，同春天一样杳不可寻，南陵的我总是等不见使者传信。身寄天涯，我多次占问梦境，误疑你已经有了新的知音。

北青萝

李商隐

残阳西入崦〔1〕，茅屋访孤僧。

落叶人何在，寒云路几层？
独敲初夜磬[2]，闲倚一枝藤[3]。
世间微尘里，吾宁爱与憎[4]？

【题解】

北青萝，在今河南济原王屋山中。此诗写访僧不遇之所见所感，写出了僧舍的凄清幽静，和自己设身处地的万念俱寂、爱憎泯然之情怀。颔联从环境写，见僧之孤僻；颈联从行止写，见僧之孤介；尾联则从精神境界之感召力写，直见僧之孤高。“孤僧”从不遇中现出，是此诗绝妙之处。

【注释】

〔1〕崦（yān）：山岭。

〔2〕初夜：夜之初，指黄昏时候。

〔3〕一枝藤：指孤僧用的手杖。

〔4〕“世间”二句：佛教的《楞严经》说：“人在世间直微尘耳，何必拘于憎爱而苦此心也？”意思是说，人不过是人世间的一粒灰尘，又何必斤斤计较什么爱和恨呢？宁，岂能。

【译文】

消失了，那最后一抹下山的残阳，我去山顶的茅屋把孤僧寻访。满林落叶，不知人在何方，只有寒云间山路一道道盘旋直上。你独自把黄昏的钟磬敲响，闲来无事，倚扶着一支藤杖。这世界就在微尘里隐藏，我又有什么七情六欲需讲。

送人东游

温庭筠

荒戍落黄叶[1]，浩然离故关[2]。

高风汉阳渡[3]，初日郢门山[4]。
江上几人在，天涯孤棹还[5]。
何当重相见，樽酒慰离颜[6]。

【题解】

旧注以此诗多湖北地名，指为温庭筠大中十三年（859）贬随县尉后在随县、江陵所作。但诗中郢门山在汉阳渡西，而随县、江陵正在两地之间，与“东游”题面不合。从诗人未谙湖北地理的情节来看，恰可推断此诗作于早年长安时期。

本诗起笔，即有壮行意味。“高风汉阳渡，初日郢门山”两句，非特兴象高旷，且见胸中气格，从而与上文“浩然”两字紧相呼应。唐人五言诗联，常以地名作对仗，运用得当，能收贯通空间、壮扩意象的效果，至有天造地设之妙，本作即是如此。以下颈联传出离恨，尾联复又振起，浩然之气不衰。此诗与前选王勃《杜少府之任蜀州》异曲同工，壮别复加慰望，于赠别诗中别具一种豪迈昂扬的情味。

【注释】

〔1〕荒戍：荒僻的旧营垒。

〔2〕浩然：语出《孟子·公孙丑下》：“予然后浩然有归志。”指心怀远大志向。

〔3〕汉阳渡：长江在湖北汉阳（今武汉）的渡口。

〔4〕郢门山：即荆门山，在今湖北宜都西北。

〔5〕孤棹：孤舟。棹，船桨，代指船。

〔6〕樽：酒杯。

【译文】

黄叶落满了荒废的营垒，你告别故乡的城关，志气充沛。汉阳渡前，你迎着雄风劲吹，到达郢门山时，当正是初日扬辉。大江上还能有几多故人伴陪，你在天涯定会驾着孤舟返回。什么时候再能和你重新相会，让我们共同举起慰劳的酒杯。

灞上秋居

马　戴

灞原风雨定，晚见雁行频。
落叶他乡树，寒灯独夜人。
空园白露滴，孤壁野僧邻。
寄卧郊扉久，何年致此身[1]。

【题解】

从本诗末句“何年致此身”，可推考出这是马戴于武宗会昌四年（844）进士及第前在长安所作。长安城东有灞水，灞上即灞水岸边的灞原。唐人应举，例以上年秋冬进京，在京郊赁居温书，第二年春试如果未能考上，就还要滞留下来以待来年再试。马戴久困场屋，所以在这首叙写“灞上秋居”的诗篇中，充满了凄凉愁苦之音。

本书五律所选司空曙“雨中黄叶树，灯下白头人”，崔涂“乱山残雪夜，孤烛异乡人”，及本篇的“落叶他乡树，寒灯独夜人”，都用了句中加倍写法。出句、对句两两相照，气力更为深厚。而本诗在这一联外，以“空园”句补“树”，以“孤壁”句补“人”，又翻加了一倍。从而将异乡秋居的冷寂悲苦，表现得淋漓尽致。

【注释】

〔1〕致此身：语出《论语·学而》:“事君能致其身。”意思是说事奉国君能不顾自身。致，尽，极。

【译文】

灞原上的风雨告一段落，黄昏，举头见雁行频频飞过。是他乡的树上黄叶飘堕，孤独的夜里，我对着昏淡的灯火。空残的园林滴着秋露，一派萧索，只有游方的僧人偶尔为邻，居处寂寞。我寄居京郊的日子已经很多，哪一年才能一展怀抱将君王辅佐。

楚江怀古

马 戴

露气寒光集，微阳下楚丘[1]。
猿啼洞庭树[2]，人在木兰舟[3]。
广泽生明月[4]，苍山夹乱流。
云中君不见[5]，竟夕自悲秋[6]。

【题解】

楚江，即楚地之水，此处指湖南沅江。马戴于唐宣宗大中（847—860）间曾贬至朗州（今湖南常德），本诗当作于这一时期。唐人写楚地的诗歌往往联想起《楚辞》，着力表现沅湘地区特有的景物风俗，使之带上了浓郁而鲜明的地方色彩。本诗题为“怀古”，却并未涉定具体的古迹或历史事件，但“木兰舟”、“云中君”之类的意象，仍使人发思古之幽情。

清沈德潜《唐诗别裁》云：“‘猿啼洞庭树，人在木兰舟’，二语连读乃见标格。”这是从章法意义上说的。我们如果变换诗中两联，组成一首五绝：“广泽生明月，苍山夹乱流。猿啼洞庭树，人在木兰舟。”就另成了一则好诗。由此，可体味律诗、绝句在意脉安排上的不同，及其所产生“标格”、韵致上的变化。

【注释】

〔1〕楚丘：楚地的山丘。

〔2〕洞庭：即洞庭湖，在今湖南北部，长江之南。

〔3〕木兰舟：对船的美称。木兰是一种香木，古代有鲁班刻木兰为舟的传说。

〔4〕广泽：广阔的湖泊，指洞庭湖。

〔5〕云中君：原为《楚辞·九歌》中的篇名，是祭祀云神之作，此指云神。

〔6〕悲秋：语出《楚辞·九辩》："悲哉，秋之为气也！萧瑟兮，草木摇落而变衰。"

【译文】

寒光在湘江的露气中结集，楚山背后微弱的夕阳渐渐沉西。洞庭湖岸的树上猿猴哀啼，行人坐在木兰制成的小船里。宽阔的水面上一轮明月升起，苍山间一道道乱流奔腾湍急。我找不到《楚辞》中云中君的踪迹，一整夜挥不去悲秋的意绪。

书 边 事

张　乔

调角断清秋〔1〕，征人倚戍楼〔2〕。
春风对青冢〔3〕，白日落梁州〔4〕。
大漠无兵阻，穷边有客游〔5〕。
蕃情似此水〔6〕，长愿向南流。

【题解】

书边事，即记述边境情形之意。诗中对"梁州"（当为凉州，河湟十三州之一，在今甘肃武威。唐人"梁州"、"凉州"常误淆）地区干戈消歇、蕃情归顺的描写，与史书所载唐懿宗时张义潮收复河湟诸州时期的情事相合，故本诗当作于公元863至880这十来年间。

唐代边塞的敌情、战事连年不止，以至边界的暂时宁靖，也会激起诗人的兴奋，在清秋中获得春风的感觉。本诗由一闻（"调角断清秋"）一见（"征人倚戍楼"），生出所望所想，且层层扩大递进，流利清畅。尽管诗作有应制颂圣的气味，但意气风发昂扬，仍不失为边塞诗中的别开生面之作。

【注释】

〔1〕调（diào）角：吹角。角，军中的一种乐器。　断：尽，占尽。

〔2〕戍楼：边防要塞的城楼。

〔3〕青冢：指汉代王昭君墓。传说塞外草白，只有昭君墓上的草色长青，所以称为青冢。冢，坟墓。

〔4〕梁州：在今陕西南郑一带，此当为凉州，泛指边塞地区。

〔5〕穷边：荒远的边疆。

〔6〕蕃情：吐蕃人的心愿。吐蕃是我国古代藏族建立的地方政权，这里的“蕃情”泛指当时边远地区少数民族的愿望。

【译文】

角声吹起，在清秋的满天空中回荡，征人倚着驻守的城楼眺望。青冢上草色青青，仿佛春风还在来往，凉州大地上落下了夕阳。广阔的沙漠再没有敌兵阻挡，僻远的边境有游人来自他乡。蕃人的民情就像这条河水一样，总是愿意向着南方流淌。

除夜有怀

崔　涂

迢递三巴路〔1〕，羁危万里身〔2〕。
乱山残雪夜，孤烛异乡人。
渐与骨肉远，转于僮仆亲。
那堪正飘泊，明日岁华新。

【题解】

除夜，即除夕之夜。崔涂于唐僖宗中和年间（881—885），避黄巢农民起义而入四川，辗转多年，此诗即作于这一期间。

崔涂是贾岛、姚合一类苦吟诗派的继承者，他的苦吟，除了创作上的苦炼精思外，在咏写的内容上，也偏于凄苦之音。本诗的迢递路，羁危身，乱山残雪，孤烛异乡，同“除夜”这一特定的节庆相对照，就格外令人惊心动魄。诗中“渐与骨肉远，转于僮仆亲”，从王维《宿郑州》“孤客亲僮仆”句化出。但王诗仅为古风中的铺陈，本诗则作为“万里身”、“异乡人”的深绘，更为悲警感人。又在前的戴叔伦有《除夜宿石头驿》:“旅馆谁相问？寒灯独可亲。一年将尽夜，万里未归人。寥落悲前事，支离笑此身。愁颜与衰鬓，明日又逢春。”两诗机杼不约而同，而本诗则更生动形象。

【注释】

〔1〕迢递：遥远的样子。 三巴：东汉末年益州牧刘璋置巴郡、巴东、巴西，称三巴，都在今四川东部。

〔2〕羁危：羁旅于艰险的地方。

【译文】

巴郡、巴东、巴西的路途多么遥远，万里漂泊，还要冒着旅程的风险。入夜满眼是残雪和乱山，一支红烛，照出了异乡人的辛酸。我同家人分离，一天远过一天，反而与僮仆们产生了亲近感。谁能承受：在客路的风尘间，等到明日，却又迎来了新的一年。

孤　雁

崔　涂

几行归塞尽，念尔独何之。
暮雨相呼失，寒塘欲下迟。
渚云低暗渡〔1〕，关月冷相随。
未必逢缯缴〔2〕，孤飞自可疑。

【题解】

这是一首咏物诗，起首两句以群雁自在、平安的远翔衬照孤雁的单寒，复以关注的询问推出题面，表现出诗人深挚、投入的个人感情。像这样的咏物诗，往往因诗人感情的倾注而带上寄托的色彩，给读者的感受便不仅限于受咏物的本身。

唐代杜甫、许浑、储嗣宗、陆龟蒙等俱有《孤雁》诗。论一联写尽，则杜甫“谁怜一片影，相失万重云”，最为高警；论具体而微，则崔涂此篇足冠群贤。颔、颈两联四句，暮雨秋阴，白昼夜晚，一一示及；姿影各别，而无不突现出一“孤”字。唐代五律于此两联，多用一操一纵或一纵一操之法，止于其中一联用力；本诗则全力以赴不敢松懈，所以为佳。

【注释】

〔1〕渚（zhǔ）：水中小块陆地。

〔2〕“未必”二句：是说孤雁不一定被弓箭射落丧生，但与雁群失散，毕竟是可以疑虑的。缯缴（zēng zhuó），系有丝绳用以射鸟的短箭。缯，射鸟雀的箭。缴，系在箭上的丝绳。

【译文】

一队队雁行全已回到塞外，想你独个儿目的地何在。暮雨中，你呼寻同伴的努力终归失败，你想到野塘休息，却迟疑着不敢下来。你悄悄地穿过小洲上低压的云霭，关上的月亮，冷冷地陪你整夜在一块。你未必会遭到弓箭的伤害，但独自飞翔，总使人感到惊怪。

春宫怨

杜荀鹤

早被婵娟误〔1〕，欲妆临镜慵〔2〕。
承恩不在貌，教妾若为容〔3〕？
风暖鸟声碎，日高花影重〔4〕。
年年越溪女〔5〕，相忆采芙蓉。

【题解】

这首诗借描写宫女幽寂苦闷的生活，寄托诗人不遇知音的怅怨。最后两句，突然跳跃到宫女回忆当年在越溪采莲的欢乐情景，巧妙地反衬出而今在深宫中消磨青春的幽怨。“风暖”一联，在当时赞誉有加。《幕府燕闲录》：“杜荀鹤诗鄙俚近俗，惟《宫词》为唐第一……故谚云：‘杜诗三百首，惟在一联中：风暖鸟声碎，日高花影重’是也。”殊不知“承恩”一联思致宛曲、意蕴深警，以一问而同出主人公貌美而失意的两层言外之象，更见诗人功力。

【注释】

〔1〕婵娟：容态美好。

〔2〕慵：懒。

〔3〕“承恩”二句：意谓既然得宠并不在乎容貌，那么叫我该怎样打扮呢？承恩，得到宠爱。若为容，如何打扮。

〔4〕重（chóng）：繁复。

〔5〕越溪女：指未入宫的女伴。西施入宫前曾在越溪浣纱。

【译文】

早已明白被美貌害苦了终身，她对着妆镜，迟迟打不起精神。君王的爱宠，不以美丽为准，叫人又如何打扮才能合他的心。春风和暖，飘来几点鸟鸣声，晴日高挂，更显得花影缤纷。每一年，越溪上那些昔日的女伴们，都会忆念起同她一起采摘荷花的欢景。

章台夜思

韦　庄

清瑟怨遥夜〔1〕，绕弦风雨哀。
孤灯闻楚角〔2〕，残月下章台〔3〕。
芳草已云暮，故人殊未来。
乡书不可寄，秋雁又南回。

【题解】

“章台”一词可以有三种解释：第一，代指青楼；第二，长安街名；第三，楚国章华台，故址在今湖北潜江。第一义与本诗不合。韦庄在黄巢起义军攻入长安时，被困留在城中，曾有感而作《秦妇吟》。而他又作过《楚行吟》，有“章华台下草如烟”句，可知也到过潜江。所以二、三两说都可成立。无论取哪一解，从本诗内容来看，都是在抒写晚唐战乱流寓客乡的愁情。

全诗采取唐律前半写景、后半诉怀的常法，而诚如明人陆时雍所评：“前半在神韵悠长，后半在笔势老健。”(《诗境浅说》)尤其是“芳草已云暮，故人殊未来”，同前选宋之问《题大庾岭北驿》的“我行殊未已，何日复归来”一样，都是以散文笔法作成的流水对。五律于炼字炼句的工体之中，插入这样的联语，常能收正变相生、张弛开合、“笔势老健”之妙。

【注释】

〔1〕瑟：古代一种弦乐器。

〔2〕楚角：作楚地音调的角声。

〔3〕章台：参见题解。

【译文】

长夜里有凄清的瑟声弹响，弦上凝结着酸风苦雨的哀伤。孤灯下楚地的角声音调悲凉，残月低转，在那章台街的上方。芳草已经显生岁暮枯凋的迹象，全然不见有故人来到我身旁。家信无法寄往遥远的家乡，那捎书的秋雁又已避寒南翔。

寻陆鸿渐不遇

僧皎然

移家虽带郭〔1〕，野径入桑麻。
近种篱边菊，秋来未著花。

扣门无犬吠，欲去问西家。
报道山中去，归来每日斜。

【题解】

诗题中的“陆鸿渐”，就是被后人尊为“茶神”的陆羽，晚年隐居在苕溪（今太湖东南）一带。诗人曾与他在吴兴妙喜寺同居过，两人的交谊不问可知。写这首诗时陆羽已“移家”出寺，诗人前去访晤，没有碰到老朋友，于是咏诗纪之。

诗前半四句写“寻”，着重描写了陆羽的居住环境；后半坐实了“不遇”。陆羽所居，濒近城外，在一片农田之中，野径篱菊，别有一番清致。家中无犬守门，邻居说他每天都到山里去闲游，到日暮才兴尽而归。寥寥数笔，便托出了主人闲云野鹤、高逸疏放的隐士形象，这正是诗人写这首小诗的立意所在。

本诗记录的是方外闲人对隐逸高士的一次访问，故从“寻”到“不遇”，随缘任兴，言到意随。全诗潇洒出尘，气格清新，通篇未用对仗而读者不以为憾失，原因即在于此。

【注释】

〔1〕带郭：被城墙环绕。郭，外城。

【译文】

你虽然把家搬到城墙的近旁，却还得经过田里的土路才能通往。篱边的菊花看来栽种时间不长，已经秋天了，还没有花朵开放。我敲门，并没有狗叫声的应响，就想去西边邻居家探问情况。他们说你去了深山中的某个地方，回家时往往已是黄昏时光。

卷六/七言律诗

黄鹤楼

崔　颢

昔人已乘黄鹤去[1]，此地空余黄鹤楼。
黄鹤一去不复返，白云千载空悠悠。
晴川历历汉阳树[2]，芳草萋萋鹦鹉洲[3]。
日暮乡关何处是[4]，烟波江上使人愁[5]。

【题解】

黄鹤楼，旧址在今湖北武汉长江大桥武昌桥头，因黄鹄矶而名（“鹤”、“鹄”字通，见《元和郡县志》）。后人传说因王子安（或费祎）成仙后经过这里得名，多属附会。诗经今人考证，约作于开元十一年（723）诗人进士及第前的南游途中。

诗写晚春日暮时分登楼眺望所见所感。尽收眼底的白云、晴川、树木、芳草、落日、烟波等多种景物浑然一体，景象阔大；由此而生的思乡之情，也和楼名的传说暗相鼓荡，流露出对游宦求仕人生的厌倦。其形式虽用律体，却多拗句，能在辘轳相转、一气贯注中保持音节浏亮。所以这首诗历来评价极高，被称为咏黄鹤楼的绝唱。相传后来大诗人李白到此，本想登楼题诗，见了崔颢此作，就写了“眼前有景道不得，崔颢题诗在上头”两句，便搁笔而去。（《唐诗纪事》）

【注释】

〔1〕昔人：传说中的仙人。

〔2〕汉阳：在今湖北武汉。

〔3〕萋萋：青草茂盛的样子。　鹦鹉洲：长江中游一段江中的小洲，在今武汉西南长江中。相传因东汉名士祢衡在此作《鹦鹉赋》得名。

〔4〕乡关：故乡家园。

〔5〕烟波：形容江面水雾浩渺。

【译文】

前人已骑着黄鹤驾云登仙而去，这里只空空留下了一座黄鹤楼。那黄鹤一去之后就没有再返回，千百年来白云在空中飘飘悠悠。晴朗的江边汉阳树木历历在目，葱郁的芳草遍布水中的鹦鹉洲。暮色苍茫中哪里才是我的家乡，江上烟波浩渺真让人满怀忧愁。

行经华阴

崔　颢

岧峣太华俯咸京〔1〕，天外三峰削不成〔2〕。
武帝祠前云欲散〔3〕，仙人掌上雨初晴〔4〕。
河山北枕秦关险〔5〕，驿路西连汉畤平〔6〕。
借问路旁名利客，何如此处学长生。

【题解】

华阴，唐代县名，今属陕西。因在华山以北（山北为阴）而名。诗约作于诗人进士及第前后出入两京（长安、洛阳）时。

诗记途经西岳华山时的观感。其中前三联分别写出华山的高峻奇险和神秘广袤，尾联因此生发感想，寄托超然物外的出世之意。全诗的意境大气磅礴，联想也有感而发，表现出对追名逐利者的蔑视。

【注释】

〔1〕岧（tiáo）峣：山高峻的样子。　太华：即华山，为区别于少

华山，故称。　咸京：即咸阳，因曾为秦朝京都，所以称“咸京”，今属陕西。

〔2〕三峰：指华山最著名的莲花、明星、玉女三座山峰。

〔3〕武帝祠：汉武帝登华山顶仙人掌峰，曾诏命筑巨灵祠，后称“武帝祠”。

〔4〕仙人掌：即华山的仙人掌峰，从下面看上去，宛如人的一只手掌。

〔5〕秦关：指函谷关，战国时秦国所建，故称。旧址在今河南灵宝东北。

〔6〕驿路：指交通要道。驿，古代官府供邮传和官员歇脚旅宿的处所。　汉畤：汉代帝王祭祀天地之祠，在今陕西凤翔南。

【译文】

高耸的太华山俯瞰着京城咸阳，壁立天外的三座险峰砍削不成。武帝祠前的云雾眼看就要散去，仙人掌上的细雨已停天刚放晴。秦雄关北枕黄河华山格外险要，汉祭祠西连交通要道十分坦平。试问路旁为名利而奔走的过客，怎如在这里专心学道以求长生。

望蓟门

祖　咏

燕台一去客心惊〔1〕，笳鼓喧喧汉将营〔2〕。
万里寒光生积雪，三边曙色动危旌〔3〕。
沙场烽火侵胡月〔4〕，海畔云山拥蓟城〔5〕。
少小虽非投笔吏〔6〕，论功还欲请长缨〔7〕。

【题解】

蓟门，即蓟门关，是当时边防要地。今北京德胜门外有土城关，相传即古蓟门遗址。这首七律写边塞雄丽壮阔的景色，表达立功报国的雄心壮志。诗人以山水田园诗见长，风格清淡幽远。但这首唯一的边塞诗，却写得气势恢宏，呈现出异样的神采。诗为祖咏早年之作，由此可见他由报国壮士转变为田园隐士的人生轨迹。

【注释】

〔1〕燕台：即幽州台，又称蓟北楼，即传说中燕昭王为招纳贤士而建筑的黄金台。　客：诗人自指。

〔2〕笳鼓：军中鼓乐。笳，西域少数民族的吹奏乐器。　汉将营：以汉喻唐，指唐将军营。

〔3〕三边：汉代称幽州、并州、凉州为三边，这里泛指边塞。　危旌：高悬的旗帜。

〔4〕烽火：古代边塞报警的信号。　侵胡月：指烽烟升腾直逼边地空中的月亮。

〔5〕云山：指高耸的燕山。　蓟城：即蓟门。

〔6〕投笔吏：东汉班超年轻时为文抄小吏，一日掷笔长叹："大丈夫当立功异城以取封侯，安能久事笔砚间！"事见《后汉书·班超传》。

〔7〕请长缨：指在边疆立战功。西汉终军出使南越时，向武帝要一条长缨，说定可把作乱的南越王捆住带回朝廷。事见《汉书·终军传》。

【译文】

从燕台放眼望去真让人心惊，那曾是笳鼓声声的汉将军营。厚厚的积雪散发出万里寒光，高高的战旗拂弄着三边晨云。沙场的烽火直逼边关的明月，海边的云山簇拥着古城蓟门。早年虽然不是投笔从戎的班超，论建功真想做自动请缨的终军。

九日登望仙台呈刘明府

崔　曙

汉文皇帝有高台[1]，此日登临曙色开。

三晋云山皆北向[2]，二陵风雨自东来[3]。
关门令尹谁能识[4]，河上仙翁去不回[5]。
且欲近寻彭泽宰[6]，陶然共醉菊花杯[7]。

【题解】

这是诗人在重阳节登望仙台时写下的一首寄赠诗。九日，即九月初九重阳节，古人有登高、赏菊、饮酒等习俗。望仙台，在陕州陕县西南，相传系汉文帝为望祭河上公（曾授汉文帝《老子》）而建。刘明府，指县令刘容（《国秀集》此诗题中作“刘明府容”），明府是唐人对县令的尊称。

诗有两点非常突出：一、在迷崇道教成风的玄宗时期，敢于指出它的虚妄难信，表现出不同凡俗的见识和魄力。二、把重阳登高的地点、风俗（包括神仙传说）和寄赠三者糅合在一起，就题布置，用典融通，意趣浑成，显示了盛唐诗人的雄健笔力。其中三、四两句写景，意境十分开阔。

【注释】

〔1〕汉文皇帝：西汉文帝刘恒。　高台：即望仙台。河上公授文帝以《老子》后即离去，不知所在。后文帝在西山修筑望仙台，故址在今河南陕州西南。

〔2〕三晋：战国时晋国为韩、赵、魏三家所分，故称“三晋”，在今山西、河北、河南一带。

〔3〕二陵：崤山分南北二山，称“二陵”。二山相距三十五里，在今河南洛宁西部。

〔4〕关门令尹：戍守函谷关的官员，名喜。相传曾见老子骑青牛过关，便予以挽留，老子于是写成了《道德经》五千言（即《老子》），关尹也随老子而去。

〔5〕河上仙翁：即河上公，汉人。《神仙传》记汉文帝读《老子》，凡遇不解，皆问河上公。

〔6〕彭泽宰：即晋代大诗人陶渊明，曾任彭泽县令。

〔7〕菊花杯：陶渊明嗜酒爱菊，某年重阳节无酒，独坐宅边菊花丛中。适逢友人王弘送酒来，二人便在菊旁举杯畅饮。

【译文】

汉文皇帝为望仙曾筑有高台，这天登临时正遇上曙色初开。地分三晋的云山都由南向北，山有二座的风雨多从东飘来。把守关门的令尹谁还能认识，仙翁河上公也早已一去不回。只想就近找个洒脱的彭泽令，一起陶然自得地共醉菊花杯。

送魏万之京

李　颀

朝闻游子唱离歌〔1〕，昨夜微霜初度河。
鸿雁不堪愁里听，云山况是客中过。
关城曙色催寒近〔2〕，御苑砧声向晚多〔3〕。
莫是长安行乐处，空令岁月易蹉跎〔4〕。

【题解】

魏万，又名魏颢，家居山西阳城西南王屋山，自号王屋山人。肃宗上元（760—761）进士。这首诗当作于开元、天宝之际魏万尚未闻达时。

诗写秋寒初起时送友人前往京城，在把物候的变化与送别的心情结合在一起的同时，更加上对年轻人莫虚度光阴的殷切劝诫，使情、景、意三位一体，耐于品味。李颀的七律往往初读平和朴实，越读就越能体会到自然中的工巧，这首诗就是一个例子。

【注释】

〔1〕游子：四处漂泊的人。这里指魏万。

〔2〕关城：指潼关，古代重要的关塞，为陕西、山西、河南三省的要冲，一入潼关，离京城长安就很近了。

〔3〕御苑：皇家园林，代指京城。　砧声：捣衣声。表示时届深秋。

〔4〕蹉跎：虚度年华，一事无成。

【译文】

早晨听到游子口唱离别的乐歌，猛觉昨夜微霜中你才渡过黄河。忧愁中真不忍再听大雁的哀鸣，更何况云山又是在旅途中经过。潼关的曙色已催促着秋寒临近，黄昏时城内的捣衣声明显增多。不要以为长安是行乐的好去处，它容易使人空抛岁月一生蹉跎。

登金陵凤凰台

李　白

凤凰台上凤凰游，凤去台空江自流〔1〕，
吴宫花草埋幽径〔2〕，晋代衣冠成古丘〔3〕。
三山半落青天外〔4〕，二水中分白鹭洲〔5〕。
总为浮云能蔽日，长安不见使人愁〔6〕。

【题解】

玄宗天宝年间，诗人被迫离京漫游金陵，写下了这首吊古伤今、表达政治忧愤的名作。凤凰台故址在金陵（今南京）凤台山上。相传南朝刘宋元嘉十六年（439），有三鸟飞集，羽毛呈五色，状如孔雀，鸣声和谐，众鸟相附，被人认为是传说中的凤凰，便修了凤凰台，山也因此得名。这首七律诗的章法和崔颢的七律《黄鹤楼》颇为相近。因此有人说李白是读了崔颢之诗后再写此诗以比高下的。但是对谁写得更好的问题，人们又见仁见智，意见不一。本书收有崔颢的《黄鹤楼》，读者可以自己研判评论。

【注释】

〔1〕江：指长江。

〔2〕吴宫：三国时吴国在此建都，建有王宫。

〔3〕晋代：指东晋，东晋南渡后也建都于此，名建康。　衣冠：指当时的名门贵族。

〔4〕三山：在南京西南，长江东岸，以有三峰得名。

〔5〕白鹭洲：古代长江中的沙洲，在今南京水西门外。后世江流西移，洲与陆地连接成一片。　二水：指长江和秦淮河，白鹭洲正当两河之间。

〔6〕“总为”二句：以浮云蔽日、不见长安，比喻奸臣当道，皇帝不明，使人心忧。浮云能蔽日，语出汉陆贾《新语·慎微篇》：“邪臣之蔽贤，犹浮云之障日月也。”长安，唐朝京都，在今陕西西安。

【译文】

古老的凤凰台上曾有凤凰来遨游，凤凰去后高台空阔江水默默奔流。吴王宫里的花草覆盖了幽曲小道，晋代的权贵早已成了荒凉的古丘。三山高峻像是一半落在青天之外，二水蜿蜒中间分出了一个白鹭洲。都是因为飘浮的云层能遮挡太阳，无法见到长安使人难禁满怀忧愁。

送李少府贬峡中王少府贬长沙

高　适

嗟君此别意何如〔1〕，驻马衔杯问谪居。
巫峡啼猿数行泪〔2〕，衡阳归雁几封书〔3〕。
青枫江上秋帆远〔4〕，白帝城边古木疏〔5〕。
圣代即今多雨露〔6〕，暂时分手莫踌躇。

【题解】

这首诗据今人周勋初研究，约作于至德三载（758）诗人在洛阳任太子少詹事时。李少府、王少府，名均未详。少府，即县尉，主管缉捕盗贼。峡中，指今四川东部巫峡地区。长沙，今属湖南。

本诗的特点在于用一首诗同时赠送两人，写法上有分有合，既在贬官伤感的共性中显示两人所去地点不同（峡中和长沙）的个性，又在不同的个性中总括出劝勉安慰的共性。其中二、三两联写景寓情，分想两处贬地景物和目送两人分别远去，尤能表现依依惜别之情；而在这种蓄势基础上，末联的宽慰更显得振作。全诗所体现的精神风貌和创作技法，都带有典型的盛唐气象。

【注释】

〔1〕嗟：感叹语。

〔2〕巫峡：长江三峡之一，在今四川巫山东。　啼猿：《水经注·江水》："巴东三峡巫峡长，猿鸣三声泪沾裳。"

〔3〕衡阳归雁：相传每年秋天大雁南飞，到衡阳的回雁峰便又回折向北。衡阳，地名，在今湖南省。　几封书：古代有鸿雁传书的说法，这里表示希望友人李、王能经常来信。

〔4〕青枫江：在今湖南长沙。

〔5〕白帝城：在今四川奉节。

〔6〕圣代：对当代的美称。　雨露：喻皇帝的恩泽。

【译文】

啊呀，你们对这次离别有什么感想，停下马来拿着酒杯询问贬官情况。去巫峡听猿啼声声不免泪下数行，到衡阳让归雁多捎几封家信回乡。青枫江上帆影带着秋色越去越远，白帝城边风霜中的古树越发疏朗。如今正逢圣代皇恩浩荡雨露广布，我们暂时分手千万不要犹豫彷徨。

和贾至舍人早朝大明宫之作

岑　参

鸡鸣紫陌曙光寒〔1〕，莺啭皇州春色阑〔2〕。
金阙晓钟开万户〔3〕，玉阶仙仗拥千官〔4〕。
花迎剑佩星初落〔5〕，柳拂旌旗露未干。

独有凤凰池上客〔6〕，阳春一曲和皆难〔7〕。

【题解】

肃宗乾元元年（758）春末，中书舍人贾至作有《早朝大明宫呈两省僚友》诗。当时在朝的杜甫、王维、岑参等人都有和作，一时传为盛事。贾至，字幼邻，洛阳人，天宝末为中书舍人。大明宫，即唐皇城东内，是皇帝日常召见群臣的地方。

早晨上朝议政是过去朝廷每天的必修课，讲究的是体现国家的礼仪和威严。这首和作与之相应，写得雍容典雅、气象阔大。它的主要内容紧扣“早朝”两字，表现清晨的景物和朝见的场面，在生动形象的描写中蕴含赞美颂扬之意。又因是和作，末联由“千官”转至独客，回应题中的原作者贾至，显得“用意周密，格律精严”(《删定唐诗解》)。

【注释】

〔1〕紫陌：京城的道路。因为皇帝住的地方叫紫宫，所以称京都的道路为紫陌。陌，街道，道路。

〔2〕啭：鸟类的宛转啼叫声。　皇州：帝都，京城，指长安。阑：尽。

〔3〕金阙：金殿。　万户：指宫门。

〔4〕玉阶：白玉台阶。　仙仗：喻指皇帝的仪仗。

〔5〕剑佩：装饰精美的剑。　星初落：指天色微明。

〔6〕凤凰池：宫中池名，在禁苑中，这里喻指设在禁苑内的中书省。

〔7〕“阳春”句：战国宋玉《对楚王问》说有人唱《阳春白雪》，“国中属而和者不过数十人，是其曲弥高，其和弥寡”。

【译文】

鸡叫时京城的大道上还透着清寒，春色阑珊的皇都内娇莺声声宛转。上万扇金色的宫门在晓钟中打开，玉阶的仪仗下排列着成千名官员。晨星初落时花枝迎来精美的剑佩，旌旗在柳条的拂弄下露水还未干。唯独在凤凰池上的那位尊贵客人，唱出一曲《阳春》让人奉和都感困难。

和贾至舍人早朝大明宫之作

王 维

绛帻鸡人报晓筹[1]，尚衣方进翠云裘[2]。
九天阊阖开宫殿[3]，万国衣冠拜冕旒[4]。
日色才临仙掌动[5]，香烟欲傍衮龙浮[6]。
朝罢须裁五色诏[7]，佩声归向凤池头[8]。

【题解】

这首诗与前一首作于同时。同样写早朝，同样是和作，王维又写出了与岑参不同的特色。

诗从天子一大早准备临朝听政入手，把皇宫看作天宫，在富丽堂皇的描写中飘逸出仙气。同时又由君及臣，居高临下地写出朝见群臣时的无比壮观，以及清晨景色、宫中气象。尾联和岑作相仿，折回原作者贾至，以周全奉和之意。论者称其“气象阔大，音律雄浑，句法典重，用字清新”，但也指出它用太多与衣服有关的字的欠缺（《批点唐音》）。

【注释】

〔1〕绛帻（zé）鸡人：宫廷中报告天晓的卫士。他们用红布包头成鸡冠的形状，称鸡人。 筹：计时的竹签。

〔2〕尚衣：专门掌管皇帝衣服的官员。 翠云裘：皇帝所穿饰有绿色云纹的皮衣。

〔3〕阊阖：神话中的天门，这里指宫门。

〔4〕万国衣冠：指众多的外国使臣。 冕旒（liú）：天子上朝时戴的帽子。旒，冠前下垂的玉串。这里代指天子。

〔5〕仙掌：宫中用的一种仪仗，形似扇。

〔6〕衮龙：天子的龙袍。

〔7〕五色诏：用五彩纸写的诏书。

〔8〕佩声：指身上佩带的饰物因行走撞击而发出的声响。 凤池：即

凤凰池，因中书省在禁苑内，故以代指中书省。贾至是中书舍人，负有草拟诏书之责，而拟诏是在中书省。

【译文】

红巾裹头的卫士通报更筹已是拂晓，掌管皇服的官员刚呈上了翠云裘袍。九重天般深重的宫殿大门依次打开，万国使臣和文武百官一起列队上朝。日光刚刚照临障扇仪仗就开始移动，缕缕香烟在闪着光泽的龙袍上缭绕。上完早朝还要用五色纸去草拟诏书，带着玉佩声回凤凰池继续为国效劳。

奉和圣制从蓬莱向兴庆阁道中留春雨中春望之作应制

王　维

渭水自萦秦塞曲[1]，黄山旧绕汉宫斜[2]。
銮舆迥出千门柳[3]，阁道回看上苑花[4]。
云里帝城双凤阙[5]，雨中春树万人家。
为乘阳气行时令，不是宸游玩物华[6]。

【题解】

这是一首侍从皇帝时的奉命应和之作。圣制指皇帝当时所作《从蓬莱向兴庆阁道中留春雨中春望》诗。蓬莱，即蓬莱宫（又名大明宫、东内），因宫后有蓬莱池而名。兴庆，即兴庆宫，在皇城东南，又称南内。阁道，是一种架在高楼之间的通道。《旧唐书·地理志》:“自东内至南内，有夹城复道经通化门达南内。”留春，指留连春光。

奉皇帝之命写诗应和皇帝的原作，最讲究的是“得体”二字。这首诗落笔渭水黄山，点明皇城本秦汉形胜之地；又记銮舆出游、阁道回看，所见千门柳、上苑花、云里凤阙、雨中人家，景色清丽；最后归结于称颂，也是应制诗的题中之意。所以布局得当、写景如画、措意周密，既高华典雅，又自然流畅，是这首应制之作的突出特色。

【注释】

〔1〕渭水：即渭河，黄河最大的支流，也是陕西最大的一条河。

〔2〕黄山：渭水旁的黄麓山，在今陕西兴平北。

〔3〕銮舆：皇帝的车驾。

〔4〕阁道：连接两座高楼的空中通道。　上苑：皇家园林。

〔5〕双凤阙：汉代建章宫有凤阙。这里泛指皇宫中的楼观。阙，宫门前的望楼。

〔6〕宸游：皇帝出游。　物华：美好的景物。

【译文】

蜿蜒的渭河水在秦地旷野上流淌，高峻的黄麓山仍斜绕在汉宫殿旁。天子的车驾从垂柳夹道的千门中驶出，在阁道上还不时把上林苑的鲜花观赏。云层里隐现出帝城高耸的双凤宫阙，细雨中润湿了春树掩映的万户千巷。为了顺应阳气萌发而颁行节气时令，皇帝出游可不仅仅是赏玩景物风光。

积雨辋川庄作

王　维

积雨空林烟火迟〔1〕，蒸藜炊黍饷东菑〔2〕。
漠漠水田飞白鹭〔3〕，阴阴夏木啭黄鹂〔4〕。
山中习静观朝槿〔5〕，松下清斋折露葵〔6〕。
野老与人争席罢〔7〕，海鸥何事更相疑〔8〕？

【题解】

积雨，久雨。辋川庄，诗人在终南山下的辋川别墅。本诗是王维山水田园诗的代表作之一。“漠漠”两句，以动衬静，以声显寂，既写出田园的淡雅幽寂，又写出了田园的活泼生机。“漠漠”、“阴阴”四字，从光色角度，渲染出秋日雨中田园的苍茫空阔，如同一幅水墨画。有人见李嘉祐诗中有“水田飞白鹭，夏木啭黄鹂”句，就认为王维“好取人文章嘉句”（唐李肇《国史补》卷上），其实，正如清人沈德潜所说，“本句之妙，全在‘漠漠’、‘阴阴’，去上二字，乃死句也”（《唐诗别裁集》）。

【注释】

〔1〕空林：稀疏的树林。　烟火迟：因久雨潮湿而使烟火升起缓慢。

〔2〕藜：一年生草木，嫩时可食。这里泛指蔬菜。　黍：黄米，这里泛指饭食。　饷：送饭。　菑（zī）：已开垦了一年的田地。这里泛指田地。

〔3〕漠漠：苍茫空阔的样子。

〔4〕阴阴：幽暗的样子。　夏木：高大的树木。夏，大。

〔5〕习静：习惯于静寂。　朝槿：早晨的木槿。槿，木槿，落叶灌木，夏秋之交开花，朝开夕凋。古人常把它看作人世变易的象征。

〔6〕清斋：吃素。　露葵：霜露时节的葵菜。葵，葵菜，一种蔬菜，霜露之时，最为鲜美。

〔7〕野老：乡野老人，诗人自指。　争席罢：表示自己与世无争。争席，争夺地位。《庄子·寓言》载有旅客与杨朱“争席”之事。

〔8〕海鸥：《列子·黄帝篇》载，古代海边有人每天与海鸥嬉戏相亲，后来其父叫他把海鸥捉回来赏玩，第二天他到海边，海鸥在空中飞舞，再也不下来了。　何事：为什么。　相疑：怀疑我。

【译文】

久雨后空疏的林中烟火迟迟升起，煮好了蔬菜米饭送往东面的耕地。广阔的水田上飞过几只白色鹭鸟，阴深高大的树木间黄鹂声声鸣啼。在山中观看晨开的槿花修身养性，去松下摘来带露的葵菜充当素食。村野老夫已不再与世人争夺席位，那翩翩而来的海鸥还有什么可疑。

赠郭给事

王　维

洞门高阁霭余辉[1]，桃李阴阴柳絮飞。
禁里疏钟官舍晚[2]，省中啼鸟吏人稀。
晨摇玉佩趋金殿[3]，夕奉天书拜琐闱[4]。
强欲从君无那老，将因卧病解朝衣。

【题解】

郭给事，名未详。给事，即给事中，属门下省，常陪侍左右、分判省事。诗作于天宝十四载（755）春，诗人与郭给事同在门下省任给事中时。

这是一首应酬诗，写暮春黄昏时在门下省官署值夜班的情景，并透露出年老思退的意思。全诗落笔由面及点，由景及人，又由人及己，层层推进，铺写有序。同时意象富丽，用语清华，是王维诗中温雅一类的典型之作。

【注释】

〔1〕洞门：指层层相对而又相通的门。　霭（ǎi）：凝集。

〔2〕禁里：禁中，宫中。宫中禁卫森严，故曰“禁”。

〔3〕趋：小步走，以示恭谨。

〔4〕天书：皇帝的诏书。　琐闱：有雕饰的宫门。闱，门。琐，门窗上连环形的花纹。

【译文】

重门和高楼中滞留着夕阳的余晖，桃李的树阴浓重柳絮也开始纷飞。宫内的官舍在疏钟声中渐渐暗去，归鸟啼鸣门下省的官吏人迹已稀。早晨带着清脆的玉佩声走上金殿，傍晚手奉天子诏书拜别出了宫闱。虽想一直跟随您却无奈身体衰老，就将因病辞了官职脱掉这身朝衣。

蜀　相

杜　甫

丞相祠堂何处寻[1]？锦官城外柏森森[2]。
映阶碧草自春色，隔叶黄鹂空好音。
三顾频烦天下计[3]，两朝开济老臣心[4]。
出师未捷身先死[5]，长使英雄泪满襟。

【题解】

蜀相，指三国时任蜀国丞相的诸葛亮，曾封武乡侯。肃宗乾元二年（759）七月关中饥馑，诗人携家离开华州，途经秦州（今甘肃天水）、同谷（今甘肃成县），于年底抵达四川成都。次年借居草堂寺，暮春时移居浣花溪畔新建的草堂。这首游成都武侯祠诗即作于这年春天。诗歌高度称颂诸葛亮忠于蜀汉、为实现统一大业“鞠躬尽瘁”的精神；对其功业未遂、巨星陨落，又寄予深切的痛惜。诗人吊古伤今，寄希望于在世的将相良才能像诸葛亮当年那样匡扶唐室，安国定邦，普惠苍生。

【注释】

〔1〕祠堂：即武侯祠。晋代李雄在成都称王时所建，遗址在成都南郊二里。

〔2〕锦官城：成都的别称。古代成都以产锦著名，设锦官专门管理，所以称锦官城或锦城。　柏森森：武侯祠前有柏树两棵，传说为诸葛亮亲手栽种，至诗人来谒祠时已生长四百多年。

〔3〕三顾：指刘备创业之初曾三次前往诸葛亮隐居处请他出山相助事。　频烦：屡次，多次，一再劳烦。　天下计：指统一天下的谋略、办法。

〔4〕两朝：指蜀国先主刘备、后主刘禅。　开：开创大业。　济：匡济危时。　老臣心：指诸葛亮一生忠心耿耿，为蜀国“鞠躬尽瘁，死而后已”。

〔5〕“出师”句：诸葛亮曾统率蜀军六出祁山，北伐魏国，均未成功。蜀汉建兴十二年（234）再次伐魏，兵出斜谷，据武功五丈原（今陕西眉县西南），与魏将司马懿对抗于渭南，相持百余日，八月不幸病死军中。

【译文】

诸葛丞相的祠堂到哪里去寻，锦官城外的古柏树浓密阴森。青草映着石阶只顾呈现春色，黄鹂隔了叶片凭空啭出好音。三顾茅庐多次谈论天下大计，两朝元老一片开创辅佐之心。出兵还未奏捷身却先已病死，古往今来常让英雄泪满衣襟。

客　至

杜　甫

舍南舍北皆春水，但见群鸥日日来。
花径不曾缘客扫，蓬门今始为君开〔1〕。
盘飧市远无兼味〔2〕，樽酒家贫只旧醅〔3〕。
肯与邻翁相对饮，隔篱呼取尽余杯。

【题解】

这首诗大约作于肃宗上元二年（761）春成都草堂。题下原注“喜崔明府相过”，即题中之“客”。明府，是唐时对县令的尊称。相过，犹相访。杜甫母亲姓崔，来访的崔明府或许就是诗人的舅舅。在这首充满浓郁生活气息的纪事诗中，表现出诗人善待亲朋和近邻的喜悦豪爽之情。

【注释】

〔1〕蓬门：用蓬草编成的门，喻指住处简陋。　君：指来访的崔明府。

〔2〕飧（sūn）：简单的饭菜。　市远：离街市很远。　无兼味：菜肴单一，只有一样菜。兼味，两种以上的菜肴。

〔3〕旧醅：即未滤过的陈酒。醅，未过滤的酒。

【译文】

屋南屋北都是潺潺流淌的春水，只看见一群群鸥鸟天天飞来。花间小道还未因客到来而打扫，茅屋的柴门今天才为您大开。远离集市盘中的菜肴没有几样，家中贫困杯内只有陈酿旧醅。能不能和邻家的老翁一起畅饮，隔着篱笆喊他过来干了这杯。

野　望

杜　甫

西山白雪三城戍〔1〕，南浦清江万里桥〔2〕。
海内风尘诸弟隔，天涯涕泪一身遥。
唯将迟暮供多病，未有涓埃答圣朝〔3〕。
跨马出郊时极目，不堪人事日萧条。

【题解】

唐代肃宗时国内战乱不断，边境也时常受到异族入侵的困扰。杜甫这首作于上元二年（761）寓居四川成都时的七律，即反映了当时这种社会现实和由此而生的感慨。

杜甫诗歌创作的最大特点是纪实，这首诗也是这样。忧国、思家、伤己，这三者在诗中被自然地糅合在一起，感情真挚深沉。前四句由国而家，又由家而己，相形对举，与家人团圆的愿望因三城受困和海内风尘而无法实现。更令人不能忍受的是自己已年老多病，在局势每况愈下的情况下，已不能报效朝廷以万一。由此可见其忠诚之至，哀痛之极。

【注释】

〔1〕西山：岷山主峰，在成都西，常年积雪。　三城：指四川的松（今四川松潘）、维（今四川理县西）、保（今四川理县新保关西北）三州，为蜀地重要关塞。

〔2〕清江：指锦江。　万里桥：在成都南门外。三国时蜀汉费祎出访吴国，诸葛亮为他饯行，费祎感叹说："万里之行，始于此桥。"桥由此得名。

〔3〕涓埃：细流和尘埃，比喻非常微小。

【译文】

白雪中的西山间坐落了三城岗哨，南岸边的清江上横跨着万里之桥。海内风尘滚滚使兄弟们天各一方，孤身一人远在天涯忍不住把泪掉。只能把那暮年交付给众多的疾病，却没有滴水微尘报答圣明的当朝。经常骑着马儿来到郊外放眼远望，真忍受不了人间世事的日益萧条。

闻官军收河南河北

杜　甫

剑外忽传收蓟北〔1〕，初闻涕泪满衣裳。
却看妻子愁何在，漫卷诗书喜欲狂〔2〕。
白日放歌须纵酒，青春作伴好还乡〔3〕。
即从巴峡穿巫峡〔4〕，便下襄阳向洛阳〔5〕。

【题解】

这首诗是杜甫于代宗广德元年（763）春，在梓州（今四川三台）作。宝应元年（762）冬，官军收复了洛阳及郑（今河南郑州）、汴（今河南开封）等州，叛军将领薛嵩、张忠志等纷纷投降。广德元年正月，史思明之子史朝义兵败自缢，部将田承嗣、李怀仙等相继投诚。正流寓梓州、过着漂泊生活的杜甫，听到这一消息后欣喜若狂，以奔放的激情，抒发了急于返回故里的喜悦，被后人称为杜甫“生平第一首快诗”（浦起龙《读杜心解》）。

【注释】

〔1〕剑外：唐朝指剑阁以南的蜀中地区。当时杜甫寓居的梓州正属剑外。　蓟（jì）北：泛指蓟州、幽州一带，即今河北北部，安史之乱的根据地。蓟，即蓟州（今天津蓟州）。

〔2〕漫卷：随意卷起。

〔3〕青春：这里指春天。

〔4〕巴峡：这里指嘉陵江峡。　巫峡：长江三峡之一。

〔5〕襄阳：在今湖北省。　洛阳：原诗自注：“余田园在东京。”洛阳是唐代的陪都，因在长安东面，故又称东京。

【译文】

剑门关外忽然传来消息说已收复蓟北，刚听说就止不住泪流满面沾湿了衣裳。再看那老妻和儿女们哪还有什么忧愁，胡乱卷起了诗书兴奋得简直就要发狂。白天里真该放声歌唱开怀痛饮，春光中正好相依为伴返回故乡。即刻起程从巴江山峡穿过巫峡，一到了襄阳就直奔向东都洛阳。

登　高

杜　甫

风急天高猿啸哀，渚清沙白鸟飞回。
无边落木萧萧下〔1〕，不尽长江滚滚来。
万里悲秋常作客，百年多病独登台。
艰难苦恨繁霜鬓〔2〕，潦倒新停浊酒杯。

【题解】

诗作于大历二年（767）秋诗人旅居夔（kuí）州重阳登高时。前四句写眼前闻见之景，后四句写心中感触之情。明代胡应麟《诗薮》说："此章五十六字，如海底珊瑚，瘦劲难移，沉深莫测，而精光万丈，力量万钧。通章章法、句法、字法，前无昔人，后无来学，此为古今七言律第一。……一篇之中，句句皆律，一句之中，字字皆律。……真旷代之作也。"可见评价之高，堪称推崇备至。

【注释】

〔1〕落木：落叶。　萧萧：草木摇落声。

〔2〕艰难：兼指国家政局动荡不安和个人生计艰难困苦。　苦恨：极恨。苦，形容恨深。

【译文】

天高风急时猿猴的叫声那么悲哀，飞鸟在小岛的白沙岸边去了又回。无边无际的树林中落叶萧萧飘下，浩瀚的长江水日夜不息滚滚而来。悲叹万里秋色只因长期在外作客，感伤百年多病就怕独自登上高台。最恨艰难的时世使鬓发白了许多，困顿衰弱近来才停了手中的酒杯。

登　楼

杜　甫

花近高楼伤客心，万方多难此登临〔1〕。
锦江春色来天地〔2〕，玉垒浮云变古今〔3〕。
北极朝廷终不改〔4〕，西山寇盗莫相侵〔5〕。
可怜后主还祠庙〔6〕，日暮聊为《梁甫吟》〔7〕。

【题解】

代宗广德二年（764），寓居成都的诗人春日登楼，触目生情，有感于当时外有吐蕃连年侵扰，内有宦官专权，藩镇割据，上有昏君，朝无贤相，内外交困，故写诗寄慨，一抒忧愤。全诗境界壮阔，感情奔放，是杜诗中历来深受好评的名篇。

【注释】

〔1〕“花近”二句：诗人有意将因果倒置，以收起势突兀之效。客，诗人自称。

〔2〕锦江：岷江的支流，由郫县流经成都。

〔3〕玉垒：山名，在今四川茂县，当时是蜀中通往吐蕃的要道。

〔4〕北极：指北极星。这里喻指当时各民族所共同拥戴的唐王朝。

〔5〕西山：指岷山山脉。　寇盗：指吐蕃。代宗广德元年十二月，吐蕃攻陷四川西北部的松、维、保三州。继而又陷剑南、西山诸州。

〔6〕后主：即三国时蜀国后主、刘备之子刘禅，因宠信宦官黄皓而亡国。这里喻指代宗李豫。代宗重用宦官程元振、鱼朝恩，导致朝政混乱，战祸迭起。　还祠庙：指尚有祠庙祭祀。后主祠在成都锦官门外先主庙之东侧，与先主庙西侧的武侯祠相望。

〔7〕《梁甫吟》：乐府《楚调曲》名。梁甫一作梁父，山名，在泰山下，死人聚葬之处。《梁甫吟》，即葬歌。相传诸葛亮在南阳躬耕陇亩时，好为《梁甫吟》。又唐李白有一首《梁甫吟》，表现其抱负不能实现的悲愤。

【译文】

接近高楼的繁花使客人伤心，在万方多难时有了这次登临。锦江春色从天地间扑面而来，玉垒山上的浮云变幻着古今。朝廷像北极星那样不可改变，西山的盗寇切不要再来入侵。可怜那昏庸的后主还有祠庙，日暮时且来谱写一曲《梁甫吟》。

宿　府

杜　甫

清秋幕府井梧寒，独宿江城蜡炬残〔1〕。

永夜角声悲自语〔2〕，中庭月色好谁看？
风尘荏苒音书绝〔3〕，关塞萧条行路难。
已忍伶俜十年事〔4〕，强移栖息一枝安〔5〕。

【题解】

这首诗作于代宗广德二年（764）秋，诗人在成都幕府期间。这年六月，新任成都尹兼剑南节度使严武，保荐杜甫为节度使幕府的参谋，检校工部员外郎，赐绯鱼袋。在此任上，杜甫对幕僚生活很不习惯，同事间又互相猜忌排挤，诗歌表达了他此时苦闷悲凉的心情。府指幕府，宿府即在幕府住宿的意思。

【注释】

〔1〕“清秋”二句：运用倒装笔法，写出独宿府的环境与心情。幕府，军队出征，须施用帐幕，后来就称将帅的府署为幕府。井，天井，庭院。江城，即成都，因锦江流经成都而名。

〔2〕永夜：整夜，长夜。　角声：指军中号角声。

〔3〕风尘：喻指战乱。　荏苒（rěn rǎn）：时光渐渐过去。

〔4〕伶俜（líng pīng）：孤零，孤独。　十年事：指从安史叛乱至作诗时已达十年。

〔5〕一枝：典出《庄子·逍遥游》：“鹪鹩巢于深林，不过一枝。”

【译文】

入秋的清寒从幕府井边的梧桐间传来，独自寄宿在江城床前的蜡烛已经烧残。漫漫长夜中的角声像是在悲切地自语，庭院内一轮皎洁的明月又能和谁同看。滚滚不断的风尘隔断了往来的书信，凄凉的边地要塞使行路也倍觉艰难。已经忍受了十年来四处漂泊的情事，勉强迁徙托身他乡以筑巢一枝为安。

阁 夜

杜 甫

岁暮阴阳催短景[1]，天涯霜雪霁寒宵[2]。
五更鼓角声悲壮[3]，三峡星河影动摇[4]。
野哭几家闻战伐[5]，夷歌数处起渔樵[6]。
卧龙跃马终黄土[7]，人事音书漫寂寥。

【题解】

代宗大历元年（766）冬季，杜甫流寓夔州（今四川奉节）西阁，一天晚上写下此诗。阁，指夔州西阁。当时西川战乱连年不息，吐蕃也不时侵扰蜀地。诗人的好友郑虔、苏源明、李白、严武、高适等接连病故。诗人忆旧感时，不禁悲从中来，于是援笔寄慨，抒写心中难抑的郁闷。此诗历来广受好评，被誉为杜甫七律中的典范。明代胡应麟更认为它是七言律诗的“千秋鼻祖”（《诗薮》）。

【注释】

〔1〕短景：即短影，指冬季昼短夜长。

〔2〕天涯：天边。这里指诗人客居的夔州。　霁（jì）：雨后或雪后初晴。

〔3〕鼓角：指古代军中用以报时和发号施令的鼓声和号角声。

〔4〕三峡：指瞿塘峡、巫峡、西陵峡。　星河：指夜空中的星辰和银河。古时星河动摇象征战争。

〔5〕野哭：指战死在野外的冤魂的哭声。　战伐：指永泰元年（765）崔旰、郭英乂、杨子琳等互相残杀。

〔6〕夷歌：少数民族的歌谣。　渔樵：渔人和樵夫。

〔7〕卧龙：指诸葛亮。诸葛亮躬耕南阳，徐庶向刘备介绍说：“诸葛孔明，卧龙也。”（《蜀志》）　跃马：指公孙述。《蜀都赋》：“公孙跃马而称帝。”

【译文】

到了年末日月催着减缩白天的光景，霜雪已经在远离故乡的寒夜中暂停。五更时军营里响起悲壮的梆鼓号角，摇动着星辰银河投映在三峡的倒影。野外传来几家遭受战乱的凄惨哭声，多处渔人樵夫唱歌都带着夷地风情。卧龙诸葛和跃马公孙最终成了黄土，人事坎坷与音讯难通也就只好听命。

咏怀古迹 五首

杜　甫

支离东北风尘际〔1〕，漂泊西南天地间。
三峡楼台淹日月〔2〕，五溪衣服共云山〔3〕。
羯胡事主终无赖〔4〕，词客哀时且未还〔5〕。
庾信平生最萧瑟〔6〕，暮年诗赋动江关。

【题解】

这是一组由五首诗组成的联章体组诗，每首独立，又互通音讯，是杜甫对七律诗形式的一个创造。组诗作于大历元年（766）诗人出蜀途中流寓夔州时。五首诗吟咏的古迹分别是：庾信旧居、宋玉故宅、昭君村、蜀主庙和武侯祠，它们都在夔州或夔州附近。诗的共同点是由所存（或相传）古迹追怀古人，又由古人感伤自身。

第一首咏庾信。诗中的“三峡楼台”指诗人误以为的庾信曾寄居过的宋玉故居，在秭归（今属四川，在夔州附近）。庾信字子山，是北周著名的文学家。他早年供奉梁朝宫廷，中年遭遇侯景之乱，晚年被留北地。他的漂泊身世和雄浑苍凉的创作风格都与杜甫十分相似，因此首先被引为隔代知音而加以追怀。诗落笔风尘、漂泊，既写古人，又写自己，为组诗和本诗提供了历史与现实相融的广阔背景。在此基础上，诗人怀念庾信，感叹他的萧瑟生平和暮年诗赋，布局收放自如，风格苍凉沉郁。

【注释】

〔1〕支离：这里指流离。 风尘：喻安史之乱造成的社会动乱。

〔2〕淹日月：留滞时间很长。

〔3〕五溪衣服：借指夔州一带服饰各异的少数民族。《后汉书·南蛮传》载："武陵五溪蛮，好五彩衣服。" 共云山：指与夔州少数民族杂居共处。

〔4〕羯（jié）胡：泛称少数民族，此指安禄山。 无赖：狡诈而不讲信义。

〔5〕词客：诗人自称。

〔6〕庾信：南朝梁诗人，字子山，新野（今属河南）人。出使北周被留，乃仕于周，然常怀乡关之思，曾作《哀江南赋》寄其意。

【译文】

我在风尘四起时流离东北，又漂泊于西南茫茫的天地间。曾在三峡的楼台中滞留多时，还和五溪人同住在一片云山。奉侍君主的羯胡终无诚信，使词客哀伤时世又不能归还。庾信的一生最为凄凉孤独，晚年诗赋的名声远震江关。

摇落深知宋玉悲〔1〕，风流儒雅亦吾师〔2〕。
怅望千秋一洒泪，萧条异代不同时。
江山故宅空文藻〔3〕，云雨荒台岂梦思〔4〕？
最是楚宫俱泯灭，舟人指点到今疑。

【题解】

第二首咏宋玉。宋玉是战国时楚国人，著名的辞赋作家。这首诗从宋玉名作《九辩》的悲秋主题入手，先写出他贫士失职的哀伤，以及对这种与自己相同的遭遇的深切感受；接着又以宋玉《高唐赋》所写巫山云雨多被后人误解为例，慨叹江山故宅犹在，而文采妙思无人深知。诗中“风流儒雅”既是对宋玉的称颂，也是诗人仰慕的品性。全诗的写法与前首相仿，都包括了对所怀古人身世和才华的认同和称扬。

【注释】

〔1〕“摇落”句：语本宋玉《九辩》：“悲哉，秋之为气也！萧瑟兮，草木摇落而变衰。”摇落，指草木凋落飘零。

〔2〕风流儒雅：形容宋玉性格倜傥，文采博雅。

〔3〕故宅：指宋玉在江陵和归州都有故居遗存。　空文藻：枉然留下美好的文章词藻。

〔4〕“云雨”句：宋玉有《高唐赋》写楚王游高唐（台观名），梦见一妇人，自称巫山之女。临别时对他说：“妾在巫山之阳，高丘之岨。旦为朝云，暮为行雨，朝朝暮暮，阳台之下。”

【译文】

深深知道宋玉见了草木摇落的悲哀，他风流倜傥温文尔雅也是我的老师。怅望千秋史不禁令人一洒同情之泪，虽没生在同一时代身世却衰落无异。碧江青山的故宅中枉留下绝代文采，那云雨缭绕的荒台怎能是梦中情思。最痛心的是这些已与楚宫一起泯灭，让船夫到现在还指指点点心存怀疑。

群山万壑赴荆门〔1〕，生长明妃尚有村〔2〕。
一去紫台连朔漠〔3〕，独留青冢向黄昏〔4〕。
画图省识春风面〔5〕，环佩空归月夜魂〔6〕。
千载琵琶作胡语〔7〕，分明怨恨曲中论。

【题解】

第三首咏王昭君。昭君名嫱，秭归（今属湖北）人。晋时为避司马昭讳，改称明君，后人又称明妃。汉元帝时被选入宫，因不愿行贿画工毛延寿，远嫁匈奴呼韩邪单于和亲。诗从昭君出生的村庄写起，对这位古代美女红颜薄命的遭遇，表示了深切的同情。其中“怨恨”两字是全诗所要抒写的主题。据《后汉书》记载，昭君曾上书成帝要求归汉，却被下令从胡俗，使她终生未归。这样她就只能把心中的怨恨，寄托在流传千年的琵琶声中了。

【注释】

〔1〕壑：深谷。　荆门：即荆门山，在今湖北宜都一带。

〔2〕明妃：即王昭君，名嫱，汉元帝宫女，后为和亲嫁给匈奴的呼韩邪单于。　尚有村：今湖北秭归东北四十里有昭君村。

〔3〕紫台：指汉朝皇宫。　朔漠：北方的沙漠。

〔4〕青冢：指昭君墓。在今内蒙古呼和浩特西南。传说塞外都是白草，唯独昭君墓草色碧青，故称青冢。

〔5〕“画图”句：《西京杂记》载，汉元帝时宫女很多，于是叫画工把她们一个个画下来，皇帝按图召幸。宫女们都因此贿赂画工，只有昭君自恃貌美，没有行贿，画工毛延寿就把她画得很丑，因此一直未得召幸。后匈奴入朝求美女，元帝即按画图点了王昭君。临行时，元帝召见昭君，才发现她美貌为后宫第一，但又不能违背诺言，只好把她嫁给匈奴。不久，元帝查验其事，杀了画工毛延寿。省（xǐng）识，认识，辨识。春风面，喻指王昭君姣好的面容。

〔6〕环佩：古代妇女的饰物，这里代指王昭君。

〔7〕“千载”句：相传汉武帝以公主（实为江都王之女）嫁给乌孙国王，公主悲伤，胡人便在马上弹琵琶让公主高兴。后人因昭君事与汉武帝嫁公主事类似，便将昭君与琵琶联系了起来。

【译文】

群山携万道深谷一起奔赴荆门，那里至今还有明妃生长的山村。自从她离开都城禁宫远去北方沙漠，只留下一座草色青青的孤坟独对黄昏。单凭图画怎能赏识她沐浴春风的美貌，月夜中归来的只是戴着环佩的幽魂。千年来琵琶上弹奏着胡地的曲调，其中分明诉说着她内心的怨恨。

蜀主窥吴幸三峡〔1〕，崩年亦在永安宫〔2〕。

翠华想像空山里[3]，玉殿虚无野寺中[4]。
古庙杉松巢水鹤，岁时伏腊走村翁[5]。
武侯祠屋常邻近[6]，一体君臣祭祀同[7]。

【题解】

第四首写刘备。据《三国志·蜀志》记载，蜀将关羽被东吴袭杀后，先主怒而伐吴，军次秭归。兵败，退居鱼复，并改鱼复为永安（在今四川奉节东）。蜀汉章武三年（223），刘备死于永安宫。诗写蜀主伐吴身亡，空留下野寺古庙，满目荒凉；同时引出下首对诸葛武侯的深切怀念。

【注释】

〔1〕蜀主：指三国时蜀汉的创建者刘备。　窥吴：指有图谋吴国的想法。　幸：皇帝出行。

〔2〕崩：皇帝死亡的别称。　永安宫：刘备于章武二年率兵攻打东吴，为陆逊所败，第二年死于永安（今四川奉节东），即白帝城。

〔3〕翠华：以翠羽装饰的旗帜，帝王的仪仗。

〔4〕玉殿：指永安宫。原注："殿今为卧龙寺，庙在宫东。"

〔5〕伏腊：古代祭祀日，伏在六月，腊在十二月。

〔6〕武侯祠屋：指夔州的武侯祠，在刘备庙西面。诸葛亮曾受封武乡侯。

〔7〕一体君臣：指君臣同心同德，如同一体。　祭祀同：受到相同的祭祀。

【译文】

蜀主窥探东吴曾经来到三峡，驾崩的那年也居住在永安宫。想像空山中还留着翠羽仪仗，虚无的金銮玉殿仍在野寺中。古庙杉木松树上巢居着水鹤，每逢伏腊走动的是村中老翁。武侯的祠堂在附近常年陪伴，君臣一体连祭祀也完全相同。

诸葛大名垂宇宙[1]，宗臣遗像肃清高[2]。

三分割据纡筹策[3]，万古云霄一羽毛[4]。
伯仲之间见伊吕[5]，指挥若定失萧曹[6]。
运移汉祚终难复[7]，志决身歼军务劳。

【题解】

第五首咏诸葛亮。诸葛亮字孔明，琅琊阳都（今山东沂南）人。汉末隐居隆中，人称卧龙。后助刘备逐鹿中原，建立蜀国，成就与魏、吴三分天下的大业。他运筹帷幄，决胜千里，以足智多谋、忠心不二著称于史。封武乡侯，称武侯。夔州先主庙居中，西面是武侯祠，东面是后主庙。诗由武侯祠追怀诸葛亮，全篇只用“遗像”两字带过古迹，通首都以议论出之，先称其才能出众，后惜其壮志未酬，堂庑阔大，笔力苍劲，是同类作品中的杰出之作。

【注释】

〔1〕垂宇宙：指在天地宇宙间流传。

〔2〕宗臣：为人们崇尚的国家重臣。

〔3〕三分割据：指当时魏、蜀、吴三国鼎立的局面。　纡筹策：曲折周密地施展谋略。

〔4〕“万古”句：意思说千百年来如凤凰翱翔在云霄之上。

〔5〕伯仲：兄弟。兄弟排行，长为伯，次为仲。此指不分高下。　伊吕：伊尹是商汤的名相，吕尚是周文王的大臣。二人都是古代著名贤臣。

〔6〕失萧曹：意思是和诸葛亮相比，萧何和曹参也不免逊色。萧何和曹参都是西汉王朝的开国功臣。

〔7〕运移汉祚：汉朝的气数已尽。祚，帝位，借指政权。

【译文】

诸葛的大名在宇宙间广为传播，为世崇尚的大臣遗像肃穆清高。在天下三分的割据中周密筹划，就像一只凤凰翱翔在万里云霄。智慧才能和伊尹吕尚不相上下，指挥若定使萧何曹参不能称豪。天运转移汉王室终究难以恢复，立志坚决而身却死于军务操劳。

江州重别薛六柳八二员外

刘长卿

生涯岂料承优诏[1]，世事空知学醉歌。
江上月明胡雁过[2]，淮南木落楚山多[3]。
寄身且喜沧洲近[4]，顾影无如白发何。
今日龙钟人共老[5]，愧君犹遣慎风波[6]。

【题解】

刘长卿任刺史的随州（今湖北随县），在德宗建中三年（782）被叛军李希烈攻占，诗人不得已流落至江州（今江西九江）。后应辟入淮南节度使幕，行前与友人话别，先作有五律《江州留别薛六柳八二员外》，这首七律后作，故曰“重别”。薛六、柳八，名未详，六、八是他们在家族同辈中的排行。员外，指员外郎，唐代属尚书台各部，官从六品上。

诗写垂暮之年失州入幕的感慨，哀伤多于慰藉。从篇首“生涯”、“世事”，到篇末“慎风波”，都透露出性格刚烈的诗人，在经历了两次贬谪后对世道人生的勘破。

【注释】

〔1〕生涯：平生。　承优诏：蒙受皇帝优待的诏书。

〔2〕胡雁：北来的大雁。

〔3〕淮南：淮河以南。江州在淮南。　楚山多：山上的树叶凋零了，看上去数目就多了。楚山，淮南古代为楚地，故称。

〔4〕沧洲：滨海之地，常被喻作隐士居住之处。

〔5〕龙钟：衰老迟钝的模样。

〔6〕遣：教导，劝告。　慎风波：小心政治风险。

【译文】

平生哪里会想到蒙受优厚的诏令，为人处事只知道要学着醉酒放歌。塞北大雁在月色如银的江上飞过，淮南树叶凋落使楚地更显出山多。且喜寄身之地就在濒临沧海附近，顾影自怜对满头白发却无可奈何。现在你我都已今非昔比老态龙钟，愧承忠告还须谨慎提防江湖风波。

长沙过贾谊宅

刘长卿

三年谪宦此栖迟〔1〕，万古惟留楚客悲〔2〕。
秋草独寻人去后〔3〕，寒林空见日斜时〔4〕。
汉文有道恩犹薄〔5〕，湘水无情吊岂知〔6〕。
寂寂江山摇落处，怜君何事到天涯。

【题解】

贾谊，是汉代洛阳人，少年才俊。汉文帝时任大中大夫，后得罪权要，被贬长沙王太傅。他的住处故址在今长沙城西北。诗人在至德三载（758）贬谪南巴（今广东博贺港）尉，三四年后诏还。诗当作于赴任或诏还途经湖南长沙时。

由于有相同的贬谪经历，诗人在经过贾谊故宅时不免触景生情，将怀古和伤今紧密地糅合在一起，抒写了隔代才子难为世用的万古同悲。诗不仅紧扣贾谊身世遭遇，而且更由此联类及贾谊之前的包括屈原、宋玉等人在内的“楚客”，以及自身的悲哀。尤其是末联一问，更能让人从不答中感受到诗人内心的无比惆怅。所以前人说此诗“笔法顿挫，言外有无穷感慨，不愧中唐高调”(《山满楼笺注唐诗七言律》)。

【注释】

〔1〕三年谪宦：指贾谊被贬为长沙王太傅共三年时间。　栖迟：居留。

〔2〕楚客：指贾谊。长沙古代为楚地。

〔3〕人去后：指贾谊故居的空寂。语出贾谊《鹏鸟赋》："野鸟入室兮，主人将去。"

〔4〕日斜时：语出《鹏鸟赋》："庚子日斜兮，鹏集予舍。"贾谊在长沙时，一天黄昏有鹏（即猫头鹰）飞入居室，贾谊以为不祥，便写了《鹏鸟赋》。

〔5〕汉文有道：汉文帝刘恒在历史上是人们公认的好皇帝。 恩犹薄：是说文帝不能一如既往地重用贾谊，还把他出为长沙王太傅。

〔6〕"湘水"句：贾谊往长沙就任，在渡湘江时写了凭吊屈原的《吊屈原赋》。

【译文】

贾谊贬官在此虽然只住了三年，留给楚地游客的却是万古伤悲。拨开秋草独自寻觅人去后的踪迹，这时空空的寒林中只见日已偏西。有道的汉文帝尚且如此寡情薄恩，去凭吊那无情的湘水又会有谁知。在草木凋落的江山辽阔空旷之处，可怜你为什么还来到这遥远天际。

自夏口至鹦鹉洲望岳阳寄元中丞

刘长卿

汀洲无浪复无烟〔1〕，楚客相思益渺然。
汉口夕阳斜渡鸟〔2〕，洞庭秋水远连天〔3〕。
孤城背岭寒吹角〔4〕，独树临江夜泊船。
贾谊上书忧汉室〔5〕，长沙谪去古今怜〔6〕。

【题解】

诗人在大历元年至九年（766—774）任鄂岳转运留后，期间曾巡行岳州（今湖南岳阳），与在那里为官的源休（题中"元中丞"本集作"源中丞"，即源休，曾任御史中丞，后贬溱州，移岳州）交往。归来时途经夏口（今湖北汉阳），在到达鹦鹉洲时，写了这首诗寄给在岳阳的源中丞。

与前一首诗相仿，这首诗也写贬谪楚地的感受；所不同的是，它除了引贾谊为隔代同调外，还牵入了与诗人有共同遭遇的友人源休。因此在表现手法上比前诗更具变化，更显工细。以二、三两联为例，取景由实写、虚拟，虚拟、实写组成，角度又是自身、友人，友人、自身彼此交替。这种互文见义、笔带双方的写法，大大扩展了作品所包含的容量，渲染了作品所表达的情思。末联引入“贾谊上书”和“长沙谪去”，也为彼此的遭遇注入了浓重的悲剧色彩，并把“楚客相思”推向更广更深的极致。

【注释】

〔1〕汀洲：水中小岛，此指鹦鹉洲。

〔2〕汉口：在今湖北武汉。　斜渡鸟：鸟斜渡过江。

〔3〕洞庭：洞庭湖，在今湖南北部，长江以南。

〔4〕孤城：指汉阳城，城后有山。

〔5〕“贾谊”句：汉初诸侯王势力日益壮大，严重威胁中央集权，贾谊为此上了《陈政事疏》等奏章，主张削弱诸侯王势力。本句即指此事。

〔6〕长沙谪去：贾谊上疏触怒权臣，被贬为长沙王太傅。

【译文】

水中小洲四周没有风浪又没云烟，楚地游客的思念情怀就更加渺然。夕阳斜照着飞过汉水入口的归鸟，洞庭湖的浩瀚秋水远连万里云天。背靠山岭的孤城中吹响了凄凉的号角，滨临江岸的独树上拴系着夜泊的客船。贾谊的上书是为汉室的兴亡担心，被贬谪长沙使古人今人共同哀怜。

赠阙下裴舍人

钱　起

二月黄鹂飞上林〔1〕，春城紫禁晓阴阴〔2〕。

长乐钟声花外尽〔3〕，龙池柳色雨中深〔4〕。
阳和不散穷途恨〔5〕，霄汉长悬捧日心〔6〕。
献赋十年犹未遇〔7〕，羞将白发对华簪〔8〕。

【题解】

从诗中“献赋十年犹未遇”来看，这首诗当为钱起的早年之作。诗人作诗的目的，是希望能够得到裴舍人的提携，早日步入仕途。诗的前两联写景，暗含对裴舍人的恭维。清代古文学家方苞对此评价甚高：“前四句写阁景，气象真朴，不减摩诘（即王维）。”后四句抒发怀才不遇的感叹，不仅声情凄苦，而且用典使事十分贴切。阙下，宫阙之下，指京城。裴舍人，其名不详。舍人，即中书舍人，职掌草拟诏书。

【注释】

〔1〕上林：上林苑。秦旧苑，汉初荒废，至汉武帝时重新扩建。此指唐代宫苑。

〔2〕紫禁：古代以紫微垣比喻皇帝的居处，因此以“紫禁”称宫禁。

〔3〕长乐：汉代有长乐宫，此借喻唐宫。

〔4〕龙池：在唐长安隆庆坊玄宗未即位时所居旧邸旁，中宗曾泛舟其中。玄宗即位后于隆庆坊建兴庆宫，龙池被包容在内。玄宗常于此听政。这里泛指宫中之地。

〔5〕阳和：指春气融和。　穷途：穷困潦倒的处境。

〔6〕霄汉：原指天河，此比喻伴帝王左右的显要官员。　捧日：衷心拥戴辅佐皇帝。语本《三国志·魏志·程昱传》裴松之注引晋代王沈《魏书》：“昱少时常梦去泰山，两手捧日，昱私异，以语荀彧……彧以昱梦白太祖。太祖曰：‘卿终为吾腹心。’”

〔7〕献赋：古时士子常作诗赋进献，用以歌颂朝廷，作为入仕的一种方式。此指参加朝廷举办的科举考试。

〔8〕华簪：达官贵人所用。簪，古人用以连结冠发的物件。

【译文】

二月里黄鹂翩然轻飞在美丽的上林，拂晓时都城皇宫内天气有些阴沉。长乐宫的钟声在花丛外刚刚停息，龙池边的柳色都已在细雨中变深。和煦的春光遣不散仕途落魄的憾恨，空中经常悬挂着双手捧日的赤心。向朝廷献赋已十年却还未被赏识，真让我的白发愧对你华丽的簪缨。

寄李儋元锡

韦应物

去年花里逢君别，今日花开又一年。
世事茫茫难自料，春愁黯黯独成眠。
身多疾病思田里〔1〕，邑有流民愧俸钱〔2〕。
闻道欲来相问讯，西楼望月几回圆〔3〕。

【题解】

李儋（dān），武威（今属甘肃）人，曾任殿中侍御史。元锡，字君贶，曾任淄王傅。两人都是诗人朋友，彼此常有诗歌赠答。这首诗作于德宗兴元元年（784）春，诗人当时任滁州刺史。诗写自己游宦在外，身多疾病，政绩又不如人意，因而极想向友人倾吐情怀。诗中思友之情与思民之情绾结在一起，内涵深厚，是韦应物七律诗的名篇。诗的颈联体现了诗人关心百姓疾苦的热切情怀，曾受到后人的高度评价。

【注释】

〔1〕田里：故乡，家园。

〔2〕邑：指诗人任刺史的滁州属境。　流民：指背井离乡外出流亡的灾民。　俸：俸禄，古代官吏的薪金。

〔3〕西楼：在滁州，也有人说指苏州观风楼。

【译文】

去年曾在花开时节与你相逢相别，今年花又开了时间整整过了一年。纷乱无绪的世事自然难以预料，暗淡烦闷的春愁催人独自成眠。身上疾病多了就常想回归田园，辖内有了流民便愧对朝廷俸钱。听说你如今想过来和我说说话，我在西楼上眺望已经几回月圆。

同题仙游观

韩　翃

仙台初见五城楼[1]，风物凄凄宿雨收[2]。
山色遥连秦树晚[3]，砧声近报汉宫秋[4]。
疏松影落空坛静[5]，细草香生小洞幽。
何用别寻方外去[6]，人间亦自有丹丘[7]。

【题解】

同题，是与友人一起题咏的意思。仙游观，遗址在今河南嵩山脚下。建于唐高宗时，为道士潘师正所居。诗人在诗中盛赞仙游观的宁静和清幽，描绘细腻，给人以身临其境的感觉。其前六句写景，后两句抒怀，文笔简净，对仗工稳，用典贴切，章法井然。中间两联尤其为人们称道，体现出盛唐七律的特有格调。韩翃这首诗也是他所作七律中的上乘之作。

【注释】

〔1〕仙台：指仙游观。　五城楼：传说为仙人居处，又称五城十二楼。《史记·武帝纪》："方士有言黄帝时为五城十二楼以候仙人。"

〔2〕宿雨：隔夜的雨。

〔3〕秦：唐代京都一带，古属秦地。

〔4〕砧声：捣衣声。砧，捣衣石。　汉宫：唐代长安城西北，紧接汉长安故址。

〔5〕坛：道观的法坛。

〔6〕方外：世外，指仙境或僧人道士的生活环境。

〔7〕丹丘：传说中神仙所居之地，昼夜长明。《楚辞·远游》："仍羽人之丹丘兮，留不死之旧乡。"这里指仙游观。

【译文】

登上仙台初次见到五城十二楼，眼前风景凄凉清新夜雨才收。远方山色连着暮霭中的秦川树，近处捣衣声声已报汉宫初秋。疏朗的松影落在静静的空坛上，细草的芳香来自幽小的洞口。哪里还用到别处去找世外仙境，人间原来也有那神奇的丹丘。

春　思

皇甫冉

莺啼燕语报新年，马邑龙堆路几千〔1〕？
家住层城邻汉苑〔2〕，心随明月到胡天〔3〕。
机中锦字论长恨〔4〕，楼上花枝笑独眠。
为问元戎窦车骑，何时返旆勒燕然〔5〕？

【题解】

这是一首传统的闺怨诗，采用的也是借汉咏唐、因春寄思的习惯手法。然而又有自己的特点，那就是即景言情一气贯注，在清新自然的抒写中竭尽缠绵之能事。其中前两联两相对照，在流畅的词气中凸现强烈的地域反差，从而逼出三、四两联对情思难耐的直接描写和提问，深化了既希望战事早日结束，又盼望征人立功而回的双重含义。诗在措词清丽、属对精致和巧取细节等方面，都体现出与初唐不同的大历风格。

【注释】

〔1〕马邑：在今山西朔州。秦汉时军事要地，汉代时曾与匈奴在此发生大战。　龙堆：白龙堆，在今新疆，地接玉门关，为前往西域的交通要道。

〔2〕层城：指京城。京城有内外两层。　汉苑：汉代的帝王宫苑，此指唐代宫苑。

〔3〕胡天：指边远的少数民族地区。胡，古代对北方少数民族的统称。

〔4〕机中锦字：东晋窦滔因罪流放边地，其妻苏蕙能文，就织锦为《回文璇玑图》寄赠，共八百四十字，纵横反复都可成句，词甚凄苦，人们称之为《回文诗》。

〔5〕“为问”二句：东汉大将窦宪以车骑将军率军追击匈奴北单于，大胜，登燕然山，命班固刻石记功，班师而还。元戎，军队主帅。返旆（pèi），班师凯旋。旆，旗帜。勒，刻。燕然，燕然山，即今蒙古国杭爱山。

【译文】

黄莺和燕子的啼鸣在传报新的一年，远去马邑和白龙堆的道路该有几千。我的家就住在京城外皇家园林旁边，心儿却跟随着明月到了遥远的边关。在机中纺织锦缎回文倾诉满腔怨恨，被那楼上窥探的花枝笑我一人独眠。为此倒要问问这带兵的大统帅窦宪，什么时候才能凯旋而归勒石燕然山？

晚次鄂州

卢　纶

云开远见汉阳城〔1〕，犹是孤帆一日程。
估客昼眠知浪静〔2〕，舟人夜语觉潮生。
三湘衰鬓逢秋色〔3〕，万里归心对月明。
旧业已随征战尽，更堪江上鼓鼙声〔4〕。

【题解】

这是诗人旅途中停留鄂州（即今湖北武昌）时作的一首诗。题下原注：“至德中作。”至德是唐肃宗年号（756—758）。诗写舟行途中所见所闻，表现出一种伤乱思归的复杂心情。前两联以写景为主，景中有情；后两联则以抒怀为主，情景交融。全诗意脉流贯，刻画入微，能在淡雅含蓄的抒写中曲尽情致。

【注释】

〔1〕汉阳：即今湖北汉阳。

〔2〕估客：指乘船的商人。

〔3〕三湘：指湘江的三条支流，此泛指洞庭湖和湘江一带。

〔4〕鼓鼙声：军队作战的鼓声。鼙，古时军用小鼓。

【译文】

云雾散去后远远可以望见汉阳城，前去还需借助孤帆走一天的路程。客商们白天睡觉能感到风平浪静，驾船人晚上说话已料到江潮要生。浪迹三湘的愁容偏遇上满目秋色，万里归来的寸心正对着一天月明。以前的家业已在战乱中消耗殆尽，怎能忍受再听江上响起军鼓声声。

登柳州城楼寄漳汀封连四州刺史

柳宗元

城上高楼接大荒，海天愁思正茫茫。
惊风乱飐芙蓉水〔1〕，密雨斜侵薜荔墙〔2〕。
岭树重遮千里目，江流曲似九回肠〔3〕。
共来百越文身地〔4〕，犹自音书滞一乡。

【题解】

唐宪宗元和十年（815），因永贞年间参加王叔文革新集团而远贬南方各州司马的五个成员一起被召回京城。朝廷原拟另用，却遭权臣反对，柳宗元又和韩泰、韩晔、陈谏、刘禹锡一起，分别出为柳州（今属广西）、漳州（今属福建）、汀州（今福建长汀）、封州（今广东封开）、连州（今广东连州）刺史。柳宗元到任后，就写了这首感怀诗，寄赠四位友人。

对于柳宗元来说，再次远放无疑意味着政治生命的结束。因此他到达贬地柳州后，即以南方荒蛮之地的深秋风雨为背景，抒写了内心近乎绝望的幽愤。大荒高楼，海天茫茫，扑入眼帘的是一片风雨交加的凄凉景象。诗的前四句紧扣题中“登柳州城楼”来写，而后四句，则围绕“寄漳汀封连四州刺史”下笔。岭树遮目，曲流如肠，共来百越蛮荒而不能互通音讯，这又是五人相同的处境和遭遇，其中的悲愤和苦处自不待言。诗不同于一般的贬官望乡之作，就在于它写出了历来变革者多没有好结果的悲剧命运，因而具有更深广的历史意义。

【注释】

〔1〕惊风：狂风。 飐（zhǎn）：吹动。 芙蓉：荷花。

〔2〕薜荔墙：爬满薜荔藤的墙壁。薜荔，蔓生植物，又名木莲。

〔3〕江：指柳江。 九回肠：形容愁肠百结。司马迁《报任安书》：“肠一日而九回。”

〔4〕共来：指五人一起来。 百越文身地：五岭以南各少数民族，称百越（又作百粤），有文身的习俗。

【译文】

站在城头的高楼上眺望辽阔的远方，忧愁的思绪像海潮天风般浩瀚苍茫。强劲的风狂乱地击打着荷塘的水面，密集的雨点斜泼在布满薜荔的墙上。重叠的岭树遮挡了放眼千里的视线，弯曲的江流好比那缠绕九回的愁肠。一起来到有着文身习俗的百粤之地，彼此依然音信难通各自滞留于一乡。

西塞山怀古

刘禹锡

王濬楼船下益州〔1〕，金陵王气黯然收〔2〕。

千寻铁锁沉江底[3]，一片降幡出石头[4]。
人世几回伤往事，山形依旧枕寒流。
从今四海为家日[5]，故垒萧萧芦荻秋[6]。

【题解】

西塞山，在今湖北黄石，是长江中游的一处险隘，吴国曾在这里设置江防。这首诗作于唐穆宗长庆四年（824）诗人由夔州赴和州途中。通过对东晋武帝司马昌明派大将王濬顺长江而下一举灭掉吴主孙皓的追忆，抒发了历史兴亡的感慨，气势宏大，沉郁顿挫，是历代怀古伤今诗中的名作。

【注释】

〔1〕“王濬”句：指王濬率水军由巴蜀出发攻灭东吴。王濬，时任益州（今四川成都）刺史。楼船，高大的战船。

〔2〕“金陵”句：指吴国灭亡。金陵，当时吴国的都城，即今江苏南京。王气，传说帝王所在之地会有王气。

〔3〕“千寻”句：当时吴军在长江上横挂铁索，以阻挡晋国水军，被晋军以火烧熔，沉入江中。千寻，形容很长。古代八尺为一寻。

〔4〕降幡：降旗。　石头：即金陵，又名石头城。

〔5〕四海为家：指天下统一。

〔6〕故垒：古城遗迹，这里指西塞山。　芦荻秋：江边的芦苇呈现一片秋色。

【译文】

王濬的大战船从益州顺流直下，金陵的帝王之气顿时黯然收敛。几千尺长的铁链被烧沉在江底，一片白色降旗在石头城上高悬。人世间有多少次感叹沧桑往事，枕着秋江寒流的还是那座青山。现在到了四海为家的统一时代，芦花已在那荒凉的壁垒间开满。

遣悲怀 三首

元　稹

谢公最小偏怜女[1]，自嫁黔娄百事乖[2]。
顾我无衣搜荩箧[3]，泥他沽酒拔金钗[4]。
野蔬充膳甘长藿[5]，落叶添薪仰古槐。
今日俸钱过十万，与君营奠复营斋[6]。

【题解】

这三首诗一组，是诗人元稹为悼念亡妻韦氏而作。韦氏名丛，字茂之，杜陵（今陕西西安东南）人。她是名臣太子少保韦夏卿的幼女，元稹的原配夫人，元和四年（809）卒，年仅二十七岁。诗以“遣悲怀”为题，并一而再再而三地连作三首，意在表明心中的悲哀既深且广，难以排遣。从诗中的语气来看，当作于韦氏死后十多年时。

第一首从韦氏下嫁写起，着重追忆当年生活贫困时亡妻含辛茹苦，对自己无微不至的关心和自己如今已无法报答的无限愧疚。其中由富贵之家的掌上明珠嫁作贫寒士人之妻是一种对比，生活艰难却能从容应对、化困苦为乐趣也是一种对比，而今日虽然富裕却只能营奠营斋又是一种对比。正是通过这三层对比，诗人对亡妻的思念才显得格外真实和感人至深。

【注释】

〔1〕谢公：东晋宰相谢安，最偏爱侄女谢道韫。诗人之妻韦丛的父亲韦夏卿官至太子少保，死后赠左仆射，也是宰相。所以这里以韦夏卿比谢安，以妻子韦丛比谢道韫。　最小：谢道韫是谢安之兄谢奕的小女儿，韦丛也是韦夏卿的小女儿。

〔2〕黔娄：春秋时齐国贫士，主道家学说，其妻十分贤惠。这里是诗人自比。　乖：不顺利。

〔3〕荩箧：草编织的箱子。荩，草。

〔4〕泥：软语相求。

〔5〕藿：豆叶。

〔6〕君：指妻子韦丛。　营：操办。　奠：祭奠。　斋：指延请僧人作法事超度亡灵。

【译文】

你是那谢公当年最疼爱的小女儿，自从嫁给穷黔娄就百事总不顺当。看到我没有衣穿就把草箱搜遍，求她买酒她就拔下金钗十分大方。经常吃野菜和豆叶也心甘情愿，落叶可当柴烧只能把古槐仰仗。如今我每年的俸禄已超过十万，却只能用来给你操办祭奠丧葬。

昔日戏言身后事，今朝都到眼前来。
衣裳已施行看尽〔1〕，针线犹存未忍开。
尚想旧情怜婢仆，也曾因梦送钱财〔2〕。
诚知此恨人人有，贫贱夫妻百事哀。

【题解】

第二首追忆亡妻生前的一次戏言，和戏言不幸而言中后的格外落寞和哀伤。相依为命的贫贱夫妻在同甘共苦的生活中，有时也会在玩笑中谈到身后的事情。然而当死神一旦降临，留下的一方必须孤独地承受这冷酷的现实时，种种触目惊心的感受便会不期而至。诗中平日不忍看亡妻的遗物，醒后因梦分送财钱，都是思至而及的真实记录，读来亲切感人。末句中的“百事哀”上应前首中的“百事乖”，意脉暗通，突出“贫贱夫妻”的共同遭遇和感受，具有普遍意义。

【注释】

〔1〕施：施舍给人。　行：行将，快要。

〔2〕送钱财：指接济周围贫困的亲友。

【译文】

过去说笑时曾讲到身后的安排，哪知道现在都一起来到了眼前。你留下的衣服眼看已经要送完，却仍不忍心打开还保存的针线。又想起你怜爱婢女仆人的旧情，也曾经因梦而为她们送去财钱。深深知道这样的憾恨人人会有，贫贱夫妻的百事都太令人伤感。

闲坐悲君亦自悲，百年多是几多时。
邓攸无子寻知命〔1〕，潘岳悼亡犹费词〔2〕。
同穴窅冥何所望〔3〕，他生缘会更难期。
惟将终夜长开眼〔4〕，报答平生未展眉〔5〕。

【题解】

第三首抒写与爱妻生死相别的无穷悲戚，重点从上两首的追忆往事转至自身的人生感慨。由贫贱培育恩爱，因生死造成永别，这种百年人生的剧痛长恨是刻骨铭心、难以言表的。诗既为妻悲，又为己悲；既悲人生短暂，又悲词不达意；共枕已成过去，同穴也难期盼；今生情缘已断，来生再续更无法指望。诗人情词哀惋，悲痛欲绝。末联要用整夜睁眼来报答亡妻平生的“未展眉”，是痛彻心肺的痴情语，为整组诗所抒写的悲情留下了一个永无止境的休止符。

以上三诗题为“遣悲怀”，达到的效果却是悲怀难遣，这正是诗人的意图所在。悼念亡妻，在元稹之前，以晋代诗人潘岳最为出名，以至使“悼亡”成了悼念亡妻诗的专用语。元稹这三首一组诗问世后，潘岳《悼亡》三首顿时相形见绌，而元诗则被推崇为历代悼亡诗之冠。究其原因，可以说全在“真”和“实”两字。

【注释】

〔1〕邓攸：西晋人，官河东太守。战乱中，为保全侄子，弃儿子于草丛中。时人叹息说："天道无知，使伯道（邓攸字）无子。" 寻：将到。知命：指即五十岁。《论语·为政》："五十而知天命。"

〔2〕潘岳：西晋文学家，字安仁。妻亡，作《悼亡》诗三首，为世传诵。

〔3〕同穴：死后合葬。 窅（yǎo）冥：深远渺茫。

〔4〕长开眼：指一直不合眼睡觉。《释名·释亲属》："无妻曰鳏"，而鳏鱼眼睛常不闭。这里是暗示不再续娶。

〔5〕未展眉：指韦丛生前没有过过舒心的日子，即前诗所谓"自嫁黔娄百事乖"。

【译文】

闲坐着为你悲伤也为自己悲伤，人生百年其实也没有多少时光。无子的邓攸将进入知天命之年，多情的潘岳不惜笔墨哀悼妻亡。同葬一穴也因渺茫而无法相通，来生的姻缘更是难以期盼指望。只有像鳏鱼那样整夜睁着双眼，来报答你一生蛾眉未舒的忧伤。

自河南经乱关内阻饥兄弟离散各在一处因望月有感聊书所怀寄上浮梁大兄於潜七兄乌江十五兄兼示符离及下邽弟妹

白居易

时难年荒世业空〔1〕，弟兄羁旅各西东〔2〕。
田园寥落干戈后〔3〕，骨肉流离道路中〔4〕。
吊影分为千里雁〔5〕，辞根散作九秋蓬〔6〕。
共看明月应垂泪，一夜乡心五处同〔7〕。

【题解】

这首诗作于贞元十五年（799）秋，当时诗人正侍奉母亲居住在洛阳。河南经乱是指建中三、四年（782—783）间发生在河南一带的朱泚、李希烈军阀混战。关内阻饥则指兴元元年（784）的关中大饥荒。就在那时，白居易离开了家乡，去江南避乱。从此，兄弟离散，天各一方。诗人作此诗时，他的长兄在浮梁（今江西景德镇），七兄在於潜（今浙江杭州），十五兄在乌江（安徽和县），弟妹则分别在符离（今安徽宿州）和下邽（今陕西渭南）。

身逢中唐的多事之秋，世代传下的产业荡然一空，家人骨肉又四处漂泊，使孤独的诗人在深秋明月之夜不禁慨然有怀，垂泪长叹。诗写经历了战乱后家庭支离破碎的情形，寄托了对离散亲人的深切思念。其内容都由题意铺叙而来，感伤离乱之意一气贯注，用语浅显，情思真切。尤其是末联在前表现相同遭遇的基础上，一笔兜转五地，把骨肉相思的人间亲情表现得十分沉挚。

【注释】

〔1〕时难：指河南兵乱。　年荒：指关内饥荒。

〔2〕羁旅：在外乡漂泊寓居。

〔3〕寥落：形容田地荒芜冷落。　干戈：本为古代两种兵器，常借指兵乱、战争。

〔4〕骨肉：有血缘关系的亲人。这里指题中所记各位兄弟。

〔5〕吊影：自顾形影，形容孤单。　千里雁：大雁飞行时，行列整齐有序。所以古人常用“雁行”来比喻兄弟。

〔6〕辞根：离开了根。　九秋：秋天。秋季三个月共九十天，所以称“九秋”。　蓬：蓬草，随风飞旋。

〔7〕五处：指诗题中提及的浮梁、於潜、乌江、符离和下邽五地。

【译文】

祖传产业在兵荒马乱中荡然无存，亲兄弟们个个四处漂泊东西离分。战火过后家中的田园一片荒芜，骨肉流离失所在路上痛不欲生。失群的千里孤雁形影相互哀怜，飞散的蓬草被秋风折断了根本。共看当空的明月应会泫然落泪，思乡成了一夜五处的共同心声。

锦　瑟

李商隐

锦瑟无端五十弦〔1〕，一弦一柱思华年〔2〕。
庄生晓梦迷蝴蝶〔3〕，望帝春心托杜鹃〔4〕。
沧海月明珠有泪〔5〕，蓝田日暖玉生烟〔6〕。
此情可待成追忆〔7〕，只是当时已惘然。

【题解】

这是李商隐诗，也是中国古典诗歌艺术宝库中的上乘之作。诗写得意象纷呈，情思缠绵，能激发读者丰富的审美联想。也正因这样，关于此诗的理解从宋代起就众说纷纭。有的认为是纯粹咏锦瑟，有的认为是追忆一段艳遇，有的认为是追悼亡妻，有的认为是伤唐室残破，有的认为是自伤自况，有的认为是久客思归，也有的认为是自序诗集，等等。细味全诗，综观各家解说，此诗作意似兼咏瑟、自伤和悼亡三说。诗为商隐晚年所作，可视为诗人潦倒穷困、羁縻一生的总括性写照。

【注释】

〔1〕锦瑟：装饰华美之瑟。瑟，古代一种弦乐器，类似于筝，声调低沉悲凉。据《汉书·郊祀志》载："泰帝使素女鼓五十弦瑟，悲，帝禁不止，故破其瑟为二十五弦。"

〔2〕柱：弦乐器系弦用的小木柱。　华年：美好的年华。

〔3〕庄生：即庄周，先秦哲学家。　晓梦迷蝴蝶：典出《庄子·齐物论》："昔者庄周梦为蝴蝶，栩栩然蝴蝶也……俄然觉……不知周之梦为蝴蝶与（欤）？蝴蝶之梦为周与（欤）？"

〔4〕望帝：蜀国上古帝王，名杜宇，号望帝，死后魂魄化为杜鹃，悲啼泣血。　春心：爱恋之心，也指伤春之心。

〔5〕沧海：即大海。沧，暗绿色。　月明珠有泪：这是几个典故的综合。《礼记》："蚌、蛤、龟珠，与月盛虚。"《博物志》："南海外有鲛人，水

居如鱼，不废织绩，其眼能泣珠。”又《新唐书·狄仁杰传》载阎立本曾谓狄仁杰是“沧海遗珠”。

〔6〕蓝田：即蓝田山，在今陕西蓝田，盛产美玉。 日暖玉生烟：据说蕴藏宝玉之地，上空往往笼罩着云烟，在阳光下更分明。司空图《与极浦书》引戴叔伦语：“诗家之景，如蓝田日暖，良玉生烟，可望而不可置于眉睫之前也。”

〔7〕此情：统指以上两联中所抒发的种种情事。

【译文】

精致的古琴不知为什么会有五十根弦，那每一根弦柱都使人想起美好的往年。庄子因晨梦中变成了蝴蝶而深感困惑，望帝将一颗春心托付给了啼血的杜鹃。明月下沧海的珍珠凝聚着晶莹的泪水，暖日里蓝田的温玉升腾起轻盈的云烟。这样的情怀怎么能等它成为追念记忆，只是在当时就已经迷茫怅然无法自遣。

无 题

李商隐

昨夜星辰昨夜风，画楼西畔桂堂东〔1〕。
身无彩凤双飞翼〔2〕，心有灵犀一点通〔3〕。
隔座送钩春酒暖〔4〕，分曹射覆蜡灯红〔5〕。
嗟余听鼓应官去〔6〕，走马兰台类转蓬〔7〕。

【题解】

无题，即没有标题，或不便明确标题，故意隐讳。这种形式是李商隐的首创，多用于七律诗的写作。他的这类作品，可以看成是我国古代最早出现的自觉创作的朦胧诗。

这首诗就写得隐隐约约，给人的感觉好像是在回忆一件难忘的事情。这件事发生的时间在昨天晚上，地点是一处富贵人家的屋内屋外，人物是诗人和一个与他情有独钟的大家姬妾，情节是先有令人心醉的幽会，后有分手后一人去参加宴会游戏的热闹，一人独身前去应官差的冷清。全诗所要表达的主题，便是“身无彩凤双飞翼，心有灵犀一点通”的遗憾，但在具体铺写时，上下句和前后词却有较多的互换和跳跃。读的时候往往要在弄明白字词含义的基础上，对它们的先后次序进行必要的梳理，对其中留出的空白用想像去加以填补。

【注释】

〔1〕画楼：雕绘华美的楼阁。　桂堂：以桂木建造的厅堂。

〔2〕彩凤：色彩艳丽的凤凰。

〔3〕灵犀：犀牛角中有白纹如线，贯通两端，人们以为灵异，故称灵犀。

〔4〕送钩：也叫藏钩，古代宴饮时的一种游戏。即将钩互相传递，藏在一个人手中，叫人猜测。

〔5〕分曹：分组。　射覆：也是宴饮时的一种游戏，将物品放在巾帕或器皿中，令人猜是何物。

〔6〕应官：应付官差，即按时上班。

〔7〕兰台：即秘书省，掌管图书秘籍。当时李商隐任秘书省正字（官名）。　转蓬：像风吹蓬草那样飘转不定。

【译文】

昨夜的星空中吹着昨夜的风，就在那画楼的西面桂堂之东。身上没有彩凤般成双的翅膀，心中却有灵犀一点息息相通。隔座传送藏钩不觉春酒已温，分列竞猜覆物灯烛格外鲜红。可惜我听到鼓声就要去应差，骑马赶往兰台好比风中飞蓬。

隋　宫

李商隐

紫泉宫殿锁烟霞〔1〕，欲取芜城作帝家〔2〕。

玉玺不缘归日角〔3〕，锦帆应是到天涯〔4〕。
于今腐草无萤火〔5〕，终古垂杨有暮鸦〔6〕。
地下若逢陈后主〔7〕，岂宜重问《后庭花》〔8〕。

【题解】

隋宫，指隋炀帝南下江都（今江苏扬州）时，在那里建造的江都、显福、临江等行宫（帝王外出居住的临时宫殿）。诗人取以为题，意在讽谕。

这首诗的特点，在于不按常规对隋宫的外观形态或今昔状况作具体描写和对比，而是以议论驾驭史实、剪裁史实，同时又用灵活的笔调和结构来组织史实、安排史实，从而使史实在虚实的相互映照中，凸现其丰富的内涵，以达到讽刺的目的。比如“玉玺”一联，“锦帆”句从事理发展的顺序来说，应上接“欲取芜城”，但诗人却在中间插入李唐代隋而兴的结果，并用“不缘”和“应是”加以勾连，因而显得开合有致，融化无痕。又如尾联一问，既用《隋遗录》故事，牵入陈后主作为隋炀帝的对照，同时又由隋溯陈，暗寓殷鉴不远而隋炀帝已重蹈覆辙的尖锐讥刺。正因为诗写得别出机杼，意味深长，故被誉为讽谕诗的杰作。

【注释】

〔1〕紫泉：长安河流名，原名紫渊，为避唐高祖李渊讳改为紫泉。此代指长安。

〔2〕芜城：指江都，即今之江苏扬州。刘宋时鲍照见此城因战乱而荒芜，有《芜城赋》之作。　帝家：指都城。

〔3〕玉玺：皇帝玉印。　日角：旧时称人的额骨隆起如日者为“日角”，认为这是帝王之相。

〔4〕锦帆：隋炀帝南游所用龙舟，以锦为帆。

〔5〕萤火：萤火虫。隋炀帝在洛阳曾大量征求萤火虫，入夜放出，光遍山谷。

〔6〕垂杨：隋炀帝开大运河，令民间献柳树一棵，赏绢一匹，自己又亲种一棵，并御笔赐垂柳姓杨，叫杨柳。

〔7〕陈后主：南朝陈国国君陈叔宝，其国为隋所灭。

〔8〕“岂宜”句：据《隋遗录》载，隋炀帝曾在扬州做梦与陈后主及其宠妃张丽华相遇，隋炀帝请张丽华为他舞《玉树后庭花》，陈后主乘机讥刺隋炀帝说：当初我以为你是一位尧舜一般的圣君，今日看来也是一个贪图逸乐享受的人。《后庭花》，即《玉树后庭花》，为陈后主所作，被后人视为亡国之音。

【译文】

紫泉宫殿被闲锁于冷清的烟霞，天子又想在芜城兴建帝王之家。玉玺如果没有归长有日角的人，锦帆龙舟早该游遍了海角天涯。到现在腐朽的草中还不见萤火，暮色里古老的垂杨却藏着乌鸦。幽灵在地下假若遇见了陈后主，怎么合适再问到那《玉树后庭花》。

无　题 二首

李商隐

来是空言去绝踪，月斜楼上五更钟。
梦为远别啼难唤，书被催成墨未浓〔1〕。
蜡照半笼金翡翠〔2〕，麝熏微度绣芙蓉〔3〕。
刘郎已恨蓬山远〔4〕，更隔蓬山一万重。

【题解】

原作共四首，这是其中的第一首。

从诗的内容来看，这也是一首传写男女之间铭心刻骨的相思之情的朦胧诗。与诗人其他同类作品相仿，这首七律在表现令人哀惋欲绝的情思时，采用了错综时空、颠倒因果的特殊手法，从而取得了如梦似幻、缠绵悱恻的突出效果。诗人的本意只是要表现对意中人久盼不至的思念，在落笔时却先以五更钟为背景，慨叹她的来去无凭；然后反挑出原因，点明是书信难寄、积思成梦的初醒时分；

接着再用臆想补出闺房内景，那是伊人或两人曾经相亲的所在；最后借东汉刘晨艳遇的典故，通过“已恨”和“更隔”的转接，突出强调充满内心的失落和惆怅。全诗优美凄恻，哀怨动人。

【注释】

〔1〕书被催成：意思是被梦中远别的思念所催迫，醒后急忙写信。

〔2〕金翡翠：用金线绣成翡翠鸟图案的屏障。

〔3〕麝熏：古人有用香料熏衣被的习俗。麝，麝香。　度：透过。　芙蓉：荷花。

〔4〕刘郎：相传东汉人刘晨和阮肇进天台山采药，迷路时遇到两位仙女，被邀入仙府，住了半年而归，但是人世已过七代。　蓬山：蓬莱山，神话中的海上仙山。

【译文】

去后踪影全无使要来的诺言成了空话，五更天钟声响起时空中还斜挂着月牙。在为远别而成的梦里啼哭也唤她不回，醒来忙着找纸写信连墨还来不及研化。蜡烛光半明半暗地照着金饰翡翠屏障，熏炉的麝香轻轻飘入的床帐绣着荷花。刘郎已为蓬莱山仙境遥远而心怀怨恨，哪知如今更比蓬莱山多隔了万重关崖。

飒飒东风细雨来[1]，芙蓉塘外有轻雷。
金蟾啮锁烧香入[2]，玉虎牵丝汲井回[3]。
贾氏窥帘韩掾少[4]，宓妃留枕魏王才[5]。
春心莫共花争发，一寸相思一寸灰。

【题解】

在原作四首中，这是第三首。

李商隐的情诗，往往用优美的笔调传写出一种难以言传的意态，表现出一种似是而非的情形。这首诗又是一个突出的例子。首联先描述东风细雨、荷塘轻雷，好像只是自然风光，但“轻雷”两字已微露车轮的声响。颔联对此却不直接点破，反而用烧香总能透入紧闭的金锁、辘辘总可汲起深井之水的形象比喻，来暗示男子对爱情的执着。颈联则又连用两个典故，巧妙说出女子在男方的坚持下，也终于因倾慕对方的才貌，与他枕席相亲。尾联回到相见后的相思，悔怨交集，留下无穷的遗憾。诗意扑朔迷离，诗情哀怨感人。

【注释】

〔1〕飒飒（sà）：象声词，形容风声。

〔2〕金蟾：指蟾形的铜香炉。　啮（niè）：咬。

〔3〕玉虎：井上卷绳汲水的辘轳。

〔4〕“贾氏”句：西晋司空贾充，招容姿漂亮的韩寿为僚属，贾的女儿在窗格中偷看并爱上了他，便与他私通。　掾（yuàn）：属官。

〔5〕“宓妃”句：宓妃，伏羲之女，溺于洛水而成为洛神。三国时魏国曹植行经洛水，梦一女子赠送出嫁时的枕头，醒后便写了著名的《洛神赋》。魏王，指曹植，他被封东阿王，后又改封陈王。

【译文】

飒飒的东风把细细的雨珠吹来，荷花塘外远远响起了阵阵轻雷。进入金蟾咬锁的门内烧了炷香，刚用玉虎辘轳将水从井中打回。贾氏在帘后偷看是因韩寿年少，宓妃留赠香枕为爱慕魏王英才。春心可不要和那花儿争着萌发，一寸相思换来的只是一寸余灰。

筹笔驿

李商隐

鱼鸟犹疑畏简书〔1〕，风云长为护储胥〔2〕。
徒令上将挥神笔〔3〕，终见降王走传车〔4〕。
管乐有才真不忝〔5〕，关张无命欲何如〔6〕！

他年锦里经祠庙[7]，《梁父吟》成恨有余[8]。

【题解】

筹笔驿，是古驿站（官办旅店）名，故址在今四川广元（唐时属利州绵谷县）。相传诸葛亮出师伐魏，曾经驻军筹划于此，故而得名。这首诗是李商隐大中九年（855）底随柳仲郢撤幕还朝，路经筹笔驿时所作。诗人高度评价和衷心感佩诸葛亮杰出的政治、军事才能，对其大业未成寄予深深的慨叹，同时也透露出自己不能施展才能的郁抑之情。作为一首怀古咏史诗，它在写法上颇类杜诗，集写景、述事、抒情、说理于一炉，大开大合，恣肆汪洋。

【注释】

〔1〕畏简书：典出《诗经·小雅·出车》："畏此简书。"简书，戒令，这里指军令。

〔2〕储胥：古代军队行军扎营护塞的栅栏。

〔3〕上将：指诸葛亮，蜀汉的最高军事统帅。　挥神笔：指诸葛亮挥笔写下《出师表》等誓死北伐中原、开创帝业的雄文。

〔4〕降王：指蜀后主刘禅。　传车（jū）：古代驿站准备供官府使用的车辆。这里是指投降魏国的刘禅只能乘传车东迁洛阳。

〔5〕管乐：指春秋时齐国政治、军事家管仲和战国时燕国统帅乐毅。诸葛亮曾自比管仲、乐毅（见《三国志·蜀志·诸葛亮传》）。　不忝（tiǎn）：不愧。

〔6〕关张：指蜀国大将关羽、张飞。　无命：指关、张二人均已被杀，不能继续与诸葛亮一起北伐曹魏。

〔7〕锦里：即锦官城，指成都，有祭祀诸葛亮的武侯祠。

〔8〕《梁父吟》：诸葛亮躬耕隆中时所吟歌曲，抒发政治怀抱。参见杜甫《登楼》注。

【译文】

至今还怀疑鱼鸟惊畏军中的书简，风云仍像当年那样常来护卫篱栅。空让上将在这里挥动手中的神笔，最终刘禅还是乘着传车经过驿前。真不愧有管仲和乐毅的济世之才，却无奈关羽和张飞难以保全天年。往年在锦官城南经过武侯的祭祠，想起他吟咏的《梁父吟》就余恨难遣。

无　题

李商隐

相见时难别亦难，东风无力百花残〔1〕。
春蚕到死丝方尽〔2〕，蜡炬成灰泪始干〔3〕。
晓镜但愁云鬓改〔4〕，夜吟应觉月光寒。
蓬山此去无多路〔5〕，青鸟殷勤为探看〔6〕。

【题解】

写缠绵悱恻的男女恋情，是李商隐无题诗的特色。这首诗抓住一个“难”字，反复抒写，多层渲染，令人印象深刻。首先是相见难。由于社会、家庭、人事、观念等种种原因，古代有情的男女双方要见上一面，有时真比登天还难。其次是分别对于难得一见的情人来说，也是心如刀割，难舍难分。诗的首联就叠用两个“难”字，直接说出这种人生中的巨大遗憾。最后，也是最主要的是，一旦有了这种恋情之后，要想把它忘掉，那更是难上加难。作为全诗的精髓，“春蚕”一联所要表达的，正是这种情愫。而以下两联，只是对这种情愫作了具体的延伸和扩展而已。

【注释】

〔1〕东风无力：暗示时届暮春。

〔2〕丝：和“思”字谐音。

〔3〕泪：既指蜡泪，又暗指恋人的眼泪。

〔4〕晓镜：早上起来照镜，镜作动词用。　云鬓：指女子浓密的鬓发。

〔5〕蓬山：即蓬莱山，相传为海上仙山。

〔6〕青鸟：西王母的信使。典出《汉武故事》。

【译文】

相互见面时难彼此分手也难，软绵绵的东风已把百花吹残。春蚕的丝一直到死方能吐尽，蜡烛的泪变成了灰才算流干。早晨照镜只愁秀发衰老变白，夜间吟咏应感觉到月光清寒。这里到蓬莱山没有多少路程，就请那青鸟多为我前去探看。

春 雨

李商隐

怅卧新春白袷衣，白门寥落意多违〔1〕。
红楼隔雨相望冷〔2〕，珠箔飘灯独自归〔3〕。
远路应悲春晼晚〔4〕，残宵犹得梦依稀。
玉珰缄札何由达〔5〕？万里云罗一雁飞〔6〕。

【题解】

这首诗题为“春雨”，实际并非专咏春雨，而是因春雨而感怀之作。诗中的“白门”，可指建康（今南京）一城门，也可指徐州一城门，也可能只用作代语，因此很难依据以判定作于哪一时期。作品写得情真意切，意象交融，饶有审美韵味。

【注释】

〔1〕白门：据《南史》载：“建康（金陵，即今南京）宣阳门谓之白门。”另据《三国志·魏志·吕布传》载：徐州某城门亦曰白门。又，南朝民歌《杨叛儿》：“暂出白门前，杨柳可藏乌。欢作沉水香，侬作博山炉。”这里“白门”当泛指男女欢爱场所。

〔2〕红楼：指所怀女子曾住之楼。

〔3〕珠箔（bó）：即珠帘，以珍珠装饰的帘子。　飘灯：指风吹灯晃。

〔4〕春畹（wǎn）晚：春日黄昏时分的景象。

〔5〕玉珰：玉制耳坠。古时常作为男女定情之物赠给对方（一般是男赠女），连同书信一起寄上的，称作“侑缄”。 缄札：封好的信札。

〔6〕云罗：比喻阴云满天，好像张开的罗网。

【译文】

身穿白夹衣在新春中怅然而卧，白门一片落寞连失意的事也多。隔了雨幕望着那红楼心灰意冷，独自归去时珠帘晃动风摇灯火。远在途中应为春暮而感到悲伤，即使夜残还能把迷梦幽幽寄托。耳珠和密封书信怎样才能送到，一只大雁正从万里云天上飞过。

无　题 二首

李商隐

凤尾香罗薄几重〔1〕，碧文圆顶夜深缝〔2〕。
扇裁月魄羞难掩〔3〕，车走雷声语未通。
曾是寂寥金烬暗〔4〕，断无消息石榴红〔5〕。
斑骓只系垂杨岸〔6〕，何处西南待好风〔7〕。

【题解】

诗写女子深夜情思。先描述她夜深时仍在缝制圆形的香罗帐顶，人物的举动中已有所暗示。在传统的写作手法中，属于赋中有兴。以下果然引出对往日与情人相会的回忆，“扇裁月魄”、“车走雷声”，双方都有所属意，但因女子当时羞涩，错过了相互表示的机会。尽管语言未通，多情的女子却从此生了心，孤身一人等了又等，盼了再盼，直到石榴花红了，他还是一点消息也没有。情急之下，她再也无法克制自己，从心底里喊出了要让杨柳系住行马、自己扑入情人怀中的愿望。虽然这是在夜深人静的时候，但还是通过想像坦露她对爱情的热烈期盼和大胆追求。

【注释】

〔1〕凤尾香罗：织成凤尾图案的绫罗。

〔2〕碧文圆顶：绣有碧色花纹的圆形帐顶。

〔3〕扇裁月魄：指裁成月亮形的团扇。

〔4〕金烬暗：指烛光暗淡。烬，烛花。

〔5〕石榴红：指石榴开花的季节。

〔6〕斑骓（zhuī）：毛色青白相杂的马。

〔7〕西南待好风：用曹植《七哀诗》“愿为西南风，长逝入君怀”句意。

【译文】

织着凤尾的香绫帐才薄薄的几层，有青色花纹的圆顶在深夜中缝成。圆月形团扇难以遮住脸上的羞涩，还没通话只听见车马过时的雷声。喧闹过后眼前灯花暗淡一片寂静，消息全无已是红石榴开花的暮春。青白色的马儿就拴在垂杨的岸边，到哪里去把西南的好风期盼久等。

重帏深下莫愁堂〔1〕，卧后清宵细细长。
神女生涯原是梦〔2〕，小姑居处本无郎〔3〕。
风波不信菱枝弱，月露谁教桂叶香。
直道相思了无益〔4〕，未妨惆怅是清狂〔5〕。

【题解】

这首诗的写作意图也与上一首相仿，着重表现孤身女子秋夜难眠的幽怨情思。莫愁是传说中的石城（在今湖北钟祥）女子（一说为洛阳女子），这里不过是借其名指青年女子而已。重帏深下是环境，清宵细长是感觉。心境本因独宿而凄清，却还要拿巫山神女和青溪小姑同样孤独来自我宽慰，正是欲扬先抑、欲擒故纵，更显无奈之极。但冷清的处境和无望的等待并没有使她放弃对纯真爱情的执着追求，菱枝不因风波的吹打而显得柔弱，桂香也不会因月露的沾染而消歇，女子对认定的情分是坚定忠贞的。“原是梦”的醒悟和“本无郎”的现实，也无法改变她对真性情的渴望，谁能不为之感动呢？

【注释】

〔1〕莫愁堂：指女子居住的地方。莫愁，古代乐府诗中经常出现的青年女子。

〔2〕神女：即宋玉《高唐赋》中的巫山神女，赋中说她与楚王在梦中欢会。

〔3〕“小姑”句：语出古乐府《青溪小姑曲》：“小姑所居，独处无郎。”

〔4〕直道：即便，即使。　了：完全，根本。

〔5〕清狂：指一往情深。

【译文】

层层帷帐悬挂在少女莫愁的闺房，躺下后细细品味夜的冷清和漫长。神女奇特遭遇原来只是一个梦幻，小姑娘住的地方本来就没有情郎。凶险的风波从不顾惜菱枝的脆弱，冷清的月光露珠怎能使桂叶飘香。就算这种相思之情没有一点益处，也不妨在那惆怅缠绵中痴痴幻想。

利州南渡

温庭筠

澹然空水对斜晖〔1〕，曲岛苍茫接翠微〔2〕。
波上马嘶看棹去〔3〕，柳边人歇待船归。
数丛沙草群鸥散，万顷江田一鹭飞。
谁解乘舟寻范蠡〔4〕，五湖烟水独忘机〔5〕。

【题解】

利州，即今四川广元。诗写日暮时分诗人在城南渡口等待渡江时的所见所感。

前三联从景物落笔，画出一幅青山绿水人马渡江图。其中首联是大背景，落日的余晖映着天水一色的淡荡空间，曲岛的青气远连着苍翠的群山。二、三两联分别描绘人马与鸥鹭，一边是远去江心的渡船上传来的马鸣、岸旁等待船归的行人，一边是群鸥在丛草中散开、一鹭在万顷江田上飞翔。人和自然和谐相处，整个意境非常优美。正因面对如此宁静淡远的景色，画中人不禁萌发了追寻范蠡、忘机五湖的意念，他要远离尘世的喧嚣和争斗，把自己融入这各顺其性的大自然中。

【注释】

〔1〕澹然：水波荡漾的样子。

〔2〕翠微：青翠的山色。

〔3〕波上马嘶：指马在渡船上嘶鸣。　棹（zhào）：船桨，代指船。

〔4〕范蠡（lí）：春秋时越国人，帮助越王勾践破吴。后功成身退，泛舟五湖。

〔5〕五湖：这里指太湖，在今江苏、浙江之间。　忘机：忘却世俗机巧营求之心。

【译文】

宽阔闪动的江水带了夕阳的余晖，纡曲苍茫的岛屿连着山峦的青翠。目送载乘了马鸣的船儿渐渐远去，行人在柳树下歇着等待小船回归。群集的鸥鸟从几处沙岸草丛惊散，一只鹭鸶在万顷江田上翩然而飞。谁能知道我将要驾舟去寻找范蠡，把世间机诈都忘在五湖的烟水里。

苏武庙

温庭筠

苏武魂销汉使前[1]，古祠高树两茫然。

云边雁断胡天月〔2〕，陇上羊归塞草烟。
回日楼台非甲帐〔3〕，去时冠剑是丁年〔4〕。
茂陵不见封侯印〔5〕，空向秋波哭逝川〔6〕。

【题解】

苏武，是西汉人，武帝天汉元年（前100）出使匈奴，被匈奴扣留。因坚决拒绝诱逼劝降，被迁移到北海（今贝加尔湖）牧羊。他在那里一直手持汉节，历尽苦难，度过整整十九年。到汉昭帝始元六年（前81）才被遣返汉朝，任职掌管少数民族事务的典属国。后人为他建庙祭祀，庙在今甘肃民勤南。

对于苏武这样一位历史上以坚持民族气节著称的英雄，诗人在凭吊时自然感慨万端。他在诗中设想了苏武当年在北地牧羊的情景、被汉使找到和遣返的感受，同时又借回国后哭祭武帝，抒写了对苏武功高却不被重视的满腔同情。诗在写法上的一个重要特点是采用逆挽法，把技巧与情感变化糅合在一起。其中突出的例子是五、六两句。诗人先从苏武回国后所见景物全非落笔，接着才回溯当时离国的年月，不仅思理顺畅，而且结构跳脱，不显呆板。同时诗以“苏武庙”为题，全篇多是设身处地地为古人苏武记事抒情，写到庙的只有“古祠高树”和“秋波”几字。这种把自己的感想与古人的遭遇融合一体的写法，也收到了感人至深的极好效果。

【注释】

〔1〕“苏武”句：苏武被扣匈奴十九年，汉昭帝时汉匈和亲，汉使者与匈奴交涉，要求归还苏武，苏武于昭帝始元六年回到长安。魂销，形容异常激动。

〔2〕“云边”句：汉使要求归还苏武，匈奴诡言苏武已死。后汉使也诈称汉帝射雁，在雁足上得到苏武的书信，匈奴无法抵赖，才同意归还苏武。

〔3〕回日：指苏武回国的日子。　甲帐：汉武帝时，以琉璃、珠玉等络为帷帐，因其数多，故以甲乙分之。这句说苏武回国后宫廷楼台已非旧日模样，武帝已去世。

〔4〕去时：出使离汉之日。　冠剑：戴帽佩剑，指执行公务。　丁年：

成年，成丁的年龄。李陵《答苏武书》说苏武“丁年奉使，皓首而归”。

〔5〕茂陵：汉武帝陵墓，在今陕西兴平。这句说苏武回国武帝已死，不可能被封侯了。

〔6〕逝川：《论语·子罕》:“子在川上曰：逝者如斯夫！”逝川指流失的光阴。

【译文】

苏武曾在汉朝使臣面前黯然神伤，对此古祠堂和高树早已两相遗忘。望断消失在胡天月夜云边的飞雁，边塞的风烟荒草中走来陇上归羊。回来后楼台已经不是以往的甲帐，离去时正当戴冠佩剑的青春年壮。武帝葬在茂陵已不可能为他封侯，只能空对着秋水痛惜流逝的时光。

宫　词

薛　逢

十二楼中尽晓妆〔1〕，望仙楼上望君王〔2〕。
锁衔金兽连环冷〔3〕，水滴铜龙昼漏长〔4〕。
云髻罢梳还对镜〔5〕，罗衣欲换更添香。
遥窥正殿帘开处，袍袴宫人扫御床〔6〕。

【题解】

宫词，是诗的一类题材的专用名。这类诗通常以宫中皇帝、后妃或宫女的日常生活为描写内容。

这首诗即用传神的笔墨，描述了后宫佳丽从早到晚都在盼望君王驾临的情景。诗人在这里只对发生在宫中的事情作客观的反映，其中并不加一字评论，却能使人从中明显感受到人物的复杂内心和情感变化，以及诗人对她们的同情。尤其是二、三两联，先由物件的冷清和时间的漫长，再以佳人们的反复试妆，来表现后宫的冷清和孤寂，寄托无边的幽怨。同时，诗又通过时间递进的暗中穿连，即由“晓妆”而“昼漏”，而“扫御床”，把从早到晚的时间延续显示了出来。因此读完此诗，我们感受到的已不仅仅是“连环冷”，而更是久盼君王不至的佳丽们的心头之冷；我们所体会到的也不仅仅是一天的漫长，而分明是如此循环往复的岁月悠长。

【注释】

〔1〕十二楼：《史记·封禅书》：“黄帝时为四城十二楼，以候神人于执期。”这里借指宫妃住所。

〔2〕望仙楼：唐武宗会昌五年建造，这里也借指宫妃住所，并以望仙暗喻企望君王临幸。

〔3〕金兽连环：刻有兽头形的铜门环。

〔4〕水滴铜龙：宫中计时仪器，即漏壶。壶上刻有龙形，水从龙口滴出，看其刻度，即知时间。　昼漏：指白天的时间。

〔5〕云髻：浓密的发髻。　罢梳：梳罢。

〔6〕袍袴宫人：指穿着袍裤的宫女。　御床：皇帝的卧榻。

【译文】

清晨十二座楼阁中都在忙于梳妆，人人都在望仙楼上翘首盼望君王。宫门上冰冷的兽形金锁环环相连，白天龙状铜壶中的滴水格外悠长。梳好了轻云似的头髻还对着镜照，想再换件精美的罗衣更添些芳香。遥遥探看那正殿垂帘撩开的隙间，穿着袍裤的宫女在埋头打扫御床。

贫　女

秦韬玉

蓬门未识绮罗香〔1〕，拟托良媒益自伤。
谁爱风流高格调，共怜时世俭梳妆〔2〕。

敢将十指夸针巧[3]，不把双眉斗画长[4]。
苦恨年年压金线[5]，为他人作嫁衣裳。

【题解】

从诗中的寄托来看，这首诗应当作于中和二年（882）诗人被特赐进士及第之前。

以“贫女”为题，处处紧扣贫女的生活和情志来写，而在寓意中又时时关合贫贱士人的遭遇，是诗的最大特点。首联的“自伤”和尾联的“苦恨”是全诗感情的主线，前呼后应，哀惋幽怨。中间两联则用人心不古、竞求虚荣的世风作为对照，突出贫女不同于流俗的格调和才艺。这两联的对仗十分工整，情调又非常流转，表现出中晚唐七律创作通过虚词勾连，化整饬为流走的艺术特色。诗中“谁爱”和“苦恨”两联是千古传诵的名句，用精炼的语言，高度概括了丰富的世态人情，并在生动贴切的比喻中寓含深刻，具有广泛的包容性。因此能使人通过对贫女形象的表面描述，真切地感到贫贱之士虽处浊世却能自清的心性和气质。

【注释】

〔1〕绮罗：指绫罗绸缎之类的华贵服饰。
〔2〕俭：通“险”，怪异时尚。
〔3〕夸针巧：夸示针线做得精巧。
〔4〕斗：比，争。
〔5〕苦恨：深恨。　压金线：指用金线刺绣。

【译文】

茅屋中的贫家女没见过绮罗飘香，要想托个好媒人自己也感到悲伤。谁会爱风韵优雅品格高尚的情操，世人都追慕风靡一时的怪异梳妆。敢夸耀拿针走线的十个灵巧手指，从不描绘了双眉去和别人比短长。最怨恨年年月月按着金丝线刺绣，日夜都为他人缝制出嫁的新衣裳。

乐　府

独不见

沈佺期

卢家少妇郁金香[1]，海燕双栖玳瑁梁[2]。
九月寒砧催木叶[3]，十年征戍忆辽阳[4]。
白狼河北音书断[5]，丹凤城南秋夜长[6]。
谁为含愁独不见，更教明月照流黄[7]。

【题解】

独不见，是乐府《杂曲歌辞》旧题，内容写因思念而不能相见的感伤。这首诗的题目一作《古意呈乔补阙知之》，其中提到的乔知之在武则天年间任右补阙，诗当作于那时。

诗的内容写贵家少妇秋夜辗转反侧、难以入眠的情思。环境的富丽堂皇并不能改变身处其中人物内心的空虚，首联中的“海燕双栖”已暗示了少妇的孤寂。以下分别点出时值深秋叶落、分别已经十年、边地音信断绝、京城秋夜漫长，在描写和叙述中营造出感离伤别的浓郁气氛。而末联故设一问，既扣合了诗题，又把已有的哀伤通过明月的照临床帷，推向了顶峰。全诗风格清新流畅，遣词设色都带有六朝乐府的鲜明特点，是七律从歌行体中蜕化出来时的典型作品。

【注释】

〔1〕卢家少妇：梁武帝萧衍《河中之水歌》:“河中之水向东流，洛阳女儿名莫愁。十五嫁为卢家妇，十六生儿字阿侯。卢家兰室桂为梁，中有郁金苏合香。”后来就以卢家妇代指少妇。　郁金香：一种名贵香料，可用来和泥涂壁。

〔2〕海燕：即越燕，多在梁上作巢。　玳瑁梁：以玳瑁为装饰的华美的屋梁。玳瑁，龟类动物。

〔3〕寒砧（zhēn）：秋天的捣衣石。　催木叶：寒冷的气候催逼树叶凋落。

〔4〕辽阳：今属辽宁，古代东北边防要地。

〔5〕白狼河：即今辽宁大凌河。

〔6〕丹凤城：指京城长安。汉代建章宫有凤阙，后世即以代指京城。

〔7〕流黄：黄绢，这里泛指少妇所用丝织品。

【译文】

卢家少妇那涂着郁金香料的闺房，海上来燕在雕梁画栋上栖息成双。九月寒风中的捣衣声催落了树叶，十年远去戍边使我时刻思念辽阳。断绝了来自白狼河北的书信消息，真让人深感丹凤城南秋夜的漫长。是谁在使她饱受孤独不见的愁苦，还要把皎洁的月光照在黄绢帐上。

卷七/五言绝句

鹿　柴

王　维

空山不见人，但闻人语响。
返景入深林[1]，复照青苔上。

【题解】

鹿柴，是王维晚年所居辋川别业中的一处景点，“柴”通“砦”，就是用篱栅围护的区域。王维同友人裴迪，常在辋川别业中游赏，对各个景区都即兴作诗唱和，各写下了五言绝句二十首。王维将这些绝句编为《辋川集》，本诗就是其中之一。

全诗安排了两组意境：一组是声音，山谷空寥，闻人语而不见人影，反照的是“静”；一组是光线，黄昏日光透过密林叶隙，而在地面青苔上依定，表现的是“幽”。寥寥数笔，妙景天成。诗作采用的是纯客观的白描，但诗人澹然自适的心态，却在字里行间中悠然漾出。

【注释】

〔1〕返景（yǐng）：日光返照。景，同“影”。

【译文】

空旷的山谷里不见人影，只传来一阵阵话语的余音。日光返照，射入深幽的丛林，继而投下，照亮了石苔青青。

竹里馆

王　维

独坐幽篁里[1]，弹琴复长啸[2]。
深林人不知，明月来相照。

【题解】

竹里馆，同前首中“鹿柴”一样，也是王维《辋川集》辋川二十景之一。王维辋川别业在今陕西蓝田辋水边，地多茂竹，“竹里”当以此得名。

小诗以人之“独”与景之“幽”交融为一，第三句应“独坐”，第四句应“幽篁”。在幽邃的竹林里只有明月相伴，独自随心畅兴地弹琴、长啸，天籁与人籁便陶然地凑泊成一片。全诗四句皆平常语，合在一起却境界妙出，前人评王维“诗中有画”、“妙绝天成，不涉色相，色籁俱清，人读之肺腑若洗”，本诗便属于这样的例子。

【注释】

〔1〕幽篁（huáng）：深幽的竹林。篁，丛竹。

〔2〕啸：撮口发出长声，常为古人放情的表现。

【译文】

独自坐在竹林里，四周悄悄，我先是弹琴，继而撮口长啸。竹林深幽，世间没有人知晓，只有多情的明月相伴长照。

送 别

王 维

山中相送罢，日暮掩柴扉[1]。
春草明年绿，王孙归不归[2]？

【题解】

这首诗题作“送别”，却从送别结束后的情景落笔。山中相送友人，回家已是黄昏，“日暮掩柴扉”，看起来已为这场送别打上了句号。但一个“掩”字，却叙出了诗人的孤独和惆怅，将离情别意从“山中”一直延伸到“柴扉”，令读者意会到《送别》之所以不正面回顾送行的一幕，是因为这一幕太悲凉、太伤感了，以至令诗人不堪回首。后半两句的设问更是奇笔，它既是对《楚辞》“王孙游兮不归，春草生兮萋萋”成句的巧妙化用，又从柴门前的春草暗示出山中遍生的丛草，补足了“山中相送”时与友人依依惜别、长相伴行的情景。这种不正面直接切入、而从字面外寄寓意象和感情的写作手段，古人称为“背面敷粉法”。

【注释】

〔1〕柴扉（fēi）：柴门。

〔2〕“春草”二句：用《楚辞·招隐士》句意：“王孙游兮不归，春草生兮萋萋。”王孙，贵公子，此指游子。

【译文】

山中结束了依依的送行，黄昏回家，把柴门关得紧紧。春草年年抽绿返青，游子啊，你回不回故乡的园庭？

相　思

王　维

红豆生南国[1]，春来发几枝？
劝君多采撷[2]，此物最相思。

【题解】

诗题又作《江上赠李龟年》。本诗借红豆寄托人间相思情谊，以极浅易的语言、常见的事物，抒写人人皆有的感情体会，体现了盛唐诗歌深入浅出的普遍特色。首起二句，赋、比、兴意味俱在，阅读时不妨将三者的意象叠集。相传安史乱起，玄宗奔蜀，宫廷乐师李龟年流寓湖南，曾在采访使的宴席上唱此诗，满座客人南望玄宗所在方向而叹息。事见唐人范摅《云溪友议》。

【注释】

〔1〕红豆：别名相思子，木本蔓生，秋开小花，冬春结实如豌豆，微扁，鲜红色。相传古时有一人死在边地，其妻想念他而哭死在树下，化成红豆。　南国：南方地域。红豆原产于岭南，长江以南一带也有种植。

〔2〕撷（xié）：采摘。

【译文】

美丽的红豆树产于南方，春来又有几处新枝茁芽生长。愿你多多采摘收藏，这红豆最容易激起相思的联想。

杂　诗

王　维

君自故乡来，应知故乡事。
来日绮窗前[1]，寒梅着花未？

【题解】

古人将随感而发、难以具体定类的诗歌称为“杂诗”，《文选》中王粲《杂诗》下就解题说：“杂者，不拘流例，遇物即言，故云杂也。”王维的一组《杂诗》共三首，此为第二首。从内容来看，是近于乐府诗的歌咏而非实抒遭遇，诗中的“君”并无具体指定的对象。

小诗的主题是思乡，写一久客异乡的游子遇见来自家乡的故人，自然要拉住询问“故乡事”。出乎读者意外的是，主人公只问了窗前的一株寒梅是否依然开花。其实，这正是用淡语写痴情，“以微物悬念，传出件件关心”。清人称陶渊明有诗云：“尔从山中来，早晚发天目。我居南窗下，今生几丛菊？”以为是此诗之本。但所引陶诗是伪作。初唐王绩《在京思故园见乡人问》，连问乡人十二个问题，倒可能对本诗的构思有所启发。

【注释】

〔1〕来日：指自故乡动身的那天。　绮（qǐ）窗：镂刻花纹的窗子。

【译文】

朋友你来自我的家乡，应当知道我家乡的情况。你来时在格子窗的前方，那一树梅花可已开放？

送崔九

裴　迪

归山深浅去，须尽丘壑美。
莫学武陵人，暂游桃源里[1]。

【题解】

崔九，指崔兴宗，是裴迪、王维在终南山生活时期的友人，喜好漫游山水。这回他要回乡隐居，裴迪深以为然，写了这首小诗送他。裴迪要他尽情享受隐居处山川的美好风光，不要像陶渊明《桃花源记》里的渔人那样，只是浅尝辄止，又匆匆返回喧嚣的尘间。后两句的用典是全诗的警策，既以桃源仙境印证了“丘壑美”，又借此典故含蓄地表达了归隐所含的“避秦”的真谛，企望对方意志坚定，不要做当时常见的走“终南捷径”的假隐士。

崔兴宗行前曾留诗给王维，有“前山景气佳，独往还惆怅”之句，遗憾老朋友不能同自己分享隐居处的美景。可惜“景气佳”的“前山”并没有留住他，几年后崔兴宗还是出山任右补阙，终成了“暂游桃源里”的武陵渔人。

【注释】

〔1〕“莫学”二句：典出陶渊明《桃花源记》，说一个武陵渔人进入桃花源后，住了几天就归返回家。武陵，在今湖南常德。

【译文】

你去那重重复复的青山里归隐，可得畅情领受尽大自然的美景。千万不要像那武陵的渔人，在桃花源里只是匆匆一行。

终南望余雪

祖　咏

终南阴岭秀〔1〕，积雪浮云端。
林表明霁色〔2〕，城中增暮寒。

【题解】

终南山在长安南。相传此诗为诗人早年应省试之作。唐代省试诗限定五言六韵共十二句，考官出《终南望余雪》题，祖咏写了四句二韵即交卷。考官问他何故，祖咏答曰："意尽。"事见宋计有功《唐诗纪事》。诗中首句应"终南"，前三句应"望"，而三、四句尤将"余雪"二字表现得神完气足，自然是"意尽"而不必再添蛇足了。着力于创意而意脉连贯，故能脍炙人口。

【注释】

〔1〕阴岭：朝北的山岭，山北为阴。从长安望终南山，只见其北山。
〔2〕林表：树林上端。　霁色：雨雪停止后的晴光。

【译文】

终南山的北岭是那么的秀丽，皑皑的积雪在云端上浮起。山林上空放晴，明洁如洗，长安城中增添了黄昏的寒意。

宿建德江

孟浩然

移舟泊烟渚〔1〕，日暮客愁新。
野旷天低树，江清月近人〔2〕。

【题解】

本诗作于开元十四年至十六年（726—728）诗人漫游吴越途经建德江时，建德江为钱塘江上游的新安江流经浙江建德境内的一段。二十字中，孤舟烟渚，暮日行客，旷野远树，清江明月，意象密集却又清韵天成，传达出独客异乡的淡淡怅惘。“低”字、“近”字的诗眼，洗炼而无斧凿之痕，显示了诗人驾驭语言的功力。

【注释】

〔1〕烟渚：暮霭和水汽笼罩的小洲。

〔2〕月：天上之月，也可解为水中之月。

【译文】

荡开行船，停泊在暮烟笼罩下的小洲，天色向晚，更添加了客子一段乡愁。江野平旷，天空仿佛在远树的下头，江水清澈，月影就在人的身旁漂浮。

春　晓

孟浩然

春眠不觉晓，处处闻啼鸟〔1〕。
夜来风雨声，花落知多少？

【题解】

诗人捕捉住“春晓”的瞬间感受，以处处啼鸟的明媚春光盖过了淡淡的惜春情绪。夜来花落本该在前却写在后，清晓啼鸟本该在后却写在前，这种时间的特意倒置，乃为表达风雨花落，春意犹浓的昂扬精神，不止是闲适而已。

【注释】

〔1〕啼鸟：鸟啼的倒文。为押韵，鸟啼写作啼鸟。

【译文】

春宵甜睡，不觉早晨已来临，只听到满耳是小鸟的欢鸣。记起夜间传来风雨声声，枝头该有多少花朵坠落飘零。

夜　思

李　白

床前明月光〔1〕，疑是地上霜。
举头望明月，低头思故乡。

【题解】

李白集中此诗题作《静夜思》。唐代有一类诗歌模仿汉魏六朝的乐府，但没有被谱上音乐，称为“新乐府”。《静夜思》就属于新乐府，主角不限于李白本人，而是普遍地代表了离乡客子。

小诗写客子在静寂的夜晚从睡中醒来，望见满地月色的感受。除第一句外，全诗用了多处动词，而以“疑”、“举头”、“低头”为感情发展的三处流转过程。“疑”是对月光的最初接受，“地上霜”也并无明确显示对个人情绪的影响，但随之而来的“举头望明月，低头思故乡”，却从明月转出了思乡的强烈反应，揭示了客况的孤独、悲怆。全诗朴素自然，明白如话，却又撼人心弦，耐人体味，代表了李白“无意于工而无不工”的诗歌风格。

【注释】

〔1〕床：坐床。一说为井床，即井上栏杆。

【译文】

床前银白的月色投来，仿佛是一地轻霜铺排。我抬头凝望皎月的光彩，低头将故乡深深地缅怀。

怨 情

李 白

美女卷珠帘，深坐颦蛾眉[1]。
但见泪痕湿，不知心恨谁。

【题解】

这首诗写女子的怨情，是诗歌中常见的题材。全诗如电影的镜头越推越近，从剪影到面容、表情，完成了人物的特写。结尾句“不知心恨谁”，虽然没有明说，但是读者心里已明白了所言的对象，也理解了女子在“恨”字中所隐蓄的相思深情。其表现手法十分新颖别致。

【注释】

〔1〕颦（pín）蛾眉：皱着美眉。蛾眉，对女子眉毛的美称。

【译文】

美貌的少妇卷起珠帘，久久地凝坐，紧锁眉尖。只见她星眸低垂泪水涟涟，不知她一颗芳心将谁埋怨。

八 阵 图

杜 甫

功盖三分国，名成八阵图。

江流石不转，遗恨失吞吴[1]。

【题解】

本诗是代宗大历元年（766）夏初，杜甫流寓夔州（今四川奉节）时所写。诗中借咏怀古迹，抒发了对古代名相诸葛亮的怀念之情，与杜诗“出师未捷身先死，长使英雄泪满襟”（《蜀相》）同意。八阵图，为三国时诸葛亮推演兵法而布成的一种作战阵法。相传诸葛亮在夔州长江南岸永安宫前平沙上，用细石聚成天、地、风、云、飞龙、翔鸟、虎翼、蛇盘八种阵图，各高五尺，广十围，累然棋布，共六十四堆。夏季为江水所没，冬季水退时，复依然如故，数百年来完好无损。诗中借“江”、“石”实景，更衬出了“遗恨”的重大。

【注释】

〔1〕失吞吴：除译文的一种解释外，一说释为“因吞吴而失计”，因诸葛亮一向主张蜀吴联盟。吞吴，公元222年，刘备为了替关羽报仇，急于吞并东吴，结果导致了失败。

【译文】

三分天下，诸葛亮功劳最为居上，聚石成堆的八阵图，更使他声名远扬。江水冲激，石头却不肯转向，诉说着未能吞灭吴国的一腔悲怅。

登鹳雀楼

王之涣

白日依山尽，黄河入海流。
欲穷千里目[1]，更上一层楼。

【题解】

鹳雀楼，建于蒲州（今山西永济）西南城上，楼高三层，面对中条山，下临黄河，唐人登楼留诗者众多。但本诗无疑是最为脍炙人口、足以独步千古的一首。

诗的前两句写登临所见，气势磅礴，有包孕六合之雄概。“白日依山尽”后接以“黄河入海流”，化苍凉为奋扬，写景中本身就蕴含着时空无尽、生生不息的宇宙意识。后两句更是借“更上一层楼”的登览之举，诉出了高瞻方能远瞩、进取始可臻美的生活哲理，向读者展示了更博大的视野和更高敻的境界。虚实相生，“二十字中，有尺幅千里之势”（俞陛云《诗境浅说续编》），显现了盛唐诗歌雄浑高朗、激昂奋发的风貌。

【注释】

〔1〕穷：尽。

【译文】

苍凉的红日沿着中条山缘渐渐沉沦，雄浑的黄河朝着大海奔腾。为了更远地眺望，把千里风光览尽，我登上了鹳雀楼的更高一层。

送灵澈

刘长卿

苍苍竹林寺，杳杳钟声晚〔1〕。
荷笠带斜阳，青山独归远。

【题解】

灵澈（748—816），是会稽（今浙江绍兴）诗僧，俗姓汤。贞元间游长安，名动京师，后一度曾获罪流放。晚年遇赦，回到江南。本诗是刘长卿在润州（今江苏镇江）所作。刘长卿去世于贞元初，所以这时的灵澈可能还未北上长安。

全诗仅如一帧剪影，将灵澈黄昏辞别竹林寺、独自荷笠云游远行的背影展示在画面之中。但从“苍苍”、“杳杳”烘托的气氛中，可以体味出诗人相别友人时心情的沉重；后半两句更显映出深情的目送。从写作心理分析，这两句还包含着对灵澈澹泊、坚忍的远游举止的钦佩和赞颂。

【注释】

〔1〕杳杳：深远的样子。

【译文】

竹林寺在苍苍的竹林中深藏，寺里的晚钟回荡着消失在远方。你背着竹笠，顶着一抹残阳，独自朝着遥远的青山栖隐处前往。

弹　琴

刘长卿

泠泠七弦上〔1〕，静听松风寒〔2〕。
古调虽自爱，今人多不弹。

【题解】

诗题一作《听弹琴》。弹琴也好，听弹琴也好，本诗主意并不在于单纯描述琴声，而是借琴曲的内容效果，吐露自己曲高和寡、不合于时的孤独，以及愤世嫉俗、悼古伤今的情绪。从艺文主张来看，大历以后诗坛习尚趋于浮薄，盛唐正大高朗之音几成绝响，坚守盛唐体格的刘长卿未免落落寡合；从人生经历来说，诗人一生两度遭贬，显然在心底里抹不去对现实和时尚的牢骚。诗人另有《杂咏八首·幽琴》诗：“月夜满轩白，琴声宜夜阑。飗飗青丝上，静听松风寒。古调虽自爱，今人多不弹。向君投此曲，所贵知音难。”几乎将此诗又重用了一遍，就更证实了这一点。不过，两诗相较，显然是这首绝句为胜，它更好地显示出唐诗开阖随意及议论不落言诠的特点。

【注释】

〔1〕泠（líng）泠：形容琴声的清脆。

〔2〕松风寒：以风吹进松林比喻琴声的清幽。另外，古有《风入松》琴曲。

【译文】

七条琴弦上流出了清幽的音响，我静静聆听，仿佛听见了松风送凉。我虽然对古调心驰神往，可叹今人多不把它弹唱。

送上人

刘长卿

孤云将野鹤，岂向人间住。
莫买沃洲山〔1〕，时人已知处。

【题解】

上人，是对高僧的尊称。本诗中的“上人”，前人或以为即是前选《送灵澈》的灵澈。不过从刘长卿的卒年来看，他同灵澈交往时，后者还不曾超过四十岁，声名似不会如诗中所写之大。所以此处“上人”并不能确考。

这首诗借上人的远行，处处表露了对他的赞颂。孤云野鹤，不住人间，既是对上人云游之行的饰说，更是在称扬上人高逸出尘的品性。后半两句句意上似乎是劝说上人不要定居名山，应该远避尘嚣真隐，实质上却是化用晋僧支遁（支道林）买山归隐的典故，将上人比为像支道林那样世人皆知的名僧。虚实交融，颂扬委婉，饶有韵致。

【注释】

〔1〕沃洲山：在今浙江新昌东，相传晋高僧支遁在此放鹤养马，为道家的第十二福地。

【译文】

一片孤云载着野鹤悠然飞远，它们岂会留恋这喧嚣的人间。别再购置晋代支公隐居的沃洲山，它的名声已为现时的人们熟谙。

秋夜寄丘员外

韦应物

怀君属秋夜，散步咏凉天。
空山松子落，幽人应未眠〔1〕。

【题解】

丘员外，指丘丹，为诗人丘为（参见本书卷一）之弟，曾官仓部员外郎。韦应物任苏州刺史时，丘丹已弃官，两人在郡城屡有往还。贞元八年（792），韦应物卸任，暂居苏州承定寺，而丘丹已赴浙江临平山学道。本诗即作于此时。

小诗上半从己方写，直接指明“秋夜寄丘员外”的怀人之旨；下半却转从对方着笔，虚想出临平山中秋夜清幽、丘丹不寐的情景，显示出两人精诚交感，心气相通，千里神交，有如晤对的深挚情谊。而“空山松子落，幽人应未眠”的空灵景象，又将两人的这种情谊升华到清逸脱俗的高华境界。全诗语浅情深，清脱超妙，被后人视为唐人五绝诗古淡的典型。

【注释】

〔1〕幽人：幽居之人，即隐士。

【译文】

我怀念着你，正当这秋夜长长，出户散步，咏念着秋天的诗章。空山里松子坠落，发出声响，隐居的你想来也没有进入睡乡。

听　筝

李　端

鸣筝金粟柱〔1〕，素手玉房前〔2〕。
欲得周郎顾〔3〕，时时误拂弦。

【题解】

这首诗描绘了一个弹筝女子以筝抒怀的形象，尤其三、四两句借用典故描写弹筝女微妙的内心世界，委婉细腻。除传达出女子情心未泯、别有怀抱外，还显示出某种“因病致妍”的生活哲理。唐代小诗，如“未谙姑食性，先遣小姑尝”（见本卷王建《新嫁娘》）之类，往往都带有这种开掘生活内容的隽永哲味。

【注释】

〔1〕筝：古时一种弹拨乐器，战国时流行于秦国，古为十二弦，唐时改为十三弦，后又增至二十五弦。　金粟柱：用桂木制作的华美的琴柱。金粟，指桂。柱，筝上用以系弦的部件。

〔2〕玉房：玉饰的房屋，指华丽的房舍。

〔3〕周郎顾：周郎，三国时东吴名将周瑜。据《三国志·吴志·周瑜传》载：“瑜授建威中郎将，时年二十四，吴中皆呼为周郎。少精意于音乐，虽三爵之后，其有阙误，瑜必知之，知之必顾。故时人谣曰：曲有误，周郎顾。”顾，回头看望。

【译文】

将桂木作柱的名筝拨弹，坐在华屋前，伸出玉手纤纤。为了让知音的郎君多看一眼，她故意一次次拨错了筝弦。

新嫁娘

王　建

三日入厨下，洗手作羹汤〔1〕。
未谙姑食性〔2〕，先遣小姑尝〔3〕。

【题解】

王建《新嫁娘》共三首，此为其三。三首诗写的是新娘成婚、初到夫家的生活情景，表现了唐代婚嫁的风俗人情。本诗中新娘依古代习俗，出嫁后第三日起，须开始在夫家下厨执炊，以明侍奉公婆的职责。她初来乍到，不知做好的菜肴是否合婆婆的口味，于是先请小姑子品尝。寥寥数笔，将新妇的审慎谦和、慧心敏性，表现得栩栩如生。

这本是一首风俗诗，但因为取象隽永，启人遐想，因此也有弦外之音的别解，借喻初入仕途的新手，因未熟悉上司习性，只得先向同僚请教。“三日厨下”、“三日新妇”，还因而成了借指举止不敢自专的新来者的成语。内涵影响大于诗人本意，这是唐诗中常见的有趣现象。

【注释】

〔1〕“三日”二句：古代新媳妇过门的第三天要下厨房为公婆做菜。

〔2〕姑：丈夫的母亲。

〔3〕小姑：丈夫的妹妹。

【译文】

婚后三日，新娘从此开始下厨操劳，洗净双手，把一道道汤菜烹调。不知道婆婆在饮食上的脾性和嗜好，先送给小姑，让她品评味道。

玉台体

权德舆

昨夜裙带解，今朝蟢子飞[1]。
铅华不可弃[2]，莫是藁砧归[3]。

【题解】

南朝陈代徐陵编选《玉台新咏》，多为艳情之作。唐人从内容或情调上仿效成诗，就称为“玉台体”。权德舆作《玉台体》十二首，这是其中的第十一首。

诗写闺中少妇自丈夫久出后，无心梳洗，结果前夜裙带开结，次日喜蛛飘垂，都是民间相传的喜兆。于是唤起了她迎接好事来临的希望，重新寻出了妆奁的用具，“铅华不可弃”，隐点出“自伯之东，首如飞蓬，岂无膏沐，谁适为容”（《诗经·卫风·伯兮》）的独居情节。全诗妙在用补叙法，先写喜兆，后出旧悲，而结末又以满怀希冀却未必成真的一问，将少妇盼夫归回的痴情殷意，表现得入木三分，令人恻然。权德舆是唐代名相，也刻意写出这样的小诗，从中可见有唐诗坛争巧竞秀的风尚。

【注释】

〔1〕“昨夜”二句：明胡震亨《唐音癸签》：“俗说裙带解，有酒食；蟢子缘人衣，有喜事。”蟢子，又叫喜子，长脚蜘蛛，古人称蠨蛸，认为它能为人带来喜事。

〔2〕铅华：妇女用的脂粉。

〔3〕藁砧（gǎo zhēn）：古代称丈夫的隐语。藁（禾秆）和砧都是斩割时的垫具，而斩的时候用鈇（即铡刀），“鈇”和“夫”同音，所以用“藁砧”代称丈夫。

【译文】

昨晚裙带松开，这可是夫妻和合的喜兆，今晨喜蛛飘荡，又把好事预报。胭脂啊粉黛啊再也不闲抛，莫非我的夫君不日就来到。

江　雪

柳宗元

千山鸟飞绝，万径人踪灭。
孤舟蓑笠翁，独钓寒江雪。

【题解】

本诗作于诗人被贬永州之后，以景寄情，曲折地反映出诗人在永贞革新失败后既孤踽寂寞又孤高不屈的精神面貌。诗以简淡的白描手法描绘出一幅雪江独钓图，后人多以之作画，却鲜能表达出诗中的清峭况味。

【译文】

一座座山峰兀立，不见了往日的飞鸟，一条条小路纵横，半个人影也找不到。孤舟上老渔翁身披蓑衣，头戴笠帽，在风雪漫天的江中独自垂钓。

行　宫

元　稹

寥落古行宫〔1〕，宫花寂寞红。
白头宫女在，闲坐说玄宗〔2〕。

【题解】

二十字中三见“宫”字，步步深入。“寥落”、“寂寞”、“白头”、“闲坐”，通篇为“行宫”定位，已折射出昔日繁华的风凉云散。而诗末通过老年宫女闲话玄宗的特定情境，更表达了物是人非的兴衰之感。“说玄宗”三字，闲闲而出，却胜过千言万语，令人回味无穷。此诗一作王建诗。

【注释】

〔1〕行宫：皇帝出巡时所住的宫殿。

〔2〕玄宗：即唐玄宗李隆基。他在位时，唐王朝经历了开元、天宝年间由盛转衰的变迁。

【译文】

年代久远的行宫，气象冷落衰飒，一样寂寞的是宫里年年开放的红花。当年的宫女还在，只是白了头发，无事闲坐中，说些玄宗朝代的旧话。

问刘十九

白居易

绿蚁新醅酒〔1〕，红泥小火炉。
晚来天欲雪，能饮一杯无〔2〕？

【题解】

这首诗作于元和十一或十二年（816—817）。隆冬之夜，天欲下雪，这时摆上绿蚁新酒、红泥火炉，邀上朋友小酌一番，实是极有情调的享受。无拘无束，情真意切，遂使冲口而出的家常语言也别有风韵。“能饮一杯无”，虽是问句，实为劝酒之辞。题中刘十九指刘轲，这时正隐居庐山，是诗人结识不久的友人，元和十三年中进士。“十九”是他的排行，唐代有以排行代名的习惯。

【注释】

〔1〕绿蚁：酒的别名。古时新酿造的酒，在未经过滤时，浮有一层泡沫，略显绿色，故称绿蚁。 醅（pēi）：未经过滤的酒。

〔2〕无：即否。表示疑问语气。

【译文】

新酿的酒上浮沫如绿蚁般点缀，红泥砌就的小炉里炭火熹微。晚来天色昏寒，看来雪花要飞，你能不能来陪我一起干上一杯？

何满子

张　祜

故国三千里〔1〕，深宫二十年。
一声《何满子》，双泪落君前〔2〕。

【题解】

本诗在《全唐诗》中题作《宫词二首》，为其中的第一首。何满子，是唐开元时的一名乐工，犯了死罪，临刑前向唐玄宗进献《何满子》曲请求宽免，却没有得到允准。所以白居易在《听歌六绝句》中写道：“世传满子是人名，临就刑时曲始成。一曲四调歌八叠，从头便是断肠声。”

这首诗写出了幽闭深宫的宫女们丧失自由、断绝乡情、葬送青春的悲愤惨痛，二十字中用了六个数词，每一个都饱蘸着血泪。它代表了这一大批不幸妇女的心声，在宫内普遍传唱，所谓“可怜‘故国三千里’，虚唱歌辞满六宫”（杜牧《酬张祜处士》）。唐武宗时的宫嫔孟才人，在唱了这首诗后，竟当场气绝身亡。

【注释】

〔1〕故国：故乡。

〔2〕君：君王。

【译文】

三千里外的故乡啊，道里悠悠，深宫中苦捱了二十个春秋。一声《何满子》刚唱开了头，双泪已在君王前夺眶而流。

登乐游原

李商隐

向晚意不适〔1〕，驱车登古原。
夕阳无限好，只是近黄昏。

【题解】

乐游原，在长安城东南的高地上，为著名的游览胜地。本诗记录了诗人黄昏登临其地的感想。

小诗起首“向晚意不适”五字，是全诗的总纲。它领出了诗人驱车出游的缘故，同时也表明了登临乐游原的心情状态。诗人登上古原，纵目四望，见夕阳瑰丽，不禁由衷赞美。谁知“无限好”却是注定好不了多久，“只是近黄昏”再度一转，化成了更深的“不适”。三、四两句是诗人直观的感受，又是朴素的客观真理，惟因如此，故不泥一端，内涵极丰，自然、人生，时世、身事，都可能与之关联。但无论如何，可以得知诗人起句的“意不适”，决不是寻常的闲愁。全篇首尾呼应，跌宕起伏，语极淡而意极深，格极古而情极痛。清人评得好：“消息甚大，为绝句中所未有。”（管世铭《读雪山房唐诗序例》）

【注释】

〔1〕向晚：傍晚。

【译文】

天色向晚，心情抑郁不展，驾车登上了汉家古苑的乐游原。一轮落日依然是说不尽的美艳，只是毕竟离开黄昏不远。

寻隐者不遇

贾　岛

松下问童子，言师采药去。
只在此山中，云深不知处。

【题解】

此首《全唐诗》一作孙革诗，题为《访羊尊师》。孙革，宪宗时任监察御史，生活时期略早于贾岛。这样看来，诗中的“隐者”可能姓羊。但唐诗中“寻××不遇”是常用的诗题，就本作而言，用这个题目尤其贴切、有味。

这是一首问答体的小诗，四句皆如寻常的口语，但“松下”、“童子”、“采药”、“云深”这些词语，却于无形中已勾画出一幅生动可感的山中隐居图。诗人之“问”至多就是“尊师何在”的数语，童子却作了全方位的回答，显得十分有趣。“只在此山中”是示以有望可遇，“云深不知处”却表明无迹可寻，映现出山中隐士野鹤闲云、飘逸自在的形神和风貌。可以说，正是由于“寻隐者不遇”，读者才认识了一位活生生的、高洁脱俗的“隐者”。

【译文】

松树下问童子：“你师父可在？”童子说：“师父采药去了，还没回来。去也不远，就在这大山里面。只是云雾深深，不知哪儿才能找见。”

渡汉江

李　频

岭外音书绝[1]，经冬复立春。
近乡情更怯，不敢问来人。

【题解】

本诗《全唐诗》又作宋之问诗，当是。宋之问于中宗神龙元年（705）贬谪为龙州（今广东罗定）参军，次年逃回洛阳，途经汉水时作此诗，而李频则并未到过“岭外”。

此作最大的特点是感情真实，语由心生。“岭外”两句固然是为“近乡”云云作铺垫，但也确实是渡越汉江时最容易勾起的回忆。“近乡”两句更是诗人此时特有的感受，其中的“怯”字看起来出人意表，细细品味，却发觉是生活中常有的共同体验。如美国诗人惠特曼的《回乡》诗句：“我越是接近珍护的理想，就越是心情紧张，甚至惊惶。”就与此意相仿。杜甫《述怀》“反畏消息来，寸心亦何有”亦同此意，却可惜比不上本诗的直抒心曲。

【注释】

〔1〕岭外：即岭南，从中原人看来，岭南地区就在五岭以外。

【译文】

人在岭南，久久断绝了家中的音讯。经过了冬天，又接着春天来临。如今家乡走近，却更加慌怯不宁，不敢向过来人打听家中的情形。

春 怨

金昌绪

打起黄莺儿，莫教枝上啼。
啼时惊妾梦，不得到辽西[1]。

【题解】

诗中写少妇怀念征人，梦中相见而被黄莺啼醒，借驱赶春莺而抒发“春怨”，见其情痴入骨，更知其孤愁摧心。南朝乐府《读曲歌》云:“打杀长鸣鸡，弹去乌臼鸟。愿得连暝不复曙，一年都一晓。”晚唐令狐楚《闺人赠远》云:“绮席春眠觉，纱窗晓望迷。朦胧残梦里，犹自在辽西。”本诗时代处于两者之间，可见民歌侧写手法的传承创变。

这首小诗在结构上还有个特点，即四句互相勾连，分句拆读则平淡无奇，一气合观则顿觉波折不尽，妙意横生。古人对五言绝句有“就一意圆净成章”（王夫之《夕堂永日绪论》）的要求，本诗可作为典范。“一意圆净成章”，其实也是六朝乐府民歌的一种遗风。

【注释】

〔1〕辽西：辽河以西，是诗中怨妇之丈夫的征戍之地。

【译文】

打走那唧唧喳喳的黄莺，不许它在枝头啼鸣。它的鸣声惊破我的梦境，没法去辽西见我的夫君。

哥舒歌

西鄙人

北斗七星高，哥舒夜带刀。
至今窥牧马[1]，不敢过临洮[2]。

【题解】

哥舒，指唐朝开元、天宝时期的大将哥舒翰，他曾在积石堡大败吐蕃军，保障了西北边境的安宁，以战功封西平郡王。这首诗是西方边地（“西鄙”）百姓赞颂他而作的歌谣。民间歌谣常以兴起，本诗“北斗七星高”一句亦不例外。但这五字同时又是赋（铺写），为“夜带刀”的背景；也是比（比喻），以北斗星暗喻哥舒翰在边人心目中的崇高地位。以下只用“哥舒夜带刀”五字绘出将军的一幅剪影，接以临洮地区边警宁靖的事实，则哥舒之神勇，胡人之敬畏，尽于无字处浮现；峻洁明快，空里传神，令人印象至深。至于哥舒翰晚年投降安禄山，那当然是另一回事了。

【注释】

〔1〕窥牧：偷越过边境放牧。

〔2〕临洮（táo）：今甘肃岷县，以地临洮水得名。秦长城西起于此。

【译文】

北斗七星高挂在天空之上，哥舒翰将军星夜出巡，全副武装。如今胡人将战马偷偷牧放，仍不敢越过甘肃岷县一带的边疆。

乐　府

长干行 二首

崔　颢

君家何处住？妾住在横塘[1]。
停船暂借问，或恐是同乡。

【题解】

长干行，乐府《杂曲歌辞》曲名。长干，为地名，在今江苏南京秦淮河以南的岗岸上。乐府以地名为曲题的，多表现当地的风俗民情，《长干行》亦习以长江口岸人家的恋爱生活为题材。崔集中原题为《长干曲四首》，此为其一、其二。

第一首写船家女子听到邻舟传来乡音，向舟上男子搭问。全诗皆由女子的话语构成。船女发问后即接以“妾住在横塘”，最妙，既是女子意识到自己主动提问的唐突而加以掩饰，又从自报家门中达到了让对方认识自己的目的。以下两句继续是掩饰性的解释，但欲盖弥彰，更显示出首句的脱口而出带有情窦初开的意味。小诗戛然而结，读者对这位船女却不仅如闻其声，而且如见其人。

【注释】

〔1〕横塘：在今江苏南京西南。

【译文】

“大哥你家住在何方？小妹家在南京横塘。停下船来冒昧问访，也许咱俩还是同乡？”

家临九江水，来去九江侧。
同是长干人，生小不相识。

【题解】

第二首是邻船男子的答语。诗中的九江，泛指长江下游一段。不直言“家住长干”，暗寓有江湖飘零之感。在这样的心情下，末两句的叙提乡谊，便颇可玩味。“生小不相识”固是实情，但若解作男子断绝女子的搭讪，则起首两句便无必要答出。可见这是他在“相见恨晚”意义上的一层反应，两人自后“相识”的发展地步，便在“同是长干人”的默契中不言自喻了。

合观这两首小诗，一问一答，于寥寥数笔的白描中，便使人物、场景跃然在目，并留出了多少联想的余韵。“明丽出天然”，而又于率朴中寓蕴藉之致，体现了民歌明快、玲珑、“近乎天籁”的遗风。

【译文】

“我家就在长江岸旁，江边撑船整年来往。都在长干一带生长，竟然从小未曾碰上。”

玉 阶 怨

李 白

玉阶生白露[1]，夜久侵罗袜。
却下水精帘[2]，玲珑望秋月[3]。

【题解】

《玉阶怨》是乐府诗的旧题，多咏被幽闭宫女的怨情。李白的这首诗，写秋天的晚上宫女独自望月的情景，纯用白描，虽无一字明言女子的内心世界，却隐现宫女渴望正常家庭生活的幽怨情怀。“却下水精帘”，又别寓女子洁身自珍之意。

【注释】

〔1〕玉阶：用白石砌成的台阶。

〔2〕却：还。　水精帘：是说此帘华贵透明，帘线为水晶石所串。水精，即水晶。

〔3〕玲珑：娇小的样子，一说形容秋月皎洁如玉。

【译文】

秋露在宫中的台阶上凝集，闪着白光。夜久了，也凝结在宫女的罗袜之上。她只是进屋放下水晶帘子，仍在盼望。望见的，只是被帘条划成一道道的小小月亮。

塞下曲 四首

卢　纶

鹫翎金仆姑〔1〕，燕尾绣蝥弧〔2〕。
独立扬新令，千营共一呼。

【题解】

塞下曲，属乐府《横吹曲辞》，以边塞生活为内容，唐人多有仿作。卢纶《塞下曲》原作六首，此选前四首，是对张延赏同名乐府的和作。张延赏官至宰相，曾领过兵，所以卢纶这一组诗带有为他颂德的意味。

第一首写主帅威严，挺立于千军万马之中，一呼百应，号令整肃。前两句借弓矢、旌旗的特写，表现了装备的精良与军容的雄壮，为后两句预设了地步。所以俞陛云在《诗境浅说续编》中评道："寥寥二十字中，有军容荼火之观。"而从本诗在组诗中的位置来看，诗人的立意是以此来构成塞下军事生活的第一幅画面——誓师，全诗具有先声夺人的效果。

【注释】

〔1〕金仆姑：箭名。《左传·庄公十一年》："公以金仆姑射南宫长万。"

〔2〕燕尾：旗上的飘带。　蝥（máo）弧：一种大旗的名称。《左传·隐公十一年》："颍考叔取郑伯之蝥弧以先登。"

【译文】

精美的金仆姑箭尾插着鹰翎，缀着飘带的军旗上刺绣鲜明。将军屹立着宣布最新的命令，千营人马齐刷刷地同声呼应。

林暗草惊风〔1〕，将军夜引弓。
平明寻白羽，没在石棱中〔2〕。

【题解】

第二首写主帅的勇猛，利用西汉飞将军李广夜猎，疑蹲石为虎，惊射而箭镞没石的旧典，翻出新意，凝练地刻画了惊险而扣人心弦的一幕。"林暗草惊风"五字，绘景如画，而隐然有虎伏之势。全诗笔力跳脱，张弛有法，曲折多致。从组诗的角度来看，这一首的立意在于军旅生活的第二步——夜巡，也即是《诗法易简录》所评的"言外有边防严肃，军威远振之意"。

【注释】

〔1〕草惊风：古有"云从龙、风从虎"的说法，这里是暗示草丛中有虎。

〔2〕"没在"句：用西汉名将李广射虎的典故。据《史记·李将军列

传》载，一次李广到山中打猎，错把一块石头当作了老虎，一箭射去，箭头没入石头缝中。

【译文】

树林昏暗，野草在风中惊颤，夜色里将军拉满了弓弦。天亮时分寻找射出的羽箭，深深地扎入在石缝中间。

月黑雁飞高，单于夜遁逃。
欲将轻骑逐[1]，大雪满弓刀。

【题解】

第三首写主帅雪夜闻警，率师追击残敌，终因气候条件恶劣而未能竟功。诗中“月黑雁飞高”、“大雪满弓刀”两句写景，不仅生动真实地反映了塞外特有的境象，而且一首一尾烘托出野战的风云氛围。全诗如盘鹘蹲虎，不怒而威，启人遐想。这一首在组诗中，代表了“出战”的重要一环。

【注释】

〔1〕将（jiāng）：作动词，率领。

【译文】

黑云遮月，大雁奋力飞向高端，单于趁着夜色仓皇逃窜。想率领轻装的骑兵追赶，无奈弓箭和大刀被飞雪沾满。

野幕敞琼筵[1]，羌戎贺劳旋[2]。
醉和金甲舞，雷鼓动山川[3]。

【题解】

第四首写战胜后三军庆贺的场面。全诗四句，句句如画，野外开宴，边民劳军，将军醉舞，鼓乐喧天，盛大、热烈、欢腾的景象历历在目。通首气势磅礴，感情奔放，夸侈中有自豪，粗犷中有潇洒，它构成了组诗乐章中的最高潮——奏捷。

综观这一组《塞下曲》，连用分镜头式的特写手法，合成富有边塞风味和时代特征的画卷，从而超越了诗人的写作意图。四诗雄健豪放，表现了唐代将士勇武昂扬的气概，确是引人入胜、令人振奋的佳作。

【注释】

〔1〕野幕：在野外设的营帐。　敞：开。

〔2〕羌戎：古代对少数民族的泛称。

〔3〕雷鼓：即擂鼓。

【译文】

郊野的营帐里摆开丰盛的庆宴，羌人和戎人都来庆贺凯旋。穿着铁甲带醉起舞在帐前，战鼓擂动，山河都为之震撼。

江南曲

李　益

嫁得瞿塘贾〔1〕，朝朝误妾期。
早知潮有信，嫁与弄潮儿〔2〕。

【题解】

江南曲，属乐府《相和歌辞》，内容多写长江南岸民间男女的恋情。

本诗借一名商人妻子的口吻，吐诉闺妇日日候夫不至的怨望。

三、四两句是奇特的构思，它以“潮有信”反照前文的“朝朝误妾期”，更由潮信联想到弄潮儿，于是便生出了嗔语嫁给江上陌生健儿的匪夷所思的一笔。这两句补出了女主人公朝朝到江边守望丈夫的实情，又含有她正当年少、不甘浪费青春的潜台词。这种种字外之意，读诗时不可轻易放过。

【注释】

〔1〕瞿塘：三峡之一的瞿塘峡，在今四川奉节南。 贾（gǔ）：商人。

〔2〕弄潮儿：水性好能在潮水中自由戏耍的男子。

【译文】

嫁了个四川瞿塘行商的男人，每天都害得我白白地空等。要早知道潮水涨落日有定准，嫁给弄潮的小伙子也胜过独身。

卷八/七言绝句

回乡偶书

贺知章

少小离家老大回，乡音无改鬓毛衰[1]。
儿童相见不相识，笑问客从何处来。

【题解】

这首诗一般认为作于天宝二年（743）诗人八十多岁休官回乡时，但也可能作于此前为官返乡期间。

诗选取生活中一个再普通不过的小插曲，用平凡朴实的语言，表现了一个从小离家、直到鬓发斑白时才得以回乡的游子，在踏上故土时所产生的无限感慨。那个因不识而笑问的儿童，与乡音没变、鬓发已衰的老人之间，正划出了一段漫长的人生之路，以及在走过这段路后的丰富体味。

【注释】

〔1〕鬓毛衰：鬓发脱落，是年老体衰的一种生理现象。

【译文】

从小离开家乡到老了才返回，故乡口音没变鬓发却已衰白。孩子们见到我都摇头不认识，笑嘻嘻地前来问你从哪里来。

桃 花 溪

张 旭

隐隐飞桥隔野烟，石矶西畔问渔船[1]。
桃花尽日随流水，洞在清溪何处边。

【题解】

桃花溪，在今湖南桃源西南，源出桃花山。晋代诗人陶渊明写作《桃花源记》，即以此为蓝本。

《桃花源记》说:“晋太元中，武陵人捕鱼为业。缘溪行，忘路之远近，忽逢桃花林，夹岸数百步，中无杂树，芳草鲜美，落英缤纷。渔人甚异之，复前行，欲穷其林。林尽水源，便得一山，山有小口，仿佛若有光，便舍船，从口入。”诗的意境，就是根据这段描述写出。其中一个“问”字，使飞桥野烟、桃花流水，都笼罩在一种若有若无的朦胧情态中。

此诗一说宋蔡襄作，题《度南涧》。

【注释】

〔1〕矶：水边突出的岩石。

【译文】

一座高桥隐现在山野的云烟间，到了石岩西面去询问那捕鱼船。飘落的桃花整天随着流水漂去，传说中的洞口究竟在清溪哪边。

九月九日忆山东兄弟

王　维

独在异乡为异客，每逢佳节倍思亲。
遥知兄弟登高处，遍插茱萸少一人〔1〕。

【题解】

农历九月初九是中国传统的重阳节，按习俗，这一天人们要登高、饮酒、插戴茱萸，据说这样做可以避邪。山东，指华山以东，当时王家已从太原祁（今山西祁县）迁至华山以东的蒲（今山西永济）。这首诗原注“时年十七”，是王维现存最早的诗作。

诗的前两句写自己身在异乡思念家乡的亲人。其中两个“异”字突出了孤独感，并因此逼出佳节思亲的“倍”字，用朴实的语言写出千百年来人们共同的切身感受。后两句逆笔遥想在家的兄弟也像他那样，在那里插戴着茱萸登高，独独少了他一个。这种主中有客、客中有主的写法，历来受人称道。

【注释】

〔1〕茱萸（yú）：古代风俗，重阳节佩戴茱萸可以去邪辟秽。

【译文】

独自在异乡作为异乡的旅客，每遇到佳节就加倍思念至亲。深知兄弟们远在登高的地方，个个都插佩茱萸却少了一人。

芙蓉楼送辛渐

王昌龄

寒雨连江夜入吴[1]，平明送客楚山孤[2]。
洛阳亲友如相问，一片冰心在玉壶[3]。

【题解】

芙蓉楼，在唐代润州（今江苏镇江）城西北角。辛渐，是诗人的好友。诗约作于王昌龄开元二十九年（741）任江宁（今江苏南京）县丞时，原两首，这是第一首。

诗写清晨在润州芙蓉楼送客上路，却先由昨夜的寒雨落笔，显得很有变化。前两句在交代时间、地点和人的行程外，还用“寒”和“孤”说出天气和离别给人的感受。后两句是当时诗人送别时的叮嘱，“洛阳”是友人要去的地方，也是诗人亲友聚集的所在。诗人要友人捎去口信，表明自己的心仍和玉壶中的冰一样清白，这和《河岳英灵集》说他“晚节不矜细节，谤议沸腾”有关。

【注释】

〔1〕吴：指润州（今江苏镇江）一带，古代属吴国。

〔2〕楚山：指润州一带的山。

〔3〕“一片”句：鲍照《白头吟》:“直如朱丝绳，清如玉壶冰。”玉壶，喻洁白无瑕的品格。

【译文】

连着江面的寒雨夜间进入东吴，天刚亮就独自在楚山送客上路。洛阳的亲友如果前来探望询问，就说我心一片清白如冰在玉壶。

闺　怨

王昌龄

闺中少妇不知愁，春日凝妆上翠楼[1]。
忽见陌头杨柳色，悔教夫婿觅封侯[2]。

【题解】

闺怨，是中国古代诗歌创作中的常见题材，内容多写闺房中女子的幽怨情思。

诗写闺中少妇从“不知愁”到暗自懊悔的心理变化，其原因是春日独上高楼时忽然望见的杨柳。前两句把人物的天真和不懂事传写得十分出色，她一人独处，在春日本该思念离去的丈夫，可她却无忧无虑地精心打扮后登上了高楼。但正是这个举动，使她由兴致勃勃一下子变得黯然神伤，因为“柳”字谐音“留”字，眼前的杨柳忽然使她想起了当初是自己劝丈夫外出求取功名，如今才孤身一人面对大好春色的，于是深深的后悔之意不禁油然而生。

【注释】

〔1〕翠楼：对女子所住楼房的美称。

〔2〕夫婿：古代妇女对丈夫的称呼。　觅封侯：指从军建功以求封侯。

【译文】

闺房中的少妇不知道什么是忧愁，春日里精心打扮了登上绮阁绣楼。忽然看见那路口杨柳的青青颜色，不禁后悔让丈夫外出去寻求封侯。

春宫曲

王昌龄

昨夜风开露井桃〔1〕，未央前殿月轮高〔2〕。
平阳歌舞新承宠〔3〕，帘外春寒赐锦袍。

【题解】

宫怨诗与闺怨诗一样，多写女子幽怨的情思；不同的是所写女子身份不一，前者是皇宫中的皇后嫔妃乃至宫女，后者则是民间（包括官宦人家）女子。

这首诗借汉代卫子夫因能歌善舞而被武帝宠幸的故事，来抒写类似于陈皇后失宠遭受冷落的历代后宫幽怨。它的特点在于先用景物变化，来暗示主人久久等待君王而君王不至的失望和无奈；然后专从新人如何得宠这一面落笔，以此来反衬自己的备受冷落。诗人所要表达的怨意，只是通过对比来让人细细品味。这种方法，往往比直接描写更能收到“此时无声胜有声”的效果。

【注释】

〔1〕露井：无盖之井。

〔2〕未央：未央宫，汉代宫殿，这里借指唐朝宫殿。

〔3〕平阳歌舞：指汉武帝时平阳公主（武帝之姐）家的歌女。武帝在平阳公主家看中了歌女卫子夫，公主便将她送入宫中，受到武帝宠爱，后为卫皇后。

【译文】

露井边的桃花在昨夜的和风中盛开，一轮明月高高挂在壮丽的未央宫前。平阳公主家的歌女近日来新受宠爱，亲赐了精美的锦袍为御帘外的春寒。

凉州词

王　翰

葡萄美酒夜光杯[1]，欲饮琵琶马上催。
醉卧沙场君莫笑，古来征战几人回。

【题解】

凉州词，是唐代乐府曲名。开元中由西凉都督郭知运呈进。内容多写大漠风光和边地征战。凉州的治所在今甘肃武威。开元初诗人曾在幽州大都督张说幕中任职，诗或作于其时。

这首诗要表达的是前方将士的英勇豪爽，选取的则是出战上马前的痛饮场面。前两句写出战前的将士正要举杯痛饮美酒，却被上阵的琵琶声声催促，可见战况紧急，已到了迫在眉睫、刻不容缓的地步。后两句用看似调侃诙谐的语言，表示出一种义无反顾、视死如归的献身精神，悲壮得令人肃然起敬。

【注释】

〔1〕夜光杯：传说西域胡人曾献给周穆王一只夜光常满杯，用白玉精制。

【译文】

甜美的葡萄酒斟满了晶莹的夜光杯，想一饮而尽却被上马的琵琶声相催。可不要笑我会烂醉如泥躺倒在沙场，古来外出征战有几人能全身而回。

送孟浩然之广陵

李　白

故人西辞黄鹤楼[1]，烟花三月下扬州[2]。
孤帆远影碧空尽，惟见长江天际流。

【题解】

这是一首千古传诵的名诗。起首两句，点明送别的地点和时节：楚地名胜黄鹤楼，和莺飞草长的暮春三月；后两句状写载着友人的一叶孤舟，消失在江天一色的天边，意境空阔，余味无穷。那滔滔奔流的，岂止是长江水，更是诗人对友人绵长而无尽的思念与友情。

【注释】

〔1〕故人：旧友，指孟浩然。　黄鹤楼：故址在今湖北武汉长江大桥武昌桥头。

〔2〕烟花：形容春天美丽的景物。

【译文】

老朋友告别了地处西面的黄鹤楼，在繁花如烟的三月顺流东下扬州。孤独的帆影在远远的碧空中消失，只见浩浩荡荡的长江在天际奔流。

下江陵

李　白

朝辞白帝彩云间，千里江陵一日还[1]。

两岸猿声啼不住，轻舟已过万重山〔2〕。

【题解】

唐肃宗乾元二年（759）春，李白在经三峡流放夜郎（今贵州遵义附近）途中遇赦。他从白帝城出发，顺江东下，复经三峡，飞舟直抵江陵（在今湖北），这首诗大约作于此时。诗歌形象而生动地描绘了轻舟穿越三峡时疾驶如飞的情景，两岸猿啼也似乎变为夹道欢送了，充分表达出诗人绝处逢生的喜悦心情。白帝城，故址在今四川奉节白帝山上。

【注释】

〔1〕江陵：今湖北江陵。

〔2〕“两岸”二句：北朝（魏）郦道元《水经注·江水》中说：三峡“两岸连山，略无缺处，重岩叠嶂，连天蔽日。有时朝发白帝，暮到江陵，其间千二百里，虽乘奔御风，不以疾也。每至晴初霜旦，林寒涧肃，常有高猿长啸”。

【译文】

清晨辞别白帝城时还在彩云间，千里外的江陵一天内就能回返。沿途两岸的猿声四处叫个不停，一叶轻舟早已越过了万重青山。

逢入京使

岑　参

故园东望路漫漫〔1〕，双袖龙钟泪不干〔2〕。
马上相逢无纸笔，凭君传语报平安〔3〕。

【题解】

岑参于天宝八载（749）赴安西途中，遇到向东前往长安的使者，长安正是他魂牵梦系的故园，于是写下这首千古名作。诗人抓住路逢入京使这一特殊场景，写出了远行思家的普遍心理，情真语直，感人至深。后人评论此诗时说“人人有此事，从来不曾说出”，经岑参写出，便成了绝唱。

【注释】

〔1〕故园：指诗人在长安的家。

〔2〕龙钟：形容泪水纵横淋漓。

〔3〕凭：烦，请。

【译文】

眺望东去故乡的道路漫长遥远，湿漉漉的两个衣袖上泪水不干。途中在马上相逢身边没带纸笔，就此拜托您捎个口信报个平安。

江南逢李龟年

杜　甫

岐王宅里寻常见〔1〕，崔九堂前几度闻〔2〕。

正是江南好风景，落花时节又逢君。

【题解】

代宗大历五年（770）暮春，杜甫在潭州（今湖南长沙）江南采访使筵上重逢京城著名乐师李龟年，写了这首广为传诵的名作。诗人抚今思昔，含蓄不露，在字里行间却深寓着社会乱离、人世聚散的悲凉落寞。江南，这里指湖南潭州地区。李龟年，唐代著名宫廷乐师，善歌唱与弹奏，玄宗时供职梨园，安史乱后流落江南。

【注释】

〔1〕岐王：玄宗之弟李范，酷爱文学艺术。

〔2〕“崔九”句：原注：“崔九即殿中监崔涤，中书令湜之弟。”九，指崔的排行。崔涤是玄宗的宠臣。

【译文】

记得以往在岐王府中我们经常见面，在崔九堂前也多次欣赏美妙的歌弦。眼下正当江南莺飞草长的大好光景，不想在落花时节又一次遇到您龟年。

滁州西涧

韦应物

独怜幽草涧边生，上有黄鹂深树鸣。
春潮带雨晚来急，野渡无人舟自横〔1〕。

【题解】

西涧，在滁州城外，俗称上马河。德宗贞元元年（785）春夏，诗人罢滁州刺史后闲居于此，写了这首非常著名的诗。唐人《御览集》、《又玄集》、《才调集》三本诗选都入选此诗，可见在唐代已深受推崇。诗中事物是常见的事物，景色是平常的景色，但是经过诗人匠心独运，于不经意间的依次点染，便构成一种绝佳的意境，具有很高的审美价值。

【注释】

〔1〕野渡：郊野的渡口。诗人寓居西涧之所，离此不远。其《淮上遇洛阳李主簿》诗曰：“结茅临古渡。”

【译文】

最喜爱幽幽的青草生在清清的涧边，茂密的树木上面有黄鹂的鸣声宛转。潮水挟带着春雨晚间来得十分迅猛，没人的野外渡口独自横着一条小船。

枫桥夜泊

张　继

月落乌啼霜满天，江枫渔火对愁眠。
姑苏城外寒山寺[1]，夜半钟声到客船。

【题解】

枫桥，在今江苏苏州西郊，桥西一里多有以疯僧寒山命名的寺庙，现在已成为苏州的一处风景名胜。诗人张继在肃宗至德年间（756—757）曾游苏州，诗当作于其时。

诗写夜泊苏州枫桥时的情景，全用白描，却饶有意境地传达出旅客夜宿舟船的感受，同时表现了苏州寒山寺一带的地方特色，从而传唱既久，名声日广。前两句中的“愁眠”两字是诗眼，它把所见景色“月落”、“霜满天”、“江枫”、“渔火”和“客船”，以及所闻“乌啼”、“夜半钟声”都融合在一起，从而使夜泊更充满了一种淡淡的惆怅。诗人的因愁而难以入眠、古城秋夜的凄清踽凉，已如画卷般地展开。其魅力已让古今过往的游客，都不能不为之驻足停留，品味吟诵。

【注释】

〔1〕姑苏：苏州的别称，因城西南有姑苏山而得名。　寒山寺：始建于南朝梁时，相传唐代寒山、拾得二僧居于此寺，因此得名。

【译文】

月落时分乌鸦啼叫霜露满天，对着江边的枫树渔火抱愁入眠。姑苏城外坐落着一所寒山寺，悠悠的钟声半夜里飘进了客船。

寒　食

韩　翃

春城无处不飞花，寒食东风御柳斜[1]。
日暮汉宫传蜡烛[2]，轻烟散入五侯家[3]。

【题解】

寒食，是中国古代一个节令的名称，具体时间在清明前的一两天。关于它的起因，相传是为了纪念春秋时不愿做官而被大火烧死的晋国大夫介子推，因此这天禁止用火，全国上下都吃冷食。

这首诗以“寒食”为题，除了描写自然景色外，主要在禁火与否的问题上，对享有特权的豪门贵族进行了含而不露的巧妙讽刺。前两句从皇城禁宫入手，写出寒食天气柳絮纷飞的典型特色，其中首句“春城无处不飞花”更使诗人的名声为德宗所闻。后两句写日暮宫中传烛，五侯家有轻烟散入，这表明王公贵族享有不同于民间一般人的特权。诗以汉喻唐，五侯用东汉时五个宦官同时被封侯典，也正说明诗人的言外之意、弦外之音。

【注释】

〔1〕御柳：宫中的柳树。

〔2〕“日暮”句：因寒食日禁火，不能点烛，但朝廷对宠幸近臣特许赐以蜡烛。

〔3〕五侯：东汉桓帝时一天内封谋诛外戚梁冀有功的宦官单超、徐璜、具瑗、左悺、唐衡五人为侯，世称五侯。这里借指唐肃宗、代宗时恃宠弄权的宦官。

【译文】

春天的京城无处不飘飞着落花，寒食时的东风把宫中垂柳吹斜。日落后汉皇室依次传赐着蜡烛，轻烟袅袅随即散入了五侯之家。

月　夜

刘方平

更深月色半人家，北斗阑干南斗斜[1]。
今夜偏知春气暖，虫声新透绿窗纱。

【题解】

诗写春日夜深时月色半明半暗的静谧景象，那幽幽的虫声把春天的气息带进了家家户户绿色的纱窗，其中饱含着诗人对自然万物所特有的敏感。前两句从光的明暗入手，先地上再空中，把春季月夜的特点表现得十分确切。后两句引入夜气春暖、虫声新透，为画面增添了温馨的成分，并在清新中透出生气。这首诗就像是一幅有声的画，给人以恬静的美感。

【注释】

〔1〕北斗：北斗星。　阑干：横斜的样子。　南斗：即斗宿，在北斗南面，故称南斗，有星六颗。

【译文】

更深时的月色照亮了一半人家，空中横着的北斗南斗也已倾斜。偏偏感到今夜的春气格外温暖，唧唧的虫声新透进绿色的窗纱。

春　怨

刘方平

纱窗日落渐黄昏，金屋无人见泪痕[1]。

寂寞空庭春欲晚，梨花满地不开门。

【题解】

诗写女子在暮春时的幽怨情思。从诗中提到的“金屋”来看，当属于宫怨一类。

诗的前两句先交代时间是日落的黄昏时分，地点是在富丽堂皇的金屋，人物是失宠的后妃，情景是伤感落泪而无人看见。这就像是一幅后宫失意图，把人领进其中。后两句由屋内转到庭院，外景又是暮春宫门紧闭、梨花满地，一片冷清寂静。由此可见尽管环境富贵，却不能掩饰诗中人始宠终弃的精神贫乏。她的春怨，就是怨恨如花青春的黯然离去，无人关心，无人怜惜。

【注释】

〔1〕金屋：汉武帝为太子时，长公主想把女儿阿娇许配给他，问他：“阿娇好否？”武帝说：“若得阿娇，当以金屋贮之。”这里借指宫中妃嫔所住宫室。

【译文】

日影在纱窗上落下天渐已黄昏，华丽闺房中没有人能见到泪痕。静静的空庭院内春色即将离去，梨花飘落铺了满地久闭着双门。

征人怨

柳中庸

岁岁金河复玉关〔1〕，朝朝马策与刀环〔2〕。
三春白雪归青冢〔3〕，万里黄河绕黑山〔4〕。

【题解】

这首诗写题名本意，表现的是从征边地的将士常年骑马挎刀、奔走征战而不能回归的怨愤。它在形式上的显著特点是不但句与句对偶，而且句中词与词也相对。如一、二两句中，“金河”对“玉关”、“马策”对“刀环”；三、四两句中“白雪”对“青冢”、“黄河”对“黑山”，都很工整。另外，在暗中寓意方面，这首诗也吸取利用了民歌中常见的谐音手法，用“刀环”的“环”字，暗藏思还的还字。从而在表面只写边地军旅生涯和奇异景色中，饱含久思而不能归的哀怨。

【注释】

〔1〕金河：即今内蒙古中部的大黑河。　玉关：即玉门关，在今甘肃敦煌西，古代通西域的要道。

〔2〕马策：马鞭。　刀环：刀头的环。这里指骑马挎刀的军旅生涯。

〔3〕青冢：即王昭君墓，塞外草白，独昭君墓上草青，故名青冢。在今内蒙古呼和浩特南。

〔4〕黑山：在今呼和浩特东南。

【译文】

一年又一年戍守在金河和玉关，一日复一日挥动着马鞭与刀环。阳春三月的白雪盖着青青的坟墓，奔腾万里的黄河绕过高高的黑山。

宫　词

顾　况

玉楼天半起笙歌〔1〕，风送宫嫔笑语和。
月殿影开闻夜漏〔2〕，水晶帘卷近秋河〔3〕。

【题解】

宫词，是中国古代诗歌中专门描写宫中生活的一种题材，在唐代，以王建的《宫词百首》最出名。

顾况的原作共五首，这是其中的第二首。对诗究竟是写幽怨还是写欢乐，历来就有不同的看法。一种意见认为诗分前后两段，前段写宫中嫔妃作乐，后段写独处幽人的旷怨。另一种看法是全诗一体，先是君王与宫嫔听歌看舞、寻欢作乐，人散后又与君王一起卷帘赏月、卿卿我我。而且后一种看法还把它具体落实为是写李隆基和杨玉环的恋情，并以白居易《长恨歌》所谓“七月七日长生殿，夜半无人私语时”作为理解此诗的背景。如果从原诗五首中的其他几首多写宫中行乐的情况来看，后一种理解似乎比较合理。

【注释】

〔1〕玉楼：指宫廷中的华美楼宇。

〔2〕夜漏：夜里计时用的滴水器。

〔3〕秋河：秋夜的银河。

【译文】

半空中的玉楼上响起美妙的笙歌，清风送来宫女们悦耳的笑语相和。月光下殿影开时能听到深夜的滴漏，水晶帘卷起的地方临近秋夜的银河。

夜上受降城闻笛

李　益

回乐峰前沙似雪〔1〕，受降城外月如霜。
不知何处吹芦管〔2〕，一夜征人尽望乡。

【题解】

受降城，指灵州城（在今宁夏灵武西南），因贞观年间（627—649）唐太宗在这里接受突厥的投降而有此称。李益在德宗贞元初任职灵州大都督杜希全幕，故作有此诗。

诗写久戍边地的将士，在月明之夜，闻笛而兴起望乡之思。前两句先用冷色调描绘出回乐县烽火台和受降城外的空旷和冷寂，白雪似的沙漠、严霜般的月光，透出刺人肌骨的寒气。环境恶劣、条件艰苦，已为以下的抒写作好了充分的铺垫。后两句用“不知何处”引出芦管声，来得空灵，无端中已透出幽怨。那飘荡断续的笛声在刹那间就产生了一种强大的磁性，它把所有守城将士的思念都引向了自己的故乡。这种感受，反映了当时经过安史之乱后，军中为久戍而苦的厌战情绪。诗以受降城为背景，多少也有与唐代开国气象相比已不能同日而语的意思。

【注释】

〔1〕回乐峰：回乐县附近的山峰。回乐县设于北周时，故城在今宁夏灵武西南。

〔2〕芦管：用芦苇做的吹奏乐器，也称芦笛。

【译文】

回乐峰前的沙坡像白茫茫的雪，受降城外的月色如寒棱棱的霜。不知是哪里吹起了嘹亮的芦笛，出征的人一整夜都在遥望故乡。

乌衣巷

刘禹锡

朱雀桥边野草花〔1〕，乌衣巷口夕阳斜。
旧时王谢堂前燕〔2〕，飞入寻常百姓家。

【题解】

乌衣巷，原是三国时东吴在石头城（即金陵，今江苏南京）守卫兵士的一个军营，因当时士兵身穿乌衣，所以用以为名。后来这里在东晋时成了王导、谢安等一批权贵居住的地方。这首诗是刘禹锡《金陵五题》组诗中的第二首，作于穆宗长庆四年（824）至敬宗宝历二年（826），当时诗人任和州刺史。

金陵是六朝古都，历代诗人多有感叹兴亡盛衰的凭吊之作。刘禹锡这首诗即选取乌衣巷这个以往贵族的集居之地，在春日夕阳西下时，燕子飞入寻常百姓家的景象来加以表现，极富历史沧桑感。前两句直接点出“朱雀桥”、“乌衣巷”这两个在六朝曾显赫一时的地名，并把它们与“野草”和“夕阳”这种表示衰飒的意象联系在一起，形成哀惋迷茫的氛围。后两句则巧借春燕的归宿，将昔日的王谢堂和如今的百姓家相形对举，含有非常深刻的警示意义。

【注释】

〔1〕朱雀桥：东晋时建，为秦淮河上的浮桥。 花：用作动词，开花。

〔2〕王谢：东晋时的两大豪族，其代表分别是宰相王导和宰相谢安。

【译文】

朱雀桥边一片野草幽幽地开着花，乌衣巷口夕阳西下时还留着晚霞。以往王导谢安庭堂前栖息的燕子，如今翩然飞进了寻常百姓的住家。

春　词

刘禹锡

新妆宜面下朱楼〔1〕，深锁春光一院愁。
行到中庭数花朵，蜻蜓飞上玉搔头〔2〕。

【题解】

题为“春词”，内容写闺中女子的春日情思。

全诗四句，表现人物的一种心态。首句在有所期盼中她兴致勃勃地化了妆、换了衣，走下久居的朱楼。次句急转，因不见所盼而顿生幽怨，表面写一院春光被深锁，实际还包括她本人。第三句则由愁入闷，闲得无聊，只能来到庭中数起了花朵。最后一句又从无聊进入一动不动地发呆、痴想，连蜻蜓都飞来停在她精美的玉搔头上了。这是一幅由春花、美人和蜻蜓共同组成的生动画面，其中蕴含着被封闭的青年女子的深深悲哀。

【注释】

〔1〕新妆宜面：新的妆饰与面容很适宜。　朱楼：泛指华美的楼房。

〔2〕玉搔头：玉簪，古代女子的头饰。传说汉武帝曾用李夫人的玉簪搔头，后就称玉簪为玉搔头。

【译文】

化好了恰如其分的新妆下了红楼，无限春光被锁在深院中满是忧愁。走到中庭闲得无聊就数起了花朵，灵巧的蜻蜓轻轻地飞上了玉搔头。

后宫词

白居易

泪尽罗巾梦不成〔1〕，夜深前殿按歌声〔2〕。
红颜未老恩先断，斜倚熏笼坐到明〔3〕。

【题解】

这首诗表现的是后宫哀怨。

诗的首句把一个夜不能寐、以泪洗面的后妃形象直接放在人们面前，连罗巾都被泪浸湿了还不能入睡，可见心中哀伤的强烈；次句用侧笔补出原因，说之所以如此，是因为前殿夜深时仍在轻歌曼舞、寻欢作乐。这两句在意象上形成鲜明对照，是新人欢笑旧人哭的形象再现。后两句在表达上对此作了变化，即先说明未老恩绝的内在缘由，再给出“斜倚熏炉坐到明”的外在形象，从而使人印象深刻。

【注释】

〔1〕泪尽罗巾：意谓泪水湿透了罗巾。

〔2〕按歌声：按节拍唱歌。

〔3〕笼：熏香炉上罩的竹笼。

【译文】

罗巾上的泪流尽了梦还是没做成，夜深了前殿内又响起按拍的歌声。青春的容颜没有衰老而皇恩先绝，斜倚着竹熏笼独自一人坐到天明。

赠内人

张　祜

禁门宫树月痕过〔1〕，媚眼惟看宿鹭窠〔2〕。
斜拔玉钗灯影畔，剔开红焰救飞蛾〔3〕。

【题解】

内人，在唐代指供奉宫廷的歌舞艺人。因常在皇帝面前表演，又称前头人。诗选取她们日常生活的一个小片段来加以描写，性质也属于宫怨类题材。

前两句先从室外景色落笔，“禁门宫树”点明地点，“月痕过”是时间，“媚眼”暗示人物，“惟看”是举动，“宿鹭”既指实物，又暗透出内人有所企盼的微妙心理。后两句转到屋内，拔钗、拨火、救飞蛾，这一连串举动，反映的不仅是内人富有同情心的善良，同时更深地蕴含着她对自己命运的认识和反省。内人因才艺出众而被挑选入宫，其实正和飞蛾扑火、自寻死路一般。这种深层的寓意，被藏在人物寻常的行为中，使人一般不易察觉。

【注释】

〔1〕禁门：即宫门。因宫中门户都设禁卫，所以宫中称禁中，宫门称禁门。

〔2〕宿鹭窠：栖息着鹭鸶的巢。

〔3〕剔开：挑开。　红焰：指燃烧着的灯芯。

【译文】

月光静静地从禁宫的门树间闪过，妩媚的眼睛只看鹭鸟止息的巢窝。在灯影边拔下斜插在发间的玉钗，为救痴迷的飞蛾剔开了红色焰火。

集灵台 二首

张　祜

日光斜照集灵台〔1〕，红树花迎晓露开。
昨夜上皇新授箓〔2〕，太真含笑入帘来〔3〕。

【题解】

集灵台，即长生殿，在陕西骊山华清宫，天宝元年（742）建，是唐代宫廷祭祀神灵的宫殿。

组诗第一首讽刺唐玄宗纳媳为妃。据史书记载，杨玉环本是寿王的妻子、玄宗的儿媳，武惠妃死后被玄宗看中。于是先令她入道观，移居玉真院，号太真，表示已脱离人间。接着又下令她还俗，并引入宫内，纳为贵妃。对于这件宫闱丑闻，历来诗人都有所讽刺。

这首诗即选取太真被召入宫的那一时刻落笔，在看似纯客观的描写中暗寓讥刺。其前两句先用晨光中集灵台的红树迎露开放为背景，点出时间、地点，为后面人物的出场作铺垫。后两句直入人事，在逆笔补出昨夜被皇上新授予道箓（即可以道人身份入宫）后，最终定格于杨太真含笑入帘受宠的那极具讽刺意味的一幕上。这就等于把卑鄙龌龊、违背人伦的行径用冠冕堂皇的幌子遮掩了起来，而这一幕又恰恰发生在神圣的祭祀场所，更不能不令人感到震惊。

【注释】

〔1〕集灵台：即长生殿，为宫中祭神之处。

〔2〕上皇：指唐玄宗李隆基，死后被肃宗尊为上皇天帝。　箓：道教秘籍。

〔3〕太真：指杨贵妃，做女道士时号太真。

【译文】

太阳的光芒斜照着高高的集灵台，满树的红花迎着清晨的露珠盛开。昨天夜间上皇刚刚授了道家秘录，太真脸含微笑掀起珠帘走了进来。

虢国夫人承主恩〔1〕，平明骑马入宫门〔2〕。
却嫌脂粉污颜色，淡扫蛾眉朝至尊〔3〕。

【题解】

组诗的第二首写虢国夫人的恃宠骄纵。虢国夫人是杨贵妃三姐的封号。史书记载杨家三姐妹都深受玄宗宠爱，能自由出入内宫，在当时的名声很不好。

诗写虢国夫人一大早也不好好化妆打扮，就骑着马进入禁宫的大门。虽然是直记其事，用的又是白描，但讽刺之意已从人物骄纵无忌的举止行事中充分地表露了出来。首句“承主恩”是关键所在，正因为凭了这一点，她才可以目无朝廷礼仪，不顾旁人非议，一味任性使气。《杨太真外传》说“虢国不施妆粉，自衒美艳，常素面朝天”，可见诗的后两句完全是直笔实录。

【注释】

〔1〕虢（guó）国夫人：杨贵妃三姐的封号，嫁裴家。　承主恩：受到君主恩宠。

〔2〕平明：黎明。

〔3〕“却嫌”二句：乐史《杨太真外传》说：“虢国不施妆粉，自衒美艳，常素面朝天。”至尊，皇帝，指唐玄宗。

【译文】

虢国夫人同样蒙承了主上的隆恩，天刚亮时就骑着骏马进入了宫门。经常嫌涂脂抹粉会玷污天然姿色，往往淡淡画了蛾眉就去朝见至尊。

题金陵渡

张　祜

金陵津渡小山楼〔1〕，一宿行人自可愁。
潮落夜江斜月里，两三星火是瓜州〔2〕？

【题解】

根据诗意，这里的金陵渡指当时润州（今江苏镇江）西津渡，在长江边。因唐代镇江也曾称金陵。

诗写夜宿镇江西津渡依山临江的小山楼时的所见所感。诗人要抒写的是旅途孤寂的愁怀，却在不经意间绘出了一幅长江夜景图。尤其是后两句，在潮落、江夜、月斜的背景中，远远地闪烁着两三点星火，把人的视线引向对岸瓜州古渡，意境深邃空濛。而篇首的“金陵津渡”，又恰与篇末的“瓜州”遥相呼应，以此暗示行人天明后将要去的地点，这是诗中巧妙运用地名的典型之例。

【注释】

〔1〕津渡：即渡口，津也指渡口。　小山楼：诗人所宿之楼。

〔2〕星火：指夜间阑珊的灯火。　瓜州：在江苏邗江南，大运河入长江处，与镇江隔江相对，向为长江南北交通要冲。

【译文】

金陵渡口有座简陋的小山楼，借宿一夜的行人已独自发愁。在月光西沉夜潮退去的江上，那两三点星火莫非就是瓜州？

宫中词

朱庆馀

寂寂花开闭院门，美人相并立琼轩〔1〕。
含情欲说宫中事，鹦鹉前头不敢言。

【题解】

宫中词，即宫词，描写宫中女子的生活和情感。

这首诗选取了一个生活场景，表现了那些因身处深宫而失去人身自由的宫女们的内心悲哀。尽管是风和日丽、春暖花开的美好季节，尽管有同样年轻美貌的伙伴在旁，但院门是紧闭的，行动和说话都得小心谨慎，不能有半点闪失。从表面看，这些宫女打扮漂亮，衣食无忧，可以说是称心如意了；实际上她们的一举一动都受到严格约束，一言一行都被严密监视。诗人抓住她们甚至连在鹦鹉前头也不敢说话、生怕被鹦鹉学了泄漏出去这样一种心理来加以反映，以小见大，由此及彼，具有很强的穿透力。

【注释】

〔1〕琼轩：华美的廊台。轩，走廊或平台。

【译文】

花开时节静悄悄的庭院紧闭了门，华丽的走廊前并肩站着两个美人。含情脉脉本想诉说些宫中的琐事，见前有学舌的鹦鹉谁也不敢出声。

近试上张水部

朱庆馀

洞房昨夜停红烛〔1〕，待晓堂前拜舅姑〔2〕。
妆罢低声问夫婿〔3〕，画眉深浅入时无〔4〕？

【题解】

诗的题目又作“闺意献张水部”。张水部，指当时任水部员外郎的张籍。唐代科举考试前，各地举子汇聚京城，他们经常把自己平时的诗文作品投献给那里的官员，希望能获得这些官员的赏识，从而被推荐，为日后登第创造条件。诗人这首诗的用意，也在于此。从朱庆馀登第在宝历二年（826）、张籍任水部员外郎在长庆四年（824）至大和二年（828）的时间来看，诗当作于824到826年之间。

通篇使用比喻体，是这首诗的突出特点。在这里，诗人把自己也就是应试举人比作新嫁娘，把张籍比作新郎，把主考官比作舅姑（即公婆）。然后设计出这样一个情节：新娘在新婚之夜过后、第一次上堂正式拜见公婆之前，先在闺房内精心化妆，并不无担心地询问新郎，自己所画的眉色深浅，是否符合时尚。这种比喻，不仅形象贴切，而且十分生动地表现了应试举子临场前的微妙心态。即使不考虑它的寓意，这也是一首很好的闺情诗，因为它把新娘的担心、羞涩都表现得惟妙惟肖，令人如闻似见。

【注释】

〔1〕停：停放。

〔2〕舅姑：丈夫的父母，即公公、婆婆。

〔3〕夫婿：古代女子对丈夫的称呼。

〔4〕入时无：时髦不时髦。

【译文】

昨天晚上洞房内置放了红红的烛火，等到天亮时就要上堂前去拜见公婆。梳妆完了压低声音询问身边的丈夫，我画的双眉深浅是否时髦有何不妥？

将赴吴兴登乐游原

杜　牧

清时有味是无能〔1〕，闲爱孤云静爱僧。
欲把一麾江海去〔2〕，乐游原上望昭陵〔3〕。

【题解】

杜牧在宣宗大中二年（850）由尚书司勋员外郎出任湖州刺史，离京前写了这首诗。题中的"吴兴"就是他将要赴任前往的湖州（今属浙江），而乐游原则在长安城东，是唐代登临胜地。

对于这次由京官出任地方官，诗人内心是有牢骚的，但又不便直接发泄，于是只能借离京之前的一次登览来自我嘲解。这首诗一反登临诗大多从眼前景物入手，再借景抒情的常态，开始就言不由衷地表示在清明可为时能有如此空闲和雅兴，都是出于自己的无能，在反话的正说中，已将不满先期泄漏。后两句补出题意，"望昭陵"含有深意，因为它是唐代盛世代表唐太宗的陵墓，诗人在外放前再向它投去深情的一望，更自含时不可待的复杂心态。

【注释】

〔1〕"清时"句：意谓社会清平自己却悠闲有味，是因为无能的缘故。

〔2〕把：持。　麾（huī）：旌旗。古时称出守州郡为"拥麾守

郡”。 江海：这里指太湖。吴兴在今浙江湖州，靠近太湖。

〔3〕昭陵：唐太宗的陵墓，在今陕西醴泉东北九嵕山。

【译文】

清平时有这样的情味实在是无能，平日喜欢悠闲的孤云沉静的高僧。就要手持一面大旗远去江河湖海，再登上乐游原望望雄伟的昭陵。

赤　壁

杜　牧

折戟沉沙铁未销〔1〕，自将磨洗认前朝〔2〕。
东风不与周郎便〔3〕，铜雀春深锁二乔〔4〕。

【题解】

赤壁，仅在湖北境内就有两个。一个在汉阳西南蒲圻，是三国时魏与吴蜀激战的古战场；一个在黄冈，又名赤鼻矶。杜牧这首作于黄州任上的七绝，可能误题了黄州之赤壁，但并不影响它作为一首有名的咏史诗流传千古。诗人在诗中没有从正面赞誉吴蜀联军在赤壁之战中取得的胜利，而是从反面提出若无东风相助，战局很可能以另外一种结局收场，表现了杜牧构思的奇巧。其中三、四两句语言浅明，意蕴警策，深受人们喜爱。

【注释】

〔1〕折戟：折断残破的兵器。戟，一种能横击直刺的长兵器。 沉沙：沉埋在江边沙土中。 销：销蚀，氧化。

〔2〕将：拿起。 认前朝：辨认三国时的历史痕迹。

〔3〕“东风”句：指赤壁之战时孙刘联军借助东风用火攻击溃曹操大军。周郎，即吴军统帅周瑜。此句意谓假如当时没有东风帮助的话，后果将完全不同。

〔4〕铜雀：铜雀台，遗址在今河北临漳西，为曹操所建（在当时的邺城），曹操将许多姬妾歌妓集中于此以供娱乐。　二乔：三国时吴地乔玄的两个女儿，大乔嫁给孙策，小乔嫁给周瑜。曹操在率军南下攻吴时，曾扬言要灭掉孙吴，把俘虏的二乔置于铜雀台上以娱晚年。

【译文】

半埋在沙中的断戟铁还没完全锈烂，拔起后经过磨洗还能认出来自前朝。浩荡的东风如果没有给予周郎便利，春深时的铜雀台早就锁了大小二乔。

泊秦淮

杜　牧

烟笼寒水月笼沙〔1〕，夜泊秦淮近酒家。
商女不知亡国恨〔2〕，隔江犹唱《后庭花》〔3〕。

【题解】

秦淮，即长江下游的支流秦淮河，横贯当时的金陵（今江苏南京）。相传因秦时开凿钟山来疏浚淮河而名。

流经古都金陵的秦淮河一带，六朝以来一直是纸醉金迷之地。这首诗写夜间停泊时的所见所感，除了前两句描绘出清寒迷茫的自然景色外，主要用后两句来突出隔江的酒家歌女仍在演唱被称为“亡国之音”的《玉树后庭花》。诗人这时听到这歌声的感受，已与当年唐太宗认为“悲悦在于人心，非由乐也”大不相同。从中我们更能体会到的，也正是唐太宗所讲的话：“将亡之政，其人心苦然；苦心相感，故闻之则悲耳。”唐代不可避免的衰亡，已在诗中隐隐地出现了。

【注释】

〔1〕笼：笼罩。

〔2〕商女：卖唱的歌女。

〔3〕《后庭花》：乐府歌名，即《玉树后庭花》，南朝陈后主所作，被视为亡国之音。

【译文】

轻柔的烟雾和月色笼罩着寒水岸沙，夜间把船停泊在秦淮河边靠近酒家。欢乐场中的歌女不知道亡国的憾恨，隔着江水还在那里演唱《玉树后庭花》。

寄扬州韩绰判官

杜　牧

青山隐隐水迢迢[1]，秋尽江南草木凋。
二十四桥明月夜[2]，玉人何处教吹箫[3]？

【题解】

韩绰，生平事迹不详。判官，是唐代节度使的僚属。当时韩绰应该是任淮南节度使判官（驻地在扬州）。杜牧在文宗大和七年至九年（833—835）曾任淮南节度使掌书记，与韩绰是同僚。本诗是杜牧离开扬州后所写，表达了对扬州生活的无限怀念。最后两句明白如话，是人们喜爱的名句。

【注释】

〔1〕迢迢（tiáo）：路远的样子。

〔2〕二十四桥：唐代扬州非常繁荣，共有二十四座桥，宋代沈括《梦溪笔谈·补笔谈》载有二十四桥的桥名。

〔3〕玉人：美人，指歌女。　教：使。

【译文】

青山隐约重叠绿水蜿蜒浩渺，江南秋季已过草木大多枯凋。明月照临那二十四桥的夜晚，你在哪里让美人吹起了玉箫？

遣 怀

杜 牧

落魄江湖载酒行[1]，楚腰纤细掌中轻[2]。
十年一觉扬州梦[3]，赢得青楼薄幸名[4]。

【题解】

遣怀，即抒写、排遣心中积郁之情。诗人在三十一二岁时曾任淮南节度使掌书记，驻地在扬州。此诗是离开扬州后所写，表达了对扬州放荡生活的反省，并曲折地抒发了自己的政治抱负得不到施展，只能在放浪形骸中虚掷年华的怨恨。

【注释】

〔1〕落魄：流落潦倒的意思。

〔2〕楚腰纤细：据《韩非子》载："楚灵王好细腰，而国中多饿人。"掌中轻：《飞燕外传》："赵飞燕（西汉成帝妃）体轻，能为掌上舞。"此处是写扬州歌女体态轻盈苗条。

〔3〕扬州梦：具体指在扬州时出入流连于青楼妓馆的放荡生活。

〔4〕青楼：妓女居住之所。 薄幸（xìng）：薄情，负心。

【译文】

失魂落魄地载着酒在江湖行走，楚女腰肢纤细体态轻盈妩媚风流。在扬州的十年就好像一场春梦，最终赢得的薄情之名来自花巷青楼。

秋　夕

杜　牧

银烛秋光冷画屏〔1〕，轻罗小扇扑流萤〔2〕。
天街夜色凉如水〔3〕，卧看牵牛织女星〔4〕。

【题解】

这首诗写宫女秋夜怨思，但怨思之情无一字道出，全从景物中暗示，而景物又描写得清明透彻，宛然目前。第一句的“冷”和第三句的“凉”字，令读者感到有股透骨的寒气。最后一句如实叙写眼前景物，却又巧妙地道出了寂寞的宫女还不如牵牛织女星每年七夕还能相会的幽怨。

【注释】

〔1〕银烛：白色蜡烛。　画屏：绘画的屏风。

〔2〕轻罗小扇：轻巧的丝织小扇。　流萤：飞动的萤火虫。

〔3〕天街：指辽阔高远的天空。

〔4〕牵牛织女星：古代神话说织女是天帝的孙女，因违反天帝意旨嫁给河西的牛郎而触怒天帝，被天帝用银河将二人隔开，只有每年七月七日之夜才能相会一次。

【译文】

秋晚银色的烛光冷冷地映着画屏，手拿轻巧的团扇扑打闪亮的飞萤。深邃的苍穹夜色像池水一般清凉，躺着看空中悬挂的牵牛织女二星。

赠 别 二首

杜 牧

娉娉袅袅十三余〔1〕，豆蔻梢头二月初〔2〕。
春风十里扬州路，卷上珠帘总不如〔3〕。

【题解】

这两首诗是文宗大和九年（835）诗人离开扬州、前往长安时，与他所钟情女子的告别之作。

第一首称赞对方年轻貌美，在他所见到的女子中首屈一指。诗的前两句先直写少女轻盈的体态、情窦初开的妙龄，然后再用二月初的豆蔻梢头作形象的比喻，使一个娇嫩的姑娘亭亭玉立地站立在人们的面前。后两句又以侧笔写出她的美貌出众，即使在以美女如云著称的扬州城，也无人可比。由此可见诗人对她真是赏叹有加。后来人们常用“豆蔻年华”来形容妙龄少女，即由此而来。

【注释】

〔1〕娉（pīng）娉袅（niǎo）袅：女性柔美多姿的样子。

〔2〕“豆蔻”句：豆蔻是一种草本植物，初夏开花，二月初尚含苞未放，此句借此形容少女。

〔3〕“春风”二句：说春天在扬州一路行来，在卷起的珠帘下看到的女子都不如这个少女。总，都。

【译文】

袅袅娉娉的体态年仅十三四岁，像二月初挂在豆蔻枝头的花蕾。走过了春风吹拂的十里扬州路，珠帘卷处见到的都不如你娇美。

多情却似总无情〔1〕，唯觉樽前笑不成〔2〕。

蜡烛有心还惜别，替人垂泪到天明。

【题解】

第二首直写“赠别”题意，特点是前两句能写出分别双方的复杂感受，把多情与无情这一对截然相反的矛盾，在离别的特定的条件下统一起来。亲极反疏，饯饮时连笑一笑也不能。这种反常现象所透露的，正是离别给人带来的无比沉痛。后两句用了一个巧妙的比喻，把蜡烛燃烧比作替人垂泪，形象生动，别具一格。这两句和李商隐《无题》诗“春蚕到死丝方尽，蜡炬成灰泪始干”一样，是写男女间刻骨恋情的名句。

【注释】

〔1〕“多情”句：意谓多情人在分别时满怀愁绪默然相对，反而像是无情。

〔2〕樽：酒杯。

【译文】

心中充满情意可表面总像无情，只觉得在酒席间怎么也笑不成。有心的蜡烛还因离别感到痛惜，为人把滴滴眼泪一直流到天明。

金谷园

杜　牧

繁华事散逐香尘〔1〕，流水无情草自春。
日暮东风怨啼鸟〔2〕，落花犹似堕楼人〔3〕。

【题解】

金谷园，是西晋富豪石崇的别墅，故址在今河南洛阳的金谷涧中。这首诗是诗人游览金谷园遗址而抒发的感慨，即使富贵如石崇者，也难免“繁华事散”；美貌如绿珠者，也难免坠楼香消。人生世事的不可预料，于此可见。

【注释】

〔1〕香尘：指沉香木的碎末。沉香木是一种名贵木材、香料，又名沉水、沉水香。《拾遗记》：“石季伦（石崇之字）屑（弄碎）沉水之香如尘末，布象床上，使所爱者践之，无迹者赐以真珠。”

〔2〕怨啼鸟：即啼鸟怨的倒置，意思说啼鸟的叫声也好像充满无限幽怨。

〔3〕堕楼人：指石崇的爱妾绿珠。据《晋书·石崇传》载：“崇有妓曰绿珠，美而艳，善吹笛，孙秀使人求之，崇勃然曰：‘绿珠吾所爱，不可得也。’秀怒，矫诏收崇。崇正宴于楼上，介士到门，崇谓绿珠曰：‘我今为尔得罪。’绿珠泣曰：‘当效死于君前。’因自投于楼下而死。”

【译文】

繁华的往事已随沉香末一起飘散，春水在无情地流淌草也新绿满眼。日暮时东风传来了幽怨的鸟啼声，花儿就像那殉情的女子堕落楼前。

夜雨寄北

李商隐

君问归期未有期，巴山夜雨涨秋池〔1〕。
何当共剪西窗烛〔2〕，却话巴山夜雨时〔3〕？

【题解】

关于这首诗的写作时间、所寄对象迄今没有定论。一种意见说是写给妻子王氏的，标题即是《夜雨寄内》，时间在宣宗大中二年（848）秋；另一种意见认为是大中五年（851）之后诗人任职东川柳仲郢幕府时寄给北方故乡或京城长安友人的。诗的构思新颖精巧，诗人以现实之景预期未来，接下又期望在未来重现现在，确实别出机杼，令人耳目一新。

【注释】

〔1〕巴山：泛指蜀中（今四川）之山。

〔2〕何当：何时才能够。　共剪西窗烛：聚首在故乡西窗下剪烛（剪剔烛花）长谈。

〔3〕却话：回头谈论、诉说。　夜雨时：即第二句于巴山夜雨写作本诗之时。

【译文】

你问起回家的日子现在却还没定期，最近巴山连夜下雨雨水涨满了秋池。什么时候能在家中西窗下共剪灯花，再和你说说巴山雨夜时的满怀心思。

寄令狐郎中

李商隐

嵩云秦树久离居〔1〕，双鲤迢迢一纸书〔2〕。
休问梁园旧宾客〔3〕，茂陵秋雨病相如〔4〕。

【题解】

令狐郎中，即令狐楚之子令狐绹。武宗会昌五年（845）春，诗人闲居无官，自山西永乐迁回故乡郑州居住，潦倒落魄，贫病交加。这时任右司郎中令的令狐绹来信关心询问，诗人便复函兼寄此诗。诗中以“病相如”自比，写得情真意切，万感交集。

【注释】

〔1〕嵩云：嵩山之云，嵩山在今河南登封，这里代指诗人所居之郑州。 秦树：秦地之树，代指令狐绹所居之京都长安。

〔2〕双鲤：指令狐绹问讯之函。典出古诗："客从远方来，遗我双鲤鱼。呼儿烹鲤鱼，中有尺素书。"

〔3〕梁园旧宾客：西汉梁孝王刘武在梁园（故址在今河南商丘）养了很多文士为宾客，其中包括司马相如、邹阳、枚乘这样的名士。这里李商隐以司马相如等文人自比，因为他曾经以宾客的身份与令狐绹同游。

〔4〕"茂陵"句：司马相如因患消渴病（即糖尿病）被免除孝文园令，住在茂陵。茂陵，汉武帝的陵墓，在今陕西兴平东北。

【译文】

嵩山的云和秦地的树已分离了很久，远道而来的双鲤鱼中夹着一纸手书。不要再问往日梁园中的那个旧宾客，他已成了茂陵秋雨中患了病的相如。

为 有

李商隐

为有云屏无限娇〔1〕，凤城寒尽怕春宵〔2〕。
无端嫁得金龟婿〔3〕，辜负香衾事早期〔4〕。

【题解】

古诗常取首句前两字为题，这首诗也是这样。为有，因为有，实际上等于没有诗题。诗的内容是抒写闺怨，一个嫁给贵宦的女子，每当夜未尽而做官的丈夫就急匆匆地赶去上朝之时，不禁流露出深深的孤寂感和隐隐的悔意。

【注释】

〔1〕"为有"句：因有云屏遮挡，卧室中的女子可以自由放纵地展现

自己的娇美。云屏，即云母作的屏风。

〔2〕凤城：古代对京都的别称。此即指京城长安。

〔3〕无端：没来由，连自己也说不清为什么。　金龟婿：即贵婿。武则天朝改变大臣们所佩鱼饰物为龟饰物，三品以上大臣的龟袋以金饰之。婿，夫婿，古代女子对丈夫的称呼。

〔4〕衾（qīn）：被子。

【译文】

因为有了云母屏才能展示无限姣好，京城寒冬已过就最怕这短暂的春宵。平白无故地嫁了个佩带金龟的丈夫，独独辜负了这温暖的香被赶去早朝。

隋　宫

李商隐

乘兴南游不戒严〔1〕，九重谁省谏书函〔2〕？
春风举国裁宫锦〔3〕，半作障泥半作帆〔4〕。

【题解】

隋宫，指隋炀帝杨广下江南时在江都（今江苏扬州）所建的行宫。这首诗截取炀帝耽于游冶、大肆挥霍民间财物的一个侧面，对隋代暴亡的历史悲剧进行了揭露和抨击。诗人先大笔落墨，后又拈出具体的典型事例予以讥讽，很能发人深省。

【注释】

〔1〕南游：指隋炀帝自大业元年（605）起多次游幸江都。　戒严：指皇帝贵宦出行时派军队警戒守卫。

〔2〕九重：九重天，原指天宫，此指炀帝深宫。　谁省（xǐng）：谁来察看、阅览。　谏书函：大臣劝谏游冶的奏折。

〔3〕裁宫锦：指从纺织到剪裁制作宫锦（各地进贡皇室专用的锦缎）。

〔4〕障泥：骑马用具，垫在马鞍下垂于马身体两侧，挡泥用的布帘，又称马鞯。 帆：船帆。炀帝南游多乘船从大运河水路走，船帆都用宫锦制作。

【译文】

由着性子去南下游玩从不戒严，谁管它深宫内堆着劝谏的书函。春风一起全国就忙着裁剪宫锦，一半用来做障泥一半制成船帆。

瑶　池

李商隐

瑶池阿母绮窗开〔1〕，黄竹歌声动地哀〔2〕。
八骏日行三万里〔3〕，穆王何事不重来？

【题解】

瑶池，传说在昆仑山上，是西王母居处的一个景观。据《穆天子传》载：周穆王周游天下，在昆仑山遇见西王母，受到隆重款待。临别，西王母作歌，希望穆王再来。穆王也作歌回答：三年后重来相聚。这首诗即由此生发，写西王母久盼穆王不至，意在讽刺神仙之事的荒诞不经。

【注释】

〔1〕瑶池阿母：即西王母，《汉武帝内传》称西王母为玄都阿母。绮窗：雕饰精美的窗户。

〔2〕黄竹歌声：据《穆天子传》载，周穆王在黄竹（地名）路上遇天大寒，作《黄竹歌》三章哀恤民苦。这里是说穆王久久不至，只闻动地哀歌。

〔3〕八骏：《穆天子传》中记载穆王所乘八匹神马，名赤骥、盗骊、白义、逾轮、山子、渠黄、华骝、绿耳，相传能日行三万里。

【译文】

西王母打开瑶池那扇华丽的窗，黄竹的歌声还是那么令人忧伤。都说八匹骏马一天能行三万里，可穆天子究竟为什么不再来访？

嫦 娥

李商隐

云母屏风烛影深〔1〕，长河渐落晓星沉〔2〕。
嫦娥应悔偷灵药〔3〕，碧海青天夜夜心〔4〕。

【题解】

对这首咏写月中嫦娥的七绝，向来多有不同理解。有的说是诗人自叹其才情之高反而流落不遇，有的说以嫦娥比喻所思之美人，有的说是讥刺或者同情某一个慕仙入道而又不耐寂寞的女道士，有的说是悼念亡妻，也有的说是诗人自悔平生依违于牛、李两党之间，等等。总之，它的背后确实融入了诗人某种现实生活的体验和感受，故在诗的表层意象之下具有多层深微的意蕴，从而体现了审美的多义性。

【注释】

〔1〕云母：一种透明柔韧的矿物质，可作屏风等饰物。

〔2〕长河：指银河。　渐落：指银河逐渐西移，拂晓前接近地平线并最终消失。

〔3〕“嫦娥”句：《淮南子·览冥训》高诱注：“姮，羿妻。羿请不死之药于西王母，未及服之，姮盗食之，得仙，奔入月中，为月精。”姮，即嫦娥。

〔4〕碧海青天：古人认为大海与青天相连，月亮从大海升起而渐入青天。

【译文】

云母屏风上的烛光投影昏暗幽深，银河渐渐倾落晓星也已慢慢下沉。月中的嫦娥应该后悔偷吃了灵药，面对碧海青天夜夜难平孤寂的心。

贾　生

李商隐

宣室求贤访逐臣〔1〕，贾生才调更无伦〔2〕。
可怜夜半虚前席〔3〕，不问苍生问鬼神〔4〕。

【题解】

贾生，即西汉著名政论家、文学家贾谊（前200—前168），洛阳人。文帝初召为博士，迁太中大夫，后因少年言事得罪权臣，谪为长沙王太傅。几年后又被召回长安，受到文帝的特殊礼遇，但所问皆鬼神之事，而未及国计民生。本诗即就此事表议论，抒发感慨。

【注释】

〔1〕宣室：汉代未央宫前殿的正室，皇帝召见重要人物之处。　访：询问，征询。　逐臣：被贬谪放逐的大臣，这里指贾谊。

〔2〕才调：才情学识。　无伦：无与伦比。

〔3〕可怜：可惜。　虚：虚自，白白地。　前席：古人席地而坐，身体向前移动，表示尊敬。

〔4〕苍生：平民百姓。以上两句事见《史记·屈原贾生列传》："贾生征见，孝文帝……坐宣室。上因感鬼神事，而问鬼神之本，贾生因具道所以然之状。至夜半，文帝前席。既罢，曰：'吾久不见贾生，自以为过之，今不及也。'"

【译文】

文帝求贤在宣室召见被放逐的大臣，贾谊文才格调的超凡脱俗无人比伦。可惜到半夜他的双膝不觉慢慢前倾，不是问天下的黎民百姓而是问鬼神。

瑶瑟怨

温庭筠

冰簟银床梦不成[1]，碧天如水夜云轻。
雁声远过潇湘去[2]，十二楼中月自明[3]。

【题解】

瑶瑟，是瑟的美称。瑟是古代一种弹奏乐器。据《汉书·郊祀志》记载，天神曾让素女鼓五十弦瑟，悲，天神禁而不止，因破其瑟为二十五弦。后来就用瑟声表示怨思。

这首诗的特点是描写避实就虚。没有正面去写瑶瑟的形制，也没有去形容瑟音的悲哀，只是通过对环境的刻意渲染和典故的巧妙暗示，来营造一种空濛迷茫的意境，并由这种意境传达出人物的身份、处境和内心感受。其中“梦不成”三字，是唯一透露幽怨的地方。“冰簟银床”的清凉、雁过潇湘的凄恻、仙界十二楼的缥缈，都使人产生美妙的联想。种种迹象表明，诗中的女主人很可能是与诗人深有交往的女道姑、诗人鱼玄机，因为她有一首《寄飞卿》诗说“珍簟凉风着，瑶琴寄恨生”，与此诗很近似。

【注释】

〔1〕冰簟（diàn）：冰凉的竹席。簟，竹席。　银床：指床在月光下呈现出银白色。

〔2〕潇湘：潇水和湘水，都在今湖南省。

〔3〕十二楼：《汉书·郊祀志》应劭注：“昆仑、玄圃五城十二楼，仙人之所常居。”此借指主人公所住的高楼。

【译文】

银白色的冰凉床席令人无法入睡，夜云轻浮的天空就像明净的秋水。向着潇湘飞去的雁叫声远远飘过，十二座楼中的明月自含无限清辉。

马嵬坡

郑　畋

玄宗回马杨妃死[1]，云雨难忘日月新[2]。
终是圣明天子事[3]，景阳宫井又何人[4]。

【题解】

马嵬坡，在今陕西兴平西，相传晋人马嵬在这里筑城而名。唐天宝末安禄山、史思明造反，攻陷长安，玄宗奔蜀，途经马嵬，六军哗变。玄宗无奈，赐杨贵妃自缢于此。

这是一首咏史诗，主要是对马嵬兵变中玄宗的要江山、弃美人的决断，发表自己的评论。在诗人看来，玄宗这一举动从天下大局出发，体现了一代君主的圣明。诗的立论起点颇高，赞赏的态度也十分明确，但后两句把玄宗与昏庸的陈后主相比，则多少减弱了诗的颂扬力度。

【注释】

〔1〕玄宗回马：指安史之乱平定后玄宗由蜀地回京。

〔2〕云雨：宋玉《高唐赋》写神女对楚王说："妾在巫山之阳，高丘之岨，旦为朝云，暮为行雨。"后遂以云雨喻男女欢爱。　日月新：岁月更新。

〔3〕终是：终究是。

〔4〕"景阳"句：南朝陈后主陈叔宝面临隋朝大军压境，带着宠妃张丽华和孔贵嫔一起躲到景阳殿的枯井里，到了晚上，仍被隋兵俘虏。井在今南京玄武湖畔，又名胭脂井、辱井。

【译文】

玄宗骑着马返回时杨贵妃已被赐死，巫山云雨纵然难忘而日月焕然一新。那终究是圣明天子决断的一件大事，而藏身景阳宫枯井中的又是什么人。

已　凉

韩　偓

碧阑干外绣帘垂，猩色屏风画折枝[1]。
八尺龙须方锦褥[2]，已凉天气未寒时。

【题解】

从屋内的陈设变化，写出季节气候和人的感觉变化，是这首诗的主要特点。前三句中绣帘取代竹帘、室内增放了画有折枝的屏风、草席上添加了锦被，这些改变集中在一起，逼出末句天气“已凉”却“未寒”的特征。这是一首写感觉的诗，先由眼中看出，再从心里感到。韩偓的《香奁集》多被认为是有所寄托的作品，这首诗实际也写出了诗人对唐末时事的心理感受。

【注释】

〔1〕猩色：猩红色。　折枝：花卉画法中的一种，只画花枝部分。

〔2〕龙须：即龙须草，属灯芯草科，茎可织席。此指草席。　锦褥：丝绸被褥。

【译文】

碧玉栏杆外的绣花窗帘低垂，猩红屏风上画着精美的折枝。八尺龙须的草席刚垫了锦褥，天已凉爽却还未到寒冷之时。

金陵图

韦　庄

江雨霏霏江草齐，六朝如梦鸟空啼〔1〕。
无情最是台城柳〔2〕，依旧烟笼十里堤。

【题解】

这首诗在诗人的集子中题为《台城》。据《舆地纪胜》载，台城即古建康（今江苏南京）宫城，唐末仍在。诗作于中和三年（883）诗人客游江南后。

诗人生在唐代末年，因此对历史上曾有六个朝代兴亡盛衰的台城有着格外的伤感。诗的前两句，先用江雨、江草和鸟鸣，触发追怀往事的情怀，其中“六朝如梦”点明主题。后两句以“无情”两字领起，在长堤烟柳的迷茫景物中，寄寓物是人非的无穷感慨。诗为吊古伤今而作，所以诗人更多的意思，是在表达一种眼前风景依旧、而江山已面临改主的忧患意识。

【注释】

〔1〕六朝：指建都在今南京的吴、东晋，南朝宋、齐、梁、陈六个朝代。

〔2〕台城：又名苑城，原是战国的吴国后苑城，晋宋间为台省所在地，所以称台城。

【译文】

江上细雨霏霏江岸春草萋萋，六朝盛衰如梦鸟儿空自悲啼。最无情的就是那台城的杨柳，依旧烟雾迷茫笼罩十里长堤。

陇西行

陈　陶

誓扫匈奴不顾身[1]，五千貂锦丧胡尘[2]。
可怜无定河边骨[3]，犹是春闺梦里人[4]。

【题解】

陇西行，是乐府《相和歌辞·瑟调曲》旧题。陇西，泛指陇山以西地区，今甘肃、宁夏一带。此题原作四首，这是其中的第二首。

诗写唐末边乱纷起，守卫将士为保家卫国，奋不顾身地英勇杀敌，可激战的结果却是五千人都丧身疆场，而他们的妻子和恋人，却还在梦中苦苦地等待着他们回来。前两句表现前方将士的无畏和战争的惨烈，有《楚辞·国殇》的韵味；后两句用“无定河边骨”与“春闺梦里人”作强烈对比，突出人生的不可把握。全诗内容感人，格调苍凉，是唐代不可多得的优秀边塞诗之一。

【注释】

〔1〕匈奴：秦汉时西北少数民族，常南下侵扰中原。

〔2〕貂锦：貂裘锦衣，汉朝羽林军的戎装。此代指戍边将士。

〔3〕无定河：源出内蒙古伊克昭盟乌审旗，东南流至陕西北部入黄河，因沙多流急，深浅不定而名。

〔4〕春闺：指在温暖闺房中的将士之妻。

【译文】

发誓奋不顾身地扫除入侵的匈奴，五千貂裘锦衣丧生于胡地的尘土。可怜堆积在无定河边的累累白骨，至今仍然是春闺梦中思念的丈夫。

寄　人

张　泌

别梦依依到谢家[1]，小廊回合曲栏斜。
多情只有春庭月，犹为离人照落花[2]。

【题解】

据《词坛纪事》说，张泌早年与一个叫浣衣的邻家女子相爱。此后二人多年无缘相会，却在梦中见面，于是写了这首诗。诗歌以小廊、曲栏、春庭、明月、落花这一系列景物，营造出一个寂寞空灵的境界，以梦境对照现实，更衬托出情人不能相见的幽怨。

【注释】

〔1〕依依：依恋不舍的样子。　谢家：谢娘家。谢娘，美人的代称。五代前蜀韦庄《浣溪沙》词："孤灯照壁背窗纱，小阁高楼谢娘家。"

〔2〕犹：还，仍然。　离人：分别之人。这里是诗人自称。

【译文】

在离别的梦中又依依不舍地回到谢家，环绕合抱的小走廊上弯曲的栏杆歪斜。多情的只有那春夜庭院中的一轮明月，还在那里为离别的情人照着满地落花。

杂　诗

无名氏

近寒食雨草萋萋[1]，著麦苗风柳映堤[2]。

等是有家归未得[3]，杜鹃休向耳边啼[4]。

【题解】

杂诗，是汉魏以来诗人不拘俗例、不用旧题，随时随地、即景即物而创作的一类诗，以内容庞杂为特征。

这首诗写时近寒食，滞留在外的行人面对眼前具有时令特点的景物，不禁萌发了强烈的思乡之情。可是现实情况是他还不能回家，心中烦躁，把满腔怨恨发泄到杜鹃的鸣叫上。其中“有家归未得”的窘迫与杜鹃叫声的催促“不如归去”，形成强烈的反差，使诗人忍无可忍。这种移情于物的表现手法，与金绪昌《春怨》的“打起黄莺儿，莫教枝上啼”，有异曲同工之妙。

【注释】

〔1〕寒食：节令名，清明前一天或两天。相传晋文公大臣介子推不愿为官，避入山林，文公下令焚山，企图逼他出来，但介子推坚持不出，被活活烧死。文公于是下令这天全国禁火吃冷食。寒食的风俗即由此而来。　萋萋：草茂盛的样子。

〔2〕著：吹拂。

〔3〕等是：同样是。

〔4〕杜鹃：鸟名，即子规鸟。相传是古代蜀帝杜宇的魂魄所化，啼声凄切，仿佛是在叫“不如归去”。

【译文】

时近寒食节的细雨打湿了茂密的春草，吹进麦苗的和风拂过映着河堤的柳条。同样是有家而不能回去，杜鹃你不要在耳边啼叫。

乐　府

渭城曲

王　维

渭城朝雨浥轻尘[1]，客舍青青柳色新。
劝君更尽一杯酒，西出阳关无故人[2]。

【题解】

渭城曲，又称《阳关曲》，是隋唐新曲，《乐府诗集》列入《近代曲辞》。此诗在诗人集子中以“送元二使安西”为题，后被谱入曲中，改为现名。渭城，即秦咸阳故城，在今陕西咸阳东北、渭水北岸。元二，是诗人的朋友，姓元，排行第二。安西，则在今新疆库车。

这是一首非常著名的送别诗。诗人在这里要尽力表达的，是离别时对远去绝域的老朋友的浓浓情意。前两句从离别的时间、地点落笔，写出当时古城清晨细雨初停，景色宜人，春光正好，虽然没有点出离别，但已经铺写了离别的环境。后两句也并不去具体描绘离别的过程、感受，只是通过劝酒来传递依恋和珍重的心情，语言朴实，真挚动人。这首诗被谱成歌曲后，在唐代曾作为送别曲广为传唱。

【注释】

〔1〕浥：湿润。

〔2〕阳关：汉唐时中原通往西域的要道，因在玉门关南，故称阳关。故址在今甘肃敦煌西南古董滩附近。　故人：朋友。

【译文】

渭城清晨的雨淋湿了轻扬的微尘，旅店旁的青青柳色显得格外清新。劝您再喝完这杯散发芳香的美酒，往西出了阳关就再也见不到故人。

秋夜曲

王　维

桂魄初生秋露微〔1〕，轻罗已薄未更衣。
银筝夜久殷勤弄〔2〕，心怯空房不忍归。

【题解】

秋夜曲，是乐府《杂曲歌辞》，又作王涯或张仲素诗，原有两首，这是第二首。

诗写闺中女子秋夜月下弹筝，因害怕孤独而不忍回到空房内休息。前三句写景说事，先表明季节景物、罗衣单薄还没更换，再交代闺中人是在深夜弹筝。最后才在三句铺垫渲染的基础上，直接说出那是由于心中害怕回到那间守了多时的空房，这样就把思妇的内心感受细致入微地呈现了出来。

【注释】

〔1〕桂魄：月亮的别称，因传说月中有桂树而名。魄，月初出或将落时的微光。

〔2〕银筝：筝的美称。筝，弹拨弦乐器，有十三根弦。　殷勤：此指专注反复。

【译文】

明月初升的时候秋露微降，轻罗已觉单薄还未添加衣裳。夜深了仍在不停地拨弄银筝，心中胆怯不忍重回那间空房。

长 信 怨

王昌龄

奉帚平明金殿开[1]，暂将团扇共徘徊[2]。
玉颜不及寒鸦色[3]，犹带昭阳日影来[4]。

【题解】

长信怨，是乐府《相和歌·楚调曲》名，一作《长信宫词》，原作五首，这是第三首。长信，是汉代都城长安的宫殿名。汉成帝时，班婕妤因赵飞燕姐妹受宠，担心遭遇不测，自己要求去长信宫服侍太后。后代就常用长信宫作为冷宫的代名词。

这首诗写题意本事，好在能用巧妙的比喻表达人物内心的特殊感受，以慕代怨，婉而能讽。诗的前两句先作铺垫，把独处冷宫的冷清和无聊，通过“奉帚”与“徘徊”表现出来，同时用“团扇”印合班婕妤曾作《团扇诗》寄寓怨思的传说，暗示被送入冷宫的原因。后两句是全诗的精华所在，匪夷所思地把自己的玉颜去和从昭阳宫飞来的寒鸦相比，在羡慕寒鸦犹带日影中寄托被遗弃被冷落的幽怨。构思奇巧，想像新颖，在众多的宫怨诗中别具一格。

【注释】

〔1〕奉帚：拿着扫帚打扫。　平明：天刚亮。

〔2〕暂将：姑且拿着。　团扇：圆形的宫扇。相传东汉班婕妤失宠后曾作《团扇诗》:“新裂齐纨素，皎洁如霜雪。裁为合欢扇，团团似明月。出入君怀袖，动摇微风发。常恐秋节至，凉飙夺炎热。捐弃箧笥中，恩情中道绝。”这里隐含其意。

〔3〕玉颜：美丽的颜容。

〔4〕犹：还。　昭阳：汉代宫名，为赵飞燕姐妹所居。　日影：双关阳光和皇帝恩宠两层意思。

【译文】

一大早就捧着扫帚把金色的殿门打开，暂且把玩着圆圆的团扇成天寂寞难耐。花容玉貌却比不上那深秋乌鸦的颜色，它们还能带着昭阳殿的日光月影飞来。

出　塞

王昌龄

秦时明月汉时关，万里长征人未还。
但使龙城飞将在〔1〕，不教胡马度阴山〔2〕。

【题解】

出塞，是乐府《横吹曲》的旧题，内容多写边地风光和征戍艰难。

诗以歌颂和怀念汉代威震匈奴的大将为名，感慨当时世无良将，致使连年边患不断、征人长期不能返回家园。它的特点是在用秦汉时的明月关山点出边塞的同时，先提出征人久戍不归的现实问题，然后再引入怀古的内容，对此进行回答。在诗人看来，如果当时能有像汉代卫青、李广那样的名将，人们就能过上家人团聚的和平生活。诗人的思考是认真的，愿望也是美好的。

【注释】

〔1〕龙城飞将：指西汉名将李广。龙城为匈奴祭天处，汉将卫青北伐匈奴，曾经到此。李广在任右北平太守时，匈奴称他是“汉之飞将军”，避而不敢侵犯。

〔2〕阴山：在今内蒙古中部，匈奴常据此南下侵汉。

【译文】

秦汉时的明月秦汉时的边关，远去万里征战的人还未归返。只要龙城的飞将军至今仍在，就不会让胡人的马越过阴山。

清平调 三首

李 白

云想衣裳花想容[1]，春风拂槛露华浓[2]。
若非群玉山头见[3]，会向瑶台月下逢[4]。

【题解】

清平调，是唐代创制的新曲，从现有资料来看，创始人就是李白。据《松窗杂录》记载，唐开元年间，皇帝的宫苑内牡丹盛开，玄宗在长安兴庆池东的沉香亭前设宴，并召杨贵妃同来观赏。他认为“赏名花，对妃子”不能用旧乐，于是就诏供奉翰林的李白前来撰写新辞。李白酒醉未醒，应诏后提笔就写了这三首《清平调》。玄宗十分欣赏，就让教坊乐队演奏传唱，一时传为佳话。

原作三首，这是第一首。诗取眼前的名花为喻，形容贵妃的风姿绰约。前两句实写，表面是表现花的娇美浓艳，而两个“想”字从暗中透露如花之人。后两句拟想，把名花和贵妃合一，比作只在仙界出没的仙女，形态空灵缥缈，绝去凡尘。

【注释】

〔1〕“云想”句：意谓彩云想被比作杨贵妃的衣服，鲜花想被比作杨贵妃的容颜。

〔2〕槛：栏杆。　露华：露水的光华。

〔3〕群玉山：也叫玉山，传说中西王母所居之地。

〔4〕瑶台：传说中神仙居住之地。

【译文】

云想成为她的衣裳，花想成为她的姿容；春风轻轻地吹过栏杆，露水的光华正浓。如果不是在众仙毕聚的群玉山头见面，也应该在瑶台如水似银的月光下相逢。

一枝红艳露凝香，云雨巫山枉断肠[1]。
借问汉宫谁得似？可怜飞燕倚新妆[2]。

【题解】

第二首继续以花喻人，由虚而实，把贵妃的美貌形容到了极致。前两句虚拟，仍分别从花和云入手，先出以红香的具体形象，再用巫山云雨的典故反衬李杨恋情的真实非幻。后两句落实，把贵妃直接比作汉成帝宫中的赵飞燕，“依新妆”强调鲜丽，又与首句“一枝红艳露凝香”前后呼应，相映成趣。

【注释】

〔1〕云雨巫山：宋玉《高唐赋》写楚襄王游高唐，梦见巫山神女前来与他欢会，别时神女说她“旦为朝云，暮为行雨”。后即以“云雨巫山”指男女欢爱。

〔2〕可怜：可爱。　飞燕：汉成帝的皇后赵飞燕。因体轻善舞，深受宠爱。

【译文】

一枝含露的红艳散发着迷人的芳香，能使缥缈的巫山云雨徒增无限惆怅。请问汉朝宫中的佳丽有谁可以相比，可爱的赵飞燕侧身而立刚化了新妆。

名花倾国两相欢[1]，常得君王带笑看。
解释春风无限恨[2]，沉香亭北倚栏杆[3]。

【题解】

第三首直接记叙明皇和贵妃沉香亭赏花事。从赞花到赞贵妃，再到颂扬圣上，是应制诗的必然结果。诗的前两句把“名花”、“倾国”和“君王”三者联系在一起，突出“相欢”和“笑看”，准确生动地再现了当时明皇所说的“赏名花，对妃子”的情景。后两句则进一步说有了这样的欢乐，明皇在失去宠妃武惠妃后的所有烦恼，都可以消解了。前人曾说三首中以这首最好，好在它“字字得沉香亭真境”，但这又和前两首的铺垫分不开。

【注释】

〔1〕名花：指牡丹。 倾国：喻指绝色佳人，典出《汉书·外戚传》：李延年作歌曰：“北方有佳人，绝世而独立，一顾倾人城，再顾倾人国。”

〔2〕解释：消解，消释。

〔3〕沉香亭：以沉香木造的亭子，在长安兴庆宫中。

【译文】

名花的姿色和倾国的容貌两相喜欢，经常赢得尊贵的君王带着微笑顾盼。要排解那春天随风而来的无边幽怨，就去沉香亭北将身子倚靠在栏杆边。

出 塞

王之涣

黄河远上白云间，一片孤城万仞山〔1〕。
羌笛何须怨杨柳〔2〕，春风不度玉门关〔3〕。

【题解】

诗题又作《凉州词》，是唐代以边境地名为名的乐曲。凉州州治在今甘肃武威。原作二首，这是第一首，约作于开元中诗人漫游大河南北时。

这首诗写从凉州由东向西眺望边城玉门关时的情景。前两句的视线沿黄河逆向而上，再现了西北边地苍茫粗犷的山水地貌，以及处在万山丛中的一座孤城。整个画面景象阔大，气势雄浑。后两句引入征人吹奏《折杨柳》的羌笛声，更增添了画面的悲凉气氛；同时又暗借汉武帝曾下令阻断玉门关、不让战败将士回朝的故事，表示了哀怨也无益的劝慰。诗人在这里所要表达的，是边塞艰苦的自然条件和对守卫将士长期得不到应有关怀的同情。

【注释】

〔1〕万仞：形容极高。古代八尺为一仞。

〔2〕羌笛：古代西北少数民族羌族的民族乐器。　杨柳：北朝乐府《鼓角横吹曲》有《折杨柳枝》曲调。

〔3〕玉门关：为古代通往西域的要道，故址在今甘肃敦煌西。

【译文】

远去的黄河直上那茫茫的白云间，一片荒寂的孤城，八万尺高的群山。羌笛又何必吹出那幽怨的杨柳曲，和煦的春风从来就吹不过玉门关。

金缕衣

杜秋娘

劝君莫惜金缕衣，劝君惜取少年时。
花开堪折直须折[1]，莫待无花空折枝。

【题解】

金缕衣，是一种用金作装饰的舞衣，缕是一种编织的方法。后在唐代被用作新曲名，而这首诗可能就是首创之作。它在《全唐诗》中的署名是无名氏。

对诗意历来有两种不同的理解，一种认为是劝人及时行乐，另一种则是劝人爱惜少年时光。其实这两种看法并不矛盾，在某种程度上倒是可以统一的。不过这都是从诗有隐寓去考虑，如果仅从字

韩　愈

字退之，河南河阳（今河南孟州）人。韩姓的郡望在昌黎（今属辽宁），故自称昌黎韩愈，后世习称韩昌黎。生于唐代宗大历三年（768），卒于唐穆宗长庆四年（824）。唐德宗贞元八年（792）进士。贞元末年任监察御史，因上书请减关中税赋、徭役，触怒权臣，贬为阳山（今广东阳山）令。宪宗时，累官至太子右庶子、刑部侍郎。元和十四年（819），因谏迎佛骨，宪宗大怒，贬潮州（今广东潮阳）刺史，后移至袁州（今江西宜春）。穆宗时，召为国子监祭酒，历任京兆尹及兵部、吏部侍郎。

韩愈政治上崇奉儒学，力辟佛、道两教，拥护中央集权，反对藩镇割据；文学上他和柳宗元一起发动古文运动，提倡文以载道。他的诗奇崛险怪，雄浑劲健，别具一格。然而，一些作品由于过分散文化、辞赋化，削弱了诗歌的艺术感染力。从总体上看，其诗歌成就不如散文。有《韩昌黎集》。

白居易

字乐天，晚号香山居士，下邽（今陕西渭南）人。唐代宗大历七年（772）出生在河南新郑，唐武宗会昌六年（846）卒于洛阳。唐德宗贞元十六年（800）考取进士。历任秘书省校书郎、翰林学士、左拾遗、东宫左赞善大夫等职。元和间，以越职言事罪，被贬江州司马。后来曾任杭州、苏州两地刺史，官终刑部尚书。

白居易和元稹发起过新乐府运动，主张诗歌为现实服务。所作不少讽谕诗反映民间疾苦，揭露弊政，深受底层百姓和有识之士的喜爱。他的诗以叙事见长，形象鲜明，语言平易自然，节奏优美流畅，达到了雅俗共赏的境地。本书收有他的《长恨歌》、《琵琶行》，就是其长篇叙事诗的代表作。有《白氏长庆集》。

李商隐

字义山，号玉溪生，怀州河内（今河南沁阳）人。唐宪宗元和八年（813）生，唐宣宗大中十二年（858）卒。年轻时，以文才受到属于牛僧孺党的令狐楚赏识，被聘为幕僚。唐文宗开成二年（837）考上进士。次年，属于李德裕党的泾原节度使王茂元爱其才，任为书记，后来又将女儿嫁给他。当时，牛、李两党之间的斗争非常激烈，李商隐处处受到排挤，无法施展自己的抱负，一生奔走四方，靠做幕僚过着寄人篱下的生活。由于心情抑郁，体弱多病，四十六岁就离开了人世。

李商隐的诗构思新颖，用典富赡，词句精丽，想象奇异，意境隽永幽远，耐人寻绎。但有些作品过于晦涩消沉。他擅长律诗，七律尤妙。有《玉溪生诗集》和《樊南文集》。

高　适

字达夫，渤海蓨（今河北景县）人。约生于武则天长安二年（702），卒于唐代宗永泰元年（765）。早年穷困失意，流浪梁、宋间（今河南开封、商丘一带）。天宝八载（749），经人推荐，中有道科，授封丘（今河南封丘）尉，不久辞官。后投河西节度使哥舒翰幕下为掌书记。安史乱起，随哥舒翰守潼关。叛乱平定后，历任淮南节度使、剑南西川节度使、左散骑常侍等职，封渤海县侯。

高适对边塞生活有着深切体验，写下了许多优秀诗篇。他的作品语言质朴自然，气势雄劲奔放，尤以七言歌行见长。有《高常侍集》。

唐玄宗

即李隆基，唐睿宗李旦之子，庙号玄宗。祖籍陇西（今属甘肃）。生于武则天垂拱元年（685），卒于唐肃宗宝应元年（762）。睿宗延和元年（712）即位。执政之初，任用贤相，励精图治，造就了开元盛世。改元天宝后，宠信奸佞，朝政废弛，生活荒淫，遂酿成“安史之乱”，仓皇逃向四川，其子肃宗李亨即位。乱平后回到长安，病死宫中。

他精通音乐，能自度曲，又善书法与诗。《全唐诗》收其诗一卷。

王　勃

字子安，绛州龙门（今山西河津）人。唐太宗贞观二十三年（649）生，唐高宗仪凤元年（676）卒。十四岁及第，授朝散郎，为沛王府修撰。因戏作《檄英王鸡》文，被高宗赶出王府。遂客蜀中。做虢州参军时又犯死罪，遇赦革职。父亲王福畤因受其连累，被贬为交趾令，王勃前去省亲，渡海时溺水而死。

他是初唐四杰（王勃、杨炯、卢照邻、骆宾王）之一。他的诗开始突破六朝靡艳之风，对五言律诗的成熟起了推进作用。有《王子安集》。

骆宾王

婺州义乌（今浙江义乌）人。大约生于唐太宗贞观十四年（640），卒年不详。曾为道王李元庆府属，历任武功、长安主簿，侍御史。武则天当朝，他几次上书议论朝政，多讽谏之词，因而得罪，被诬下狱。出狱后，为临海（今浙江临海）县丞，不久即弃官而去。睿宗文明元年（684），徐敬业在扬州起兵讨伐武则天，骆宾王做他的幕僚，与徐共谋，作《讨武曌檄》。武则天读檄文至“一抔之土未干，六尺之孤安在”，忽然问：“谁为之？”手下人说是骆宾王，武则天说：“宰相安得失此人？”徐敬业兵败，骆宾王逃亡，不知所终。

骆宾王为初唐四杰之一，在唐诗发展史上承前启后，有一定影响。唐中宗曾下诏收集他的诗文，编成《骆宾王文集》。

杜审言

字必简，巩县（今河南巩义）人。生于唐太宗贞观二十年（646），卒于唐中宗景龙二年（708）。高宗咸亨元年（670）中进士，做过隰城尉、洛阳丞，后贬为吉州司户参军。武则天时任著作佐郎、膳部员外郎。中宗神龙元年（705），因结交幸臣张易之获罪，流放到峰州。不久，又起用为国子监主簿、修文馆直学士。

杜审言是杜甫的祖父，年轻时，与李峤、崔融、苏味道称“文章四友”。他恃才傲物，十分自负。他的近体诗清新自然，格律已很严谨完备。有《杜审言集》。

沈佺期

字云卿，相州内黄（今河南内黄）人。约唐高宗显庆元年

(656)生，唐玄宗开元二年(714)卒。高宗上元二年(675)中进士，曾任给事中、考功员外郎。中宗神龙元年(705)，和杜审言、宋之问等，以结交幸臣张易之罪，被流放到驩州。次年又重新起用，历任起居郎、修文馆直学士、中书舍人、太子詹事等职。

沈佺期与宋之问齐名，时称沈、宋。他的诗多应制奉侍之作，比较讲究声调、对仗，为律诗的最终定型作出了重要贡献。有《沈佺期集》。

宋之问

一名少连，字延清，汾州(今山西汾阳)人。大约唐高宗显庆元年(656)生，玄宗先天元年(712)卒。高宗上元二年(675)中进士。武则天时为宫廷侍臣，恩宠有加。后因巴结张易之获罪，贬为泷州参军。不久逃回洛阳，依附武三思。睿宗即位，将他发配到钦州(今属广西)。玄宗初年赐死。

宋之问与沈佺期并称“沈宋”，两人均以文求进，攀附权贵，人格卑劣，诗作风格也相似。他们共同为律诗的形成奠定了基础。有《宋之问集》。

王　湾

洛阳人，生卒年不详。唐玄宗先天年间考上进士。开元初年做过荥阳主簿。后来参加四部典籍的整理工作。官终洛阳尉。曾往来吴、楚间，与綦毋潜友善。他的诗在当时就颇有名，以“海日生残夜，江春入旧年”两句最为脍炙人口。《全唐诗》收其诗十首。

刘长卿

字文房，河间（今河北河间）人。大约生于唐中宗景龙三年（709），卒于唐德宗建中元年（780）。开元二十一年（733）进士及第，曾任监察御史、长洲尉、海盐令。因刚直不阿，冒犯权臣，两次被贬。官终随州刺史。他擅长五言律诗，有“五言长城”之美誉。作品收入《刘随州集》。

钱　起

字仲文，吴兴（今浙江湖州）人。生于唐玄宗开元十年（722），卒于唐德宗建中元年（780）。天宝十载（751）中进士，历任校书郎、考功郎中、翰林学士。“大历十才子”之一。诗多为应制、唱和、吟风弄月之作，律诗较佳，长于写景。有《钱仲文集》。

韩　翃

字君平，南阳（今属河南）人。大概生活于唐玄宗至唐德宗年间，是“大历十才子”之一。

天宝十三载（754）中进士，曾两度出为地方节度使的幕僚。唐德宗时，他以驾部郎中出任知制诰，最终官任中书舍人。据晚唐人孟棨的《本事诗》说，唐德宗时，朝廷负责起草皇帝诏书的“知制诰”一职缺人，德宗御批“与韩翃”。当时朝廷有两个同姓同名的韩翃，负责官员就以两人的姓名一同进呈。德宗批示道：给那个写“春城无处不飞花”诗句的韩翃。可见他的作品广为传诵的情况。他的诗大多是与友人互相酬赠之作，没有完整保留下来。明代有人将他的作品收集起来，取名《韩君平集》。

刘昚虚

字全乙，江东人。一说新吴（今江西奉新）人。生卒年不详。唐玄宗开元十一年（723）进士，曾任洛阳尉、夏县令。与贺知章、包融、张旭称“吴中四友”。他生性淡泊，喜欢跟僧人、道士来往。殷璠《河岳英灵集》评价其诗“情幽兴远，思苦词奇，忽有所得，便惊众听”。《全唐诗》收其诗一卷。

戴叔伦

字幼公，润州金坛（今江苏金坛）人。唐玄宗开元二十年（732）生，唐德宗贞元五年（789）卒。年少时师从萧颖士。曾参湖南、江西幕府。后任抚州刺史、容管经略使，清明仁恕，颇有政绩。晚年辞官做了道士。他的诗多写景抒情，风格婉约清丽；也有一些作品描述战争给人民带来的灾难。《全唐诗》收其诗二卷。

卢　纶

字允言，河中蒲（今山西永济）人。“大历十才子”之一。生卒年不详。安史之乱时，避居鄱阳。多次考进士，均告失败。后经宰相元载推荐，补阌乡尉，迁检校户部郎中。后入浑瑊河中元帅府。唐德宗驿召之，已死。由于身经世乱，他的诗多感时伤事之作。有《卢户部诗集》。

李　益

字君虞，陇西姑臧（今甘肃武威）人。生于唐玄宗天宝七载（748），卒于唐文宗大和元年（827）。大历四年（769）考取进士，授郑县尉，不久辞职。后入幽州节度使幕。唐宪宗闻其名，从河北把他召回，任命为都官郎中，迁中书舍人。官至礼部尚书。

李益熟悉边塞生活，写过不少出色的边塞诗。他的七绝在中唐诗坛上是佼佼者，即使与王昌龄、李白相比也毫不逊色。有《李君虞诗集》。

司空曙

字文明，广平（今河北永年）人。“大历十才子”之一。生卒年不详。进士及第。历任主簿、左拾遗，外出为江陵长林县丞。韦皋任剑南节度使时，召入幕府。官终虞部郎中。他的诗多抒写羁旅愁情，语言质朴平实，亦时有佳句。《全唐诗》收其诗二卷。

刘禹锡

字梦得，洛阳（今河南洛阳）人。唐代宗大历七年（772）生，唐武宗会昌二年（842）卒。贞元九年（793）进士。曾入淮南节度使杜佑幕下，随其入朝，任监察御史。唐顺宗永贞初，他和柳宗元积极帮助王叔文推行改革，失败后，被贬为郎州（今湖南常德）司马。后回朝，因作诗表露不满，又被贬。晚年任太子宾客。

他既是诗人，又是中唐进步的政治家、思想家。他的诗歌在继承前人优秀传统的同时，十分注意向民歌学习，形成活泼明快、雄健爽利的独特风格，被当时人誉为“诗豪”。有《刘宾客集》。

张 籍

字文昌，和州乌江（今安徽和县）人。大约生于唐代宗大历二年（767），卒于唐文宗大和四年（830）。贞元十四年（798）进士。先后任太常寺太祝、水部郎中、国子司业等职，世称张水部或张司业。

他是中唐新乐府运动的积极实践者。他的乐府诗揭露社会矛盾，反映民间疾苦，皆有为而发，语言流畅自然，生动感人，受到白居易的高度赞赏。有《张司业集》。

杜 牧

字牧之，京兆万年（今陕西西安）人。唐德宗贞元十九年（803）生，大约唐宣宗大中七年（853）卒。唐文宗大和二年（828）进士。历任监察御史，黄、池、睦诸州刺史，官终中书舍人。他是宰相杜佑之孙，生当晚唐乱世，胸怀大志，好谈兵法，曾注《孙子》。他刚直有奇节，曾慷慨指陈时政之弊，主张削平藩镇，收复失地。然而，沉沦下僚的他，政治理想根本无法实现，只能靠纵情酒色来消解胸中郁闷。

他的作品在晚唐诗坛上独树一帜，或咏史吊古，或写社会、政治题材，均思想深刻，清俊蕴藉。七绝尤精。有《樊川文集》。

许 浑

字用晦，润州丹阳（今江苏丹阳）人。生卒年不详。唐文宗大和六年（832）进士。历任监察御史，睦州、郢州刺史。后因病回乡，住在润州（今江苏镇江）丁卯桥附近，整理旧作，命名为《丁卯集》。

他的诗均为近体，对仗工稳，格律严整，时有警句，深受杜牧、韦庄和宋代陆游的推崇。然而，其作品题材较窄，内容单薄，语言往往凝炼有余，而浑厚不足。有《丁卯集》。

温庭筠

原名岐，字飞卿，太原祁（今山西祁县）人。大约生于唐宪宗元和七年（812），卒于唐懿宗咸通十一年（870）。年轻时才思敏捷，每次参加考试，押官韵作赋，两手相叉八次就完成了，人称“温八叉”。然而，他行为放荡，时常出入歌楼妓院，又得罪权贵，故屡试不第，只做过两任县尉，官终国子助教。

他的诗设色浓艳，充满珠光宝气，内容则大多较贫乏。少量咏史怀古、羁旅写景之作感慨深沉，清新细腻，写得较为成功。世以温、李（李商隐）并称，实际上，温庭筠的诗歌成就远不及李商隐。不过，温庭筠是晚唐著名词人，被称作“花间鼻祖”，其词的地位大大超过诗。有《温飞卿诗集》。

马　戴

字虞臣，华州（今陕西华州）人。生卒年不详。唐武宗会昌四年（844）进士。大中初年，太原李司空辟为掌书记，因直言，被贬龙阳尉。官终太学博士。他与贾岛交往甚密。宋代严羽和明代杨慎对他的诗作评价极高。

张　乔

池州（今安徽贵池）人。生卒年不详。唐昭宗大顺时进士。

与许裳、郑谷诸人号称“十哲”。黄巢起义时，隐居九华山。《全唐诗》收其诗二卷。

崔　涂

字礼山，江南人。生卒年不详。唐僖宗光启四年（888）进士。长期流落巴蜀湘鄂一带。诗以怀乡、送别、旅愁等题材为主，情绪低沉抑郁，意境则较深婉。如“蝴蝶梦中家万里，杜鹃枝上月三更”（《春夕旅怀》），为世所传诵。《全唐诗》收其诗一卷。

杜荀鹤

字彦之，自号九华山人。池州石棣（今安徽石棣）人。生于唐武宗会昌六年（846），卒于后梁太祖开平元年（907）。唐昭宗大顺二年（891）进士。曾以诗颂扬梁主朱温，朱温灭唐建梁，授翰林学士、知制诰。

他的诗歌对晚唐社会黑暗、人民所受苦难有真切的描述。创作上以“苦吟”自命，现存诗歌却少有雕凿痕迹，语言平易流畅。有《唐风集》。

韦　庄

字端己，京兆杜陵（今陕西西安南）人。大约唐文宗开成元年（836）生，前蜀王建武成三年（910）卒。唐昭宗乾宁元年（894）进士。曾任校书郎。后入蜀为王建掌书记。王建称帝后，任宰相。他工诗词。词与温庭筠齐名，是“花间词派”的代表人物之一。有《浣花集》。

僧皎然

俗姓谢，字清昼，长城（今浙江长兴）人。生卒年不详。皎然是其法名。与茶圣陆羽同住吴兴杼山妙喜寺。其诗以山水、佛教为主要内容，清淡自然，悠闲雅致。著有《诗式》五卷，阐发其诗歌创作理论。他是唐代诗僧中较杰出的一位诗人。有《皎然集》。

崔　颢

汴州（今河南开封）人。生年不详，唐玄宗天宝十三载（754）卒。开元十一年（723）进士。曾任太仆寺丞、司勋员外郎。年轻时以写情诗出名。后来，他任职于河东节度使幕，边塞生活使他诗风大变，情调激昂、气势雄壮的军旅作品占据了主导地位，深受时人赞赏。《全唐诗》收其诗一卷。

祖　咏

洛阳（今河南洛阳）人。生卒年不详。唐玄宗开元十二年（724）进士。他和王维友情甚笃，有诗唱和。王维《赠祖三咏》写道："结交二十载，不得一日展。贫病子既深，契阔余不浅。"足见其落魄困顿。殷璠《河岳英灵集》评其诗云："剪刻省静，用思尤苦，气虽不高，调颇凌俗。"《全唐诗》收其诗一卷。

崔　曙

一作崔署，宋州（今河南商丘）人。生卒年不详。唐玄宗开元二十六年（738）进士。以试卷中《奉试明堂火珠诗》"夜来双月合，曙后一星孤"知名。少时孤贫，曾隐居嵩山，与诗人薛据友善。及第后，只做过县尉，时间不长。殷璠《河岳英灵集》评其诗云："多叹词要妙，情意悲凉，送别、登楼，俱堪泪下。"《全唐诗》收其诗一卷。

皇甫冉

字茂政，安定（今甘肃泾川北）人，曾祖时寓居丹阳（今江苏丹阳）。"大历十才子"之一。唐玄宗开元四年（716）生，唐代宗大历四年（769）卒。天宝末年进士及第，任无锡尉。大历初年，入河南节度使幕，任掌书记。官终右补阙。他喜与僧道交游。诗多写漂泊乱离、山水隐逸。《全唐诗》收其诗二卷。

元　稹

字微之，河南河内（今河南洛阳附近）人。生于唐代宗大历十四年（779），卒于唐文宗大和五年（831）。八岁父亡，家贫，由母教读。年十五明经及第。曾任左拾遗、监察御史。因得罪宦官，被贬为江陵府士曹参军。后又巴结宦官，受到穆宗赏识，不断升迁，直至任宰相。不久，出为刺史。唐文宗时，官终武昌军节度使。

元稹与白居易为莫逆之交，两人文学观点相似，并共同倡导了中唐的新乐府运动。他写了不少反映社会现实的作品，但艺术水准显然不及白居易。其悼亡诗和艳情诗情意深挚，温婉动人，较有影响。有《元氏长庆集》。

薛　逢

字陶臣，蒲州（今山西永济）人。生卒年不详。唐武宗会昌元年（841）进士，任万年尉。为人孤傲偏激。他与杨收、王铎两人同年及第，等到杨、王当上宰相，他写了“须知金印朝天客，同是沙堤避路人”、“昨日鸿毛万钧重，今朝山岳一毫轻”分别加以嘲讽，结果两次被贬。官终秘书监。《唐才子传》评论其诗道：“长短皆卒然而成，未免失浅露俗。”《全唐诗》收其诗一卷。

秦韬玉

字仲明，京兆（今陕西西安）人。生卒年不详。考进士落第后，在宦官田令孜府中做幕僚。唐僖宗避乱奔蜀，他从驾而行。中和二年（882），被特赐进士及第，官工部侍郎。其诗工整典丽，《贫女》一诗，尤其为人传颂。

裴　迪

关中（今陕西）人。生卒年不详。曾官蜀州刺史、尚书省郎。早年与王维隐居终南山，后又同住辋川，唱和之作颇多。天宝末年，随王缙入蜀，与杜甫、李颀有往来。其诗多描绘自然美景，风格与王维相近。《全唐诗》收其诗二十九首。

王之涣

字季凌，祖籍晋阳（今山西太原），高祖时迁居绛郡（今山西新绛）。唐武则天垂拱四年（688）生，唐玄宗天宝元年（742）卒。年轻时纵酒击剑，有豪侠气概。后静心读书，开元初年，任冀州衡水县（今河北衡水）主簿，因遭人诬陷，弃职家居十五年。晚年补官文安（今河南文安）县尉。他的诗语言晓畅，意境宏阔，在当时常被谱曲传唱。《全唐诗》收其诗六首。

李　端

字正己，赵州（今河北赵县）人。“大历十才子”之一。生卒年不详。唐代宗大历五年（770）进士，任秘书省校书郎，后因疾病而辞官。又曾出任杭州司马，终因看不惯“牒诉敲扑”（指官员在处理诉讼官司时，使用刑具拷打当事人），弃官隐居于衡山，自号“衡岳幽人”。他才思敏捷，闺情诗最为清新优美，细腻传神。《全唐诗》收其诗三卷。

王　建

字仲初，颍川（今河南许昌）人。生卒年不详。唐代宗大历十年（775）进士。历任渭南尉、昭应县丞、秘书丞等职。文宗时出任陕州司马。晚年退居咸阳原上。他和张籍都擅长写新乐府，是唐代新乐府运动的开路人。由于他一生贫困，对下层社会较为了解，写了不少反映百姓艰苦生活的作品，较有思想性和艺术价值。有《王司马集》。

权德舆

字载之，天水略阳（今属甘肃）人。生于唐肃宗乾元二年（759），卒于唐宪宗元和十三年（818）。年少即以文章著名，十五岁时有《童蒙集》十五卷问世。唐德宗时，任太常博士，转左补阙。宪宗时官至宰相。后出镇兴元，不久病故。他的乐府诗较受人称道。有《权文公集》。

张 祜

字承吉，南阳（今河南南阳）人。令狐楚做天平节度使时，曾上书向朝廷推荐，遭到元稹抑制，未能走上仕途。后客居淮南，度支使杜牧以礼相待。晚年隐居丹阳。他的诗以七绝为佳，多为山水诗和宫词。有《张处士诗集》。

贾 岛

字浪仙，一作阆仙，范阳（今北京）人。唐代宗大历十四年（779）生，唐武宗会昌三年（843）卒。家境贫寒，屡试不第，曾一度出家为僧。后受到韩愈赏识，诗名鹊起。还俗后应试又失败。做过长江（今四川蓬溪）主簿，故世称贾长江。后改普州（今四川安岳）司仓参军。

他作诗以苦吟著称。相传在长安时，创作《题李凝幽居》一诗，他为“鸟宿池边树，僧推月下门”中用“推”好还是“敲”好而拿不定主意，一路上苦苦思索，自言自语，不觉撞上了京兆尹韩愈的车驾。韩愈问明情况后，想了一会儿，对他说“敲”字好。“推敲”一词的典故即由此而来。他的诗大多清奇冷峭，但也有部分作品平易自然，比较耐读。有《长江集》。

李 频

字德新，睦州寿昌（今浙江建德）人。大约生于唐宪宗元和十三年（818），唐僖宗乾符三年（876）卒。唐宣宗大中八年（854）进士，调秘书郎，为南陵主簿。任武功县令时，爱护百姓，抑制豪强，受到懿宗嘉奖，提拔为侍御史。官至建州刺史。他的诗题材不广，往往过于雕凿，风格接近刘长卿。有《李建州刺史集》。

金昌绪

余杭（今属浙江）人。生平事迹不详。《全唐诗》收其诗一首，是闺情诗佳作，足以传世。

贺知章

字季真，越州永兴（今浙江萧山）人。生于唐高宗显庆四年（659），卒于唐玄宗天宝三载（744）。少时就以诗文闻名。武则天证圣元年（695）中进士，曾任太常博士。开元十三年（725）迁礼部侍郎，后又迁太子宾客，官至秘书监。天宝初年，求为道士，回到故乡。他爱饮酒，性格旷达，喜欢谈笑，晚年更加放诞，自号“四明狂客”。除诗外，还善草隶书，为当时所重。《全唐诗》收其诗一卷。

张 旭

字伯高，吴（今江苏苏州）人。生卒年不详。开元、天宝时在世。曾任常熟县尉、金吾长史。好饮酒，每次喝醉后就呼喊狂奔，然后抓起笔来疾书，人称张颠。他从观看“担夫争道”、公孙大娘舞剑领悟了书法艺术的奥妙，最终成为杰出的书法家。他的草书与李白的诗歌、裴旻的剑舞，当时号称“三绝”。《全唐诗》收其诗六首。

王 翰

字子羽，并州晋阳（今山西太原）人。生卒年不详。唐睿宗景云元年（710）进士。历任秘书正字、驾部员外郎、汝州长史、仙州别驾。因在官期间天天跟才士豪侠饮酒游乐，被贬为道州司马，不久卒。诗多古体，苍凉奔放。《全唐诗》收其诗一卷。

张　继

字懿孙，襄州（今湖北襄阳）人。生卒年不详。唐玄宗天宝十二载（753）进士。曾佐戎幕，又任盐铁判官。大历末年，官至祠部员外郎。他的诗不假雕凿，清丽自然。《全唐诗》收其诗一卷。

刘方平

洛阳（今河南洛阳）人。生卒年不详。唐玄宗天宝间人。情性淡泊，一生隐居不仕，与皇甫冉为诗友。善画山水。《全唐诗》收其诗一卷。

柳中庸

名淡，以字行。河东（今山西永济）人。生卒年不详。曾任洪府户曹。《全唐诗》收其诗十三首。

顾　况

字逋翁，海盐（今浙江海盐）人。也作苏州人，因当时海盐属苏州。生卒年不详。唐肃宗至德二载（757）进士。曾任判官、著作郎等职。性情诙谐，因作诗嘲弄权贵，贬为饶州司户参军。后隐居茅山，自号华阳山人。

他工画山水，诗多反映社会生活，有讽谕之意。后代对其评价较高。《全唐诗》收其诗一卷。

朱庆馀

字可久，越州（今浙江绍兴）人。唐敬宗宝历二年（826）进士，官秘书省校书郎。曾游历边塞。与张籍交好。诗多五律，以写个人生活的内容为主，风格上也与张籍相近。《全唐诗》收其诗一卷。

郑　畋

字台文，荥阳（今河南荥阳）人。生于唐穆宗长庆三年（823），卒于唐僖宗中和二年（882）。武宗会昌年间进士及第。历任秘书省校书郎、中书舍人等职。僖宗时官至宰相。后因积极策划镇压黄巢起义，遭武官嫉恨而离职。他以政事著名，诗歌成就不高。《全唐诗》收其诗十六首。

韩　偓

字致尧，小名冬郎，京兆万年（今陕西西安东南）人。唐武宗会昌四年（844）生，后梁龙德三年（923）卒。唐昭宗龙纪元年（889）进士。历任左拾遗、中书舍人、翰林学士、兵部侍郎等职。朱温称帝，他不肯依附，因而两次被贬。后携家投奔闽中王审知。

他十岁作诗，曾受到姨父李商隐的称赞。早年喜写艳情诗，遭受世变后，写了一些感时伤乱的作品。有《翰林集》。

陈　陶

字嵩伯，长江以北人。生卒年不详。曾考进士不第，便畅游名山。唐宣宗大中年间，避乱入南昌西山求仙学道。又五代时另有一陈陶，剑浦（今福建南平）人。二人事迹常常相混。今人陶敏有《陈陶考》以辨之。《全唐诗》收其诗二卷。

张　泌

字子澄，淮南（今安徽、江苏境内）人。生卒年不详。南唐时曾任句容县尉、中书舍人。入宋后卒。《全唐诗》收其诗一卷。

杜秋娘

据杜牧《杜秋娘诗序》说，她是唐金陵（今江苏南京）人。原先是节度使李锜之妾，后来李锜谋反被杀，她被籍入宫中，有宠于唐宪宗。穆宗即位后，命她为皇子傅母，后赐归故乡。旧时往往以杜秋娘泛指年老色衰的妇女，不一定专指某人。

（袁啸波）

中国古代名著全本译注丛书

周易译注
尚书译注
诗经译注
周礼译注
仪礼译注
礼记译注
大戴礼记译注
左传译注
春秋公羊传译注
春秋穀梁传译注
论语译注
孟子译注
孝经译注
尔雅译注
考工记译注

国语译注
战国策译注
三国志译注
贞观政要译注
吕氏春秋译注
商君书译注
晏子春秋译注
入蜀记译注・吴船录译注

孔子家语译注

孔丛子译注
荀子译注
中说译注
老子译注
庄子译注
列子译注
孙子译注
鬼谷子译注
六韬・三略译注
管子译注
韩非子译注
墨子译注
尸子译注
淮南子译注
说苑译注
近思录译注
传习录译注
齐民要术译注
金匮要略译注
食疗本草译注
救荒本草译注
饮膳正要译注
洗冤集录译注
周髀算经译注
九章算术译注
茶经译注（外三种）修订本

酒经译注
天工开物译注
人物志译注
颜氏家训译注
山海经译注
穆天子传译注·燕丹子译注
博物志译注
搜神记全译
世说新语译注
梦溪笔谈译注
历代名画记译注

楚辞译注
文选译注
六朝文絜译注
玉台新咏译注
唐贤三昧集译注

唐诗三百首译注
花间集译注
绝妙好词译注
宋词三百首译注
古文观止译注
文心雕龙译注
文赋诗品译注
人间词话译注
唐宋传奇集全译
聊斋志异全译
子不语全译
闲情偶寄译注
阅微草堂笔记全译
陶庵梦忆译注
西湖梦寻译注
板桥杂记译注
浮生六记译注